La tempête des sentiments

Une rencontre dans la neige

CHARLENE SANDS

La tempête des sentiments

Traduction française de
MORGANE FROGERE

PASSIONS

HARLEQUIN

Collection : PASSIONS

Titre original :
STRANDED AND SEDUCED

HARPERCOLLINS FRANCE
83-85, boulevard Vincent-Auriol, 75646 PARIS CEDEX 13
Service Lectrices — Tél. : 01 45 82 47 47

www.harlequin.fr

ISBN 978-2-2804-4541-2 — ISSN 1950-2761

- 1 -

April avait toujours su que sa chance finirait un jour par tourner, et qu'elle ne pourrait éternellement éviter River « Risk » Boone, dans une ville de la taille de Boone Springs. Mais quand le grand et beau Texan entra dans son agence immobilière ce matin-là, elle se sentit complètement prise au dépourvu.

L'estomac noué, elle le regarda repousser son chapeau en arrière et l'observer de ses yeux marron et envoutants. Vêtu d'un jean et d'une chemise claire, il avait conservé son teint hâlé de l'époque de ses rodéos. Sa démarche assurée et son séduisant visage faisaient tourner les têtes dans cette ville du Texas fondée par ses ancêtres. Il lui avait d'ailleurs déjà tourné la tête une fois à elle aussi, et cela avait été une grosse erreur.

— Bonjour April.

Le timbre profond de sa voix et la façon dont il prononça son prénom, d'une voix douce et emplie d'assurance, résonnèrent à ses oreilles. Elle se leva, les jambes tremblantes.

— Risk, que… que fais-tu ici ?

Il arqua un sourcil et la passa en revue de la tête aux pieds, une lueur dans le regard, comme s'il se souvenait de la nuit qu'ils avaient partagée. April sentit son visage s'empourprer, et fut stupéfaite de découvrir qu'il avait encore la capacité de la troubler.

Clovie, son assistante et amie, qui était au courant de leur aventure, la regarda étonnée.

— Je viens de la part de l'entreprise Bonne pour parler affaires. J'ai cru comprendre que tu avais discuté avec la secrétaire de mon frère Mason au sujet de la propriété de Canyon Lake.

— Tout à fait. J'ai répondu à ses questions sur le chalet, mais rien de plus. Euh… est-ce que nous avons rendez-vous ?

Elle savait pertinemment que ce n'était pas le cas, tout comme elle savait qu'elle n'allait pas le renvoyer sous le prétexte fallacieux qu'il aurait dû prendre rendez-vous. Elle ne savait même pas pourquoi elle avait posé la question d'ailleurs, à part peut-être sous l'effet de la panique. Ce n'était pas comme si elle pouvait se permettre d'ignorer un membre de la famille Boone. Les trois frères Boone étaient de riches éleveurs et entrepreneurs qui possédaient une grande partie de la ville.

— Oublie ça, dit-elle. Si tu as des questions sur le chalet de Canyon Lake, je me ferai un plaisir de te répondre.

Il acquiesça d'un signe de tête.

— Visiblement tu as bien vendu l'endroit, car nous souhaitons en savoir plus sur…

Il s'interrompit en remarquant soudain la douleur dans le regard de la jeune femme, et son expression crispée.

Le lendemain de leur aventure, il y a deux ans de cela, elle ne s'était pas attendue à recevoir des diamants et des fleurs, mais simplement qu'il soit là à son réveil.

— Est-ce qu'on pourrait se parler en privé ? demanda Risk après une longue pause.

Clovie se leva instantanément.

— Je dois justement m'occuper d'un virement bancaire et prendre ma pause déjeuner, dit-elle en prenant un dossier et son sac à main. Je reviens dans une heure.

— Très bien.

Sur ce, Clovie sortit à toute vitesse et referma la porte derrière elle.

— Demande et tu recevras, ironisa April.

Son ton sardonique attira l'attention de Risk. Elle devait paraître décontenancée. Le revoir avait à nouveau éveillé en elle des sentiments de souffrance et d'abandon. Mais ce qu'elle détestait par-dessus tout, c'était que Risk Boone, cet ancien champion de rodéo, l'avait traitée comme une de ses groupies, alors que de son côté elle avait cru sentir un véritable courant passer entre eux, cette nuit-là à Houston. Elle avait été secrètement amoureuse de lui durant le lycée, mais la nuit de rêve qu'ils avaient partagée était à présent un mauvais souvenir.

— April, je suis ici, car tu es en charge de la vente du chalet de Canyon Lake. Je suis le nouveau responsable des acquisitions immobilières de l'entreprise Boone. Mes frères souhaitent diversifier l'entreprise et aimeraient ouvrir un hôtel. Je n'ai pas pris de rendez-vous, car je n'étais pas certain que tu veuilles me recevoir. Je te dois des excuses.

— Tu avais peur que je refuse de te voir ?

— À en juger par le ton de ta voix, je ne suis pas loin de la vérité, n'est-ce pas ?

— Tes excuses viennent un peu tard, tu ne trouves pas ?

Elle croisa les bras, non par irritation mais pour se donner une contenance, avant d'ajouter :

— C'était il y a un longtemps.

— J'ai beaucoup voyagé pour le travail ces dernières années. Ce n'est pas une excuse, mais la vérité.

Il s'arrêta et se passa la main dans les cheveux.

— Écoute, je n'allais pas bien à l'époque. Shannon m'avait vraiment détruit, et je n'étais pas prêt pour… toi. Je n'avais rien à donner. Je suppose que – non, je sais que – j'ai pris la fuite et j'en suis désolé.

Je n'étais pas prêt pour… toi.

Oh ! mon Dieu ! comme elle avait été naïve de s'imaginer que parler ouvertement, partager des confidences et faire l'amour toute la nuit signifierait quelque chose pour lui. Elle n'avait été rien de plus qu'une aventure passagère.

Elle avait entendu parler de son histoire avec la célèbre actrice Shannon Wilkes ; les tabloïds avaient fait connaître tous les détails de leur relation et de leur scandaleuse rupture. À l'époque, Risk était une célébrité du rodéo au sommet de sa gloire, et Shannon venait de remporter un Golden Globe. Ils formaient un couple de stars, jusqu'à ce que Risk fasse une mauvaise chute en tombant d'un cheval sauvage et se blesse à l'épaule. Cet accident avait mis fin à sa carrière dans le rodéo. Shannon avait rompu peu de temps après, et était immédiatement sortie avec un célèbre *quarterback* de la NFL, brisant le cœur de Risk et l'humiliant devant tout le pays. « Double largage » avaient titré les journaux en affichant côte à côte une photo de lui jeté au sol par l'étalon, et une autre peu flatteuse de lui à côté de Shannon.

Comme elle regrettait à présent de l'avoir croisé durant sa convalescence, à ce spectacle de rodéo à Houston. Si au moins elle n'était pas tombée sur lui plus tard au bar de l'hôtel, et qu'il ne s'était pas montré aussi vulnérable, ouvert et gentil avec elle, le bon sens aurait pu prévaloir. Mais le courant était vraiment bien passé entre eux ce soir-là, et la façon dont il lui avait fait l'amour plus tard, l'avait amenée à s'imaginer des choses impossibles.

Mais jamais elle n'aurait pensé qu'il la quitterait le lendemain matin sans même une explication, un mot ou un au revoir, détruisant ainsi ce qui aurait pu être la plus belle nuit de sa vie.

— Je vois, dit-elle.

Risk expira, visiblement soulagé.

— Tu acceptes donc mes excuses ?

Si au moins il était venu uniquement pour s'excuser, cela aurait eu plus de valeur aux yeux d'April.

— Risk, pourquoi ne pas simplement laisser tomber et garder nos vies personnelles en dehors de cela ? Prends un siège et explique-moi la vraie raison de ta visite.

Elle n'avait pu s'empêcher de lui envoyer cette pique. Il le méritait après tout, et à en juger par son froncement de sourcils elle avait fait mouche.

— Bien, dit-il.

Ils s'assirent tous deux, et elle sortit le dossier en question. Son contrat avec le propriétaire, M. Hall, ne lui laissait plus qu'un mois, et la vente de ce chalet à 5,3 millions de dollars lui permettrait d'assurer la bonne santé financière de son agence durant une année entière.

— Concentrons-nous sur le potentiel de la propriété, dit-elle.

Il hocha la tête, et son regard parcourut paresseusement l'agence.

— Mais d'abord, permets-moi de dire que j'aime beaucoup ce que tu as fait ici. L'endroit n'a jamais été aussi élégant du temps de Perry Bueller.

— M. Bueller vendait des antiquités. J'ai dû moderniser l'endroit, tout en essayant d'en conserver le charme.

April avait ouvert son agence immobilière un an plus tôt, avec pour objectif de hisser son entreprise au rang de première régionale. Avant cela, elle avait travaillé durant trois ans dans le comté de Willow, y apprenant les ficelles du métier et prenant ses marques. Mais lorsque Perry Bueller avait décidé de prendre sa retraite et de vendre son commerce situé au cœur de Boone Springs, April avait sauté sur l'occasion de réaliser son rêve : vivre et travailler dans sa ville natale. Elle avait donc réuni l'argent nécessaire et transformé le magasin d'antiquités rustique en une agence moderne.

Un lustre en cristal en forme de larme était suspendu

au plafond, de belles bibliothèques en acajou recouvraient les murs, et les ordinateurs étaient posés sur des bureaux en bois de cerisier, le tout généreusement offert par M. Bueller, le cher ami de sa défunte grand-mère Beth.

— Tu t'es bien débrouillée, April.

Elle accepta gracieusement le compliment. Elle avait travaillé dur pour en arriver là, et c'était agréable d'être reconnue à sa juste valeur, mais elle devait garder la tête froide. Elle ne pouvait pas se laisser aller au luxe d'apprécier à nouveau Risk.

Sa dernière vente avait échoué à la dernière minute ; six semaines de travail pour rien. Sa petite agence ne pourrait supporter un autre coup dur de ce genre, et elle ne pouvait pas laisser passer l'occasion de vendre ce chalet aux Boone. Elle avait une hypothèque à payer, une réputation à bâtir et un désir si profond de faire de son rêve une réalité qu'elle n'allait pas laisser ses sentiments pour Risk interférer avec ses objectifs.

— Me… merci.

Elle lui remit une fiche sur la propriété de Canyon Lake et lui montra les photos.

— Comme tu peux le voir, c'est une grande propriété.

— C'est loin.

— J'aime à considérer que ça en fait le lieu idéal pour une escapade. Le chalet est en retrait dans les collines, à des kilomètres de la circulation et de la ville. Chacun peut s'y retrouver : qu'il s'agisse de se détendre ou faire des activités de plein air. On peut y pratiquer l'équitation, la pêche et le canotage, et le lac est incroyable. C'est un endroit parfait pour passer des vacances et découvrir la nature.

— Le mot « rustique » y prend tout son sens. C'est complètement laissé à l'abandon. On dirait même que c'est sur le point de s'effondrer.

— Les apparences peuvent être trompeuses.

— Ou pas.

— Il y a une marge pour la négociation. Et ce chalet a également une histoire fascinante. J'ai les articles ici.

Elle fouilla dans son tiroir et trouva une chemise cartonnée contenant des articles retraçant l'histoire de la propriété sur les soixante dernières années.

— Tu peux les lire, c'est captivant. Je n'ai aucun doute que le chalet sera une bonne affaire une fois ouvert à la clientèle.

Elle posa le dossier sur le bureau, et Risk se mit à le feuilleter.

— Tu as vraiment bien fait tes devoirs on dirait.

— Comme toujours.

Risk leva les yeux du dossier, et leurs regards se croisèrent. La jeune femme sentit alors un grésillement la parcourir et descendre jusqu'à ses orteils. Elle était assez proche pour respirer son parfum et se souvint alors de la nuit passée avec lui.

— Je suis impressionné, dit-il de sa voix traînante. Ça te dérange si je regarde ces articles de plus près ?

— Non, bien sûr que non. Emporte-les avec toi.

Il se leva, et elle fit le tour du bureau pour le reconduire jusqu'à la porte. Debout à côté d'elle, il semblait remplir tout l'espace.

— Je ferais mieux de me remettre au travail, dit-elle, hésitante. Si tu as d'autres questions ou si tu veux visiter la propriété, n'hésite pas à m'appeler. Le numéro est dans le dossier.

— Laisse-moi un jour ou deux, et je te contacterai.

— Oui, bien sûr.

— Oh ! et April ?

Elle plongea dans son regard à présent adouci, et il sembla sur le point de dire quelque chose avant de se raviser.

— Non, rien.

Elle ferma la porte derrière lui et souffla, soulagée.

Après deux ans, elle avait enfin reparlé à Risk Boone, et par peur de rater une éventuelle vente à l'entreprise Boone elle avait dû se retenir de lui lancer les quelques mots bien choisis qu'elle lui réservait.

D'habitude April ne sortait pas en semaine, mais cette soirée était spéciale : c'était l'anniversaire de sa meilleure amie, et elle ne pouvait pas ne pas être présente. Jenna Mae passait le cap des trente ans, ce qui était un événement notable. April enfila une robe de soirée noire à bretelles de strass argenté et rejoignit ses amies pour prendre un verre au Farmhouse, un bar toujours animé, quel que soit le jour de la semaine.

C'est un groupe qui jouait les jeudis soir, et Jenna Mae ne quittait pas le guitariste des yeux. Elle était nouvellement célibataire après une rupture douloureuse avec un homme qui ne la méritait pas, et en tant qu'amies April et Clovie s'étaient fait un devoir de lui expliquer qu'elle était bien mieux sans lui.

Assise en compagnie de Jenna Mae et d'autres amies, April termina sa première margarita à la mangue. Elles étaient là depuis déjà une heure et avaient échangé cadeaux et cartes d'anniversaire humoristiques.

— Hum ! c'est délicieux, dit Jenna, en prenant une grande bouchée de son gâteau de chez Katie Kupcakes. Merci pour les gâteaux, April. Je suis heureuse que tu sois venue. Ça ne serait pas pareil sans toi.

— Je n'aurais raté ça pour rien au monde, et tu le sais.

— Je le sais oui, répondit Jenna en passant affectueusement un bras autour de ses épaules. Je suis heureuse que tu sois revenue à Boone Springs.

— Et moi donc.

— Est-ce que tu t'en sors ? As-tu réussi à réaliser quelques ventes auprès de clients fortunés récemment ?

— J'aimerais bien que ce soit le cas. En fait, j'attends une réponse au sujet d'un énorme contrat. Si je réussis, cela maintiendra l'agence à flot pour toute l'année.

— J'espère que ça va marcher.

— Je commence à avoir des doutes, marmonna April. Mon client devait me rappeler la semaine dernière, et je n'ai toujours pas de nouvelles.

— Pourquoi ne pas le contacter et te rappeler à son bon souvenir ?

— Tu ne me croiras jamais si je te dis qui c'est.

Jenna Mae lui saisit alors le bras et l'éloigna de la foule d'un pas vacillant.

— Dis-moi vite.

Elle en était à son troisième verre, ce qui était vraisemblablement sa limite.

— C'est Risk Boone. Incroyable non ?

Jenna savait tout de son béguin pour lui au lycée et de leur nuit de rêve. Elle en resta donc bouche bée.

— Non.

— Si. Il est passé à l'agence la semaine dernière. C'était… gênant.

— J'imagine. Tu étais folle de lui au lycée.

— Plus maintenant. Pas après… Houston.

— Vraiment ? Parce que je ne voulais rien te dire, mais il est assis au bar en ce moment.

Cette fois ce fut au tour d'April de rester bouche bée. Son cœur se mit à battre à toute vitesse. Elle se tenait dos au bar et se tourna nonchalamment pour regarder par-dessus son épaule. Oui, c'était bien Risk, assis sur un tabouret et flanqué de deux femmes. Situation typique avec lui : les femmes papillonnaient autour de Risk comme des abeilles autour d'un pot de confiture. C'était une grande célébrité il y a encore peu, et elle avait du mal à croire qu'elle avait été elle aussi une de ses plus ferventes fans à l'époque.

— Je ne l'avais encore jamais vu ici, dit Jenna.

— Moi non plus, marmonna April. Il m'a qu'il n'était pas souvent à Boone Springs.

Juste quand elle allait détourner le regard, elle fut prise d'une sensation de malaise, et réalisa que Risk était en train de l'observer dans le reflet du grand miroir rectangulaire suspendu derrière le bar. Son cœur se mit à tambouriner, et elle se sentit prise au piège de ce regard.

Les lèvres de Risk se relevèrent. Lui souriait-il ? Elle le fixa encore une demi-seconde puis prit le bras de Jenna.

— Retournons à notre table.

Quelques minutes plus tard, April vidait le reste de son verre en discutant avec ses amies. Sa tête lui tournait un peu, et plus elle pensait à Risk Boone qui ne s'était même pas donné la peine de l'appeler, plus l'irritation la gagnait.

— Je lui ai laissé deux messages vocaux, et il ne m'a jamais contactée, expliqua-t-elle à Clovie et à Jenna.

Et voilà qu'elle le retrouvait assis au bar, à épier ses mouvements d'un air suffisant. Comment était-elle censée réagir face à cela ?

— Je vais aller lui parler de ce pas, qu'il le veuille ou non, déclara-t-elle.

Alors qu'elle se levait, deux mains se posèrent sur ses épaules et la forcèrent à se rasseoir ; Clovie à droite et Jenna à gauche.

— Attends, dit Clovie. Je connais ce regard, April. Tu dois d'abord te calmer. Tout n'est pas perdu pour la vente. Demande-lui simplement et avec tact de te donner une date.

— Clovie a raison, renchérit Jenna. Tu es une professionnelle. Ne gâche pas tout parce que tu es fâchée.

April soupira et réfléchit rapidement. Risk était un

homme fortuné et séduisant, mais son comportement vis-à-vis d'elle laissait à désirer. Pourtant, elle ne pouvait laisser ses sentiments personnels interférer dans son travail.

— Très bien, vous avez raison.

— Tu vas aussi porter ceci.

Jenna fit glisser de sa main droite, une bague en forme de grappe de diamants.

— À partir de maintenant, tu es fiancée.

— Je suis quoi ?

— Tu m'as bien entendue : tu es fiancée. C'est juste une sorte de protection face à Risk.

— Je ne peux pas faire ça. Cette bague appartient à ta grand-mère.

— C'est pour la bonne cause. Je sais que tu en prendras soin.

— Pour l'amour du ciel, Jenna. Je peux quand même parler avec…

— Oups ! on dirait qu'il vient par ici, dit Jenna en poussant la bague sur l'annulaire gauche d'April. N'oublie pas que tu es une professionnelle… et que tu es fiancée, ajouta-t-elle doucement.

L'instant d'après, April était face à Risk, une bague à la main gauche et toutes ses amies éparpillées sur la piste de danse.

— Bonsoir, dit-il d'un ton si charmeur qu'elle se sentit fondre.

Soudain, l'anneau à son doigt ne lui parut plus comme une mesure si exagérée ; Risk était bien trop séduisant.

— Est-ce que tu as une minute pour discuter ? demanda-t-il.

— Je… euh… bien sûr. Ici ?

Le guitariste du groupe entama un solo, et la musique explosa dans leurs oreilles.

— On ne s'entend pas ici, dit Risk. Tu viens faire un tour dehors avec moi ?

Elle avait besoin d'entendre ce qu'il avait à dire, et un peu d'intimité était préférable pour discuter affaires.

— Euh… bien sûr.

Risk ouvrit le chemin à travers la foule, et elle le suivit avec difficulté, en jouant des coudes. Mais soudain sa main puissante saisit la sienne, et comme par enchantement plus personne ne se heurta à elle ; Risk formait une barrière humaine. Aussitôt dehors, elle se mit à trembler.

— Le temps est frais, dit-il.

Elle ne pouvait le contredire, mais elle avait laissé son manteau à l'intérieur, et même la sensation de chaleur provoquée par sa deuxième margarita ne put la protéger du froid.

— Allons nous asseoir dans ma voiture… tu y seras plus au chaud.

— Tu trouves qu'il fait si froid ? protesta-t-elle sans pouvoir s'empêcher de claquer des dents.

— À toi de me le dire, dit-il avec un sourire taquin.

Une soudaine brise souleva alors ses boucles et la glaça jusqu'aux os. Mon Dieu ! elle manquait vraiment de bon sens de ne pas vouloir se retrouver seule avec Risk. Elle devait absolument conclure cet accord, et même une réunion peu orthodoxe dans la voiture d'un client ne devait pas la dissuader.

— Allez viens, ma voiture est ici.

Risk lui prit le bras et la rapprocha de lui. La chaleur qui émanait de son corps la réchauffa un peu, et ils se dirigèrent vers son SUV. Il lui ouvrit la portière, et elle prit place sur le siège passager.

— Mets ça, dit-il en lui tendant une veste en peau de mouton posée sur son siège.

Elle s'exécuta et se sentit aussitôt réchauffée.

— Merci.

Il referma la portière et fit le tour pour s'installer à la place du conducteur. April se retrouva donc emmitouflée, assise tout près de Risk Boone à l'intérieur du SUV, les sens emplis de son parfum et de sa présence.

— Tu es très belle ce soir, April.

C'était la première chose qu'il avait remarquée en la voyant.

— Merci, dit-elle en relevant le menton.

— Je ne m'attendais pas à te voir ici.

— Moi non plus. Mais tu m'as promis un coup de fil que je n'ai jamais reçu. J'imagine que tu m'as oubliée.

Bien au contraire. Après l'avoir vue la semaine dernière, il n'avait fait que penser à elle.

Il ne la connaissait pas très bien à l'époque du lycée, mais lorsqu'il l'avait croisée ce jour-là au rodéo de Houston, à une période où son monde s'était écroulé, il avait vu en elle un visage amical et une personne de sa ville à qui il s'était confié. Plus tard il était retombé par hasard sur elle, au bar de l'hôtel. Ils avaient discuté durant des heures, puis les choses s'étaient rapidement emballées dans sa chambre d'hôtel.

— Crois-moi, je ne t'ai vraiment pas oubliée.

Elle redressa la tête en entendant cela, le regard interrogateur.

— Je suis désolé de ne pas avoir répondu à tes messages, mais je n'ai pas eu le temps de lire les articles sur le chalet. En fait j'ai dû m'absenter quelques jours ; la mère d'une amie était gravement malade et voulait me voir. Je n'ai pas pu faire autrement. C'était une femme merveilleuse et douce à laquelle je tenais beaucoup.

— À laquelle tu tenais ? Elle est décédée ?

Il acquiesça.

— Oui, je suis resté à Atlanta pour les funérailles.

— Je suis désolée, dit April pleine de sympathie.

Il garda pour lui que la femme en question était la mère de Shannon Wilkes, Mary. Shannon lui avait envoyé des SMS durant des mois, parlant de sa vie amoureuse qui était un échec, de sa carrière qui battait de l'aile, puis de la maladie de sa mère. Risk avait fini par se réconcilier avec elle, et même si les cicatrices demeuraient, il avait réalisé qu'elle n'était pas la femme qu'il lui fallait. Durant les deux années où il était sorti avec Shannon, Mary avait été comme une mère pour lui, et ils s'étaient toujours bien entendus.

— Oui, c'était dur.

Après l'avoir abandonnée cette nuit-là à Houston, il aurait parfaitement compris qu'April ne veuille pas travailler avec lui. Mais cette vente était importante pour elle, et il lui devait au moins de la traiter correctement.

— Es-tu libre après-demain ? demanda-t-il.

Elle le regarda, sceptique.

— Pourquoi ?

— Peut-être que nous pourrions nous rendre au chalet et le visiter. Je lirai les articles demain et j'irai ensuite le voir de plus près.

Les yeux d'April s'illuminèrent.

— Oui, j'aimerais beaucoup que tu le visites. Je vais préparer ça.

— Parfait. Je t'ai assez retenue comme ça. Je te raccompagne à l'intérieur.

— Non, ce n'est pas nécessaire, dit-elle en lui rendant sa veste. Merci quand même, mais c'est juste à côté. On se voit samedi.

Ils sortirent de la voiture, et il la regarda s'éloigner, son instinct lui disant de ne pas la laisser seule dans le parking mal éclairé. Et bien sûr, à peine éloignée de vingt pas, un cow-boy éméché s'approcha d'elle et lui bloqua le passage, l'importunant en lui faisant des suggestions grossières. Elle éleva la voix pour lui intimer l'ordre de reculer, mais le cow-boy la saisit par le bras. Risk apparut à la seconde et le repoussa avant qu'il puisse aller plus loin.

— Fiche le camp mon pote ou tu vas vraiment le regretter. Va dessoûler ailleurs.

L'ivrogne toisa Risk avec mépris. Ce dernier aurait été trop heureux de le clouer au mur, mais l'homme détourna rapidement le regard et s'éloigna.

Risk se tourna vers April. Elle tremblait, mais c'était de peur cette fois.

— Est-ce que ça va ?

— Oui… J'ai juste besoin d'un moment.

Il passa gentiment un bras autour de ses épaules, et l'attira dans sa chaleur.

— Viens par ici et calme-toi.

Elle s'appuya contre lui et posa la tête sur son torse, comme si c'était exactement ce dont elle avait besoin.

— Il m'a fait peur.

— Tu lui as bien tenu tête.

Il avait entendu son ton ferme quand elle lui avait demandé de reculer.

— Tu sais, le Sudiste en moi ne laisserait jamais une femme traverser un parking seule sans s'assurer qu'elle regagne l'intérieur en sécurité, mais les mouvements féministes ont changé la donne, et je ne sais jamais comment me comporter.

April recula pour le fixer de ses beaux yeux bleus captivants.

— Tu as bien fait.

Ils se sourirent, et un courant passa entre eux, une étincelle qu'il n'avait plus ressentie depuis longtemps.

— Tu trouves ?

Elle regarda sa bouche et hocha la tête. Était-ce une invitation ? Le corps de Risk se contracta, et il la serra plus fort contre lui, avant de poser une paume contre sa joue. Il sentit sa douceur, et prit note du regard doux qu'elle lui adressait.

— April, murmura-t-il, juste avant de se pencher pour l'embrasser.

Elle laissa échapper un petit gémissement avant de s'abandonner. Son goût sucré et acidulé rappela à Risk une boisson fruitée, et des souvenirs de leur nuit lui revinrent en mémoire, faisant accélérer son pouls.

Puis, soudain April sursauta et le repoussa. Il recula instantanément.

— Non.

— Non ? April, me serais-je mépris ?

— J'ai trop bu ce soir et je te suis reconnaissante de m'avoir protégée de cet ivrogne, mais effectivement tu t'es mépris.

Elle leva la main gauche et agita les doigts devant son nez.

— Je vais me marier, Risk.

- 2 -

En règle générale, Risk savait bien lire les signaux que les femmes lui envoyaient, mais l'autre soir au Farmhouse, il s'était complètement trompé avec April. Il aurait juré qu'elle était consentante ; elle l'avait regardé lui, puis sa bouche, comme si elle voulait être embrassée. Était-ce juste dû à la peur qu'elle venait de ressentir ? À la reconnaissante pour son intervention ?

April était une femme séduisante qui avait du cran.

Mais elle était fiancée.

— Risk, tu es bien pensif ce matin.

Tante Lottie lui servit une tasse de café et la posa devant lui. Depuis que sa tante était revenue au ranch Rising Springs, elle passait son temps à les gâter, lui et ses deux frères, Mason et Luke. Dotée d'une âme aventurière, tante Lottie avait parcouru le monde, tout en entrant et sortant de leurs vies. Mais après la mort de leurs parents, elle avait pris un rôle plus vital au sein de la famille et à présent elle était comme une mère pour eux.

Risk but une gorgée de café avant de répondre.

— Personne ne me qualifierait jamais de grand penseur.

Lottie prit place à côté de lui et porta sa tasse à ses lèvres.

— Détrompe-toi, mon garçon.

Tante Lottie était toujours la première à prendre la défense d'un Boone, à moins bien sûr qu'il ne soit en tort, et dans ce cas elle n'hésitait pas à leur frotter les oreilles.

— Mais quelque chose te tracasse, ajouta-t-elle. Ta tante ne te connaît que trop bien.

— Ce n'est rien. J'ai simplement l'esprit ailleurs.

Du côté d'April. Il avait été sous son charme l'autre soir, tout comme à Houston, et c'était précisément pour cette raison qu'il n'avait pas cherché à la recontacter. C'était égoïste de sa part, mais à l'époque il n'était pas en état de gérer autre chose qu'une aventure passagère. April s'était montrée intelligente, sincère et compatissante, et une fois qu'il avait réalisé cela, il s'était enfui à toutes jambes et il n'en était pas fier.

— Veux-tu me dire son nom ? demanda tante Lottie.

— Ah ! bien essayé, ma tante, mais tout va bien, dit-il en lui adressant son plus beau sourire, accompagné d'un clin d'œil. Comment va Drew ces jours-ci ?

Sa tante avait une relation faite de hauts et de bas avec le futur beau-père de Mason, Drew MacDonald. Visiblement, ils n'arrivaient pas à être sur la même longueur d'onde.

— Je ne sais pas. Il me parle à peine.

— Ah oui ? Une querelle d'amoureux ?

Drew vivait dans le cottage de la propriété Boone. C'était un ancien alcoolique, un homme bien qui avait perdu sa femme quelques années auparavant. Maria avait été la meilleure amie de Lottie, et à présent tous deux jouaient au chat et à la souris.

— Pas vraiment. C'est à peine si nous nous parlons.

— Eh bien, pourquoi ne prendrais-tu pas quelques-uns de ces muffins tout chauds aux canneberges que tu viens de préparer pour lui apporter en guise d'offrande de paix ?

Les sourcils blonds de tante Lottie se haussèrent, et ses yeux se mirent à briller. C'était une jolie femme dans la soixantaine qui avait beaucoup d'amour à donner et, en ce moment, elle réfléchissait à sa suggestion.

— Ce n'est pas une mauvaise idée. Et pendant que j'y suis, je vais te préparer un panier de muffins et d'autres provisions pour la route.

— Merci. C'est un long trajet jusqu'à Canyon Lake.

— Accorde-moi juste un moment.

Quelques minutes plus tard, après avoir terminé son petit déjeuner, il entendit le carillon de la porte d'entrée et la femme de ménage y répondre. Il se leva, prit le panier que tante Lottie avait préparé et se dirigea vers le salon où April Adams l'attendait, une mallette marron à la main. Ses boucles blondes lui retombaient sur les épaules, et même son manteau d'hiver beige ne parvenait pas à dissimuler ses courbes affriolantes.

— Bonjour, April. Tu es pile à l'heure.

— J'essaye toujours de l'être, dit-elle en levant le menton.

— Je suis prêt.

Il prit sa veste, celle prêtée l'autre soir, et la conduisit au grand garage attenant à la maison. Il avait insisté pour qu'ils prennent son SUV, et elle en était manifestement mécontente. April lui lança un regard noir puis monta à l'intérieur. Il attendit qu'elle ait fini de s'attacher, et lui tendit le panier.

— Qu'est-ce que c'est ?

— Ma tante Lottie nous a préparé un panier pour la route.

— C'est… très gentil de sa part.

— Mais figure toi que les Boone sont des personnes très sympathiques.

April leva les yeux au ciel avant de se ressaisir, et Risk faillit éclater de rire en voyant son expression se changer en un sourire innocent. Le problème c'était qu'il appréciait bien trop April Adams.

Il démarra la voiture et sortit du garage. Le ciel était

gris, et une légère bruine tombait en continu. Avec un peu de chance, le temps s'améliorerait, et le ciel s'éclaircirait.

La pluie tombait de manière régulière à présent, et les essuie-glaces étaient activés en continu. Pour couronner le tout il faisait sombre, ce qui ne mettrait pas en valeur la propriété. Mais n'étant pas sûre de pouvoir traîner Risk à Canyon Lake de sitôt, April ne voulait pas annuler.

Le regard fixé sur le paysage, elle tenta d'affûter son argumentaire de vente. Elle essayait de vendre ce chalet depuis cinq mois, et ne disposait plus que d'un mois pour trouver un acheteur. L'intérêt des Boone pour la propriété avait été sa seule vraie piste depuis tout ce temps. Elle devait absolument réussir. Risk n'avait pas été vraiment emballé par les photos, et ce baiser sur le parking n'avait fait que mettre à rude épreuve leur relation professionnelle.

— Tu as froid ? demanda-t-il.

— Un peu.

Il manipula un bouton du tableau de bord, et bientôt un flux de chaleur sortit des bouches d'aération du plancher.

— C'est mieux ?

Elle acquiesça.

— Oui merci. Ce n'est pas trop chaud pour toi ?

Il lui coula un regard.

— Je te le ferai savoir quand ça sera trop chaud pour moi.

Était-ce un commentaire innocent ? Elle ne savait jamais avec Risk, mais elle devait lui laisser le bénéfice du doute, étant donné qu'elle l'avait refroidi avec l'annonce de ses fiançailles l'autre soir.

Merci encore, Jenna Mae.

Ils roulèrent quelques kilomètres de plus en silence, puis Risk désigna le panier.

— Puisque tante Lottie nous a préparé de quoi manger, pourquoi ne pas prendre un muffin ?

— Bonne idée.

Elle posa le panier sur ses genoux et souleva le couvercle.

— Waouh ! Ta tante Lottie sait préparer des paniers-repas.

— Pourquoi ? Qu'est-ce qu'elle a mis là-dedans ?

— Voyons voir. Il y a huit muffins, une thermos de café, des barres protéinées et deux pommes.

Un grognement monta de la gorge de Risk.

— Elle pense que nous avons toujours douze ans.

— C'est plutôt gentil de sa part.

April prit un muffin, en décolla le papier et le tendit à Risk. Le geste pouvait semblait intime, mais c'était plus facile pour lui de le manger ainsi.

— Merci.

Quelques bouchées plus tard, le muffin avait disparu.

— Tu en veux un autre ?

— Avec plaisir, mais sers-toi aussi.

— Oh ! j'y compte bien.

Elle mordit dans son muffin : chaud, moelleux et rempli de canneberges, c'était la juste mesure entre sucré et acidulé.

— Ils sont délicieux.

— C'est une recette de famille. Le café sent bon.

— Tu en veux ?

Les essuie-glaces étaient maintenant à pleine vitesse, et April espérait que Risk ne suggérerait pas de faire demi-tour.

— Sers toi d'abord. Ça te réchauffera.

— D'accord. Merci.

Elle dévissa le bouchon de la thermos et se versa du café. L'arôme la réconforta et la fit sourire. Alors qu'elle tendait une tasse à Risk, leurs doigts se frôlèrent à nouveau, et elle tenta de calmer son cœur tambourinant tout en le regardant boire son café.

Risk jeta un coup d'œil à sa main gauche et la prit de court par sa question.

— Le mariage est prévu pour quand ?

Elle avait espéré que porter la bague suffirait, mais visiblement elle avait eu tort.

— Euh… nous n'avons pas encore fixé de date.

— Ah bon ?

— Non. C'est… compliqué de planifier un mariage, et mon fiancé et moi sommes très occupés.

— A-t-il un nom ?

— Tout le monde a un nom, dit-elle de manière évasive.

Risk se gratta le menton.

— Alors, tu ne veux pas me le dire ? Il doit être…

— Il est incroyable, d'accord ? Je l'ai rencontré quand je vivais dans le comté de Willow, et nous sommes très heureux.

— Bob ? Bill ? Toby ? Ou peut-être que c'est plutôt du genre Hector ou Bubba ?

Bubba ? Mon Dieu. Elle croisa les bras sur son ventre mais ne put retenir un petit rire.

— Risk, qu'est-ce que tu fais ?

— Je fais simplement la conversation. Le trajet est long, surtout avec la pluie qui nous ralentit.

— D'accord, alors si tu veux tellement discuter, pourquoi ne pas me parler de ta vie amoureuse ?

Il poussa un grognement.

— Ou de mon absence de vie amoureuse plutôt, la corrigea-t-il.

Elle haussa les sourcils.

— C'est difficile à croire.

— Ne m'en parle pas. Je pense que j'ai été échaudé après mon histoire avec Shannon. J'en ai fini avec les relations de longue durée.

— Tu veux dire que tu es célibataire depuis tout ce temps ?

Il lui lança un rapide coup d'œil.

— Maintenant, qui est la curieuse dis-moi ?

— D'accord, tu as raison. Oublie ma question.

Ce n'était pas juste de sa part de lui poser des questions si personnelles alors qu'elle lui mentait avec son histoire de fiançailles.

Il garda un moment le silence.

— La vérité est que je ne suis sorti avec personne depuis trois mois, peut-être plus longtemps. Je ne compte plus.

— Je vois. Donc, tu dois te donner à fond dans ton travail, tout comme moi.

Les lèvres de Risk se relevèrent, et il secoua légèrement la tête.

— Je fais de mon mieux. Pour être franc…

— Quoi donc ? demanda-t-elle en lui lançant un regard perçant.

— Rien.

Elle abandonna le sujet, car il n'était pas difficile de deviner que Risk n'était pas aussi à l'aise dans les affaires que ses frères. Si ça avait été le cas, il n'aurait pas été champion de rodéo.

— Qu'as-tu pensé de l'histoire du chalet ? demanda-t-elle, en changeant de sujet.

— C'est une histoire un peu dingue… aucun des deux n'a jamais voulu céder.

— Donc, tu as lu les articles.

— Absolument. Ce frère et cette sœur n'avaient rien en commun.

April acquiesça.

— Je n'ai pas de frère ou de sœur, mais je pense que l'un d'eux aurait pu céder plutôt que de laisser cette affaire courir à l'échec.

— Oui, c'était perdu d'avance.

Un peu comme son aventure avec Risk : condamnée depuis le début.

Heureusement, grâce à cette bague, sa seule préoccupation à présent était de le convaincre que le chalet serait un bon investissement.

À mi-chemin, Risk se tourna vers April.

— La tempête n'a pas l'air de s'arrêter. Dis-moi si tu préfères rentrer.

— Non, dit-elle avec fermeté. Je ne pense pas que ce soit nécessaire. Nous avons déjà fait un bon bout de chemin.

— Ça me va.

Risk ne tenait pas non plus à faire demi-tour. Conduire sous la pluie ne le dérangeait pas, et il appréciait ce tête-à-tête avec elle. Il se laissa donc bercer par sa voix mélodieuse et passionnée lorsqu'elle relata l'histoire de JoAnna et Joseph Sutton, les jumeaux qui avaient hérité du chalet de leur grand-tante, soixante ans auparavant.

— JoAnna était une femme pragmatique, un esprit libre qui voulait utiliser le chalet comme refuge pour des personnes mystiques. Elle voulait des feux de joie et des danses folkloriques, tandis que Joseph était un amoureux de la vie en plein air qui voulait garder le côté rustique, et développer des activités de canotage et de pêche.

— Ça a dû être une sacrée pagaille entre les clients, dit-il. Tu imagines des chasseurs et des pêcheurs bavarder avec des végétariens ? Ça ne devait pas être beau à voir.

— Ce fut un échec total. Finalement, ils ont vendu le chalet à un ermite qui recherchait justement ce côté isolé et éloigné de la route.

— C'est lui qui vend la propriété ?

— Non, il est décédé. Nous avons à faire à son

petit-fils, Michael Hall. J'ai hâte que tu voies l'endroit… Si jamais nous y arrivons.

— Nous y arriverons, crois-moi, déclara Risk.

Il roula alors dans un nids-de-poule, et le SUV bondit et retomba sur la route dans un énorme éclat de boue.

Livide, April agrippa son siège.

— Ça va ?

Elle lui adressa un signe de tête incertain. Il prit sa main crispée sur le siège et la serra légèrement.

— Tout va bien. Le SUV en a vu d'autres.

Elle retira la main et se cala dans son siège, les bras prudemment croisés sur son ventre.

Ne trouvant rien d'autre à ajouter, il garda le silence. Mieux valait oublier ce qu'il avait ressenti en lui prenant la main quelques secondes auparavant. Elle était jolie et intelligente, et la toucher accélérait le rythme de son pouls. Pour un homme qui n'avait pas eu d'aventure depuis un bon moment, c'était jouer à un jeu dangereux.

Sans oublier la bague de fiançailles à son doigt.

La pluie s'écrasait sans relâche sur le pare-brise, et il se concentra sur sa conduite. Il arriva à un pont, juste après un virage, et ralentit tandis que les longues planches de bois craquaient sous les pneus.

— Ça ne devrait plus être très long, dit-il avant de prendre un virage à droite, sur une route bordée d'arbres.

Une minute plus tard, la route était coupée par un fossé d'un mètre de large.

— Merde !

Il fit une embardée et réussit à stopper juste avant, mais la chance n'était pas avec lui. La voiture s'arrêta au bord du fossé mais l'avant plongea dans la boue. Il tendit aussitôt le bras pour arrêter l'élan d'April en même temps que sa ceinture de sécurité.

— Ça va ? lui demanda-t-il.

— Oui, je pense que oui, dit-elle, livide. Que s'est-il passé ?

— La pluie a emporté une bonne partie de la route. C'est arrivé si vite que je n'ai rien vu, mais je pense que nous sommes juste au bord du fossé.

— Sommes-nous coincés ?

— J'en ai bien peur. La bonne nouvelle, c'est que le GPS indique que le chalet est à moins d'un kilomètre.

April garda le silence quelques secondes.

— Et tu ne peux pas nous sortir du fossé ?

— Malheureusement j'ai laissé ma cape de super-héros au ranch. Nous ne pouvons pas rester ici. Nous pourrions nous enfoncer encore plus dans le fossé. Prends tes affaires, April.

Il devait absolument la mettre en sécurité, et cela signifiait marcher jusqu'au chalet avant que la tempête empire.

— Il va nous falloir courir. Je vais sortir le premier et t'aider à descendre. Nous appellerons les secours une fois en sécurité.

Il prit quelques affaires et les jeta dans un sac de sport qu'il gardait à l'arrière. Une bourrasque ouvrit en entier la portière qu'il avait légèrement entrouverte. En sortant, il atterrit dans une flaque de boue, et ses bottes s'enfoncèrent dans la vase. Lançant le sac par-dessus son épaule, il fit le tour du SUV et ouvrit la portière d'April.

— Tu as tout ce qu'il te faut ?

Elle serra sa mallette et son sac sous son manteau et hocha la tête. Risk posa fermement les mains sur sa taille et la souleva hors de la voiture, avant de la poser au sol.

— Prête ?

— Je suis prête.

— Alors allons-y.

Il lui prit la main, et ils avancèrent laborieusement le long de la route inondée.

April n'avait jamais été aussi trempée dans sa vie. La course lui avait coupé la respiration, mais elle tenait suffisamment la forme pour suivre Risk, qui lui tenait fermement la main. Ils sautèrent par-dessus des nids-de-poule et évitèrent des débris flottants, puis, finalement, le chalet apparut, tel un grand et beau refuge. Elle n'avait pas été aussi heureuse à la vue de quoi que ce soit de toute sa vie.

Quelques instants plus tard, ils montèrent un large escalier en pierre et se trouvèrent à l'abri sur une terrasse couverte. La pluie cessa aussitôt de les bombarder, et le chalet les protégeait des rafales de vent.

— Tu as la clé ? demanda Risk.

Secouée par le froid, elle ouvrit la mallette qu'elle avait gardée au sec et lui tendit la clé.

— Ti... tiens.

Il ouvrit la porte et lui fit signe d'entrer. Elle était déjà venue deux fois, et se souvenait de la disposition de la maison. Risk la suivit de près, et sa présence fut pour elle un grand réconfort après l'épreuve qu'ils venaient de subir. Durant un instant, lorsque la voiture avait basculé, elle avait cru sa dernière heure arrivée. Mais la présence de Risk lui avait permis de se sentir en sécurité.

— Reste ici pendant que je jette un œil et que je vois s'il y a de l'électricité.

— Normalement il y en a. M. Hall garde l'électricité le temps de la vente.

Risk acquiesça et la laissa dans l'entrée, grelottante. Elle jeta un regard autour d'elle. Il y avait là une cheminée en pierre qui allait du sol au plafond, et des canapés positionnés tout autour de la grande pièce. D'épaisses poutres en bois quadrillaient les hauts plafonds, et des lustres noirs en fer pendaient en divers endroits.

— On dirait que la tempête a coupé le courant, déclara Risk à son retour. Mais il y a du bois dans la cheminée, et je pense que c'est suffisant pour nous réchauffer d'ici la fin de la tempête.

Une flaque d'eau s'était formée aux pieds d'April, et des gouttelettes dégoulinaient de ses vêtements et de ses cheveux.

— Je pense que c'est une bonne idée.

— Laisse-moi une seconde pour allumer un feu.

Pendant qu'il s'activait, elle enleva son manteau et fouilla dans son sac à main trempé à la recherche de son téléphone portable. En vérifiant l'écran, elle ne fut pas surprise de constater qu'il n'y avait pas de réseau. Même par beau temps, la connexion était incertaine ici, et il devait en être de même pour Risk.

Elle se dirigea vers la cheminée massive où il empilait des bûches, et trouva un magazine posé sur une des tables.

— Tu peux utiliser ça pour allumer le feu, dit-elle en lui en tendant un.

— Parfait.

— Je suppose que tu n'as pas encore vérifié ton téléphone.

— À la minute où nous sommes entrés. Pas de réseau. Et toi ?

Il plaça du petit bois sous les bûches et l'alluma.

— Pareil. Rien.

Le petit bois prit enfin, et le feu crépita et flamba.

Risk se tourna alors vers April qui s'était approchée des flammes.

— Nous devons retirer nos vêtements mouillés et nous sécher.

Elle battit des cils, n'en revenant pas d'une telle suggestion de sa part.

— Et comment sommes-nous supposés faire ça ?

— Il faut se déshabiller.

— Ce n'est pas ce que je voulais dire. Je n'ai pas de vêtements de rechange.

— Moi non plus. Mais il doit bien y avoir des serviettes ou des couvertures ici, dans lesquelles nous pourrions nous envelopper le temps que nos vêtements sèchent... à moins que tu veuilles attraper une pneumonie, ajouta-t-il en la passant en revue de la tête aux pieds.

Évidemment qu'elle ne le souhaitait pas, mais hors de question de lui avouer pourquoi elle ne voulait pas se déshabiller devant lui. Voyant son expression choquée, Risk secoua la tête.

— April, tu n'as rien à craindre de moi. La bague que tu portes pourrait tout aussi bien être une ceinture de chasteté. Je suggère simplement que nous n'attrapions pas la mort dans ces vêtements mouillés. Cela ne devrait prendre qu'une heure pour les faire sécher.

Elle détestait l'admettre mais Risk avait raison : le feu sécherait leurs vêtements en un rien de temps. De plus, le commentaire qu'il avait fait à propos de sa bague l'avait touchée. Elle savait qu'il tiendrait parole.

— D'accord. Voyons voir si nous trouvons de quoi nous couvrir. Il y a une suite parentale et quelques chambres au rez-de-chaussée. Il me semble que M. Hall y séjourne de temps en temps.

— Allons jeter un œil.

Risk alla récupérer son sac de sport et revint avec une lampe de poche.

— Nous ne l'utiliserons qu'en cas de besoin. Je veux économiser les piles pour cette nuit.

— Cette nuit ?

Risk la regarda droit dans les yeux.

— La tempête se déchaîne, et nous sommes coincés. Il est peu probable que nous sortions d'ici aujourd'hui.

Le tonnerre retentit à ce moment et la fit sursauter. Elle n'avait pas vraiment pensé à cela.

— Personne ne viendra nous chercher ?

— Je ne sais pas. La plupart des gens du coin doivent

penser que la maison est inoccupée. Personne ne vit ici depuis des années, n'est-ce pas ?

Elle acquiesça.

— Et avec la pluie qui tombe à seaux et la voiture coincée dans la boue…

— Oh !

Quelques secondes s'écoulèrent.

— Et ta famille ? Ne vont-ils pas venir nous chercher ?

Risk sourit, laissant apparaître ses irrésistibles fossettes.

— Mes frères me savent capable de me débrouiller. Ce ne serait pas la première fois que je découche.

April se mordit la lèvre inférieure.

— Je vois. Et ta tante ?

— Elle se couche tôt. Elle a probablement pensé que je rentrerai tard.

Il ne restait plus que Clovie. C'était la seule personne à qui April avait parlé de cette visite… et elle ne serait pas au bureau avant lundi après-midi.

C'était uniquement sa faute si elle se trouvait dans cette situation. Elle aurait dû reporter le rendez-vous en voyant le temps se gâter, ou au moins demander à Risk de faire demi-tour quand la tempête avait débuté. Maintenant, elle devait passer la nuit… avec lui. Et bientôt ils allaient devoir se mettre nus.

— Ne t'inquiète pas. On va se débrouiller. Grâce à tante Lottie, nous avons de quoi manger.

— Tu as pris le panier ?

— Oui, dit-il en désignant son sac de sport. Maintenant, allons nous trouver quelque chose de chaud à nous mettre. Quelle direction ?

Elle désigna le couloir de gauche puis le suivit jusqu'à une grande porte double.

— C'est la suite parentale.

La chambre était suffisamment éclairée pour laisser voir un lit *king—size* recouvert d'une couverture et d'une couette. Le mobilier en bois massif était rustique et de taille imposante. Une cheminée se trouvait contre le mur du fond, et une grande fenêtre donnait sur les nuages gris et la pluie battante. Ils fouillèrent la commode, et ce fut comme inspecter un coffre à trésors. Ils y trouvèrent leur bonheur : des couvertures, des draps et des bougies.

Risk saisit deux couvertures et un grand drap.

— Ça devrait suffire pour l'instant. Tu veux te déshabiller ici ? Je prends l'entrée.

Il lui tendit une couverture et sans attendre sa réponse sortit de la pièce.

Elle s'activa rapidement et ôta ses vêtements, chaussures en premier. Elle n'avait pas le choix et devait mettre un mouchoir sur sa pudeur. Le simple fait de penser à remettre des vêtements secs et chauds, sous-vêtements inclus, faisait chanter son cœur.

Elle ramassa ensuite ses affaires, s'enroula dans la grande couverture et se dirigea vers l'entrée. Risk, négligemment recouvert de la sienne, avait déjà disposé le drap au sol pour qu'ils puissent s'asseoir près du feu, et avait étendu ses vêtements sur une moitié de la cheminée. Des images de leur nuit passée ensemble resurgirent dans sa mémoire. Elle détourna le regard de ses vêtements et commença à étaler son pantalon et son chemisier contre le foyer, mais rester discrète avec ses sous-vêtements fut plus difficile, malgré ses efforts pour les cacher. Une fois qu'elle eut terminé, elle s'assit face au feu, laissant la chaleur pénétrer sa peau.

— Ah ! c'est si bon.

Risk la regarda et sourit.

— Je dois admettre que c'est une première pour moi.

— J'ai peur de demander en quoi.

— D'être nu, de profiter d'un bon feu en compagnie d'une belle femme et de ne…

— Ne le dis pas, Risk. Ne le dis pas.

— Et de ne rien avoir d'autre à lui offrir que des muffins et des barres protéinées.

Ce n'était certainement pas ce qu'il allait dire, mais elle sourit quand même.

— En ce moment, une barre protéinée serait la bienvenue.

— Tu as faim ? demanda-t-il en relevant la tête.

— Je ne dirais pas non à un en-cas.

— Je vais chercher le panier.

Alors qu'il se levait, la couverture autour de ses épaules glissa, exposant son torse de granit et une quantité incroyable de muscles, le tout éclairé par la lueur du feu. Elle ne put s'empêcher d'inspirer brusquement. Quelle injustice que cet homme soit aussi séduisant.

Heureusement pour elle, elle avait bien appris sa leçon, et toute la beauté du monde n'aurait pu effacer ce qu'il lui avait fait. Il n'avait même pas eu l'honnêteté de lui dire en face qu'il n'était pas disponible, et avait préféré la fuite, lui faisant ainsi beaucoup de mal.

Mais aujourd'hui, Risk se comportait honorablement, et grâce à lui elle s'était sentie en sécurité.

— Voilà, dit-il en apportant le panier. La barre protéinée est servie.

Il la lui lança, et quand elle leva le bras pour l'attraper, sa couverture descendit, exposant ses épaules et, peut-être, une petite partie de son décolleté.

Oh ! mince !

Risk haussa les sourcils. Visiblement, il n'en avait pas perdu une miette.

Avec un profond soupir, il se laissa tomber près du feu et mordit dans sa barre chocolatée.

— Peut-être que tu devrais me parler de ton fiancé, dit-il sans quitter le feu des yeux.

- 3 -

April sentit l'irritation la gagner. Qu'en était-il de sa grande phrase au sujet de sa bague de fiançailles qui était comme une ceinture de chasteté ? Un coup d'œil à ses épaules nues suffisait-il à le faire changer d'avis ?

— J'ai une meilleure idée. Pourquoi ne me parlerais-tu pas de Shannon Wilkes ?

Risk cessa de mâcher et se tourna vers elle.

— Pourquoi ?

— Tu sembles très intéressé par ma vie amoureuse, mais qu'en est-il de la tienne ?

— Je n'ai pas l'habitude d'en parler.

— Sans blague.

Il sourit à son ton sardonique.

— Ma vie amoureuse a été affichée dans les tabloïds. Impossible de passer devant un kiosque à journaux sans voir le visage de Shannon avec son nouveau copain.

— Mais il ne s'agit pas de ton histoire.

— Personne ne veut entendre mon histoire.

— Moi si.

Il secoua la tête et fixa à nouveau les flammes.

— Pour quelle raison ?

— Pour m'aider à comprendre ce qui s'est passé cette nuit-là.

— Écoute, je me suis mal comporté avec toi et j'en suis désolé. Je n'étais pas dans mon état normal.

— Tu l’as déjà dit. Que s’est-il passé entre toi et Shannon ?

Risk garda le silence. Il termina sa barre protéinée, le visage tourné vers les étincelles qui montaient comme des étoiles filantes dans l’imposante cheminée. À l’abri de la tempête qui faisait rage et blottie au chaud, rien ne lui aurait fait plus plaisir que d’entendre Risk assumer ses actes. Mais au moins, elle avait réussi à détourner son attention de son fiancé imaginaire.

Elle se mit également à fixer les flammes envoûtantes. C’était paisible et relaxant d’être assis là, absorbant la chaleur et essayant de se détendre.

— Il n’y a rien à dire, déclara Risk d’une voix basse et profonde. Elle m’a aveuglé, et je n’en suis pas fier.

Surprise de l’entendre, April pinça les lèvres et écouta.

— J’ai rencontré Shannon lors d’un banquet de charité destiné à recueillir des fonds pour les enfants des familles de militaires. Mon frère Luke était un marine, et cette cause lui était chère. Shannon utilisait sa célébrité pour persuader les donateurs, et j’ai été très impressionné par elle. Elle savait éblouir, et elle m’a ébloui moi aussi. J’étais fou d’elle et au sommet de ma carrière. Je gagnais tous les rodéos, et nous étions comme un couple invincible. Shannon semblait s’en délecter, mais pour ma part ce qui me plaisait c’était le challenge du rodéo, maîtriser un domaine et y être le meilleur. Je n’ai jamais eu ni le besoin ni l’envie de toute l’attention créée par le fait de sortir avec une actrice. Nous nous disputions souvent à ce propos. Il suffisait que nous sortions pour être soudain poursuivis par une horde de journalistes qui prenaient des photos et posaient des questions indiscrètes, et au final je découvrais que tout avait été orchestré par l’attaché de presse de Shannon.

— Et ce n’était pas une vie qui te convenait ? demanda April.

— Je suis un Boone – une ville a été nommée en l'honneur de ma famille —, mais je n'en fais pas étalage et je ne m'en suis jamais vanté. Je n'y accorde pas d'importance. Crois le ou pas, je suis quelqu'un de secret. Mais nous nous aimions. Nous étions ensemble depuis deux ans, et j'étais prêt à passer à l'étape suivante.

— Le mariage ?

— Oui. Mais je me suis cassé l'épaule, et ma carrière s'est arrêtée. Je devenais fou de ne plus pouvoir faire ce que j'aimais. Mais le pire c'est que Shannon m'a pratiquement abandonné. Elle est à peine venue me rendre visite durant ma convalescence, puis elle a rompu, et avant que je puisse réaliser ce qui m'arrivait… elle sortait déjà avec Todd Alden, le *quarterback* de la NFL, et leurs photos étaient étalées partout.

— C'est bas.

— C'est ainsi que j'ai compris que Shannon n'avait fait que m'utiliser pour accroître sa popularité.

— Ça a dû te faire très mal.

Malgré son air détaché, un éclair de douleur apparut dans son regard.

— C'est du passé. Shannon ne me convenait pas. Nos vies sont complètement différentes, et au moins nous avons réussi à dépasser tout cela. Mais je ne permettrai plus à personne de me ridiculiser. Cela ne se reproduira plus.

« Quand je suis retourné à Houston, je n'avais aucun envie d'animer ce rodéo. Mais ensuite je t'ai reconnue dans les gradins. Tu m'as souri, et je me suis senti mieux. Tu m'as rappelé la maison, et c'était exactement ce dont j'avais besoin. »

— Si ça n'avait pas été moi, ça aurait été une autre fille.

— C'est faux, réfuta-t-il catégoriquement. Je ne m'attendais pas à coucher avec une femme ce soir-là, mais tu étais si amicale et pétillante. Tu m'as fait rire et oublier mes soucis.

— J'étais une distraction passagère.

Il soupira et détourna le regard, fixant la fenêtre trempée par la pluie.

— Tu veux savoir ce que je pensais vraiment ?

Il fit une pause, et le cœur d'April se mit à battre à tout rompre. Était-elle prête à l'entendre ?

— Je t'écoute.

— Je t'ai trouvée douce et généreuse, une femme qui ne s'affamait pas pour ressembler à un fil de fer. J'ai adoré tes courbes, ta confiance en toi et ta compassion. C'était rafraîchissant et…

— Et quoi ?

— Assez sexy.

Il jeta de nouveau un œil à sa bague de fiançailles.

— Mais au matin j'ai eu des regrets. Pas à propos de toi, mais à cause de moi. Je n'étais pas prêt pour un quelconque engagement. Je sais que c'était injuste pour toi, mais l'idée d'une liaison si peu de temps après cet échec n'était pas envisageable. J'aurais dû te le dire avant de t'emmener dans ma chambre d'hôtel et être honnête au sujet de mes sentiments. Alors je suis parti en me jurant de t'appeler et de m'excuser.

— Ce que tu n'as jamais fait.

— Non. J'aurais dû, mais je ne l'ai pas fait. J'en suis désolé.

— Moi aussi, dit-elle en soupirant.

— Maintenant tu connais mon histoire avec Shannon Wilkes, assez parlé.

Effectivement, cela expliquait beaucoup de choses, mais April n'arrivait toujours pas à lui pardonner son abandon après cette nuit incroyable. Oui, il s'était déjà excusé, mais elle n'était pas encore prête à passer l'éponge.

— Tu aurais dû essayer de me joindre et de m'expliquer tout ça. Je me suis sentie très mal en quittant cette chambre d'hôtel. Je préfère ne même pas te dire ce que j'ai pensé de toi.

Risk eut la bonne grâce de fermer les yeux.

— Oh ! April, je le mérite. Que puis-je dire de plus ?

Elle haussa les épaules.

— C'est fait et terminé.

Au moins elle avait pu s'ouvrir sur ce qu'elle avait ressenti. Il ne voulait plus jamais laisser une femme se moquer de lui ? Parfait, car elle ressentait la même chose : aucun homme ne la prendrait plus pour une idiote.

Ils avaient tous deux au moins ça en commun.

Trente minutes plus tard, April lui dit qu'elle avait soif. Après leur déjeuner aux barres protéinées, ils avaient terminé ce qui restait du café. L'idéal à présent aurait été de l'eau fraîche.

— La plomberie fonctionne, déclara Risk.

— Alléluia ! Nos vêtements sont presque secs. Pourquoi ne pas nous habiller et partir en exploration ? Autant faire la visite puisque nous sommes coincés ici. Allons d'abord voir la cuisine.

— Ça me va. Le feu s'éteint de toute façon.

— Il y a du bois sec à l'extérieur dans le hangar à bois. Je vais à la chambre pour m'habiller.

Elle ramassa ses vêtements chauds, pressée de les remettre. C'était trop étrange d'être assise devant un feu, seule avec Risk, sachant qu'ils étaient tous les deux nus.

Quelques minutes plus tard, après avoir enfilé ses vêtements, elle partit à la recherche de Risk, et le trouva entièrement habillé, occupé à inspecter les installations de la cuisine. La pièce comportait trois portes à deux battants qui laissaient entrer la lumière du soleil et apportaient de la gaieté à la salle à manger.

— Eh bien ! nous ne mourrons pas de faim, dit Risk.

Elle aimait la façon dont ses cheveux mouillés avaient séché et retombaient devant ses yeux. Il secoua la tête pour repousser les mèches importunes de son visage.

— Euh… pardon ? dit-elle distraite.

— J'ai trouvé un paquet de chips et du beurre de cacahuètes. Et nous avons encore des muffins et des fruits dans le panier.

— Je suppose que c'est le seul point positif.

Risk ouvrit le robinet et laissa un peu couler l'eau afin de purger les tuyaux. Puis il rinça la thermos et la remplit.

— Bois un peu, lui dit-il.

Elle prit une longue gorgée, puis rendit la thermos à Risk qui se servit à son tour. L'idée de boire à la même bouteille ne lui parut plus aussi bizarre. C'était presque comme s'ils participaient à une sorte d'aventure de survie.

April entreprit alors d'inspecter les placards. Les portes de quelques-uns étaient sur le point de tomber. Elle ouvrit ensuite les tiroirs qui n'étaient pas dans un meilleur état. La cuisine était démodée, mais les fondations étaient solides.

— La cuisine a beaucoup de potentiel. Elle est grande et spacieuse, et c'est un plus lorsqu'on cuisine de grandes quantités, déclara-t-elle en passant en mode agence immobilier.

Risk croisa les bras sur son torse.

— Cette pièce devra être entièrement refaite, et je ne parle pas de petits travaux.

— Mais ce sera fait selon tes goûts. Tu peux faire tout ce que tu veux ici : simple ou sophistiqué.

Risk plissa les yeux.

— Est-ce que tu aimes vraiment cet endroit, ou est-ce que tu essayes seulement de le vendre ?

— Les deux. J'adore ce chalet. J'en vois les possibilités et je pense que c'est un bon investissement pour votre entreprise familiale. Je le pense vraiment. Alors, veux-tu voir le reste ?

Elle indiqua du doigt l'étage.

— Bien sûr, dit-il. Ce n'est pas comme si nous étions débordés.

Faire visiter le chalet en pleine tempête n'était pas l'idéal. Risk s'en désintéressait de plus en plus à mesure des minutes qui passaient. À l'étage, ils découvrirent que le toit fuyait dans trois des chambres et s'empressèrent de trouver des bols et des pots pour récupérer l'eau.

Vingt minutes plus tard, ils redescendaient les marches. Les braises ne réchauffaient plus grand-chose, et ils se mirent à frissonner.

— Tu as dit qu'il y a des bûches à l'extérieur ? demanda Risk.

— Oui, du côté droit de la maison.

— Très bien. Je vais nous chercher du bois pour ce soir.

— Maintenant ?

— Mieux vaut maintenant tant qu'il fait jour.

April se mordit la lèvre. La tempête faisait rage et n'avait pas l'air de vouloir se calmer.

— Il pleut vraiment des cordes.

— Ne t'inquiète pas, je serai de retour dans cinq minutes. Pourquoi est-ce que tu ne nous préparerais pas un bon dîner pendant ce temps ?

— Oh ! bien sûr. À ton retour, un menu à cinq plats t'attendra.

— Je n'en attends pas moins, dit-il en souriant.

Risk enfila son manteau et enfonça son chapeau sur sa tête.

— Fais attention, lui recommanda April avec inquiétude.

En séchant, ses cheveux avaient formé de grosses boucles blondes qui lui retombaient en cascade dans le dos, et que certaines femmes auraient payé une fortune pour reproduire. Mais chez elle, c'étaient naturel. Ses yeux bleus habituellement pétillants s'obscurcirent lorsqu'elle lui fit un petit signe.

— Toujours, répondit-il en ouvrant la porte.

Une bourrasque le repoussa vers l'intérieur. Il lutta pour sortir et refermer la porte derrière lui.

Il courut sous la pluie, soulevant la boue de ses bottes. Toute la cour avant était inondée, et il s'élança sur le côté droit de la maison. Il trouva facilement le hangar à bois, qui comme April lui avait dit n'avait pas de serrure. Il y entra et, à présent à l'abri de la tempête, jeta un coup d'œil autour de lui. Il ne restait que très peu de bois : deux petits tas qui gisaient près du mur du fond. Il songea que c'était mieux que rien et que cela devrait suffire à les réchauffer durant le reste de la nuit.

Le premier tas dans les bras, il retourna dans la tempête afin de déposer sa charge devant la porte d'entrée. Puis, après une profonde inspiration, il s'élança à nouveau pour récupérer le deuxième tas. Les branches des acacias fouettaient l'air sous l'action des bourrasques, et il se hâta de retourner au hangar.

Une fois là-bas, il prit le deuxième tas et repartit. Il était presque au chalet quand un grand bruit retentit derrière lui, et il se retourna juste à temps pour voir une épaisse branche se détacher d'un acacia. Il tenta de l'esquiver, mais ne fut pas assez rapide. La branche le frappa à la tête, et ses genoux ployèrent avant que le monde s'obscurcisse.

April étala du beurre de cacahuètes sur les muffins restants, et posa le paquet de chips et deux pommes rouges en guise de dessert sur la table de la cuisine.

— Et voilà ce qu'on peut qualifier de véritable festin, murmura-t-elle.

Elle se sentait perdue sans téléphone portable ni aucun autre moyen de communication. Pourtant, elle n'aurait pas voulu voir quiconque s'aventurer dans cette tempête pour venir les sauver. Elle n'avait jamais rien vu de tel. Les volets claquaient, le vent soufflait sans merci, et le sol était inondé.

Elle détestait admettre sa défaite, mais Risk n'avait pas aimé grand-chose dans ce vieux chalet. Pour lui c'était un mauvais investissement, alors que dans son esprit à elle l'endroit n'avait besoin que de réparations mineures et d'entretien. Elle allait donc devoir endurer de passer un jour et une nuit avec lui pour rien.

— Je suppose que la vente est fichue.

Par la fenêtre, elle regarda la pluie qui ne se calmait pas, puis s'occupa en retouchant la table du repas avant d'aller aux toilettes. Quand elle retourna à la cuisine, cinq minutes s'étaient largement écoulées depuis le départ de Risk. Pourtant, il n'était toujours pas revenu.

Elle entendit alors un gémissement devant l'entrée. Le son était faible, et elle aurait pu le confondre avec le vent, mais son instinct lui dit qu'il ne s'agissait pas de ça, et elle se précipita vers la porte d'entrée.

Et là se tenait Risk, chancelant sur ses jambes, les épaules voûtées et du sang coulant d'une entaille à sa tête.

— Risk ! Mon Dieu ! que t'est-il arrivé ?

Il la regarda, l'air totalement désorienté, et s'effondra dans ses bras. Elle eut juste assez de force pour le rattraper et le faire entrer. Il ne disait rien, et elle eut peur qu'il soit en état de choc. Réfléchissant à toute vitesse, elle décida de l'emmener dans la suite parentale. Il avait besoin de soins, et cette pièce était plus facile à chauffer et disposait en outre d'un grand lit confortable.

— Reste avec moi, Risk. Tiens le coup.

Lentement ils avancèrent dans le hall, puis dans le couloir menant à la chambre. Risk était trempé, et ses vêtements boueux.

— Peux-tu rester debout le temps que je retire tes vêtements mouillés ?

Il acquiesça à peine. Elle devait faire vite, car elle voulait vérifier son entaille à la tête, mais elle ne pouvait pas le laisser s'asseoir dans ses vêtements trempés. Elle lui retira d'abord sa veste, puis sa chemise.

— D'accord, maintenant on va s'allonger.

Il tangua, et elle le rattrapa du mieux qu'elle put pour l'empêcher de tomber, puis l'aida à s'allonger. Elle lui ôta ses bottes, puis s'activa sur la fermeture Eclair de son jean. Comme il commença à trembler, elle le couvrit d'une couverture, priant pour qu'il ne soit pas en état de choc.

— Je reviens tout de suite, murmura-t-elle.

Se précipitant dans la salle de bains attenante, elle attrapa toutes les serviettes qu'elle trouva et retourna à toute vitesse rejoindre Risk. Il avait perdu connaissance. Les mains tremblantes, elle tamponna le sang de son visage afin de voir l'étendue de la blessure. L'entaille n'était pas très profonde, mais elle n'était pas infirmière et n'avait aucune idée de la gravité de la situation. D'après la belle bosse qui était en train de se former sous de la plaie, quelque chose l'avait frappé assez fort pour l'assommer.

Alors qu'elle continuait à tamponner, il gémit, et ses yeux s'ouvrirent lentement. C'était sûrement bon signe.

— Risk, tu m'entends ? demanda-t-elle d'une voix forte.

Il hocha la tête, puis ses yeux se refermèrent.

Le cœur de la jeune femme se mit à battre à toute vitesse ; elle détestait voir quelqu'un blessé, d'autant plus lorsqu'il s'agissait de quelqu'un dont elle se souciait.

Se soucier de Risk ?

Non, pas dans ce sens, mais uniquement à la manière d'un bon samaritain. Il avait besoin d'aide, et elle était là.

— Ne t'inquiète pas. Ça va aller.

Tout ce qu'elle savait, c'était qu'en cas de commotion cérébrale elle ne devait pas le laisser dormir. Elle allait devoir veiller sur lui jusqu'au matin : il le fallait.

La chambre était glaciale, et Risk tremblait malgré les couvertures. Il fallait le réchauffer avec un bon feu. Elle le quitta quelques instants, se rappelant vaguement avoir vu du bois par terre près de la porte d'entrée. Elle y courut et rapporta les bûches, avec un magazine trouvé dans le hall, pour les allumer.

— Tu es réveillé ? dit-elle d'une voix forte tout en jetant le bois dans le foyer.

Les yeux de Risk s'ouvrirent à nouveau, Dieu merci.

Elle n'avait jamais été scout, mais elle réussit tout de même à allumer le petit bois et à taquiner suffisamment les bûches pour démarrer un feu.

Elle revint alors vers Risk pour examiner sa blessure, et quand elle constata que le saignement avait cessé, elle sentit son cœur s'emplir de gratitude. Il avait l'air totalement ailleurs, vulnérable et abasourdi.

— Tu ne saignes plus, mais je vais t'envelopper la tête avec cette serviette propre, juste au cas où ça suinterait. Dis-moi si ça te fait mal.

Elle plia la serviette et l'enroula autour de sa tête.

— Là. Comment te sens-tu, Risk ?

Le feu crépita et éclaira faiblement son visage.

— Qui êtes-vous ? Et… pourquoi m'appelez-vous Risk ?

- 4 -

April resta interdite. Durant un instant, elle crut qu'il se moquait d'elle, mais le bon sens prévalut : il n'était pas en état de plaisanter, pas après un pareil coup à la tête…

— Que… comment cela ?

— Vous… ne faites que… m'appeler… Risk.

— Oui, c'est ton nom. Risk Boone. Tu ne t'en souviens pas ?

Il sembla fouiller dans sa mémoire, et son regard vide commença vraiment à inquiéter la jeune femme.

— Non. Je ne me souviens de rien.

— Tu ne te souviens *de rien* ? répéta-t-elle en déglutissant péniblement.

Il y réfléchit encore quelques secondes, l'air perplexe.

— Non, de rien.

Seigneur, si c'était vrai, la situation allait de mal en pis. Pouvait-il vraiment être devenu… amnésique ? Et combien de temps durerait sa perte de mémoire ? Que devait-elle faire ?

— Que m'est-il arrivé ?

— Tu es sorti dans la tempête pour chercher du bois. Je pense qu'une branche a dû céder et te tomber dessus.

Il s'imprégna de l'information, ne se souvenant manifestement toujours de rien.

— Qui diable porterait un prénom pareil… Risk ? marmonna-t-il.

Peut-être que si elle lui parlait de sa vie, cela ferait resurgir des souvenirs.

— Ce n'est pas vraiment ainsi que tu t'appelles. Ton vrai nom est River Boone. Les gens qui ne te connaissent pas pensent que tu as obtenu ce surnom en prenant beaucoup de risques au rodéo. C'était en quelque sorte ta marque de fabrique. Mais la vérité c'est que ton petit frère, Luke, n'arrivait pas à dire « River » quand il était bébé. Il le prononçait « Risker ». Alors c'est resté, et tout le monde s'est mis à t'appeler Risk.

Elle avait appris cette petite anecdote quand elle avait passé la nuit avec lui à Houston.

— Oh !

Cela ne parut éveiller aucun souvenir en lui. Il fronça les sourcils et finit par demander :

— Comment t'appelles-tu ?

— Je suis… je suis April Adams.

— Suis-je censé te connaître ?

— Euh… oui. Mais ne t'inquiète pas de ça pour le moment. Laisse-moi te parler de ta famille, et tu te souviendras peut-être de quelque chose.

— Tu as dit que j'avais un frère ?

— Deux frères en fait : Mason et Luke. Vous vivez tous au ranch Rising Springs, à Boone Springs.

Il secoua la tête, ne reconnaissant visiblement pas ces noms.

— Ta famille a fondé la ville il y a cent ans.

— Je ne…, dit-il en fermant les yeux.

— Ça te reviendra bientôt, lui assura-t-elle, espérant que ce soit vrai.

— Dis m'en plus.

Malgré son état de faiblesse, il semblait chercher désespérément quelque chose à quoi se raccrocher et qui pourrait éveiller un souvenir.

— Tu faisais du rodéo et tu étais très doué, mais tu

as dû être opéré d'une blessure à l'épaule, après une chute de cheval, dit-elle doucement.

Elle passa un doigt sur la cicatrice de sa blessure à l'épaule.

— Voici la cicatrice.

Il plongea dans son regard, y cherchant quelque chose. Le toucher ainsi était une erreur impardonnable, songea-t-elle. Mais le voir si faible, vulnérable et perdu la bouleversait.

— Je… euh… je vais te chercher de l'eau. Tu dois boire.

— Ne pars pas, la supplia-t-il.

Son ton désespéré la figea.

— Reste avec moi.

L'expression de son visage trahissait la douleur et la peur. Il ne voulait pas rester seul, et elle le comprenait. Il ne savait plus qui il était, ni ce qui lui était arrivé. Avoir l'esprit vidé de tout souvenir devait être incroyablement difficile à vivre.

— D'accord. Je vais rester.

April veilla sur lui, lui racontant l'intensité de la tempête et comment ils avaient couru vers le chalet pour se mettre à l'abri. Mais il s'assoupissait régulièrement malgré ses efforts pour le garder conscient. Le feu baissait petit à petit, et la pièce se refroidissait de plus en plus. April finit donc par se résoudre à grimper sur le lit pour se réchauffer sous les couvertures.

Il se tourna vers elle, étonné.

— Il faut que tu restes éveillé un peu plus longtemps, murmura-t-elle, en posant les doigts contre sa joue. S'il te plaît, Risk.

Il vit alors la lueur de sa bague en diamant et lui prit la main en se concentrant sur le bijou. Sa voix s'éclaircit, et une lueur chaude s'infiltra dans son regard. Depuis l'accident, c'était la première fois qu'elle le voyait aussi éveillé.

— April, sommes-nous fiancés ?

La question était légitime étant donné qu'elle se trouvait au lit avec lui et qu'elle soignait ses blessures. Elle ouvrit la bouche pour lui répondre, mais il la prit au dépourvu en pressant tendrement les lèvres contre sa paume. Elle aurait dû retirer la main et quitter ce lit, mais le soulagement qu'elle vit dans son regard, l'arrêta net. C'était comme s'il avait découvert quelque chose sur lui-même, et elle eut peur de détruire cet espoir.

— Risk.

— J'aime ta façon de prononcer mon nom, dit-il en souriant.

— Il est important que tu restes éveillé cette nuit, en cas de commotion cérébrale. Tu as pris un gros coup sur la tête.

— Ne m'en parle pas. Ça fait mal.

— Comment puis-je t'aider ? demanda-t-elle, inquiète.

— Reste ici et parle-moi.

— D'accord. Mais tu dois rester éveillé, insista-t-elle en le voyant fermer les yeux.

— Alors dis m'en plus sur ma vie, sur nous.

Oh ! mon Dieu ! ce n'était pas ce à quoi elle s'attendait, mais quel choix avait-elle ? Était-ce si terrible de lui laisser croire durant quelques heures qu'ils étaient fiancés, si cela le tranquillisait ? Elle lui dirait la vérité plus tard, une fois qu'il se sentirait mieux. Pour l'instant, elle devait l'empêcher de s'assoupir.

Elle commença donc à lui raconter ce qu'elle savait de sa vie ; elle lui dit qu'ils s'étaient rencontrés au lycée mais n'étaient sortis ensemble que plus tard – ce qui était vrai – et resta évasive. Heureusement, il ne posa aucune question, se contentant d'écouter. Elle parla ensuite de ses frères et du ranch où ils vivaient. Elle lui expliqua que Boone Springs célébrait annuellement la journée des Fondateurs, en l'honneur de ses ancêtres et de toutes les personnalités qui avaient contribué à créer la ville. Le grand jour était proche, et les trois frères seraient présents.

Comme elle connaissait beaucoup de choses sur les traditions de la ville, elle put parler pendant des heures, mais sans jamais le surcharger de détails, se contentant de lui dépeindre Boone Springs.

— Est-ce que tout ça te semble familier ? finit-elle par demander, même si elle connaissait la réponse.

Elle avait gardé un œil vigilant sur Risk pendant qu'elle parlait, et n'avait pas vu la moindre étincelle de souvenir dans son regard. Elle ne fut donc pas surprise de le voir secouer la tête.

— Laisse-moi regarder ta blessure.

Elle se hissa maladroitement au-dessus du corps de Risk pour avoir une meilleure vue, et défit le bandage de fortune. La bosse n'avait pas désenflé.

— Est-ce que tu te sens mieux ?

— Ma tête me fait encore un peu mal, mais les autres parties de mon corps vont très bien, dit-il en lui adressant un petit sourire ironique.

Elle saisit parfaitement le sens de ses paroles. *Risk est amnésique*, se morigéna-t-elle. Pourtant cela n'empêcha pas son corps de réagir à sa proximité, et elle sentit des picotements la parcourir de la tête aux pieds. Sa ferme détermination vacilla, et quand il lui prit les bras et l'attira vers lui avec de douces caresses, elle ne protesta pas.

Puis ses lèvres furent sur les siennes, doucement, tendrement, l'embrassant comme s'il cherchait à se souvenir de quelque chose. Il était si doux et si résolu. Ses tendres baisers la firent fondre, chaque parcelle de son corps s'éveillant à la douce pression de ses lèvres.

Elle devait le garder éveillé et concentré. Pour ce qui

était de la concentration, c'était chose faite. Il fallait qu'elle l'arrête et qu'elle lui dise la vérité, qu'elle lui explique la présence de cette bague : que c'était un mensonge pour empêcher justement ce qui était en train de se produire. Pourtant, les mots ne vinrent pas. Rien d'étonnant vu la façon dont il l'embrassait. Chaque baiser la faisait frissonner davantage. Elle n'avait encore jamais rien éprouvé de tel pour un homme. Que dirait Jenna Mae en apprenant que son subterfuge de la bague se retournait contre elle ?

— Tu es incroyable, murmura-t-il entre deux baisers.

— Tu te souviens de quelque chose maintenant ?

— Non, je sais juste que je me sens bien, dit-il avant de lui donner un autre baiser incroyable de ses lèvres expertes.

— Risk, peut-être qu'on ne devrait pas, tenta-t-elle de protester.

— Ma tête va de mieux en mieux. Et puis, ce n'est pas toi qui disais que je devais rester éveillé ?

Il embrassa sa gorge avant de revenir mordiller sa bouche. April se sentit déchirée, confuse et impuissante à avouer la vérité.

— Si, mais… tu ne te souviens pas de moi.

— Tu te montres si attentionnée et inquiète et… j'ai l'impression de te connaître. C'est comme si je sentais ta présence à mes côtés. Je vois à quel point tu es compatissante, dit-il en prenant la tête de la jeune femme entre ses mains.

Ses yeux étaient brillants et intenses, et il ressemblait à nouveau à Risk, malgré ce bandage autour de la tête.

— Et tu ne me laisses absolument pas indifférente.

Il déposa un autre baiser sur sa bouche puis se figea.

— À moins que nous ne l'ayons encore jamais fait ? Est-ce le cas ?

— Euh… si, murmura-t-elle. Nous l'avons déjà fait.

— J'ai besoin de toi, April. J'ai besoin de ce lien.

Elle absorba ces mots qui lui allèrent droit à l'âme. Elle n'avait jamais ressenti cela pour aucun homme. Ce Risk était sincère, authentique et doux, et il n'était pas uniquement intéressé par le sexe : il avait besoin d'intimité et d'un pont vers son passé. Et aujourd'hui, ce pont c'était elle.

Mais pouvait-elle ignorer son passé avec lui ? Il l'avait déjà blessée, et ne s'en était jamais vraiment excusé. Le cerveau d'April lui disait non, mais son corps réagissait autrement, et son grand cœur disait oui.

Seulement, cette fois, elle serait prudente, car elle savait qu'il ne fallait rien attendre de lui. Mais en était-elle capable, sachant qu'elle devrait lui dire la vérité le lendemain ?

Elle pressa alors la bouche contre la sienne pour le goûter à nouveau, et il lui caressa le visage.

— Tu es douce et belle, April. Je suis heureux de t'avoir ici avec moi.

— Moi aussi je suis heureuse d'être ici avec toi.

— Alors arrêtons de parler.

— Ça te fait mal à la tête ?

— Ma tête n'est plus ce qui me fait mal, chérie.

Il la serra contre lui et reprit ses baisers. April se sentit incapable de l'arrêter et, au fin fond de son esprit, elle savait qu'il n'y aurait pas meilleur moyen pour le garder éveillé. Il avait déjà repris du poil de la bête.

Il ignorait peut-être qui il était, mais il n'avait pas perdu sa délicatesse, et son corps à moitié nu et dur comme de la pierre réchauffa la jeune femme. Il lui caressa les bras et l'aida à retirer ses vêtements, puis lui embrassa la nuque avant de repousser légèrement les couvertures, le visage empli d'admiration et de désir à la vue de ses courbes nues.

April se sentit totalement captivée par son regard

et par la manière respectueuse dont il lui caressait les seins, comme s'il était émerveillé. Elle soupira, le corps tremblant et réclamant davantage, dévorée par le désir et complètement absorbée par l'attention dont elle était l'objet.

S'il trouva ses formes trop prononcées, il n'en laissa en tout cas rien paraître, bien au contraire, et la force de son désir excita April au plus haut point. Il continua à la caresser jusqu'à ce que de petits sons gutturaux s'échappent de sa gorge, puis il descendit plus bas le long de son corps et fit glisser les mains sur ses cuisses.

April gémit lorsqu'il la caressa entre les jambes, et il étouffa ses cris par un profond baiser.

Plus tard, April se trouva allongée à côté de Risk, la tête contre son torse et les bras de celui-ci autour de ses épaules.

— Ma tête va beaucoup mieux, murmura-t-il.

April en fut ravie, mais elle devait faire face à la réalité : elle allait devoir gâcher toute cette félicité le lendemain, en lui avouant son mensonge. Poussant un soupir, elle souhaita n'avoir jamais accepté le stratagème de Jenna.

— C'est bon signe. J'étais certaine que tu aurais une migraine.

Dehors, la pluie continuait de tomber, mais avec un peu moins de force, et elle se demanda si les routes étaient dégagées, même si elle doutait que ça soit le cas de sitôt. Sortir sous une telle tempête était encore trop dangereux. La seule bonne nouvelle était que Risk disait se sentir mieux.

— Eh bien, je mentirais en disant que je ne ressens pas une douleur sourde, mais ce n'est pas grand-chose. Tout est un peu confus.

Son estomac se mit alors à gronder, et ses yeux s'arrondirent de surprise.

— Je suppose que j'ai faim, dit-il. À quand remonte notre dernier repas ?

— Il y a longtemps. Nous ne nous attendions pas à être bloqués par la tempête, donc nous n'avons pas grand-chose. Mais c'est mieux que rien, et il faut que tu manges.

Elle roula hors du lit aussi discrètement que possible et enfila rapidement ses vêtements.

— Ça ira, n'est-ce pas ? Je vais juste nous chercher de quoi manger.

— Je peux y aller avec toi.

Il fit un geste pour se lever, mais elle l'arrêta d'un signe de la main.

— Non je t'en prie. Cela ne me prendra qu'une minute. N'essaye pas de te lever pour le moment.

Il la regarda, débattant intérieurement, puis se laissa retomber contre l'oreiller.

— D'accord. Fais attention.

Elle en sourit presque. Il lui disait de faire attention alors que c'était lui qui était blessé. C'était gentil de sa part de s'inquiéter.

Il pense que tu es sa fiancée.

Elle se précipita à la cuisine, y trouva le fameux menu à cinq plats qu'elle lui avait promis, remplit la thermos d'eau et emporta le tout. Au passage, elle récupéra le sac de sport de Risk avant de retourner dans la chambre.

Il était assis sur le lit, regardant par la fenêtre.

— Le dîner est servi, dit-elle en laissant tomber son sac et en s'asseyant à côté de lui.

Il regarda le plateau.

— Tu sais vraiment comment impressionner un homme, la taquina-t-il.

— Je suis la reine de la débrouille.

— Je vois ça.

Elle lui tendit la thermos.

— Tu dois avoir soif.

— Oui, merci.

Il prit plusieurs gorgées avant de la lui rendre.

— Au moins nous avons de l'eau en abondance.

— C'est un drôle d'euphémisme mon ange, dit-il d'un ton ironique en pointant la fenêtre.

Il prit alors un muffin et en fourra la moitié dans sa bouche.

— Ce n'est pas mauvais du tout.

— C'est ta tante Lottie qui les a faits. Elle vit au ranch pour le moment.

— Oui, tu m'as un peu parlé d'elle. Alors dis m'en plus sur toi.

Que pouvait-elle dire ? Qu'elle avait le béguin pour lui depuis une éternité, même après qu'il lui avait fait du mal ? Que le voir blessé et vulnérable avait de nouveau éveillé ses sentiments pour lui, et que plonger dans ses beaux yeux lui faisait faire des bêtises ? Comme par exemple faire semblant d'être sa fiancée ?

— J'étais une enfant potelée et j'ai lutté contre mon poids toute ma vie.

Il secoua la tête comme s'il ne pouvait pas y croire.

— Tu es vraiment parfaite comme tu es, April, dit-il en l'embrassant tendrement.

Son ton catégorique fut comme un baume pour elle.

— Je te remercie. Je me sens bien dans ma peau maintenant, mais ça n'a pas toujours été le cas.

— Eh bien ça aurait dû. Parle-moi de toi et de ton agence. Comment es-tu entrée dans l'immobilier ?

April lui en dit plus sur sa vie : ses années dans le comté de Willow, comment sa mère s'était remariée et comment elle en était venue à acheter le magasin d'antiquités de Perry Bueller.

— Avoir ma propre agence était mon rêve.

— C'est étrange… même si je n'ai aucun souvenir, j'ai l'impression de te connaître. Il y a quelque chose qui m'attire vers toi.

— Tu veux dire en dehors du fait que nous sommes bloqués dans ce cadre romantique ?

Le sourire qu'il lui adressa, laissa paraître ses fossettes.

— J'aime ta façon de penser, April. Mais pour répondre à ta question, oui, c'est plus que ça.

Ils passèrent le temps en grignotant muffins, chips et pommes tout au long de la nuit.

— Si tu as encore faim, il reste des chips et du beurre de cacahuètes.

— Non, mais je me sens étrangement faible.

Il passa les jambes à l'extérieur du lit et se leva sans laisser à April le temps de protester. Après un moment de vacillement, il réussit à trouver son équilibre. En voyant son corps à moitié nu éclairé par les dernières braises, April sentit sa bouche s'assécher.

— Ça va ? lui demanda-t-elle.

— Je pense que oui. Ça fait du bien de se lever.

Il prit les vêtements qu'elle avait déposés près du feu, et les enfila avec précaution. April, qui le suivait du regard, soupira de soulagement en le voyant capable de garder l'équilibre.

— Cette pièce se refroidit de minute en minute. Y a-t-il encore du bois ? demanda-t-il.

— Oui, mais il est dehors.

— À quelle distance ?

— Devant la porte d'entrée. Je n'ai apporté que ce que je pouvais porter.

— Je vais chercher le reste.

— Risk, c'est comme ça que tu t'es fait mal : en allant chercher du bois.

— La tempête se calme, et tu l'as dit toi-même, c'est juste devant la porte d'entrée.

— Très bien, mais je viens avec toi cette fois.

Il s'approcha d'elle et lui tendit la main.

— Ça me va. Allons-y.

Après avoir récupéré le reste du bois, Risk ralluma le feu, et la chaleur les enveloppa à nouveau. La cheminée était également leur unique source de lumière, car la lampe de Risk était tombée lorsqu'il avait été frappé par la branche. Une fois le feu éteint, il leur faudrait attendre jusqu'à l'aube avant de pouvoir distinguer quoi que ce soit.

Mais pour le moment ils étaient heureux de leur sort : assis au sol face au foyer et laissant la chaleur s'infiltrer jusque dans leurs os. Le reste du chalet était glacial, mais cette chambre était comme un sanctuaire.

— Je reviens dans quelques instants, dit April.

Elle rinça et essora une serviette pour la tête de Risk, et au retour repéra deux préservatifs apparus comme par magie sur la table de nuit. Plus tôt, Risk avait fouillé dans son sac de sport ; il avait dû se réjouir de sa trouvaille. Il n'en avait pourtant pas soufflé mot, se contentant de les … poser là.

Elle ne savait pas quoi en penser. Ils n'avaient pas encore fait l'amour, mais la nuit était longue, et ils partageraient le même lit. S'agenouillant à côté de lui, elle tamponna doucement sa blessure, tout en en réfléchissant.

Risk prit sa main et fit courir les lèvres sur sa paume.

— Tu prends tellement soin de moi, murmura-t-il d'une voix emplie de gratitude.

Puis il leva la tête pour la regarder droit dans les yeux.

— Tu es incroyable, April. Tu es la seule chose réelle que je sache à propos de moi.

Il l'attira contre lui, et quand elle le chevaucha, un gémissement lui monta à la gorge. Lui prenant délicatement la tête en coupe, il couvrit sa bouche de la sienne et la taquina de la langue, jusqu'à ce qu'elle écarte les lèvres. Il fondit alors en elle dans un baiser passionné, à la fois tendre et torride. Elle aurait pu l'embrasser ainsi toute la nuit sans jamais se lasser. Risk ne retint rien, ne cherchant ni à se refréner ni à ralentir, soudain tout à fait décidé et sûr de lui.

Elle se sentit alors intimidée à l'idée qu'il puisse placer une telle confiance en elle. Lui dire la vérité aurait été préférable, mais elle ne pouvait s'y résoudre, car il la voyait comme son seul espoir.

Demain sera assez tôt, se dit-elle.

Soudain, il cessa de l'embrasser.

— April ?

Elle ouvrit les yeux et fixa la lumière des flammes dansant dans les siens.

— Le feu va bientôt s'éteindre, et l'air se rafraîchit. Peut-être que nous devrions nous coucher.

Elle fit taire ses appréhensions : elle désirait Risk et voulait être aimée de lui cette nuit. Mais contrairement à la dernière fois, elle saurait que cette aventure n'aboutirait à rien.

— C'est une bonne idée, murmura-t-elle.

Il l'aida à se relever, et ils s'installèrent au lit. Risk l'entoura de ses bras pour la rapprocher de lui, et dos pressé contre son torse elle finit par se détendre.

Elle aimait être dans ses bras, la sensation de sécurité qu'il représentait et la chaleur de son corps contre le sien. La journée n'avait été qu'un enchaînement de circonstances : la tempête, la course au chalet et finalement Risk qui perdait la mémoire. À présent qu'ils étaient au lit ensemble, un sentiment de paix la submergea, ce qui était fou, car ils n'avaient rien à manger et aucune idée de ce que le lendemain leur réserverait.

Entourée par le solide corps de Risk, elle se laissa aller au rythme de sa respiration, se sentant un avec lui et intégrant ce sentiment à chaque battement de son cœur. Mais quelques minutes plus tard, alors qu'elle pensait qu'il s'était peut-être endormi, il pressa les lèvres contre sa nuque, et tout ce qu'elle avait cru détendu en elle s'éveilla soudain à la vie. Par un soupir elle donna son approbation, que Risk saisit immédiatement, et il remonta la main le long de sa poitrine, pour taquiner ses seins. Elle n'arrivait plus à penser à quelque chose d'autre qu'à ses caresses, priant pour qu'il ne s'arrête jamais.

Risk l'aida à retirer son chemisier et dégrafa son soutien-gorge. Puis ses mains se posèrent aussitôt sur elle, la caressant d'une manière si respectueuse, comme si elle était une chose précieuse. Elle sentit son corps s'embraser baiser après baiser. Puis il la tourna face à lui et passa la langue sur sa poitrine, faisant dresser ses mamelons.

Mourant d'envie de le toucher, elle tâtonna les boutons de sa chemise qu'il finit par faire passer par-dessus sa tête. Elle posa alors les paumes, puis les lèvres, sur son torse de granit. Puis leurs bouches fusionnèrent à nouveau, tandis qu'il l'embrassait avec frénésie. Ils gémirent ensemble, secoués par l'intensité de leurs émotions. Ils étaient partenaires égaux, donnant et prenant à tour de rôle.

— J'ai trouvé des préservatifs, murmura-t-il entre deux baisers.

— Dieu merci.

Quelques secondes plus tard, leurs vêtements étaient retirés, et Risk prêt. April l'attendait avec impatience, le corps humide et accueillant.

Il s'empara à nouveau de ses lèvres et s'enfonça en elle.

Une multitude de sensations envahirent la jeune femme, alors que son corps se souvenait de lui et de la plénitude qu'elle avait éprouvée lors de leur nuit à Houston.

— Ça va ? lui demanda-t-il avant de s'enfoncer plus profondément.

— Parfaitement bien.

Il la recouvrit alors de son corps, et elle se mit à bouger à son rythme, de plus en plus excitée à chaque poussée. Risk avait totalement pris le contrôle, et elle le suivit, en proie à des sensations incroyables, le cœur jaillissant presque de sa poitrine et battant de plus en plus rapidement. Risk semblait savoir exactement ce dont elle avait besoin et à quel moment le lui donner, et bientôt elle se sentit fondre et partir à la dérive.

— Risk ! cria-t-elle.

Elle vola en éclats et s'effondra. Tout son corps était en feu, et Risk fut là pour la rattraper. Elle l'embrassa alors avec abandon, désireuse de lui rendre tout ce qu'il lui avait donné. Il ne fallut pas longtemps à Risk pour la suivre. Son visage se figea en un masque de plaisir alors qu'il s'enfonçait une dernière fois en elle, dans une sensation incroyablement merveilleuse.

Risk se leva au petit matin, et s'habilla rapidement. Il déposa ensuite un doux baiser sur le front d'April qui dormait toujours. Il ne se souvenait peut-être de rien, mais il savait qu'il avait une chance inouïe d'être aimé d'une femme telle qu'April. Elle était attentionnée, drôle et belle avec ses longues mèches bouclées et ses yeux d'un bleu vif. Elle avait pris soin de lui et l'avait encouragé de son mieux, même si sa mémoire demeurait aussi vide qu'un tableau blanc prêt à être rempli. Au moins, April avait été là pour combler les vides, et cela l'avait grandement aidé. Il s'était souvent senti sur la même longueur d'onde qu'elle, mais leurs ébats avaient été hors du commun.

Il ne voulait pas déranger son sommeil, mais il était curieux au sujet du chalet et voulut l'explorer un peu. Sans bruit, il se dirigea vers la porte et prit le couloir qui menait à l'entrée. Là, il passa en revue les sols et les murs, cherchant d'éventuels dommages causés par la tempête. Il passa ensuite aux grandes baies vitrées. Dehors, la pluie tombait sous forme de bruine, ce qui était encourageant.

— Risk ?

Il se tourna pour trouver April dans l'embrasure de la porte, les bras croisés sur son pull.

— April, tu as froid. Viens par ici. Je vais te réchauffer.

Elle s'approcha, et il la prit dans ses bras.

— Je me suis réveillée, et tu étais parti. Je ne savais pas si tu allais bien ou pas.

— Ne t'inquiète pas pour moi, mon ange. J'ai la tête dure. Vide, mais dure. Je ne voulais pas te réveiller.

— Tu avais moins d'états d'âme hier soir.

Il éclata de rire. La deuxième fois avait été aussi inspirante que la première. Aucun n'avait beaucoup dormi, car April avait fait de son mieux pour le garder éveillé. Au matin, elle avait fini par s'écrouler, et il avait quelque peu somnolé. Il était à présent presque certain de n'avoir aucune commotion cérébrale, mais la présence d'April était le meilleur des baumes pour son âme : elle était son lien avec sa vie réelle.

— Hé ! je ne t'ai pas vraiment entendue te plaindre.

— Non, aucune plainte, dit-elle en souriant.

Il la serra dans ses bras.

— Pourquoi t'es-tu levé si tôt ?

— Par curiosité. Après tout, nous sommes ici pour visiter ce chalet, n'est-ce pas ? Tu es mon agent immobilier, et sommes venus voir si c'est un bon investissement.

— Oui, c'est vrai.

— Alors, on commence ?

— Bien sûr. Allons-y.

Il prit la main d'April, et ils passèrent en revue l'entrée, notant quelques pierres de la cheminée qui s'étaient détachées. Les sols étaient en assez bon état et avaient juste besoin d'un peu d'entretien. Quant aux fenêtres, elles étaient bien isolées.

Pour la cuisine, c'était une autre affaire.

— Le carrelage est abîmé, et les plans de travail devront être changés.

Il ouvrit quelques placards et en inspecta l'intérieur.

— Certaines portes sont sorties de leurs charnières, mais la structure est solide. Ils auraient besoin de réparations, voire d'une petite remise à neuf, dit-il. Est-ce que l'électroménager fonctionne ?

— En grande partie oui, répondit April en faisant la grimace. Tu penses que la cuisine doit être entièrement refaite ?

— Non, elle est récupérable. Elle a un certain charme, et je pense que ça devrait aller.

— Vraiment ? dit-elle en souriant. Je suis contente que tu le penses.

Ils passèrent à la salle à manger attenante à la cuisine.

— Cette pièce me paraît bien, dit-il en regardant autour de lui.

— Par beau temps ces fenêtres apportent beaucoup de lumière. On peut même voir Canyon Lake d'ici. Le vue est splendide.

— Je n'en doute pas.

— Et nous savons déjà que la chambre parentale est fonctionnelle.

— Je le confirme.

— J'ai bien peur que l'étage ne soit pas en aussi bon état. La tempête a révélé des fuites dans les chambres.

Alors qu'ils montaient les marches, elle l'éclaira sur l'histoire des chambres et du frère et de la sœur qui n'arrivaient pas à se mettre d'accord. La passion qu'elle manifestait pour cet endroit ne fit que le charmer davantage, et il ne voulut pas refréner son enthousiasme.

— Je sais que le toit a besoin de réparations, dit-elle, mais si tu décides de le remplacer, il y a une marge de négociation avec le propriétaire.

Un sentiment de déjà-vu prit place dans son esprit. Il lui sembla avoir déjà eu cette conversation. Ce n'était qu'un flash, un morceau de mémoire, ou peut-être que c'était son imagination.

Tout de même… c'était encourageant.

— Tu sais quoi ? J'aime bien ce chalet. J'y vois du potentiel.

— J'en suis heureuse.

April lui fit un grand sourire, puis un grognement monta soudain de son estomac et emplit la pièce silencieuse.

— Oups ! Excuse-moi.

— Figure-toi que moi aussi j'ai faim. Que nous reste-t-il ?

— Pas grand-chose. Chips et beurre de cacahuètes.

— Au petit déjeuner ?

— Oui, dit-elle en riant. Au petit déjeuner, accompagnés d'un grand verre d'eau.

— Je ne peux rêver de mieux.

Elle battit des cils d'une manière si adorable qu'il ne put s'empêcher de planter un baiser sur sa bouche ; le premier vrai baiser de la journée et sûrement pas le dernier.

Quelques minutes plus tard, il regardait April plonger doucement les chips dans le beurre de cacahuètes et les déposer sur la table comme s'il s'agissait d'un repas gastronomique. Il aimait son optimisme et appréciait le sang-froid dont elle faisait preuve, dans une situation qui aurait pu en faire paniquer d'autres. Elle avait pris les choses en main, l'avait soigné et empêché de céder à la panique. Cela n'avait pas dû être simple, et il en avait parfaitement conscience. Ne rien savoir de lui, de sa famille et de sa vie passée était effrayant. April avait su combler les vides, mais sans le surcharger.

Avec elle à ses côtés, il était sûr de réussir à traverser les moments difficiles.

Elle posa la thermos entre eux, et ils grignotèrent des chips et sirotèrent de l'eau.

— On dirait que la tempête se calme.

— J'espère qu'une autre ne va pas débuter derrière. Je devrais peut-être essayer d'aller jusqu'à la voiture pour évaluer la situation.

— Tu veux dire que *nous* devrions peut-être aller jusqu'à la voiture pour évaluer la situation.

— Nous ? dit-il en secouant la tête. Non, April. Tu as dit que la voiture est à un kilomètre, et si la tempête reprend, il ne faut pas que tu sois dehors.

— Si j'étais allée avec toi chercher le bois, peut-être que tu n'aurais pas été blessé.

— Ou peut-être que nous l'aurions été tous les deux. Au moins, l'un de nous a conservé sa mémoire.

— La vérité c'est que je ne veux pas rester seule ici.

Risk la regarda d'un air sceptique, les yeux plissés, et elle se mordilla la lèvre en battant des cils.

— D'accord, nous resterons ensemble, dit-il finalement.

Un grand soulagement se lut immédiatement sur le visage de la jeune femme. Il savait avoir pris la bonne décision, mais il pouvait y avoir du danger à l'extérieur, et il était décidé à la protéger comme si sa vie en dépendait.

April s'était juré d'avouer toute la vérité à Risk dès son réveil. Mais quand elle l'avait trouvé en train d'explorer le chalet, elle lui avait emboîté le pas, et ses bonnes résolutions s'étaient envolées. Ce n'était pas chose aisée de confesser son mensonge. Elle avait succombé à son charme et couché plusieurs fois avec lui. Comment justifier cela ? Et comment expliquer la bague à son doigt ? De plus elle ignorait si la vérité pouvait être un frein à son rétablissement, car pour le moment elle était son seul pont vers sa vraie vie.

La veille, elle s'était surtout efforcée de soigner sa blessure et d'ôter l'expression perdue et effrayée qu'il affichait. Partager le lit de Risk Boone pour se protéger du froid avait été une nécessité, et il lui avait répété à maintes reprises à quel point sa présence le rassurait.

Mais c'était mal de le laisser continuer à croire un mensonge. Pourtant elle aurait tant aimé que cette histoire soit vraie, car elle était en train de retomber amoureuse de lui.

N'était-ce pas complètement stupide ?

Elle devait absolument lui dire la vérité.

— Tu n'es pas encore prête ? demanda-t-il en enfilant sa veste. Il te faut des chaussures et un manteau, chérie. La pluie s'est arrêtée, et c'est le bon moment pour y aller.

— Oh ! je serai prête dans deux minutes. Risk ?

— Hum ?

— À notre retour, je dois te parler de quelque chose.

— Bien. Si nous ne trouvons pas un moyen de partir d'ici, nous aurons tout le temps que tu veux pour discuter.

Quelques minutes plus tard, ils fermaient la porte et s'aventuraient sur la route détrempée qui partait du chalet. L'air était frais et cela faisait du bien d'être dehors après près de vingt-quatre heures de confinement. Risk tenait fermement la main d'April, et ce simple lien maintenait une constante chaleur entre eux.

Ils marchaient lentement, faisant des pas prudents et luttant contre les fortes rafales qui secouaient les arbres et faisaient voler leurs cheveux dans toutes les directions. Le pied d'April s'enfonça dans la route, et elle trébucha, mais Risk fut là pour la rattraper et l'empêcher de tomber.

— Attention, dit-il, en la serrant contre lui et lui donnant un tendre baiser. Ça va ?

Elle hocha la tête et fixa sa bouche, la tête pleine de désirs impossibles.

— Oui je vais bien. Merci de m'avoir rattrapée.

— Quand tu veux, dit-il, le regard brillant.

Ce Risk là était attrayant et gentil, et…

Soudain, un bruit venant du ciel leur fit lever la tête – le son des hélices d'un hélicoptère. Il volait droit au-dessus d'eux, et April reconnut immédiatement le logo du Rising Springs.

— Risk, c'est l'hélicoptère de ta famille. Je crois que nous sommes sauvés.

- 5 -

Risk refusa la civière, mais le personnel de l'hôpital qui l'attendait sur l'hélisurface, insista pour le mettre dans fauteuil roulant. Il serra la main d'April, et elle marcha à côté de lui alors qu'il était conduit vers l'entrée arrière de l'hôpital. Luke Boone, qui avait piloté l'hélicoptère pour venir à leur recherche, et Mason marchaient quelques pas derrière eux.

Ils furent assaillis par le cliquetis des appareils photo et par des journalistes qui criaient leurs questions de tous les côtés. April en reconnut plusieurs et fut surprise, mais elle se souvint alors à quel point la famille Boone étaient importante dans cette ville. La nouvelle d'un Boone disparu dans une tempête, ne serait-ce qu'une nuit, avait fait la une des journaux.

— Risk, comment compareriez-vous cela à la chute que vous avez fait avec votre cheval, Justice ?

— Qu'est-il arrivé à votre tête ?

April lui serra la main, et il leva les yeux vers elle, déconcerté.

— Pouvez-vous faire un commentaire, monsieur Boone ? Nous dire quelque chose ?

Risk leva sa main libre.

— Attendez une minute, s'il vous plaît, dit-il en se tournant vers l'infirmière qui le poussait.

Celle-ci n'eut pas l'air ravie d'arrêter le fauteuil,

mais s'exécuta néanmoins. Risk regarda les visages des journalistes.

— Je ne peux pas répondre à ces questions. Je ne me souviens de rien. Mais je dirai que ma fiancée a vraiment bien pris soin de moi quand j'ai été blessé. April a été à mes côtés tout le temps, et nous sommes tous deux très chanceux de nous en être sortis.

— Que voulez-vous dire par là ? Êtes-vous amnésique ? cria un journaliste.

— Vous voulez dire que vous êtes fiancé ? demanda un autre.

Une demi-douzaine d'autres questions suivirent, et April se figea tandis que tous les yeux se posaient sur elle. Elle n'eut pas besoin de se tourner vers Mason et Luke pour savoir qu'ils étaient totalement choqués par l'annonce de leur frère. En moins d'une seconde les appareils photo se tournèrent vers elle, et les questions fusèrent. Elle garda un visage stoïque, mais sa tête était sur le point d'éclater. Risk venait d'annoncer à Boone Springs qu'il souffrait d'amnésie et qu'il était fiancé. Un photographe se pencha très bas et prit une photo de la bague en diamant à sa main gauche.

Puis, rapidement, une demi-douzaine d'employés de l'hôpital intervinrent pour empêcher les journalistes d'entrer dans le bâtiment, et un médecin prit la parole.

— Ce sera tout pour aujourd'hui. Nous ne connaîtrons pas l'étendue de la blessure de M. Boone tant que nous ne l'aurons pas examiné. Je suis certain que M. Boone vous sera reconnaissant de respecter sa vie privée.

— Restera-t-il amnésique ?

— Comme je l'ai dit, nous ne le saurons pas avant de lui avoir fait passer des examens approfondis.

Quelques instants plus tard, Risk fut amené aux urgences où Lottie Sue Brown l'attendait. Sa tante était une icône de la ville, et même si April ne l'avait jamais rencontrée, elle la reconnut immédiatement.

Mason posa une main sur l'épaule de Risk, et tante Lottie se pencha pour lui embrasser la joue.

— On était fous d'inquiétude. Quel soulagement que tu ailles bien !

Risk regarda April, clairement déconcerté. Celle-ci lui chuchota à l'oreille.

— C'est ta tante Lottie.

Même s'ils avaient été avertis de son amnésie par un bref message de Mason, sa famille manifesta tout de même de la surprise en voyant qu'il ne reconnaissait personne. Et inutile de préciser que Mason et Luke la regardaient avec une extrême curiosité mêlée de prudence, depuis l'incroyable annonce de Risk.

Deux médecins urgentistes entrèrent dans la pièce accompagnés d'une infirmière.

— Je sais que vous êtes inquiets pour M. Boone, mais nous allons devoir vous demander à tous de sortir. Nous devons l'examiner.

— Docteurs, faites-nous savoir si vous avez des questions, déclara Mason.

— Bien sûr, répondit l'un des médecins en désignant la porte.

Mason, Luke et Lottie sortirent, tandis que Risk continuait de serrer la main d'April. Elle fit un geste pour partir, et à contrecœur il relâcha ses doigts un par un.

— Je serai juste dehors, lui assura-t-elle.

Il lui adressa un demi-sourire alors qu'elle sortait de la pièce.

À son entrée dans la salle d'attente, Mason, Luke et Lottie l'accueillirent avec des regards méfiants. Son estomac se noua en une minuscule boule. Elle s'était fourrée dans un drôle de pétrin.

Lottie fut la première à parler.

— Est-ce que vous vous sentez bien, April ?

— Oui… merci de vous en inquiéter. Je me sens simplement fatiguée.

Elle était épuisée, et pas seulement parce que Risk et elle avaient passé d'innombrables heures à faire l'amour, à se tenir au chaud et à rester éveillés par peur d'une commotion cérébrale. Toute cette aventure avait été émotionnellement épuisante. Comment allait-elle pouvoir expliquer ce qui s'était passé durant ces vingt-quatre dernières heures ?

— Risk ne fait que chanter vos louanges, déclara Lottie. Vous avez pris soin de lui.

— J'ai fait de mon mieux, dit-elle les joues brûlantes.

— Et est-ce que ces fiançailles sont le fruit de son imagination ?

Encore une fois, tous les yeux se tournèrent vers l'anneau à son doigt.

— Pas exactement.

— C'est-à-dire ? demanda Mason, clairement perplexe.

Luke se passa une main sur le front.

— J'aimerais aussi savoir.

April ferma la porte de la salle d'attente et s'assit. Les autres prirent place également, et elle inspira profondément pour rassembler son courage.

— Nous ne sommes pas vraiment fiancés, mais Risk pense que si, annonça-t-elle en évaluant leurs réactions.

Sa déclaration ne fit que les intriguer davantage.

— Voyez-vous, avant que Risk perde la mémoire, il croyait que j'étais fiancée. Pour des raisons que je ne veux pas détailler ici, je voulais lui faire croire que je l'étais. Mais quand j'ai vu sa blessure à la tête et découvert sa perte de mémoire, j'ai eu peur que ce soit une commotion cérébrale. Je savais que je devais le garder éveillé et l'empêcher de s'endormir. Il était faible et complètement assommé, mais quand il a vu l'anneau à mon doigt et qu'il a supposé que nous étions fiancés, son attitude a changé, et son regard s'est illuminé. Il m'a vue comme un lien vers sa vie. J'aurais dû le détromper, je le sais, mais il semblait avoir vraiment besoin de ça. Le croire l'a vraiment soulagé et rendu heureux.

Les frères restèrent silencieux, et Lottie prit la parole.

— Ça a dû être effrayant pour vous. Se retrouver toute seule dans ce chalet vide, en pleine tempête et avec un homme blessé.

— Oui, mais grâce à votre panier-repas, nous avons eu de quoi manger.

Lottie sourit chaleureusement.

— Les garçons trouvent que je les materne.

— C'est une bonne chose que vous soyez si prévenante.

Soudain ses épaules s'affaissèrent, et toute l'adrénaline qui l'avait fait tenir jusque-là disparut, la laissant épuisée.

— Vous avez dit qu'avant sa perte de mémoire, vous lui aviez dit que vous étiez fiancée. Je suppose que ce n'est pas vrai ? demanda Mason.

April rougit.

— Mason, je pense qu'April a besoin de se reposer. Elle en a suffisamment bavé.

— Non, non, protesta-t-elle. Je veux vous expliquer. Je dois aussi dire la vérité à Risk, mais…

— Ce n'est peut-être pas le bon moment, dit Lottie. Je pense que l'examen va durer un bon moment et qu'il sera trop fatigué après tout ça.

— Je suis d'accord. Mais je veux entendre ce que vous avez à dire, déclara Luke.

C'est lui qui était venu à leur secours et qui les avait sauvés. Elle devait la vérité aux Boone et voulait libérer sa conscience. Elle commença donc, l'estomac noué.

— Si je vous dis tout, promettez-vous de me laisser l'expliquer à Risk une fois que le médecin aura donné son accord ?

Tous acquiescèrent.

— Mais seulement si vous vous en sentez capable, April.

Lottie était vraiment une personne très gentille.

— Je m'en sens capable, mais j'ai peur de ne pas y arriver. Voyez-vous, commença-t-elle en choisissant soigneusement ses mots, Risk et moi avons eu une liaison. Nous nous sommes rencontrés peu de temps après sa rupture avec Shannon, et ça ne s'est pas très bien passé. Mais il y avait cette attirance entre nous, alors mon amie a inventé cette idée idiote de faire semblant d'être fiancée afin de pouvoir travailler avec lui. Comme une sorte de… police d'assurance, si vous voyez ce que je veux dire.

Elle les regarda d'un air entendu, espérant qu'ils comprendraient. Encore une fois, ils acquiescèrent.

— C'est à peu près tout. Je voulais garder une relation purement professionnelle avec Risk.

— Ce qui n'est pas arrivé, je suppose, dit Mason en arquant un sourcil.

— Chut ! dit Lottie. C'est entre ton frère et April.

La jeune femme sentit son visage s'empourprer. Il était hors de question qu'elle réponde à cette question. Avouer la vérité avait été difficile, mais au moins elle s'en était sortie sans faiblir.

— Pour ce que ça vaut, je suis désolée pour tout ça.

— Ce n'est pas votre faute, dit Luke.

— Vous ne pouviez pas prévoir que la tempête ferait autant de dégâts, ajouta Lottie.

— Vous avez aidé mon frère quand il en avait le plus besoin, ajouta Mason, avec un sourire en coin. Nous vous en serons toujours reconnaissants.

Bien que toute la famille lui eût dispensé des paroles gentilles, elle avait le sentiment que les frères Boone étaient mécontents de son mensonge.

— C'est exact, dit Lottie. Vous avez bien pris soin de Risk, et maintenant il est temps de prendre soin de vous. La nuit sera longue April. Pourquoi ne pas rentrer chez vous pour dormir un peu ?

— Ne devrais-je pas rester et attendre Risk ? Il est un peu désorienté.

— Nous lui dirons que vous aviez besoin de repos. Il comprendra. Je vous tiendrai au courant, promis. Mason a votre numéro. Notre voiture va vous ramener chez vous si vous le souhaitez.

— C'est très gentil de votre part.

Lottie étreignit affectueusement April, qui apprécia sa gentillesse.

— Vous avez eu suffisamment d'émotions pour aujourd'hui. Laissez-moi vous accompagner.

Mason et Luke lui firent un signe de la tête, et Lottie la conduisit à la limousine et donna des instructions au chauffeur.

Aussitôt chez elle, April appela Jenna Mae.

— Dieu merci, tu es à la maison, Jenna. J'ai vraiment besoin de te parler. Il faut que je t'annonce quelque chose.

— Tu plaisantes ? C'est déjà sur tous les réseaux sociaux. Je t'écoute. Dis-moi tout.

April raccrocha après une longue conversation avec Jenna. Son amie savait toujours comment la réconforter et l'aider à y voir plus clair. Elle aimait ses deux amies, Jenna Mae et Clovie, comme des sœurs et ne savait pas ce qu'elle ferait sans elles.

Après un bon bain, elle enfila son pyjama le plus confortable, se fit un chocolat chaud et essaya en vain de presser le bouton *off* dans sa tête. Les vingt-quatre dernières heures défilaient sans cesse dans son esprit. De toutes les personnes sur terre, il avait fallu qu'elle s'invente des fiançailles avec une célébrité nationale du rodéo et de la télévision. La nouvelle était partout sur Internet, et impossible de faire marche arrière. Elle ne pouvait qu'imaginer les gros titres du matin.

Son téléphone portable vibra sur la table basse, et elle faillit avoir une attaque en voyant le nom de Risk : l'homme à qui elle n'avait cessé de mentir.

Elle dérocha d'une main tremblante.

— Allô !

— April, c'est moi.

— R… Risk, je ne m'attendais pas à avoir de tes nouvelles ce soir. Comment vas-tu ?

— J'irai mieux une fois que je serai sorti d'ici. J'ai été plus piqué aujourd'hui que je l'aurais cru possible, et demain ça sera pareil. On m'a ausculté jusqu'au bout des ongles. Mais je voulais m'assurer que tu allais bien. Tu me manques.

April se mordit la lèvre.

— Je sais, et je suis désolée d'avoir quitté l'hôpital. Ta tante a insisté pour que je me repose.

— Elle a eu raison. Tu as également vécu beaucoup de choses.

— Comment va ta tête ? As-tu mal ?

Il soupira.

— Je vais bien. Il y a encore un léger œdème, mais le médecin dit que si tout va bien demain et si tous les autres examens sont normaux, je pourrai rentrer à la maison après-demain. Ça parait bizarre de dire « la maison » quand je ne me souviens ni du ranch ni de ma famille.

— Mais peut-être que le voir et être entouré de tes proches éveillera tes souvenir.

— C'est ce que disent les médecins. Mais les seuls souvenirs que j'ai sont ceux de toi et moi au chalet.

Il ajouta ensuite d'une voix rauque :

— Je ne les échangerais contre rien au monde.

— Moi non plus.

— Est-ce que tu passeras demain ?

— Oui… je passerai.

Elle passerait rapidement à l'hôpital, mais elle ne lui dirait rien avant d'avoir eu l'aval des médecins. D'ici là, il lui faudrait continuer cette comédie.

Pourtant elle n'était pas pressée de lui révéler la vérité. Il croyait toujours qu'ils étaient fiancés, et *ce* Risk-là, l'homme séduisant et doux qui s'était révélé après sa blessure, l'avait séduite. Ce Risk était un homme sympathique, et son petit béguin pour lui s'était rapidement transformé en un cratère plein de guimauves.

— On se voit demain, Risk. Dors bien.

— Toi aussi. Bonne nuit.

Elle raccrocha et regarda le téléphone.

Ça n'allait pas être facile de lui faire du mal. Et quel effet cette révélation aurait sur sa guérison ?

Le lendemain, April entra dans la chambre d'hôpital de Risk, un vase de fleurs colorées à la main. Il était allongé sur le lit, les yeux fermés. Elle fut sur le point de sortir de la pièce pour le laisser se reposer quand soudain il ouvrit les yeux.

— Bonjour, dit-il doucement, un sourire aux lèvres.

— Risk, je suis désolée. Je ne voulais pas te déranger.

— Tu ne me dérange pas. Tu es même la meilleure chose qui me soit arrivée aujourd'hui. Je t'attendais. Approche-toi, dit-il, en lui faisant signe de s'asseoir près de lui sur le lit.

— Euh… laisse-moi d'abord poser les fleurs.

Elle mit le vase sur la table près de son lit et se tint là, sans trop savoir quoi faire.

— Elles sont très belles, merci. Et toi, tu es magnifique.

Elle portait une courte veste en jean sur une robe à

fleurs bleues : rien de spécial, mais elle s'était un peu habillée pour cette visite.

— Merci.

Il tendit la main, et elle le regarda un instant avant d'entrelacer les doigts aux siens. Il tira alors un petit coup, et elle se trouva propulsée vers l'avant, contre le lit.

— C'est bon de te voir, April.

— C'est bon de te voir aussi. Rien de nouveau ?

— Non, mais te voir me donne l'impression que tout va pour le mieux.

Il regarda alors ses lèvres, les yeux brillants, et ajouta :

— Je pense que j'ai besoin d'un baiser de la part de ma fiancée.

April battit des cils. Elle s'y attendait, mais cela paraissait tellement faux à présent. Penchant la tête, elle lui donna un tout petit baiser sur la bouche. Juste au moment où elle recula, un bruit de talons la fit se retourner, et elle se trouva nez à nez avec Shannon Wilkes. Cheveux auburn, yeux verts et corps parfait, la jeune femme était d'une beauté classique.

April n'en croyait pas ses yeux, et elle fixa la femme durant quelques secondes sans pouvoir prononcer le moindre mot. Vêtue de bottes à talons vertigineux, d'un legging noir et d'une élégante tunique vert et noir avec ceinture, elle lança à April un regard dédaigneux avant de se diriger vers le lit.

Une impression de déjà-vu saisit à April : la fille ronde de sa jeunesse se sentit à nouveau invisible.

— Risk, je suis venue dès que j'ai appris la nouvelle. Je suis vraiment désolée pour ta blessure. Après ta gentillesse la semaine dernière après le décès de maman, il fallait absolument que je vienne te voir.

Risk reporta son attention sur April, l'expression vide. Celle-ci était toujours ébahie de se retrouver dans la même pièce que Shannon Wilkes, la femme qui, entre autres, avait brisé le cœur de Risk. Puis soudain, tout devint clair : c'était donc la mère de Shannon qui avait beaucoup compté pour Risk et qui était morte. Il était allé voir Shannon après le décès de celle-ci et était resté avec elle le temps des funérailles.

— Je suis désolée pour votre mère, déclara Risk. Mais est-ce que je vous connais ?

— Bien sûr que tu me connais.

— Désolé, mais je ne me souviens pas de vous.

L'attitude de Shannon changea, et elle fit la moue.

— J'ai entendu parler de ton amnésie aux informations, mais je ne savais pas si c'était vrai. Je ne pensais pas que tu… tu m'oublierais.

Comme s'il était impensable qu'une personne saine d'esprit puisse oublier une star pareille. Le démon en April se dit que le point positif avec cette amnésie, c'était qu'il avait oublié la douleur que cette femme lui avait causée.

— Désolé, mais c'est vrai. Je ne me souviens pas de vous.

Shannon battit des cils et se tourna vers April, déconcertée.

— Vous devez être April.

— En effet.

— Shannon, dit-elle, avant de se tourner à nouveau vers Risk. Je me disais que si nous parlions un peu en privé, tu te souviendrais peut-être de notre passé.

Risk regarda April et lui fit signe de s'approcher, puis lui prit la main et la serra.

— Je ne pense pas, non. Je veux dire, si ma propre fiancée ne peut raviver ma mémoire, je ne pense pas que vous le pourrez.

Il entrelaça ensuite les doigts à ceux d'April et lui embrassa la main. Shannon n'en perdit pas une miette.

Soudain un bruit s'éleva de la rue. April jeta un coup d'œil par la fenêtre.

— Ce sont des camionnettes de journalistes.

— Désolée, dit Shannon en haussant les épaules. J'ai essayé d'être discrète. Je n'ai dit à personne que je venais voir Risk.

Discrète ? Avec ce visage et cette tenue ? Elle était une des actrices les plus en vue du monde, et n'ignorait sûrement pas que sa venue à Boone Springs créerait une frénésie médiatique. Même si sa vie amoureuse actuelle se portait presque aussi mal que son dernier film, il n'en demeurait pas moins qu'elle avait de nombreux fans sur tous les continents.

— Je viens de loin pour te voir, Risk.

— Êtes-vous célèbre ou quelque chose de ce genre ?

April laissa échapper un petit rire ironique.

— Quelque chose de ce genre, oui. Mais je suis venue parce que nous sommes amis maintenant. Tu as été si gentil avec maman et tu m'as tellement aidée pendant cette période. Alors quand j'ai entendu parler de ta blessure, je me suis précipitée.

Risk lui lança un autre regard vide.

— Félicitations pour tes… pour tes fiançailles, ajouta-t-elle avec un sourire, avant de se tourner vers April. Félicitations à vous deux.

— Merci, finit par répondre April.

— C'est tout de même étrange. Pendant tout son séjour à Atlanta, Risk n'en a jamais parlé.

Une sensation de chaleur se propagea le long du cou d'April, qui tenta de garder une expression calme malgré le regard scrutateur de l'actrice.

— Je suis désolé, je n'ai pas d'explication, dit Risk.

Deux infirmières entrèrent, toutes deux visiblement émerveillées de voir Shannon Wilkes en personne, et l'une tenant le plus gros et le plus exquis des bouquets de roses rouges et blanches. L'infirmière posa le vase sur la table à côté de celui d'April, qui sembla complètement disparaître à côté.

— Elles viennent de moi, déclara Shannon avec un sourire.

— Merci, dit Risk d'une voix incertaine.

— Désolée de vous interrompre, intervint une des infirmières d'une voix emplie de respect. M. Boone doit subir d'autres examens cet après-midi. Nous allons devoir vous demander à toutes les deux de partir.

— Bien sûr, dit immédiatement April, trop heureuse de ce changement de sujet de conversation. Je vais y aller.

Risk la regarda, l'air déçu. De toute évidence, il aurait souhaité qu'elle reste plus longtemps. Elle se pencha et lui donna un baiser sur la joue. Shannon ne les quittait pas des yeux.

— J'ai réservé au Baron pour une longue durée, dit-elle en s'approchant de Risk.

Elle lui serra la main et plongea dans son regard.

— Tu ne t'en souviens peut-être pas, Risk, mais à la mort de maman, tu m'as conseillé de prendre du recul et de découvrir ce que je veux vraiment dans la vie. Tu m'as invitée à la fête de la journée des Fondateurs de votre ville, et je me suis dit : « Pourquoi ne pas faire un long séjour à Boone Springs pour me ressourcer ? »

Elle devait sûrement plaisanter. Avec tous ces journalistes sur ses talons, la paix et la tranquillité seraient les dernières choses qu'elle trouverait dans cette ville. Mais peut-être que prendre du recul n'était pas vraiment ce que Shannon recherchait.

Peut-être qu'elle était après son ex-petit ami, Risk Boone.

- 6 -

Le lendemain, Risk, escorté par ses deux frères, fut emmené en fauteuil roulant à la sortie arrière de l'hôpital. Le rapport sur son état de santé était bon : pas de commotion cérébrale, plus d'œdème au niveau du cerveau, pas de vertiges.

— Il y aura des journalistes dehors, alors tiens-toi prêt, dit Luke. Tu n'as pas à leur parler. Monte dans la voiture, et nous ferons le reste.

— Ma vie ressemble-t-elle vraiment à ça ?

— Oui. Et l'arrivée en ville de ton ex, hier, n'a pas aidé. Partout où Shannon passe, les paparazzis suivent.

— Tu faisais la une des journaux il y a quelques années, et voilà que ça recommence, déclara Mason.

Risk secoua la tête.

— Je ne comprends pas.

— C'est la vie que tu menais avant de revenir travailler chez Boone Inc.

— April m'a raconté ma vie à l'époque de mes rodéos.

À la mention de son nom, Mason et Luke se regardèrent nerveusement.

— Qu'est-ce que j'ai dit ?

— Rien, répondit aussitôt Mason. April passera dans la journée.

— Bien, j'ai hâte de la voir.

Cette fois, ses frères regardèrent droit devant eux, les lèvres serrées.

Risk souhaita alors qu'April soit là. Tout aurait été plus simple avec elle.

— Que le spectacle commence, dit Mason alors qu'ils s'approchaient des portes vitrées, où une demi-douzaine de journalistes et de photographes les attendaient.

— Tu es prêt ?

Risk acquiesça et se leva. Les portes automatiques s'ouvrirent, et il brava l'assaut de flashs et de questions tandis que Mason et Luke faisaient bouclier et l'entraînaient vers la limousine.

— Démarrez, dit Mason au chauffeur.

Ils réussirent à quitter le parking sans incident et se détendirent une fois sur la route.

— Je me demande comment tu supportais tout ça à l'époque où tu sortais avec Shannon, s'interrogea Mason.

— J'ai du mal à croire que je sois sortie avec elle.

— Pourtant si, pendant deux ans.

Il secoua la tête, incapable du moindre souvenir.

— C'est de l'histoire ancienne maintenant. Ne t'inquiète pas pour ça, dit Luke. Tante Lottie vient de m'envoyer un texto. Elle te prépare ton repas préféré.

Risk fouilla dans sa mémoire, mais rien ne lui vint à l'esprit.

— Et qu'est-ce que c'est ?

— Oh ! désolé. Sandwich au steak fumé avec fromage et oignons frits.

— Comparé à notre régime beurre de cacahuètes et chips quand on était au chalet, ça me paraît être un vrai festin. J'espère qu'April sera là à temps pour déjeuner avec nous.

Mason coula un regard discret à Luke, qui n'échappa pas à Risk. Leurs regards conspirateurs commençaient à l'irriter. Que diable se passait-il ?

— Allez-vous me dire pourquoi vous vous regardez chaque fois que je prononce le nom d'April ?

— Ce n'est pas vrai, protesta innocemment Luke.

Ne désirant pas poursuivre cette conversation, Risk préféra se concentrer sur le paysage et essayer de se souvenir d'un détail sur le trajet.

Rien ne lui vint.

April se prit la tête entre les mains au moment où la voiture de Jenna franchit les portes du ranch. Elle allait bientôt devoir affronter Risk.

— Ça va aller, April. Il faut le faire.

— Je sais. J'ai répété dans ma tête ce que j'allais lui dire. J'espère seulement avoir le temps de tout lui expliquer avant qu'il me mette à la porte.

— Il ne ferait pas ça.

— Je n'en suis pas si sûre.

— Je t'attendrai alors. Ou, mieux encore, je vais entrer et expliquer mon rôle dans tout ça.

— Non, ne sois pas stupide, Jenna, c'est ma faute. Je vais y arriver. Merci de ton aide.

— De rien, il fallait bien que quelqu'un t'amène ici.

— Je ne parle pas que de ça. Tu as été d'un grand soutien, et j'apprécie. Tu es la meilleure.

— Tu aurais fait pareil pour moi.

April lui sourit. Elles se connaissaient si bien.

Jenna arrêta la voiture devant la maison, et April serra son amie contre elle.

— Merci pour tout.

— De rien. Appelle-moi quand tu seras rentrée.

— Bien sûr.

— Allez, vas-y. Courage. Tu peux le faire.

Elle hocha la tête et sortit de la voiture, puis salua son amie avant de se diriger vers la porte d'entrée.

La gouvernante répondit au premier coup frappé et la fit entrer dans la grande salle à manger. Mason, Drea, sa fiancée, Luke et Lottie étaient assis autour de la table, penchés sur des documents. April qui avait été à l'école primaire avec Drea la connaissait vaguement.

— Bonjour, April, lança Lottie. Entrez je vous prie.

— Bonjour tout le monde. Je suis venue voir Risk.

— D'ailleurs à ce sujet, dit Lottie en se levant de sa chaise. Permettez-moi de vous faire un rapport.

Prenant le bras d'April, elle la guida doucement vers la cheminée qui se trouvait au pied de l'escalier.

— Risk se repose dans sa chambre. Il est impatient de vous voir. J'ai discuté avec son médecin ce matin, et il trouve son état satisfaisant. Je sais que vous devez lui dire la vérité, April, mais faites-le de la manière la plus douce possible. Il sera probablement contrarié, car il ne parle que de vous en ce moment, mais il s'en remettra. Risk est solide, et je pense qu'il est préférable de lui dire la vérité plutôt que de prolonger les mensonges.

— Oui je suis d'accord. Je suppose donc qu'il ne se souvient toujours de rien.

— J'ai bien peur que non.

— Je ferai de mon mieux.

— Sa chambre est à l'étage, dernière porte à droite. Voulez-vous que je vous accompagne ?

— Non, merci, ça ira.

— Très bien, dit-elle en lui souriant avec sympathie. Dans ce cas je vous laisse.

— Lottie ? Puis-je vous poser une question ?

— Bien sûr, répondit celle-ci sans hésitation.

— Pourquoi êtes-vous si gentille avec moi ? Je vous en suis bien sûr très reconnaissante, mais je pense que vous avez toutes les raisons de m'en vouloir.

Lottie sourit à nouveau, le regard scintillant.

— Peut-être parce que j'ai été plusieurs fois à votre place au cours de ma vie. Nous faisons tous des erreurs. Seigneur, nous ne serions pas humains si ce n'était pas le cas. Et je vois la façon dont vous vous regardez avec Risk. Malentendu ou pas, je pense que quelque chose est possible entre vous.

Sur ce, Lottie s'en alla, et April prit un moment pour digérer ses propos.

« Quelque chose est possible entre vous. »

April n'était absolument pas d'accord avec cela. Elle allait tenter de réparer son erreur, puis d'oublier Risk et la vente de ce chalet.

Elle monta lentement les marches tout en répétant intérieurement son discours, puis remonta le couloir et frappa à la dernière porte à droite.

Elle s'ouvrit d'un coup sec sur Risk, vêtu d'un jean et d'une chemise bleue, les cheveux lissés en arrière. Ni le chaume de sa mâchoire ni le petit bandage carré sur sa tête n'avaient réussi à altérer son physique dynamique.

— April, mon cœur. Entre.

Il l'emprisonna de ses bras puissants et l'écrasa presque contre lui, avant de l'embrasser passionnément. Le cœur d'April se mit à battre à toute vitesse, éveillant en elle des désirs enfouis et lui faisant presque oublier sa mission.

— Risk, dit-elle en appuyant les paumes contre son torse. Nous devons parler.

Sa voix était douce et haletante ; pas du tout ce qu'elle avait prévu.

— Parler est surfait, dit-il.

Il lui prit la main et l'embrassa, puis sa bouche se posa à nouveau sur la sienne, insatiable et ardente. Enfin il recula.

— Mais tu as raison. Nous devons parler.

Il la conduisit vers le lit, et ils s'y assirent. En face se trouvait une cheminée avec, au-dessus, un téléviseur écran géant. Des étagères remplies de trophées, de boucles de ceinture de champion de rodéo occupaient tout un mur, et le mobilier était d'un style rustique et masculin.

— Tout d'abord, comment te sens-tu ? demanda-t-il sans lui lâcher la main.

— Moi ? Je vais bien, mais c'est toi le blessé. Comment vas-tu ?

— Je ne me souviens toujours pas de ma famille ou de cet endroit.

— De rien du tout ?

— Non, mais je me sens tellement mieux maintenant que tu es ici.

— C'est justement de ça dont je voulais te parler.

April se leva et fit quelques pas. Elle avait besoin de mettre de la distance entre eux pour lui faire ses aveux.

— Chérie, quelque chose ne va pas ? demanda-t-il d'une voix inquiète.

— Non. Je veux dire oui. J'ai quelque chose à te dire. Mais d'abord, je veux que tu saches que mon but n'a jamais été de te blesser. Je… euh… je n'ai pas été vraiment honnête avec toi.

Zut ! c'était plus difficile que prévu. Il la regardait comme si l'avenir du monde reposait sur ses épaules.

— Ça ne présage rien de bon, dit-il d'une voix rauque, toute joie à présent envolée.

— Je t'assure que c'était complètement innocent au départ.

— Qu'est-ce qui était innocent ?

— Pas vraiment innocent, en fait. Quand nous avons eu une liaison la première fois à Houston, il y a deux ans…

— Une liaison ?

— Oui, nous nous sommes rencontrés là-bas par hasard et nous avons passés une nuit ensemble. Tu te remettais de ta rupture avec Shannon Wilkes qui t'avait largué, et… j'ai cru que nous vivions quelque chose de spécial, alors que toi, pas du tout. J'ai passé ces deux dernières années à ne pas beaucoup t'aimer, et quand tu es venu me voir pour acheter le chalet, mon amie a pensé qu'il valait mieux prétendre que j'avais un fiancé pour que nos rapports restent strictement professionnels, et que notre passé n'interfère pas avec les affaires. Ça a bien marché. Jusqu'à ce que tu perdes la mémoire.

Risk se leva du lit et s'approcha d'elle.

— Je ne comprends pas, dit-il d'une voix rauque et désespérée qui lui retourna l'estomac. Tu veux dire que nous ne sommes pas fiancés ?

— Oui… c'est ce que je dis.

— Nous étions dans la chambre du chalet.

— Oui, et tu as vu l'anneau à mon doigt et supposé que nous étions fiancés, dit-elle en reculant d'un pas.

— Es-tu en train de me dire que tu as couché avec moi alors que tu étais fiancée à un autre ?

— Non ! Je ne suis fiancée à personne. Ce n'était qu'un… mensonge.

— Et tu ne m'as pas détrompé ?

Elle secoua la tête encore et encore.

— Non… je ne l'ai pas fait.

— Tu veux dire que tu es restée au lit avec moi toute la nuit, en me laissant croire que nous étions ensemble ? Les choses que nous avons faites, la façon dont nos corps ont fusionné, les petits cris que tu poussais, tout cela était faux ?

— Non, ce n'était pas faux. C'était réel. Du moins à ce moment-là. Oh ! je ne sais pas ! s'exclama-t-elle, les larmes aux yeux. Tout est tellement embrouillé dans mon esprit.

Des lignes se formèrent autour des yeux de Risk alors qu'il la regardait intensément.

— Donc, cette nuit-là dans le parking quand nous nous sommes embrassés, je ne l'ai pas imaginé. Tu étais attirée par moi. C'était incroyablement bon, mais après tu m'as collé ta bague sous le nez, et je me suis demandé comment j'avais pu me méprendre à ce point. Je comprends mieux maintenant.

— Je suis désolée, vraiment désolée pour ça aussi.

Risk semblait furieux, et ses yeux n'étaient plus que deux pierres noires et froides. Il n'aurait pas paru plus féroce face à un cheval sauvage.

— Tu m'as menti, encore et encore.

— Je suis désolée. Ce n'était pas mon intention. Je ne veux pas que tu t'énerves. Risk, essaye de comprendre. Essaye de te calmer.

Puis soudain, la vérité la frappa.

— Attends une minute.

Elle étudia son visage en colère, et son cœur se mit à battre à tout rompre tandis que tout s'éclaircissait.

— Comment est-ce que tu te souviens de ce qui s'est passé dans le parking ? C'était avant que tu te cognes la tête.

Risk cligna des yeux en réalisant qu'il était démasqué.

— Tu as retrouvé la mémoire, n'est-ce pas ?

Il la regarda sans rien dire.

— C'est donc vrai ! Quand ça ?

— Bon sang ! il a suffi que je rentre dans ma chambre et que je voie ces fichus trophées sur l'étagère pour que tout me revienne d'un coup. Je me souviens de tout.

— Je n'arrive pas à y croire ! Tu m'as laissée continuer mes explications. J'essayais de m'excuser, et tu ne m'as pas arrêtée. Tu voulais me voir mal à l'aise, alors que je cherchais simplement à te dire la vérité.

April se sentait prise de court. Quelques instants plus tôt, Risk l'avait serrée dans ses bras et embrassée, mais ce n'était qu'un jeu… un jeu mesquin pour se venger.

— April, tu parles de vérité alors que tu m'as menti dès l'instant où je suis entré au Farmhouse.

— Ça ne s'est pas passé comme ça.

— Je sais exactement comment ça s'est passé :

rappelle-toi, j'y étais. Je ne suis pas le genre d'homme irréfléchi qui irait acheter un chalet en ruine. Mais quand j'ai perdu la mémoire, tu as usé de tes charmes pour me faire changer d'avis.

— Quoi ? Tu ne peux pas penser une chose pareille !

— Oh ! ma chérie, tu n'aimerais pas savoir ce que je pense vraiment de toi.

Le sang d'April ne fit qu'un tour, et elle s'exhorta à compter jusqu'à trois pour ne pas lui lancer les pires injures à la figure. Ce dont Risk l'accusait était tout à fait faux.

— Écoute moi. J'ai fait ce qui était nécessaire pour te garder en vie. Je ne connaissais pas la gravité de tes blessures. Je ne suis pas infirmière mais…

— Mais tu sais comment y faire pour soigner un malade.

— La ferme, Risk !

Il lui rit au nez.

— Oh ! c'est vraiment le comble ! À t'entendre on pourrait croire que c'est toi la victime, alors que c'est moi qui me suis fait berner en beauté.

— Ce que tu as fait aujourd'hui, était minable.

— Parce que ce que tu as fait ne l'était pas ? Comment est-ce que tu justifies cela ?

Il s'approcha à quelques centimètres d'elle, le visage si proche qu'elle sentit son parfum musqué et vit la douleur qui assombrissait son regard.

— April, tu m'as fait croire que je t'aimais et que nous avions un avenir ensemble, et ta sorcellerie au lit a fait le reste. Les actes parlent mieux que les mots, et je peux te dire que je ne connais pas plus douée que toi à ce niveau-là.

April sentit ses joues la brûler.

— Je n'ai pas à écouter ça. Je m'en vais.

Il lui attrapa le bras au moment où elle passait devant lui, et le tint fermement.

— Pas si vite.

— Lâche-moi.

— Très bien, dit-il en desserrant sa prise. Mais tu ne partiras pas tant que nous n'aurons pas mis les choses au clair.

Elle soupira, peu désireuse d'en entendre davantage.

— Qu'est-ce que tu veux ?

— Tu m'as ridiculisé, et maintenant le monde entier croit que nous sommes fiancés. C'est partout dans les journaux et sur Internet, et il n'y a aucun moyen de revenir dessus. Avec la journée des Fondateurs qui approche et tout ce qui va avec, je ne peux pas dévoiler cette farce maintenant. Cela éclipserait complètement un événement important pour ma famille, et la présence de Shannon complique encore plus ma vie. Tout le monde ne parle plus que de la façon dont j'ai été largué par elle. Donc, ma chérie, tu vas faire semblant d'être ma fiancée jusqu'à la fin de la journée des Fondateurs, et hors de question que tu refuses.

April se redressa.

— Et comment que je peux refuser. Je refuse !

— Tu me dois bien ça, après tous les mensonges abracadabrants que tu m'as racontés, dit-il à présent nez à nez avec elle. Nous sommes dans le même bateau.

— Non.

— Si.

— Non.

Il soupira.

— Il pourrait aussi y avoir des répercussions négatives pour toi. À ton avis, quelle conséquences cela aura sur ton agence lorsqu'on saura que tu as menti et que tu m'as séduit pour vendre ce chalet ?

— Ça ne s'est pas passé comme ça, et tu le sais.

— Je ne suis plus sûr de rien.

— Tu ne ferais pas une chose pareille.

En vérité elle n'était absolument pas certaine de ce que Risk était capable de faire quand il était furieux.

— Je n'aurais pas à le faire. Les gens feront leurs propres suppositions. Crois-moi, je n'ai aucune envie de passer à nouveau pour le dindon de la farce, d'abord avec Shannon et ensuite avec toi. Les gros titres anéantiraient toutes les choses positives sur lesquelles ma famille a travaillé si dur cette année.

April y réfléchit longuement.

— Que proposes-tu ?

— Que nous fassions semblant d'être fiancés jusqu'à ce que toute cette agitation s'éteigne, une fois la journée des Fondateurs terminée dans dix jours. Ensuite, plus tard, nous nous séparerons discrètement. C'est la seule solution.

— Et mon agence ?

— Personne ne connaîtra la vérité. Tu as ma parole.

— Je n'aime pas ça.

— Moi non plus, mais nous n'avons pas le choix.

— Qu'est-ce que j'y gagne ?

— Ton agence ne sera pas entraînée dans tout cela. N'est-ce pas suffisant ?

— Non, je veux autre chose de toi, et c'est non négociable.

— J'ai peur de demander quoi.

— Je veux une autre chance avec le chalet. Je vais te dire comment je vois les choses : il me faut ta promesse d'envisager cette transaction de manière objective, sans être entravé par le mauvais temps ou d'autres imprévus.

Les yeux de Risk la transpercèrent tandis qu'il y réfléchissait. Elle retint son souffle, espérant qu'il accepterait.

— C'est d'accord, dit-il finalement. J'irai y jeter un autre coup d'œil.

— Parfait.

Soulagée, elle relâcha sa respiration. La situation ne l'enchantait guère, mais elle ne pouvait risquer une mauvaise publicité pour son agence, et puisque Risk acceptait de donner une autre chance au chalet, refuser n'aurait pas été raisonnable. Elle songea ensuite à Mason, Luke et Lottie.

— J'ai déjà tout avoué à ta tante et à tes frères. Comment allons-nous leur expliquer cela ?

— Ma famille doit connaître toute la vérité. Je ne leur mentirai pas. J'ai recouvré la mémoire il y a quelques heures à peine, et ils ne le savent pas encore. Nous irons leur parler… ensemble.

— Misère…

— Et toi ? Qui connaît ton histoire de fausses fiançailles ?

— Mes deux meilleures amies, mais elles garderont le secret.

— En es-tu sûre ?

— Oui, elles sont on ne peut plus loyales. Mais comment expliquer nos fiançailles express ?

Jusqu'à présent, elle et Risk n'avaient pas eu à subir les questions, mais ils seraient amenés à faire des apparitions publiques.

— Nous avions une liaison discrète depuis quelques mois et sommes tombés amoureux rapidement. C'est tout ce qu'il y a à savoir. Cette partie ne sera pas difficile. Le plus compliqué sera de prétendre que nous nous aimons réellement.

— Oui, je devrais peut-être prendre quelques conseils de jeu d'acteur auprès de Shannon Wilkes.

En voyant Risk froncer les sourcils, April eut un petit sentiment de triomphe qu'elle prit le temps de savourer, consciente que d'autres victoires pourraient être difficiles à obtenir.

Risk y veillerait.

Tante Lottie remplit deux tasses de café fumantes pour elle et Risk, et lui tendit une assiette de biscuits au beurre de cacahuètes qu'elle avait préparés spécialement pour lui. Au souvenir de son régime beurre de cacahuètes et chips au chalet, il faillit sourire.

La maison était calme à présent. Après l'annonce de la bonne nouvelle, ses frères étaient restés un long moment et n'étaient partis qu'après le dîner. Il savoura donc le calme en compagnie de sa tante, après toute l'agitation de la journée.

— Dommage qu'April n'ait pas pu rester dîner, dit tante Lottie en s'asseyant face à lui.

— Je pense qu'elle prévoit de m'éviter autant que possible jusqu'à ce que cette farce soit terminée. Elle avait hâte de partir d'ici.

— Pourtant, elle a accepté ton plan, dit Lottie en sirotant son café.

Risk choisit deux gros biscuits sur le plateau et les posa dans son assiette.

— Elle n'a pas eu le choix.

— Pourquoi ? Est-ce que tu l'as forcée ?

Il grignota son biscuit tout en réfléchissant à la question.

— Un peu. C'est elle qui nous a mis dans ce pétrin, et il va falloir qu'elle reste à mes côtés jusqu'à la fin de la journée des Fondateurs. Mais uniquement quand ça sera absolument nécessaire.

— Quelle histoire tout de même ! Certes, je ne suis pas d'accord avec ce qu'elle a fait, mais elle a pris soin de toi lorsque tu as été blessé, et nous lui en sommes tous reconnaissants.

Il prit une gorgée de café, comme pour faire passer le commentaire désapprobateur de sa tante.

— Tu penses que je fais preuve d'ingratitude ?

— À toi de me le dire.

Risk était trop furieux contre April pour admettre qu'elle l'avait aidé.

— Non, je ne pense pas. Mais je n'arrive pas à comprendre pourquoi elle a jugé nécessaire de me mentir à plusieurs reprises.

— Vraiment ?

Les yeux de tante Lottie brillèrent un peu, et elle sourit avant de prendre une autre gorgée de café.

— Je pense que tu peux deviner pourquoi.

Risk refusait de s'engager sur ce terrain. Il ne pouvait tout de même pas discuter de ses relations sexuelles avec sa tante et de ce qu'il avait fait à Houston. De plus, c'était du passé et pour le moment il était énervé par April, qui le faisait passer pour un idiot.

Vendredi après-midi, April était à son bureau, occupée à réfléchir à la visite programmée de Risk au chalet, la semaine prochaine. Elle avait contacté M. Hall et lui avait expliqué que l'endroit avait besoin d'un rapide rafraîchissement, et elle prévoyait d'utiliser quelques-unes de ses propres décorations pour l'égayer. Ses fiançailles avec Risk Boone, avaient suscité un regain d'intérêt pour la propriété de Canyon Lake, et elle avait reçu plusieurs appels d'acheteurs potentiels. Heureusement, M. Hall était un homme raisonnable, et il avait accepté de faire quelques rénovations mineures.

Soudain, la porte s'ouvrit, et Shannon Wilkes entra dans l'agence. April en laissa tomber son stylo et jeta un coup d'œil à Clovie. Les yeux écarquillés, son assistante s'était levée de son siège. Shannon était la dernière personne qu'April s'attendait à voir passer sa porte. Tout de suite après, trois camionnettes se garèrent dans la rue, et April se leva précipitamment pour refermer derrière elle.

— Je suis désolée pour ça, dit Shannon en souriant.

Ses cheveux auburn étaient attachés en une queue-de-cheval bien serrée qui mettait en valeur son joli visage.

— Je ne peux aller nulle part ces derniers temps, ajouta-t-elle en tendant la main. Bonjour, April.

April se força à sourire et lui prit la main.

— Bonjour.

Shannon tourna alors la tête vers une Clovie totalement émerveillée.

— Shannon, j'aimerais vous présenter mon bras droit, Clovie.

— Ravie de faire votre connaissance, déclara son assistante.

— De même pour moi, dit Shannon avec grâce avant de se tourner vers April. Avez-vous quelques minutes ? Je promets que cela ne prendra pas longtemps.

— Eh bien, je suis en quelque sorte occupée.

— S'il vous plaît.

Shannon continua de lui sourire sans se laisser démonter, et April dut admettre qu'elle était curieuse de connaître la raison de cette visite.

— D'accord, dit-elle en regardant sa montre. Il me reste quelques minutes avant mon rendez-vous.

Un rendez-vous qui consistait à aller à la quincaillerie pour choisir la peinture du chalet. Mais Shannon n'avait pas besoin de le savoir.

— Pourquoi ne pas nous asseoir ?

— Merci, dit Shannon en prenant place aussitôt.

— Que puis-je faire pour vous ?

— Comment ça va depuis cette épreuve ?

— Très bien, merci.

— N'est-ce pas formidable que Risk ait retrouvé la mémoire ?

— Si, formidable, répliqua April en retenant un soupir.

— Je suis passée le voir au ranch hier, et il était redevenu comme avant. Je n'en revenais pas qu'il ait pu m'oublier.

— C'est ce qui arrive avec l'amnésie.

— Nous avons donc pu parler de cette adorable petite ferme que j'étais sur le point d'acheter lorsque Risk et moi étions ensemble. Nous voulions un endroit bien à nous lors de mes séjours à Boone Springs. Il a dû vous en parler, n'est-ce pas ?

April n'était évidemment pas au courant. Elle ne travaillait pas encore ici à l'époque, mais Shannon semblait avoir une idée en tête, et April avait un mauvais pressentiment.

— Je… euh… nous n'en avons pas parlé, non.

Elle n'avait pas revu Risk depuis l'annonce de leurs fiançailles factices auprès de sa famille. Elle s'était sentie si mal ce jour-là qu'elle avait avalé un paquet entier de biscuits aux pépites de chocolat en rentrant chez elle, ce qui n'avait fait qu'aggraver son mal de ventre.

— Je suis passée devant la ferme hier, et elle est toujours aussi pittoresque et charmante. J'aimerais savoir si le propriétaire souhaiterait la vendre.

— Est-ce que vous avez l'adresse ? J'ai plusieurs charmantes petites fermes à la périphérie de la ville.

Shannon plongea la main dans son sac Ferragamo rouge et sortit l'adresse.

— La voici.

April jeta un œil à son registre.

— Non, cette maison n'est pas répertoriée, donc je suppose qu'elle n'est pas à vendre. Elle a dû être achetée il y a peu. Désolée, je ne peux pas vous aider.

— Oh ! quel dommage ! J'en étais vraiment amoureuse. C'était si paisible là-bas.

— Dans ce cas, est-ce vraiment un endroit fait pour vous ? lâcha April.

Après la journée des Fondateurs, Shannon pourrait aller vivre où bon lui semblerait, mais April ne voulait pas avoir à s'occuper d'elle en ce moment. De toute façon, elle n'arrivait pas à croire qu'une star puisse vouloir vivre à Boone Springs.

— C'est ce que j'espère découvrir. Pouvez-vous voir auprès des gens qui y vivent s'ils sont intéressés pour vendre ? Je leur ferai une offre plus qu'honnête, assortie d'un bonus. Peut-être que nous pourrions même nous y rendre, et leur parler.

C'était la dernière chose qu'April avait envie de faire.

— Ah non ! je suis très prise en ce moment, mais je vais les appeler et je vous recontacterai. Est-ce que cela vous convient ?

— J'imagine que je n'ai pas vraiment le choix.

— Et, Shannon, est-ce toujours comme ça avec vous ?

Elle désigna les journalistes qui arpentaient la rue en attendant qu'elle sorte.

— Certains jours sont pires que d'autres. Mais venir rendre visite à la nouvelle fiancée de Risk, y est peut-être pour quelque chose.

— Vous croyez ?

Shannon sourit à sa remarque ironique.

April détestait voir le pire chez les gens, mais peut-être que la venue de l'actrice à Boone Springs avait plus pour but de faire les gros titres des journaux qu'autre chose, ses deux derniers films ayant été des échecs au box-office.

— Merci de votre aide, déclara Shannon après l'avoir regardée un instant. J'espère avoir rapidement de vos nouvelles.

— Oui, bien sûr. Êtes-vous descendue au Baron ?

— Tout à fait. Et bien que la nourriture y soit très bonne, je commence à m'en lasser. J'essaye de me souvenir de ce restaurant mexicain que Risk adore. Ils y font son plat préféré. Mais vous devez sûrement en connaître le nom, ajouta-t-elle en lançant à April un regard acéré.

— Euh… Vous savez quoi ? j'ai oublié le nom moi aussi.

— Vraiment ? Oh ! Risk voulait toujours y aller.

April n'avait aucune idée du nom de l'endroit dont elle parlait. Il y avait tellement de choses qu'elle ignorait sur son prétendu fiancé.

— Désolée de vous mettre à la porte, dit-elle en se levant, mais je vais être en retard à mon rendez-vous si je ne pars pas tout de suite. Laissez-moi vous raccompagner.

Aussitôt la porte ouverte, les flashs des appareils photo se mirent à crépiter, et les journalistes à leurs poser des questions. April recula rapidement et referma la porte tandis que Shannon faisait face à ses paparazzis.

Elle imaginait déjà les titres du lendemain : « Les femmes de Risk Boone : passé et présent »

- 7 -

April ouvrit la porte de chez elle en entendant frapper et se retrouva nez à nez avec Risk, chargé de sacs provenant du Gourmet Vaquero.

— Tu as apporté de quoi dîner ?

— J'ai faim, et quand tu as appelé, j'ai eu envie d'*empanadas*. D'ailleurs, j'ai été suivi par la presse, donc ça tombe bien que j'apporte de quoi manger à ma fiancée. Joue le jeu.

Il pencha la tête et l'embrassa sans hésitation sur les lèvres. Choquée, elle se figea.

— J'imagine que tu n'as jamais pris de cours de théâtre, murmura-t-il. Il va falloir travailler là-dessus. Nous sommes surveillés.

Elle n'était pas certaine que ce soit vrai – il n'y avait personne en vue —, mais Risk ne l'aurait pas embrassée sinon ; il lui avait clairement fait comprendre ce qu'il pensait d'elle.

Elle passa donc les bras autour de son cou et respira son odeur, se souvenant de l'époque où elle le trouvait séduisant. Puis, elle répondit à son baiser en y mettant toutes les émotions refoulées qui l'agitaient. Pour un œil extérieur, cela ressemblait à une passion ardente et non à un fort mécontentement.

Après ce baiser, son cœur battait à tout rompre, et Risk la regardait fixement.

— Entre, dit-elle pour mettre fin à cette mascarade.

Ses lèvres la picotaient, et une sensation de chaleur envahissait son cou. Risk entra et tandis qu'elle refermait la porte, il passa en revue son appartement, les yeux brillants d'approbation. April avait un goût sûr pour la décoration et les couleurs. L'ensemble était moderne, tout en étant chaleureux et accueillant.

— C'est très beau.

— Merci.

Elle ne comptait pas lui faire visiter les autres pièces.

— Je t'ai appelé après la visite de Shannon, parce que je me suis rendu compte que nous ne nous connaissions pas suffisamment pour que cela fonctionne.

— Oui, tu as raison. Mais nous ne pouvons pas vraiment en discuter dans un lieu public comme un restaurant, et de plus un fiancé est censé connaître l'appartement de sa copine.

Il avait raison. Il n'était jamais venu ici auparavant.

— D'accord, pourquoi ne pas t'asseoir et te mettre à l'aise dans la salle à manger pendant que je pose tout ça sur la table ?

— Je vais t'aider, dit-il. Pas besoin que tu me serves, sauf si, bien sûr, nous ne sommes pas seuls.

Son petit sourire moqueur donna à April l'envie de le gifler avec un torchon.

— Oui, évidemment, comme une petite femme sert son mari. Risk, je ne sais vraiment pas comment tu survis dans ce siècle avec ce genre d'idées.

Il lui répondit par un regard innocent qui ne la trompa pas.

Elle lui prit les sacs des mains et se dirigea vers la cuisine.

— Laisse-moi jeter un œil à ces *empanadas* de renommée mondiale.

Il la suivit, et quand elle posa le sac sur la table et

l'ouvrit, l'arôme le plus incroyable s'en échappa. Son estomac se mit aussitôt à grogner.

— Waouh ! ça sent bon.

Elle sortit une demi-douzaine d'*empanadas* emballées, un petit sac de chips et de la sauce salsa.

— Attends d'abord de les goûter.

— D'accord, donc voilà ton plat favori. Et ce restaurant tex mex est ton préféré. C'est déjà un début. Quand Shannon est passée au bureau aujourd'hui, je n'ai pas su répondre à ses questions.

April lui passa les couverts puis sortit deux bières du réfrigérateur.

— Ça te va ? J'ai également du vin et du soda.

— La bière me va très bien.

— Le fait est que je ne comprends pas Shannon. Elle prétend vouloir s'évader à Boone Springs. Je fais donc des recherches pour elle, mais je n'arrive pas l'imaginer ici.

— Elle est impulsive. Je ne pense pas qu'elle ira jusqu'au bout.

Risk parut alors réfléchir, et April se demanda s'il nourrissait toujours des sentiments pour son ex. Mais cela ne la regardait pas après tout. Tout ce qu'elle avait à faire c'était laisser s'écouler la semaine, et elle serait enfin délivrée de cette mascarade.

— Je suis étonnée que vous soyez encore amis après tout ce qu'elle t'a fait subir.

Risk fronça les sourcils.

— Ça n'a pas toujours été le cas. Au début, j'étais dévasté. Puis ma douleur s'est changée en indifférence, et j'ai réalisé que Shannon n'était pas la personne qu'il me fallait. Mais sa mère était une femme formidable, et voir Shannon traverser une telle épreuve m'a permis de me réconcilier avec elle. J'ai perdu mes deux parents à un jeune âge, et ça a été extrêmement difficile. Nous sommes en bons termes à présent, mais je ne dirais pas que nous sommes de bons amis.

— Elle pense que si. Elle a tenu à me faire savoir qu'elle était venue te rendre visite hier et qu'elle était absolument ravie que tu aies recouvré la mémoire.

— Écoute, tout ce que je veux, c'est venir à bout de cette semaine, et ensuite nos vies pourront revenir à la normale.

April le regarda avaler une gorgée de bière, et se remémora leur séjour au chalet, après sa perte de mémoire. Elle s'éclaircit la voix.

— Mangeons et commençons, dit-elle.

Risk prit une bouchée d'*empanada* au bœuf, et April en choisit une au poulet et aux épices. Les saveurs explosèrent dans sa bouche.

— Oh ! C'est délicieux.

— Hein ?

Il sourit, et toute sa physionomie se transforma. Ils mangèrent en silence, trop absorbés par la délicieuse nourriture s'interrompre pour discuter. Après les *empanadas*, ils s'attaquèrent aux *tortillas*.

— Quelle est ton parfum de glace préféré ? demanda-t-elle.

— Noix de pécan, mais je ne refuse aucun parfum quand il s'agit de glace. Et toi ?

— Celle aux éclats de brownie. La boisson que tu préfères ?

— Bourbon sec et bière, dit-il tout en portant la bouteille à ses lèvres. Et toi ?

— Thé vert.

Il leva les yeux au ciel.

— Je parle d'alcool !

— Margarita. Base-ball, football ou basket-ball ?

— Je les regarde tous. J'ai joué au base-ball au lycée. Et toi ?

— Je faisais de l'athlétisme à la fac et je jouais au tennis de temps en temps. J'aime regarder le football, bien sûr.

Après les catégories alimentaire et sportive, ils s'attaquèrent à leur petite enfance.

— Comment s'est passée ton enfance, Risk ?

— Assez bien. Mes frères étaient des plaies, mais nous nous entendions bien. On s'amusait beaucoup au ranch, même si notre père nous faisait travailler dur. Mais après la mort de mes parents dans un accident, nous avons vécu des années difficiles. Heureusement, nous pouvions compter les uns sur les autres. Mon père voulait que nous connaissions l'entreprise sur le bout des doigts, et mes frères étaient prêts à reprendre là où il avait arrêté. Mais j'ai toujours su qu'il y avait plus excitant pour moi qu'élever du bétail et signer des contrats. Je pense que je n'ai jamais été aussi heureux que pendant ma période rodéo. J'adorais l'excitation, le frisson, et aussi le défi.

— Et le danger ?

— Ce n'est pas si dangereux si tu sais ce que tu fais.

Elle le regarda franchement, gardant sous silence la blessure qui avait mis fin à sa carrière. Mais il dut lire dans ses pensées.

— Je n'étais pas dans mon assiette le jour où j'ai été blessé. Ça ne se passait pas très bien avec Shannon. Nous nous étions disputés la veille, et je devais être distrait.

Il termina sa bière et posa doucement la bouteille sur la table.

— Et toi ?

— Moi ? Eh bien, je n'ai pas eu une super enfance. Mon père nous a quittées quand j'avais six ans. Il s'est levé un beau matin et est parti, nous laissant seules ma mère et moi. Maman a fait de son mieux. Elle occupait deux emplois, et j'étais souvent seule à la maison. Je suppose que c'est à cette période que j'ai commencé à avoir des problèmes de poids. Je me rends compte à présent que j'ai utilisé mes kilos comme une sorte de protection. C'est dur, tu sais, d'être blessée comme ça.

Risk écouta et hocha la tête, le regard doux.

— Est-ce que ta mère vit toujours à Boone Springs ?

— Elle s'est remariée il y a cinq ans et vit maintenant sur la côte Est. Elle est en Europe avec son mari en ce moment. Il est consultant en informatique et parle quatre langues. Nous nous téléphonons chaque fois que nous le pouvons. Je pense qu'elle a finalement réussi à tourner cette page de sa vie et qu'elle est heureuse. C'est tout ce que je voulais pour elle.

— Et toi ? As-tu trouvé ce que tu recherches ?

— Disons que je réalise mon rêve, je travaille dans l'immobilier et je possède ma propre agence.

— Je veux parler de ta vie amoureuse.

— Oh ! je... j'ai eu quelques hommes dans ma vie.

— Est-ce que tu as quelqu'un en ce moment ?

— Non, dit-elle en le regardant. Personne en particulier, si c'est ce que tu veux dire.

— Personne ?

Elle haussa les épaules. Était-ce si difficile de croire qu'elle n'avait jamais rencontré un homme qui fasse vibrer son cœur ?

— J'ai eu des petits amis quand j'étais à l'université, mais ça n'a jamais été plus loin. Je n'ai jamais rencontré quelqu'un... fait pour moi.

Pourquoi lui racontait-elle tout cela ? Il avait seulement besoin de connaître les faits, pas les émotions. Mais comme il s'était confié au sujet de Shannon, elle se sentait plus à l'aise pour parler de son passé.

— Et si nous passions à la musique ? Qu'est-ce que tu écoutes en ce moment ? Qu'aimes-tu voir au cinéma ?

Ils passèrent l'heure suivante à se poser des questions

et à y répondre. Elle prit des notes, et un pack de six bières plus tard, il fut temps de se quitter.

— Je pense que c'était une bonne idée, dit-elle, en le raccompagnant à la porte.

— Oui. Nous avons même réussi à rester cordiaux.

— C'est un bon entraînement pour le moment venu.

— Bien vu. Ça m'était presque sorti de la tête. Notre premier test arrive plus tôt que prévu. Nous sommes invités à parler de la journée des Fondateurs à l'école primaire, demain après-midi.

— Nous ?

— Le directeur, M. Ritter, a spécifiquement réclamé ta présence, et j'ai accepté.

— Tu as accepté ? Vraiment ? Tu ne sais même pas si je suis disponible.

— April, cette semaine, tu es *toujours* disponible en cas de nécessité, et là, c'est nécessaire. Le directeur aimerait que tu parles de ce que la vie à Boone Springs signifie pour toi.

— Mais je ne suis même pas préparée.

— Ce sont des enfants de primaire. Ce ne sera pas difficile. Improvise.

— C'est facile à dire pour toi.

— Un accord est un accord, et tu l'as accepté.

Il n'avait pas besoin de le lui rappeler – elle en était bien consciente.

— J'ai été forcée, tu t'en souviens ? La prochaine fois que je suis censée faire un discours, préviens-moi un peu à l'avance.

— Je t'enverrai dès que possible le planning des manifestations.

— Il y en a tellement que j'ai besoin d'une liste ? s'exclama-t-elle mécontente.

Il haussa les épaules.

— Entre nos « fiançailles » et le séjour de Shannon ici, le carnet de bal s'est vite rempli.

— Tu n'es quand même pas obligé d'accepter toutes les invitations.

— Mais je ne les accepte pas toutes, crois-moi. Je viendrai te chercher vers 10 heures demain.

Elle soupira.

— Je serai à l'agence.

Puis elle pointa le doigt sur le torse de Risk, indifférente à la présence éventuelle des paparazzis avant d'ajouter :

— Et ne pense même pas à m'embrasser pour me dire au revoir.

— Ça ne m'était même pas venu à l'idée.

Sur ce, il sortit, et elle ferma doucement la porte avant qu'il puisse lui dire bonsoir.

April se tenait sur l'estrade, à côté de Risk et devant deux cents élèves assis sur le sol de la salle polyvalente de l'école primaire. Captivés, les enfants écoutaient les histoires que Risk leur racontait sur la naissance de Boone Springs. Il parla de ses ancêtres avec fierté et passion, et expliqua à son jeune auditoire ce que les membres de sa famille avaient fait pour la ville. Il était doué avec les enfants, ce qui la surprit totalement.

— Et maintenant, je cède le micro à ma fiancée, Mlle April Adams. Elle veut vous expliquer ce que Boone Springs représente pour elle.

Il lui adressa un sourire charmeur et renversant qu'elle essaya de lui rendre… comme si elle l'aimait.

— Bonjour, les enfants. Je m'appelle April et j'ai grandi à Boone Springs comme beaucoup d'entre vous. Mais quand j'étais jeune, cette école n'était pas encore construite, et j'allais à Brookside. À l'époque, nous n'avions besoin que d'une seule école primaire et maintenant nous en avons trois. Vous pouvez donc voir à quel point nous avons grandi en un peu plus de vingt ans.

Huit instituteurs se tenaient à l'arrière de l'auditorium, les regards fixés sur elle. Les enfants semblaient également écouter, mais c'était le regard de Risk sur elle qui mettait ses nerfs à vif. Il semblait absorbé par son discours.

— Quand je suis partie pour apprendre le métier de l'immobilier, mon cœur est resté à Boone Springs, où j'avais grandi et où vivent ma famille et mes amis. Alors j'ai fait tout mon possible pour revenir vivre ici. Ce sont les habitants de cette ville qui la rendent spéciale, des gens comme vous et vos familles. Ils travaillent dur et œuvrent pour la communauté en soutenant les écoles et les bibliothèques, en faisant du bénévolat à l'hôpital, dans les refuges et en aidant leurs voisins. À votre avis, que pouvez-vous faire pour aider votre ville, vos voisins et vos familles ?

Les mains se levèrent, et April désigna un petit garçon en T-shirt rouge.

— Je peux ranger mes jouets quand ma maman le demande.

— C'est très utile.

April sourit et hocha la tête, puis désigna une fille plus âgée, dont le regard semblait fixé sur son « fiancé ».

— Je veux être médecin quand je serai grande.

— C'est très utile aussi, dit April. Il y a toutes sortes de médecins. Quel genre aimerais-tu être ?

La fille n'eut pas l'ombre d'une hésitation.

— Le genre qui a aidé M. Boone quand il a perdu la mémoire.

Les enseignants sourirent, et les lèvres de Risk se contractèrent, mais il eut la bonne grâce de ne pas rire, contrairement à certains camarades de classe de l'enfant.

— Oui, les médecins qui ont aidés mon, euh…

M. Boone, étaient très compétents, et nous leur en sommes très reconnaissants.

Elle se tourna vers Risk et vit de la douceur dans son regard : il était meilleur acteur qu'elle.

Une fois leurs discours terminés, Risk et April remercièrent M. Ritter pour son accueil. Comme le directeur ne semblait pas pressé de mettre fin à la conversation, Risk prit la main d'April.

— Désolé de vous presser, M. Ritter, mais nous avons un autre rendez-vous cet après-midi.

— Bien sûr. Merci encore. Vous étiez tous les deux formidables. Les enfants ont tellement appris de votre conversation. Mademoiselle Adams, c'était une très bonne idée de faire participer les élèves.

— C'est une femme incroyable, répondit Risk sortant de la salle et tirant April par le bras.

Une fois dans le parking et loin des regards indiscrets, April lâcha sa main. Risk lui ouvrit la portière et alors qu'ils prenaient place, elle se tourna vers lui.

— J'espère que ce n'est pas vrai que nous avons un autre rendez-vous cet après-midi. Ce n'était pas prévu.

Il mit le moteur en marche et boucla sa ceinture.

— C'était vrai… un rendez-vous pour déjeuner. Je meurs de faim.

— Dans ce cas dépose-moi d'abord à l'agence.

Il se contenta de sourire.

— Désolé, mais le restaurant est à deux pas d'ici.

— Risk, si je suis si horrible, pourquoi veux-tu passer plus de temps que nécessaire avec moi ? Parce que je pense vraiment que tu…

— April, j'ai faim, et ça ne prendra pas longtemps de manger. Nous n'aurons même pas besoin de nous parler.

Elle croisa les bras sur sa poitrine.

— Bon d'accord.

Risk ne plaisantait pas ; le Temple Thaï n'était en effet

qu'à quelques minutes. Il approcha la voiture d'une borne de commande et choisit deux plats. L'odeur émanant des sacs fit grogner l'estomac de la jeune femme.

— Tu aimes la nourriture thaïlandaise ? demanda-t-il.

Elle acquiesça. Le restaurant devait être relativement nouveau, car elle ne le connaissait pas. Cette partie de la ville, y compris l'école primaire, avait été construite récemment.

Il prit la direction opposée à son bureau.

— Où vas-tu ?

— Tu verras. Il y a un parc à la périphérie de la ville. Nous y sommes presque.

Il était visiblement inutile de discuter avec Risk quand il avait une idée en tête. Elle garda donc le silence alors qu'il bifurquait sur un chemin de terre et garait la voiture.

— Crevettes aux noix ou poulet glacé ? demanda-t-il.

Elle regarda les deux sacs et prit les crevettes aux noix.

— Celui-ci me va très bien.

Il acquiesça et sortit de la voiture.

— Il y a une table là-bas, près du ruisseau. Tu viens ?

April resta obstinément dans la voiture, et le regarda s'éloigner, puis s'installer à une table de pique-nique. La vue était incroyable avec le soleil qui brillait sur la crête au loin, d'où se déversaient les eaux des pluies récentes. L'endroit était bien plus agréable que la voiture, finit-elle par reconnaître à regret. Elle ouvrit donc la portière et se dirigea vers la table.

Risk ne fit aucun commentaire. Elle ouvrit son sac, mélangea les crevettes, le riz et les légumes et y goûta. C'était tout bonnement délicieux. Elle se mit donc à manger avec appétit.

Risk ne la quittait pas des yeux.

— Tu es drôlement bruyante.

— Est-ce que je trouble ta paix ?

— Toujours, dit-il. Si je m'en souviens bien, tu es bruyante dans un autre domaine aussi.

April s'empourpra aussitôt. Était-il en train de la railler et d'essayer de l'humilier ? Non seulement il lui imposait ce déjeuner avec lui, mais en plus il l'insultait !

— Ce n'était pas une bonne idée, dit-elle en se levant.

— Bon sang, April ! Pourquoi es-tu si susceptible ?

— Parce que tu évoques quelque chose que je veux oublier.

— Tu sais très bien que ce n'était pas dans le but de t'humilier.

— Je n'en sais rien du tout.

Car à quoi cela pouvait-il bien rimer ? Avait-il de bons souvenirs de leur nuit au chalet ? Avait-il aimé les bruits qu'elle faisait pendant l'amour ? Quelle importance finalement puisque toute cette histoire était fausse ? Elle détestait cette mascarade et refusait de passer plus de temps que nécessaire avec Risk.

— J'ai terminé.

Elle se dirigeait vers sa voiture, quand à mi-chemin Risk lui prit la main et la tourna vers lui.

— Ne regarde pas, mais nous avons été suivis, chuchota-t-il.

— Comment cela ? Où ?

Il prit sa joue en coupe.

— Près de la route. Ils prennent des photos.

— Qui donc ?

— Des journalistes sans doute. Nous donnons l'impression de nous disputer.

— C'est le cas.

— Plus maintenant, dit-il doucement en baissant la tête et en posant les lèvres sur les siennes.

Elle eut un mouvement de recul, mais il la maintint contre lui en la serrant dans ses bras. Le pouls d'April s'affola, et un frisson la parcourut.

— April, murmura-t-il, c'est important pour nous deux.

Bien sûr, c'était dans l'accord qu'ils avaient conclu.

Reprenant son rôle de fiancée, elle passa les bras autour de son cou et l'embrassa comme si sa vie en dépendait. Qu'ils prennent autant de photos qu'ils voulaient ! Cette mascarade prendrait bientôt fin, et elle pourrait reprendre le cours de sa vie.

Risk joua son rôle à la perfection et l'embrassa même plus longtemps que nécessaire. Quand il se détacha enfin d'elle, ils étaient tous deux à bout de souffle. Mais April se refusa à voir que les yeux se trouvant en face d'elle brûlaient du même feu qui la consumait : c'était de la comédie.

— Je pense que nous les avons suffisamment convaincus, murmura-t-elle, les lèvres gonflées par leur baiser.

— Oui, dit-il en parcourant son visage du regard. Bon travail.

Bon travail ? Elle avait mis toute son âme dans ce baiser !

C'était un travail formidable.

- 8 -

Le lendemain, April et Jenna revinrent de Willow Springs avec une housse contenant une robe de bal bleu saphir, suspendue par un crochet à l'arrière de la voiture.

— Jenna, je ne te remercierai jamais assez d'avoir pris ta matinée pour faire du shopping avec moi.

— Je t'en prie. Tu seras magnifique au gala de la journée des Fondateurs.

— Merci. Et si on allait déjeuner ? C'est moi qui offre cette fois. Allons où tu veux, sauf au Farmhouse.

Elles éclatèrent ensemble de rire.

— D'accord, pourquoi pas un restaurant italien ?

— Excellente idée.

Peu après, quand elles franchirent l'entrée du Italia Ristorante, April eut aussitôt envie de prendre ses jambes à son cou.

— Oh ! Tu vois ce que je vois ?

Shannon était assise sur une banquette d'angle en compagnie de Risk, tous deux entourés d'une poignée de journalistes et de photographes. La jeune femme était habillée tout en noir, du blouson d'aviateur et haut à paillettes jusqu'à son jean et ses bottes, le tout assorti d'un rouge à lèvres et d'un vernis couleur rouge rubis. Si April s'était habillée ainsi, elle aurait eu l'air ridicule, mais sur Shannon l'effet était saisissant.

— Est-il trop tard pour s'éclipser ? demanda Jenna.

— J'en ai peur… nous sommes repérées.

Un photographe prit April en photo, et un journaliste lui colla un micro sous le nez.

— Êtes-vous ici pour déjeuner avec Shannon et votre fiancé ? Saviez-vous qu'il mangeait avec Shannon Wilkes aujourd'hui ?

Risk se retourna à cet instant, et April nota son rapide froncement de sourcils avant qu'il se change en un sourire charmeur.

— Mon cœur, dit-il en se levant de son siège et en se dirigeant vers elle.

Il passa le bras autour de la taille d'April et l'embrassa. Les oreilles de la jeune femme se mirent à la brûler, et le fait qu'il l'embrasse pour détourner l'attention de la presse l'irrita au plus haut point.

— C'est si bon de te voir, dit-il. Bonjour, Jenna.

— Bonjour, répondit son amie.

Risk prolongea son regard tendre sur April ; il avait visiblement l'habitude d'être le centre d'attention, ce qui n'était pas son cas à elle. Une douleur dévorante monta en elle. Elle avait vu l'expression de Shannon un peu plus tôt, lorsqu'elle était seule avec Risk… ou plutôt entourée de sa presse chérie.

— Je suis tombé sur Shannon qui m'a rejoint quelques minutes en attendant mon rendez-vous avec le maire, expliqua-t-il sous les flashs des photographes.

— Est-ce que vous espionniez votre fiancé, mademoiselle Adams ? demanda un journaliste.

April sourit à l'homme, puis se tourna vers Risk avec un regard d'adoration.

— Il se trouve que Risk et moi nous nous aimons, et nous adorons également ce restaurant. Mon amie et moi sommes venues y déjeuner, et ce n'est que du bonheur d'y croiser Risk et de grappiller quelques minutes en sa compagnie.

Tous les regards étaient tournés vers eux, et comment

les en blâmer ? L'histoire semblait croustillante : Risk visiblement surpris par sa fiancée actuelle en compagnie de son ex.

Antonio, le propriétaire du restaurant, s'approcha et s'excusa pour le dérangement, puis déclara avec tact aux paparazzis qu'ils dérangeaient les clients et qu'ils devaient quitter les lieux sous peine d'être mis à la porte de manière musclée.

Shannon vint se placer à côté de Risk, assez près pour que leurs épaules se touchent. À sa défense, il s'éloigna légèrement, mais l'actrice ne comptait pas être ignorée.

— Bonjour, April.

— Bonjour, Shannon. J'aimerais vous présenter Jenna, une amie proche. Jenna, voici Shannon Wilkes.

Les deux femmes se saluèrent d'un signe de tête.

— J'espère que cela ne vous dérange pas que je me sois assise un instant avec Risk. Nous nous sommes croisés tout à fait par accident.

Elle sourit tout en posant un regard lumineux sur Risk.

— Nous étions en train de passer le temps en évoquant des souvenirs. Dieu sait que nous avons de quoi remplir tout un livre. N'est-ce pas, Risk ? ajouta-t-elle avec un sourire éclatant.

— Nous parlions de la mère de Shannon, précisa Risk. C'était une excellente pâtissière.

— On dit que le chemin du cœur d'un homme passe par son ventre, et maman lui préparait toujours ses desserts favoris.

— Vous voulez dire qu'elle lui faisait des tartes aux pêches caramélisées ? demanda April

— Euh… oui, et des biscuits aux…

— Éclats de noix.

Shannon perdit un peu de sa superbe.

— Oui, c'est bien ça.

Risk et April échangèrent un court regard complice.

Visiblement leur petite séance d'entraînement accélérée avait porté ses fruits.

— J'appréciais beaucoup les gâteaux que Mary me cuisinait.

— Elle t'aimait énormément, dit doucement Shannon.

— C'était une femme formidable.

Le téléphone de Risk sonna.

— Désolé, je dois prendre cet appel. C'est le maire, dit-il en s'éloignant.

Shannon se tourna vers April.

— Avez-vous eu des nouvelles au sujet de la maison ?

Sa voix était doucereuse, et son regard calculateur.

— Oh ! euh… oui, tout à fait. J'allais vous appeler dans l'après-midi. J'ai bien peur que les propriétaires, la famille Russo, ne soient pas intéressés par votre offre.

Shannon tourna le regard vers l'endroit où se tenait Risk à l'arrière du restaurant.

— Offrez-leur vingt mille de plus.

Jenna fixa Shannon comme si elle avait perdu la raison. L'offre originale assortie du bonus supplémentaire était déjà scandaleusement généreuse. Shannon était vraiment déterminée à conclure cet achat.

— Très bien, si c'est ce que vous voulez. Mais… pourquoi faut-il que ce soit cette ferme en particulier ? J'en ai d'autres tout aussi charmantes.

Une expression lointaine se peignit sur le visage de Shannon.

— C'est personnel.

Voilà qui était clair : c'était entre elle et Risk.

— Je vais voir ce que je peux faire.

Risk revint vers elles, pas vraiment ravi.

— Le maire a dû annuler notre rendez-vous. Et si je vous emmenais déjeuner toutes les trois ?

— Je suis partante, déclara immédiatement Shannon.

Risk lança un regard aiguisé à April, comme s'il l'étranglerait en cas de refus.

— Vous savez quoi ? Je dois retourner au travail, mais merci quand même, dit Jenna. Bon appétit à tous !

Jenna, cette fourbe, l'abandonnait. Les meilleures amies n'étaient-elles pas censées rester solidaires ? À présent elle était coincée à déjeuner en compagnie de Risk et de sa très entreprenante et flamboyante ex-fiancée : Shannon Wilkes.

Le lendemain soir, Risk se tint, hésitant, devant la porte d'April. La nouvelle n'allait pas lui plaire, mais il n'avait pas le choix. Il toqua donc en espérant qu'elle répondrait. Mieux valait lui expliquer la situation de vive voix plutôt que par téléphone. Il avait tenté de l'appeler dans l'après-midi, mais ils avaient été coupés… à moins qu'elle ait raccroché.

Il toqua une deuxième fois et il l'entendit répondre :

— Qui est-ce ?

— C'est Risk. Je dois te parler.

— Que fais-tu ici ?

— Laisse-moi entrer, et je t'expliquerai.

— Attends une minute. Je viens de sortir du bain.

Des images de ses formes nues et humides emplirent aussitôt son esprit. Elle avait des courbes délicieuses et bien placées, et ces derniers temps il se surprenait trop souvent à repenser aux deux nuits inoubliables passées avec elle. Elle ne lui était pas aussi indifférente qu'il voulait bien le laisser croire. Faire semblant d'être son fiancé impliquait des caresses et des baisers qui n'étaient pas sans effet sur lui, bien au contraire.

Mais il n'en oubliait pas moins ses mensonges et la façon dont elle s'était jouée de lui. C'était d'ailleurs la seule chose qui l'empêchait de se laisser aller à sa passion.

La porte s'ouvrit enfin, et April apparut, vêtue d'une sorte de kimono serré à sa taille. Ses cheveux étaient relevés en un chignon lâche, et elle ne portait aucun maquillage, ce dont elle n'avait nul besoin avec ses grands yeux bleus et ses lèvres roses. Un subtil parfum de fleurs emplit aussitôt les narines de Risk. Ils se fixèrent un moment.

— Risk ? Pourquoi es-tu ici ?

— Laisse-moi entrer s'il te plaît. Ça va paraître étrange si je reste devant chez toi.

Les sourcils froncés, April lui ouvrit la porte en grand afin de le laisser passer. En entrant, il remarqua immédiatement que la pièce semblait s'être vidée. La décoration avait changé, et toutes les petites touches qui conféraient un aspect chaleureux à l'appartement semblaient avoir disparues.

— Où étais-tu aujourd'hui quand nous avons été coupés ? demanda-t-il en essayant de paraître décontracté.

— Au chalet, répondit-elle après un soupir.

— J'ai essayé de te rappeler mais impossible de te joindre.

— J'étais occupée, et de toute façon le réseau est capricieux là-bas.

Il hocha la tête et regarda à nouveau autour de lui.

— Pourquoi cette pièce est-elle si différente ?

— Disons simplement que j'ai fait du… nettoyage de printemps.

— En hiver ?

— Le printemps sera là dans quelques mois, dit-elle en croisant les bras sur sa poitrine. Risk, je suis fatiguée et j'ai eu une journée très chargée. Que puis-je faire pour toi ?

— Pourquoi ne pas nous asseoir ? Je pense que tu devrais prendre un verre… pour te détendre. Et si nous ouvrions une bouteille de vin ?

La jeune femme prit un air indigné qui sonna faux et qui fit sourire Risk. Elle devenait très bonne actrice, mais ce soir il n'était pas dupe ; la tentation de cette suggestion faisait briller son regard.

— Pourquoi ne pas commencer par m'avouer la raison pour laquelle tu veux me faire boire ?

— Tu veux dire, à part l'évidente ?

— C'est-à-dire ?

— Tu es si sexy dans cette tenue.

Elle saisit les revers de son peignoir et les resserra autour d'elle, le visage empourpré.

— Quelle drôle de réflexion venant de la part de quelqu'un qui ne peut pas me supporter.

— Je n'ai jamais dit ça.

Pas dans ces termes en tout cas, mais il lui avait effectivement passé un vrai savon, quand il avait recouvré la mémoire. Il était d'ailleurs le premier surpris de voir à quel point elle lui plaisait, même après tout ce qu'elle avait fait. Mais après tout il n'était pas fait de glace.

— Tu es une belle femme, April, dit-il doucement. Ce serait difficile de ne pas le remarquer.

Elle se laissa tomber sur le canapé et posa sur lui un regard assombri par la suspicion.

— Pourquoi est-ce que tu me flattes ?

Risk s'esclaffa.

— Tu es une vraie coriace, April.

— Je le prends comme un compliment. Allez, parle.

Il soupira, et se lança dans son explication :

— Je sais que nous nous sommes mis d'accord sur un planning, mais il y a des changements de dernière minute. Crois-moi, je ne te le demanderais pas si ce n'était pas important. Tu vois, comme le maire a dû annuler notre rendez-vous, il m'a appelé pour nous inviter tous les deux à dîner chez lui demain soir. Sa femme voudrait faire ta connaissance. Apparemment, elle est allée à l'école avec ta mère.

— Non.

— April, sois raisonnable.

— Je ne vais pas dîner chez le maire et faire semblant… d'être amoureuse. C'est trop intime pour moi. Désolée. Dis-lui simplement que j'ai la grippe, que j'ai été mordue par un chien enragé ou que j'ai la cheville cassée. Je me fiche de l'excuse que tu trouveras. Je suis en retard dans mon travail, et tout ça me prend beaucoup trop de temps.

Risk se massa la nuque et soupira.

— Très bien, c'est vrai que c'était trop demander. Bon, je vais trouver une excuse… autre que celles que tu proposes, mais je trouverai quelque chose.

— Bien, dit-elle en hochant la tête.

Ce mouvement attira l'attention de Risk sur son chignon lâche qui ballottait de haut en bas. Elle était adorable et très attirante ce soir, même si elle n'avait pas cessé un instant de froncer les sourcils… ou peut-être justement à cause de ce froncement de sourcils.

— Mais j'espère que tu diras oui au deuxième changement. Cela concerne tante Lottie. Avec la journée des Fondateurs prévue dans seulement cinq jours, elle doit penser que nous avons oublié son soixante-deuxième anniversaire. Elle est rarement à Rising Springs pour cette occasion, donc Drea a eu l'idée de lui organiser une fête surprise après-demain. Il n'y aura que la famille et quelques amis proches. Naturellement, tu devras y assister.

— Mais je la connais à peine.

— C'est quelqu'un de bien, April. Et pour le monde, tu es ma fiancée.

— Je sais que c'est quelqu'un de bien. Elle m'a traitée comme si j'étais de la famille, ce que j'ai trouvé adorable.

— Je pense qu'elle aimerait que tu te joignes à nous.

Tu seras surtout en compagnie de ma famille, donc il n'y aura pas vraiment besoin de faire semblant.

— Voilà qui me plaît. Shannon sera-t-elle présente ?

La question avait surgi d'on ne sait où.

— Shannon ? Non, elle n'est pas invitée. Pourquoi ?

April haussa les épaules.

— Parfois, j'ai l'impression qu'elle nous suit. Chaque fois que je la vois ou que je lui parle au téléphone, elle semble… me tester.

— Comment cela ?

— Eh bien, par exemple, elle est intéressée par l'achat de la propriété Russo, et j'ai dû l'appeler à ce sujet aujourd'hui. Eh bien figure-toi qu'elle trouve toujours le moyen de ramener la conversation sur toi et de me poser des questions précises qui me mettent mal à l'aise. Et puis il y a des photos de nous – toi et moi, ou Shannon et moi, ou toi et Shannon -dans tous les journaux. C'est un peu trop.

— As-tu dit la propriété Russo ? demanda Risk en faisant presque un bond. Cette ferme à la périphérie de la ville ?

— Oui, elle a dit vouloir acheter cet endroit pour des raisons personnelles. Et je pense qu'il y a un rapport avec toi.

Lui et Shannon partageaient une histoire en commun avec cette propriété. Avant d'être vendue aux Russo, la ferme était louée comme gîte, et Shannon y avait séjourné lors de sa première visite ici. C'était là qu'ils avaient fait l'amour à Boone Springs pour la première fois.

— Tu as bien deviné, April.

Il ne lui donna pas plus d'explication. À cette époque lui et Shannon partageaient une liaison passionnée, et la jeune femme voulait un endroit en dehors du ranch pour plus d'intimité. Cela avait été une période mémorable, mais c'était du passé.

— Je vois.

— Je ne compte pas me remettre avec elle.

Il tenait à être clair là-dessus, car ils étaient tous deux embarqués dans cette histoire.

— Vous aviez l'air de bien vous entendre au restaurant l'autre jour.

— C'était innocent. Elle est entrée et est venue me dire bonjour en me voyant à ma table. Il n'y avait rien de mal, et ce n'était absolument pas prévu.

— Les médias ne parlent plus que d'un triangle amoureux. Ce n'est pas facile pour moi.

— Je comprends, mais c'est justement pour ça que tu dois venir à la fête d'anniversaire de ma tante : pour contrer ces rumeurs. Plus nous ressemblons à un vrai couple, moins il y aura de spéculations.

— Es-tu d'accord pour venir voir le chalet le lendemain ? Il sera prêt à être visité d'ici là.

— Le chalet ?

Il avait été tellement absorbé par son rôle de faux fiancé et par la journée des Fondateurs, qu'il n'y avait même plus pensé

— Risk, tu te souviens de notre arrangement, non ?

Il devait admettre qu'elle avait de la suite dans les idées et que c'était une vraie battante.

— Si je dis oui, tu viendras à la fête ?

Elle y réfléchit un peu, puis un sourire adoucit ses doux yeux bleus et effaça son froncement de sourcils.

— Oui, dit-elle finalement, je viendrai.

Le lendemain, tard dans l'après-midi, après une journée entière à superviser les ouvriers du chalet et à mettre la touche finale aux chambres, April alla prendre un café au Katie Kupcakes à trois pâtés de maisons de son agence. Elle et Katie avaient toutes deux grandi à Boone Springs. April échangea quelques paroles aimables avec elle avant de commander un cupcake façon brownie absolument délicieux, accompagné d'un *latte* amande et vanille. Elle était épuisée par sa semaine, et se sentir coupable de gourmandise n'était en aucun cas à l'ordre du jour. Elle méritait une récompense.

— Hum ! gémit-elle en prenant une bouchée de son petit gâteau.

Quelques instants plus tard, elle vit Lottie Brown entrer dans la boulangerie, souriante et vêtue d'une élégante chemise rose et d'une jupe en jean, le tout assorti de jolies bottes cloutées. Lottie avait beaucoup de style et de grâce, et ne se laissait absolument pas démonter par son âge.

La vieille dame la repéra immédiatement et s'approcha.

— Bonjour, April, dit-elle en remarquant le cupcake à moitié mangé. On dirait que nous avons les mêmes envies aujourd'hui.

— Vous aussi ?

— Je suis ici pour le cupcake *Explosion de chocolat*.

— Voudriez-vous vous joindre à moi ?

Elle avait posé la question par politesse, mais n'était pas certaine que ce soit l'unique raison. Lottie était une personne qu'elle aurait aimé mieux connaître.

— J'adorerais.

Elle s'assit, et immédiatement Katie s'approcha pour prendre sa commande.

— Katie, quel plaisir de te revoir ! Ça fait un moment que tu n'es pas venue au ranch.

— Non, j'ai été occupée. Avec la boulangerie et le sauvetage des chevaux, je sais à peine quel jour on est.

— Le mariage de Mason et Drea approche.

— Je suis impatiente. Il va vraiment falloir que je m'active pour organiser l'enterrement de vie de jeune fille de Drea.

— Je suis sûre que ça sera parfait, affirma Lottie.

— Je l'espère. C'est ma première fois… en tant que demoiselle d'honneur, dit-elle, avant de se mordre la lèvre.

April était au courant des relations tendues entre Katie et les Boone. Cinq ans auparavant, Luke avait rompu ses fiançailles avec la sœur de Katie, juste avant le mariage, dont elle devait être la demoiselle d'honneur. Sa sœur, Shelly, avait été dévastée, et Katie s'était retrouvée dans une position délicate : elle et Luke étaient amis depuis toujours. Mais à présent c'était terminé.

Katie prit la commande et s'éloigna.

— April, je suis si contente de vous revoir, dit Lottie. Dites-moi, comment mon neveu vous traite ?

C'était une question tellement inattendue, que la jeune femme se figea un instant.

— Risk ? Oh ! euh… très bien.

— Heureuse de l'entendre. Vous êtes de bonnes personnes tous les deux, et je n'aimerais pas que l'un de vous souffre.

— C'est très gentil à vous. Je suis sûre que nous nous séparerons sans heurts.

Lottie leva les sourcils puis changea de sujet, au grand soulagement d'April. Au fil de leur conversation, la jeune femme découvrit qu'elle avait beaucoup en commun avec Lottie, depuis la musique et les livres, jusqu'à leurs sens de l'esthétique et de la décoration.

Une demi-heure plus tard, elles quittaient la boulangerie.

— Je suis heureuse de vous avoir croisée, dit April.

— Moi aussi. Si je peux me permettre… j'aurais aimé que mon neveu et vous sortiez vraiment ensemble. Vous êtes si bien assortis. Bien que je déteste le dire, je savais que ça ne marcherait pas entre Risk et Shannon. Mais qui suis-je pour me mêler de ça ? Je ne suis rien d'autre que sa tante préférée après tout, ajouta-t-elle sur le ton de la plaisanterie.

April rit, absolument pas froissée par la franchise de

Lottie, même si évidemment elle n'était pas d'accord avec elle. Entre eux, rien ne serait jamais possible.

— Désolée de vous décevoir, mais je ne pense pas que nous…

— Oh non ! Regardez-moi ça !

Lottie se mit soudain à courir après un chien qui vagabondait en plein milieu de la rue.

— Ici petit, ici ! cria-t-elle sans voir la voiture au coin de la rue. Ne reste pas là ! Allez, allez !

— Lottie !

April courut aussi vite que ses jambes purent lui permettre. Elle vit la voiture braquer et entendit un crissement de pneus, juste avant de pousser Lottie hors de la route et de tomber au sol en se raclant les genoux sur le bitume. Une odeur de caoutchouc brûlé emplit ses narines, et la chaleur du moteur lui explosa au visage.

Quand elle rouvrit les yeux, elle vit d'abord le grand ciel bleu, puis Lottie apparut dans son champ de vision.

— Mon Dieu, April ! Est-ce que ça va ? Vous vous êtes cogné la tête ?

— Non, non. Je vais bien… il me semble.

Elle passa mentalement son corps en revue. Elle ne s'était pas cogné la tête en tombant et n'avait pas été heurtée ; elle était simplement tombée en poussant Lottie, et heureusement seuls ses genoux étaient meurtris, même si elle était presque sûre que tout son corps serait endolori le lendemain.

— Vous m'avez sauvée et vous vous êtes mise en danger. Vous auriez pu être heurtée par cette voiture. C'était très courageux. Merci. Je ne sais pas quoi dire d'autre, déclara Lottie en essuyant ses larmes avant d'ajouter : Pensez-vous pouvoir vous lever ?

— Je le pense.

Elle se redressa avec l'aide de Lottie, les jambes

meurtries et le corps tremblant. Ses genoux se mirent à la brûler tandis qu'un peu de sang en coulait.

— Je vais vous emmener voir un médecin, dit Lottie.

En un rien de temps, une foule s'était formée, et le jeune conducteur dégingandé accourut, l'air affolé. En effet, la voiture s'était arrêtée à quelques centimètres d'April.

— Je suis vraiment désolé, dit-il. Je ne vous avais pas vue en tournant.

— Ce n'était pas votre faute, jeune homme, le rassura Lottie. J'ai couru après un chien au milieu de la rue, et vous avez fait votre possible pour nous éviter. Je vous félicite pour votre adresse.

Il acquiesça.

— Vous allez bien, mademoiselle ? demanda-t-il à April.

— Oui, je pense que ça ira. Je suis juste un peu secouée.

— Dois-je appeler les secours ? demanda une voix dans la foule.

— Oh non ! s'il vous plaît. Je vais bien, protesta April en regardant la mer de visages devant elle.

Les téléphones portables pointaient sur elle pour la prendre en photo, et elle entendit des chuchotements. Certains avaient reconnu la fiancée de Risk Boone.

— Laissez-moi au moins vous emmener chez le médecin, dit doucement Lottie en la prenant par le bras et en la conduisant en direction de Katie Kupcakes.

— Non, je pense que je vais rentrer chez moi et nettoyer mes blessures. Ce n'est rien de grave.

Katie se précipita avec un gant de toilette.

— Tiens, je l'ai rincé à l'eau froide. Tu peux venir te nettoyer à l'intérieur si tu veux, April.

— C'est une bonne idée, dit Lottie.

— Non, ce n'est pas nécessaire, Katie. Mais merci pour le gant de toilette.

La dernière chose qu'elle voulait c'était créer un attroupement. Une fois que la nouvelle aurait circulé, ce qui n'allait pas tarder avec toutes les photos prises, les journalistes se précipiteraient. Elle tamponna ses genoux qui saignaient légèrement, soulagée par la fraîcheur du gant de toilette.

— Ça va mieux.

— Laissez-moi vous ramener chez vous. J'insiste, dit Lottie.

Elle tenait vraiment à l'aider, et April ne la repoussa pas.

— D'accord, merci.

Elles marchèrent bras dessus, bras dessous jusqu'à la voiture de Lottie garée juste à côté.

— Êtes-vous certaine de ne pas avoir besoin d'un médecin ? demanda la vieille dame avec inquiétude.

— Certaine.

— Et si je vous emmenais à Rising Springs pour m'occuper de vous ?

— Quelle idée, Lottie !

— Vous êtes la fiancée de Risk.

— Durant cette semaine uniquement.

Lottie pinça les lèvres et s'inclina.

— Très bien. Allons chez vous dans ce cas.

April lui donna son adresse, et Lottie se mit en route avec prudence, conduisant très lentement. Une fois devant chez elle, la jeune femme réalisa que la tante de Risk avait aussi été secouée.

— Lottie, est-ce que je vous ai fait mal en vous poussant ?

— Compte tenu du fait que j'aurais pu être aplatie comme une crêpe si vous n'étiez pas intervenue, je vais très bien. N'y pensez même pas, dit Lottie en lui prenant et serrant la main. Je ne vous remercierai jamais assez.

Puis elle prit affectueusement April dans ses bras, et la jeune femme savoura cette étreinte. Elle n'avait pas été embrassée de cette manière depuis longtemps, et cela lui rappela à quel point sa mère lui manquait. Le réconfort que Lottie lui prodiguait était exactement ce dont elle avait besoin en ce moment.

— Merci de m'avoir ramenée.

— Est-ce que je peux vous accompagner jusqu'à votre porte ?

— C'est gentil mais pas nécessaire. Ça ira. J'ai juste besoin de me reposer.

— D'accord. Appelez-moi si vous avez besoin de quelque chose.

— Promis. Au revoir, Lottie.

April descendit de voiture, les genoux brûlants, et fit un petit signe à Lottie. Elle la regarda ensuite partir avant de se diriger vers chez elle, pressée de nettoyer ses blessures et de s'effondrer sur son lit.

— April !

En entendant des pas derrière elle, elle ferma les yeux.

Oh non !

C'était Risk.

- 9 -

— April ! appela de nouveau Risk.

Que faisait-il ici ? Il était censé dîner avec le maire. Elle s'arrêta net et se heurta contre son torse en se retournant.

— J'ai entendu ce qui s'est passé, dit-il doucement en lui prenant le bras.

— Déjà ?

Elle savait que les nouvelles se propageaient à vive allure dans les petites villes, mais à ce point ?

— Katie m'a appelé au bureau. Est-ce que ça va ?

Il passa son corps en revue, son regard trahissant une véritable inquiétude.

— Tu saignes.

Elle baissa les yeux et vit quelques minuscules filets de sang couler le long de ses jambes.

Avant qu'elle puisse réagir, Risk la prit dans ses bras et la porta jusqu'à son perron. Elle se cramponna à son cou, un peu choquée par ce geste audacieux et en même temps émoustillée. C'était bien un geste de chevalier blanc, quelque chose dont beaucoup de femmes rêvaient en secret.

— Je peux marcher, Risk. Tu n'as pas besoin de me porter.

— Si. Tu boites.

— Je ne boite pas.

— Je te dis que si.

— C'est parce que tu…

Puis cela la frappa, et elle baissa la voix.

— Oh ! je comprends. Tu penses que quelqu'un nous regarde et prend des photos.

Il posa le regard sur elle et se renfrogna.

— Ouais, c'est ça. Tu as tout compris.

Mise mal à l'aise par le ton de sa voix et l'expression de son visage, elle se tut. Quelque chose clochait, et soudain elle ne fut plus sûre de rien. Peut-être était-ce dû à la fatigue, mais être à nouveau dans les bras de Risk, absorber sa force et respirer son parfum musqué ne lui parut plus aussi terrible.

— Donne-moi tes clés.

Elle les sortit de son sac à main, et il ouvrit la porte.

— Tu n'as pas besoin de me materner, dit-elle doucement en voyant le muscle de sa mâchoire tressauter.

— Vraiment ?

Il la porta à l'intérieur et la posa sur le canapé.

— Reste ici, April, et ne bouge pas. Je vais m'occuper de tes genoux.

— Risk, tu ne…

Mais il était déjà dans le couloir. Elle l'entendit fouiller dans sa salle de bains, et il revint quelques instants plus tard avec de quoi la soigner, l'expression déterminée.

S'asseyant au pied du canapé, il remonta doucement l'ourlet de sa jupe, et ses doigts posés sur ses cuisses envoyèrent des vagues brûlantes le long des jambes d'April.

— Dis-moi si je te fais mal, dit-il pleinement résolu à accomplir sa tâche.

Il commença par nettoyer ses genoux et les fines traînées de sang à l'aide d'une lingette savonneuse, puis appliqua sur ses plaies une crème antiseptique.

— Ce que tu as fait aujourd'hui…

Il s'arrêta et se racla la gorge avant de continuer :

— … était vraiment stupide. Tu aurais pu être tuée.

— Je n'ai pas réfléchi. J'ai compris que je pouvais atteindre Lottie avant que la voiture la percute et j'ai réagi par instinct.

Risk lui banda les genoux. Ce n'était pas beau à voir, mais elle se sentait mieux à présent que les plaies n'étaient plus à l'air libre.

— Tu as sauvé la vie de ma tante, April.

— Peut-être.

— Il n'y a pas de « peut-être ». J'ai vu la vidéo.

— Il y a une vidéo ? Mon Dieu !

Comment diable avait-elle pu se propager aussi vite ?

— C'est le monde dans lequel nous vivons. Quelqu'un sur les lieux l'a envoyée à *La Tribune*,et ils ont immédiatement appelé pour connaître ma réaction.

— Et tu t'es précipité ici ?

Il acquiesça.

— Et ton dîner avec le maire et sa femme ?

— Quelle meilleure excuse pour annuler que ma fiancée blessée dans un accident ? Il n'en attendrait pas moins de ma part.

— Et il est important que tu montres une réaction appropriée.

Évidemment. Ça devait être ça.

— Désolée, je sais que ce dîner était important pour toi.

— C'est juste du travail, April. Ce n'est pas aussi important que…

— Je suis surprise que tu ne sois pas allé voir ta tante, l'interrompit-elle, redoutant d'entendre le reste.

Elle n'allait tout de même pas se mettre à croire qu'il se souciait réellement d'elle.

— Katie m'a assuré que tante Lottie allait bien. J'irai la voir tout à l'heure.

— En tout cas, merci de m'avoir soignée. Ma mère dirait que nous sommes quittes.

— Comment cela ?

— J'ai pris soin de toi quand tu as perdu la mémoire, et tu viens de me rendre la pareille.

Il la fixa un instant puis se passa la main sur le visage.

— April.

— Tu n'as pas à rester. Je vais bien à présent.

Et il avait parfaitement rempli son devoir de faux fiancé en se précipitant ici pour s'occuper d'elle.

Risk serrait obstinément la mâchoire. Elle avait déjà vu ce regard déterminé.

— Tu dois avoir soif, dit-il enfin en ignorant son commentaire. Je vais te chercher de l'eau.

— De l'eau ? J'aurais plutôt besoin d'un verre de vin, laissa-t-elle échapper.

Puisqu'il comptait rester, autant prendre quelque chose de plus revigorant. Elle le méritait bien après cette journée.

— J'ai compris.

Il se dirigea vers la cuisine, et elle entendit les placards s'ouvrir et des verres tinter.

— Rouge ou blanc ? demanda-t-il en passant la tête par la porte.

— Rouge, s'il te plaît.

Il lui répondit par un sourire ravageur qui mit ses pauvres nerfs à vif. Il était différent ce soir… tout simplement gentil. Il devait sûrement penser lui devoir quelque chose pour avoir sauvé Lottie.

— Merci, dit-elle lorsqu'il lui tendit un verre de vin.

Il s'assit et croisa à nouveau son regard.

— Tu es fatiguée ?

— Je l'étais. J'ai eu une rude journée, mais je suis un peu trop tendue pour dormir à présent.

— Il y a un super film à la télévision.

— Lequel ?

— A Day in the Life.

C'était un des dix films préférés d'April. Ils en avaient discuté à peine quelques jours avant.

— Un film de filles. Je vote pour, dit-elle.

— Moi aussi.

Elle se figea, le verre à vin à mi-chemin de ses lèvres.

— Tu vas le regarder aussi ?

— Pendant un petit moment, jusqu'à ce que je termine mon vin. Tu es d'accord ?

— Euh… oui. Tu seras en charge de la télécommande.

Risk l'avait déjà en main. Il alluma la télé et commença à zapper.

— Ah ! le voici.

Aidée par le vin, April se laissa aller contre les coussins du canapé. Elle coula un regard vers Risk, qui s'installait lui aussi, complètement à l'aise. Ils n'avaient jamais fait ça auparavant… se poser tout simplement, comme le ferait un couple ordinaire.

Un frisson brûlant la parcourut. Était-ce dû au vin ou à la présence de Risk ?

Peu importe la raison, elle se sentait bien à ce moment-là.

Le lendemain après-midi, April et Clovie revenaient à l'agence après un rapide déjeuner au restaurant, quand Clovie lui donna un petit coup de coude.

— Ne regarde pas de l'autre côté de la rue et continue à marcher, à moins que tu ne veuilles être photographiée à nouveau.

April baissa la tête et suivit les conseils de son amie.

— Pourquoi, que se passe-t-il ?

— On dirait Shannon et… euh… ton fiancé, ensemble devant la banque. Shannon parle à des journalistes.

April risqua un regard pour le constater par elle-même. Risk était comme un aimant pour cette femme.

Elle semblait le suivre partout et chercher par tous les moyens à s'insinuer dans sa vie. Auparavant, cela aurait indifféré April, et elle aurait souhaité que ce soit le cas aujourd'hui aussi, mais Risk avait été si gentil avec elle la veille au soir. Elle ne se souvenait pas du moment où il était parti, mais elle s'était réveillée vers minuit, confortablement installée sous une couverture qu'elle n'avait pas rapportée au chalet. La télé était éteinte, la porte verrouillée, et ce matin elle avait trouvé son mot.

J'espère que tu as bien dormi
Prends soin de ces jolis genoux…
Nous allons devoir danser
Je viendrai te chercher à 18 heures

Risk

Le message lui avait fait du bien et l'avait mise de bonne humeur malgré ses douleurs. Elle avait même failli appeler Risk pour le remercier d'avoir pris soin d'elle. Mais il était avec Shannon à présent, et en public qui plus est. Elle avait déjà suffisamment d'embêtements comme ça. On lui avait demandé de participer à une émission de radio locale, au sujet de son geste héroïque, mais elle avait poliment refusé, et il y avait des photos et des articles qui circulaient sur Internet et dans *La Tribune*.

Le seul point positif était que tout ça faisait beaucoup de publicité à son agence, ce qui était toujours bon à prendre. Mais elle se demandait si ce point positif pouvait contrebalancer tous les points négatifs.

Leurs fiançailles n'étaient qu'un énorme mensonge, et son faux fiancé était occupé à passer l'après-midi avec son ex-petite amie.

Risk ajusta le col de sa veste avant de frapper à la porte d'April. Après avoir passé des heures avec Shannon, il était pressé de retrouver April. Non pas que celle-ci lui demandât moins d'efforts après tous les ennuis qu'elle avait causés, mais elle était très certainement bien plus facile à vivre que sa superstar d'ex.

Elle mit un certain temps à ouvrir, mais l'attente en valut la peine.

— Waouh !

Elle était époustouflante dans cette robe rouge qui accentuait ses courbes envoûtantes, et avec ses cheveux bouclés qui lui encadraient le visage.

— Tu es magnifique, April.

— Merci. Ce n'est pas trop ? Je ne sais pas où nous allons, mais ton mot parlait de danse.

Il ôta son chapeau et se passa la main dans les cheveux.

— Oui, la famille a loué le restaurant préféré de tante Lottie pour la soirée, le Garden House.

— J'en ai entendu parler en bien.

Elle ouvrit la porte en grand pour le laisser entrer et prit la pochette et le chandail noirs posés sur le bras du canapé.

— Comment vont tes genoux ?

Ils étaient recouverts par la longueur de la robe, ce qui avait sûrement motivé le choix de sa tenue.

— Ils ne sont pas beaux à voir, dit-elle en fronçant les sourcils.

— Laisse-moi regarder.

April ouvrit de grands yeux et eut un mouvement de recul.

— N'oublie pas que j'ai fait office d'infirmier hier soir.

— Sûrement pas par choix.

Elle était encore en train de le tester, et il aurait facilement pu perdre patience, mais il se maîtrisa.

— April, s'il te plaît.

Elle lui lança un regard sceptique, mais il ne fléchit pas. Son étrange inquiétude le déconcertait tout autant, mais il était déterminé à s'assurer qu'elle cicatrisait bien. Ils se fixèrent quelques secondes, et finalement elle haussa les épaules.

— Bon très bien, finit-elle par répondre. C'est gentil de m'avoir aidée la nuit dernière.

Elle souleva sa robe de quelques centimètres, et il s'accroupit afin de mieux voir. Quand il posa la main sur l'arrière de sa jambe droite, il regretta immédiatement son geste : sa peau était à la fois douce et ferme, et il sentit aussitôt un élan de désir lui enflammer les reins. C'était insensé. Elle ne quittait plus ses pensées ces derniers temps, et il ne pouvait s'empêcher de se demander s'il l'avait mal jugée et si elle n'avait tout simplement pas été dépassée par les événements.

— Hum ! ça me paraît beaucoup mieux.

— Tu crois ?

Il se leva et plongea dans son regard bleu et chaleureux.

— Oui… tu cicatrises bien.

— Merci, docteur Boone.

Ils rirent tous deux, et la tension s'apaisa, mais leurs regards se croisèrent à nouveau, et April posa la main sur son torse. Il n'aurait su dire si c'était pour l'éloigner ou le rapprocher, mais une sensation de chaleur se répandit en lui, à l'endroit où elle avait placé la paume.

— Risk, je t'ai vu aujourd'hui… avec Shannon. J'imagine que je vais lire toute l'histoire dans les journaux de demain.

Risk détourna le regard et jura intérieurement. Il avait rebattu les oreilles d'April avec ces prétendues fiançailles, alors que Shannon semblait déterminée à tout faire capoter.

— Ce n'est pas ce que tu penses.

— Je ne sais pas ce que je pense. C'est toi qui veux

faire croire à tous que nous sommes fiancés, et pourtant tu ne cesses de t'afficher avec ton ex. Cette situation me met dans une mauvaise posture.

— Je sais, je sais.

Il poussa un soupir et secoua la tête.

— Shannon voulait faire un don important à la Fondation Boone. C'est un organisme de bienfaisance que mes parents ont créé à la naissance de Mason, et tous les bénéfices vont aux enfants défavorisés du comté. Elle m'a demandé de la retrouver à la banque, et quand nous en sommes sortis, les journalistes nous attendaient, probablement contactés par elle. J'aurais dû m'y attendre, étant donné que ça a toujours été son mode opératoire. Faire une bonne action est pour elle un moyen de se faire de la publicité.

— C'est tout ce qu'il y a eu ?

— Ensuite, nous avons déjeuné au Farmhouse.

April battit des cils.

— Tu as encore déjeuné avec elle ? Après toutes les mises en garde que tu m'as faites sur le fait d'être prudente ? Je suis désolée, Risk, mais ce n'est pas…

— Serais-tu jalouse par hasard ?

À cette idée, Risk sentit sa poitrine se gonfler, et il en fut dérouté. Shannon et April s'étaient toutes deux jouées de lui. Alors pourquoi diable est-ce qu'il fredonnait intérieurement ? Et pourquoi regardait-il April différemment ce soir ?

— Je ne suis pas jalouse, protesta-t-elle avec un air de défi et le visage empourpré. Cesse donc de bomber le torse, Risk.

Il sourit avec satisfaction : elle était bel et bien jalouse.

⊠ Je suis simplement… inquiète. Si cela t'est égal de détruire ta couverture, c'est ton problème, mais je tiens à ma part de marché.

— D'accord, j'ai compris. Tu es prête ? Nous ne

pouvons pas être en retard à la fête surprise de tante Lottie.

— Je suis on ne peut plus prête.

Elle leva les yeux au ciel d'une manière adorable, et Risk sentit un flot d'émotions l'envahir. C'était plus fort que lui : il ne pouvait s'empêcher d'apprécier April Adams.

— Que le spectacle commence, dit-elle en sortant.

Risk se contenta de sourire et lui prit la main pour la conduire à sa voiture.

La fête surprise de tante Lottie se déroulait à merveille. Sa meilleure amie, Wanda, qui vivait dans le comté de Willow, l'avait amenée au Garden House, et dès son entrée la salle remplie de vingt-cinq amis proches et de membres de la famille s'écria : « Surprise ! »

Tante Lottie recula brusquement, et ses larmes se mirent à couler, tant elle était émue de voir rassemblées toutes les personnes qui comptaient pour elle. Elle paraissait réellement surprise.

— Je ne m'attendais vraiment pas à ça !

— Tu ne pensais tout de même pas que nous avions oublié ton anniversaire ? dit Drea en la serrant dans ses bras. Cette fois, nous voulions te surprendre.

— Eh bien, c'est réussi.

Mason passa le bras autour des épaules de tante Lottie et l'embrassa sur la joue.

— Tout le mérite revient à ma fiancée. Tu sais que c'est une experte en organisation de fête.

— Drea est la meilleure, renchérit Lottie, le regard emplit d'amour. Et cet endroit est parfait. Merci à tous d'être venus.

Mason et Drea paraissaient s'entendre à merveille. Le

frère aîné de Risk était follement amoureux et n'avait jamais aussi heureux de sa vie.

Risk jeta un regard à April, debout à côté de lui, et son estomac se serra. Il s'était pourtant juré de ne pas s'attacher à elle, mais cela devenait de plus en plus difficile. Il commençait à trop l'apprécier, et pas seulement parce qu'elle s'était mise en danger pour sa tante, mais parce qu'elle était également travailleuse, dévouée et douce.

Douce ? Oh seigneur ! il la désirait tellement !

Leurs regards se verrouillèrent, celui d'April d'un bleu éclatant et plein de vie. Il aimait ses cheveux bouclés qui cascadaient sur ses épaules, et ses lèvres rouge rubis assorties à la torride robe qu'elle portait.

April n'était plus *persona non grata* au sein de sa famille, mais une véritable héroïne, et cela le fit réfléchir. Il l'avait jugée très sévèrement et lui en avait voulu pour s'être jouée de lui, mais lui-même était-il parfait ? Il l'avait quittée sans un mot il y a quelques années, et elle ne méritait certainement pas un tel traitement.

Elle lui sourit, et son cœur fit un petit bond. Risk était certain que ce n'était pas un sourire factice ayant pour but de plaire aux spectateurs : c'était sincère et destiné rien qu'à lui. Lui prenant la main, il la conduisit vers tante Lottie.

— Bon anniversaire, dit-il en embrassant sa tante. Ça te fait quel âge ? Toujours trente-neuf ans ?

Lottie posa une main sur la joue de son neveu.

— Je ne le dirai jamais en public, et toi non plus si tu tiens à la vie.

Ils rirent tous les trois.

— C'est une merveilleuse surprise, continua-t-elle. Je pensais que je dînerais tranquillement avec Wanda, et voilà que toutes les personnes que j'aime sont réunies ici pour fêter ça.

Elle se tourna avec un regard doux et sincère vers April et lui prit la main.

— Je suis si touchée que vous soyez venue, April. Cela compte beaucoup pour moi.

— Je n'aurais manqué cela pour rien au monde.

Lottie hocha la tête en souriant, et son regard passa de l'un à l'autre.

— Vous formez un très beau couple ce soir.

Puis elle fut emmenée par Drea et son père. Drew semblait grincheux ce soir. Il se contenait pour ne pas gâcher l'ambiance, mais il avait pas mal maugréé sur le fait que Lottie avait failli se tuer en courant après un chien.

Entre ces deux-là, il y avait toujours quelque chose qui n'allait pas.

Des serveurs en tenue s'approchèrent avec des plateaux de petits-fours. April était fascinée par le jardin intérieur luxuriant et parfaitement entretenus de la salle à manger, composé de palmiers, de fleurs, de lierres, de vignes et de mousses. Un groupe de cinq musiciens se tenait prêt sur une petite scène devant une piste de danse.

— Hum ! c'est délicieux, dit-elle en prenant une bouchée d'un mini bœuf Wellington. La pâte est si légère.

Risk en avait déjà avalé deux.

— Je suis tout à fait d'accord.

Il aimait qu'April apprécie la bonne cuisine et ne s'en cache pas. Il était déjà sorti avec des femmes qui se nourrissaient uniquement de salade, et en bon texan qu'il était cela n'avait absolument rien d'un repas pour lui – c'était tout juste un accompagnement. De toute évidence, April partageait son avis.

— Mais pas aussi bon que le beurre de cacahuètes et les muffins aux canneberges, ajouta-t-il.

— Non, dit-elle d'une voix haletante, le regard levé

vers lui. Il n'y a rien de mieux que notre nourriture de survie.

— D'ailleurs, à ce sujet... Je ne t'ai jamais remerciée d'avoir si bien pris soin de moi lorsque j'ai été blessé.

— Je sais.

Il avait été tellement furieux en découvrant sa supercherie, qu'il en avait oublié les soins qu'elle lui avait prodigués.

— Je te remercie maintenant, et je suis sincère, April.

— Je te crois.

— Il semble que tu aies sauvé deux membres de notre famille ce mois-ci.

— C'est pour ça que tu es gentil avec moi ?

— Non, ce n'est pas que pour ça.

Il se tut un instant avant de préciser sa réponse.

— Peut-être que c'est facile d'être gentil avec toi.

— Peut-être ?

Les lumières s'éteignirent, et un projecteur éclaira le groupe qui commença à jouer. Risk ne pensa plus qu'à une chose : tenir April dans ses bras. Il tendit la main.

— Tu danses avec moi ?

Elle regarda autour d'elle et vit plusieurs invités se diriger vers la piste de danse, y compris tante Lottie et Luke.

— Cela ferait plaisir à tante Lottie, ajouta-t-il.

— Dans ce cas..., dit April en lui prenant la main.

Le groupe entama un slow, et Risk prit April dans ses bras, humant son doux parfum. Elle se mouvait avec fluidité contre lui, souple et facile à diriger. Ils se touchèrent souvent, seins contre torse, et il eut du mal à rester concentré sur la musique. Son cœur battait fort, et son corps s'échauffait. Elle posa la tête sur son épaule, taquinant les narines de Risk de ses mèches soyeuses.

— April, murmura-t-il en faisant descendre les mains sur les reins de la jeune femme.

Elle était bien trop tentante et proche pour qu'il puisse raison garder. Ses instincts primaires prirent le dessus, et il pencha la tête pour poser un doux baiser sur ses lèvres.

Elle ouvrit les yeux et le regarda.

— Tu as vu des journalistes ?

— Je ne pense pas.

— C'est pour les autres, alors ?

Il secoua la tête.

— Quels autres ? Je ne vois que toi.

Elle sourit, et lui aussi, puis il l'embrassa à nouveau. Une fois la musique terminée, il recula pour la regarder dans les yeux, et se sentit ému par l'expression de son visage.

Luke s'approcha à ce moment et mit fin au tête-à-tête.

— Ça te dérange si je vous interromps, Risker ?

Un peu oui, songea-t-il. Fallait-il vraiment que son frère choisisse ce moment ? Il tombait vraiment mal, mais c'était également la soirée de tante Lottie, et il n'allait pas faire de scène, même s'il détestait laisser partir April. Il lança un regard d'avertissement à son frère, et finit par céder.

— Bien sûr, petit Luke.

— Nous avons gardé nos surnoms d'enfance, expliqua celui-ci avec un grand sourire à April.

— Je les trouve géniaux. Mason en a-t-il un aussi ?

— Non, il ne voulait pas. Si nous l'appelions Masey, il s'énervait. Lui c'est tout simplement Mason.

La musique reprit, et Luke se mit à danser avec April. Risk quitta la piste et s'installa au fond de la salle sans quitter le couple des yeux.

Mason vint le rejoindre.

— Tiens, dit-il en lui tendant un bourbon sec.

Ils restèrent un moment à siroter leur boisson, tandis que le regard de Risk restait concentré sur April.

— Tu es vraiment mordu, déclara Mason.

— Sans blague.

— Tante Lottie a presque applaudi quand tu as embrassé April sur la piste.

— Elle adore April.

— Toi aussi.

— Peut être bien.

— Peut-être ? Tu l'aimes tout simplement. C'est soit ça, soit tu as mangé un truc qui ne passe pas, frérot. Tu vires au vert en la regardant avec Luke.

Son estomac se serra. Était-il prêt à rouvrir son cœur ?

— Tu sais qu'une fois cette histoire terminée, elle partira. Peut-être même qu'elle trouvera un autre homme. Es-tu prêt à ça ?

Imaginer April avec un autre homme le retourna de l'intérieur.

— Est-ce que ton petit sermon est terminé ?

— Oui. J'ai dit ce que j'avais à dire.

Mason s'éloigna en souriant et alla rejoindre Drea, la femme qu'il allait bientôt épouser. Il l'embrassa avec passion, au comble du bonheur et totalement épris d'elle.

Risk ne s'était jamais de sa vie à ce point senti envieux.

La main nichée dans celle de Risk, April alla rêveusement jusqu'à sa porte. Elle s'était bien amusée ce soir, et avait apprécié de voir le visage de Lottie s'illuminer quand elle avait découvert ses proches réunis. À la fin de la soirée, elle avait prononcé un petit discours, et remercié April pour son courage et son grand cœur, puis avait porté un toast en son honneur. La vieille dame avait eu la délicatesse de ne pas l'embarrasser en la noyant sous les compliments, optant plutôt pour la légèreté et la bonne humeur.

À présent que la soirée touchait à sa fin, April se sentait emplie de bien-être et de mélancolie.

— Merci pour cette belle soirée, dit-elle à Risk en posant la tête contre sa porte. Je me suis bien amusée.

Risk avait été un cavalier parfait ; attentif et attentionné.

— Je suis heureux que ça t'ait plu. J'ai également passé un bon moment.

Sa voix rauque et son regard pénétrant firent battre le cœur d'April. Il posa l'index sur sa joue, et elle leva le regard vers lui.

— J'ai aimé te tenir contre moi, danser avec toi et t'embrasser, murmura-t-il.

Il passa alors la main dans les cheveux de la jeune femme et joua avec ses boucles. Elle fixa ses lèvres fermes et pleines et posa une paume contre sa mâchoire.

— Risk, tu ne fais pas ça pour les journalistes, non ?

Il l'étudia, pensif, avant de répondre :

— Ça me paraît bien réel.

Puis sa bouche fut sur la sienne, ôtant ses doutes et ses questions. Il l'embrassa jusqu'à ce qu'elle soit à bout de souffle, brûlante de désir et les lèvres meurtries.

— Invite-moi à entrer, dit-il entre deux baisers.

— Bo… bonne idée.

Aussitôt que la porte se referma sur eux, Risk lui retira son chandail et le jeta au sol. Leurs lèvres se joignirent pour un autre baiser brûlant. Respirer lui parut difficile, penser impossible.

C'était bien réel cette fois, et tout paraissait si naturel.

— Chambre, murmura-t-elle.

Il retira sa veste et porta April dans ses bras puissants jusqu'à son lit. Le clair de lune se déversait par la fenêtre, éclairant le regard affamé et plein de promesses de Risk. Il lui toucha le visage, lui embrassa la bouche, puis lui murmura à l'oreille :

— Tu es incroyable, April.

Le destin semblait s'obstiner à les réunir. Cette fois devait être la bonne, car elle se sentait comme sur un nuage, mais pas seulement. Elle ressentait beaucoup d'autres choses, mais elle ne voulait pas y penser.

Risk embrassa sa gorge, et descendit plus bas pour lui mordiller les épaules, puis ses mains virent se poser sur son dos, et avec des doigts sûrs et fermes il ouvrit sa robe. L'air frais la fit frissonner un instant, mais très vite les mains de Risk furent à nouveau sur elle, réchauffant sa peau nue alors qu'il lui caressait le dos.

Elle saisit sa chemise et la déboutonna, impatiente de toucher son torse de granit. La chaleur monta en lui, et un profond gémissement de satisfaction lui échappa.

— J'adore quand tu me touches, murmura-t-il, juste avant de fondre à nouveau sur ses lèvres.

— J'adore te toucher.

Un autre gémissement lui monta à la gorge, et ils se remirent à se caresser tout en retirant leurs vêtements avec frénésie. Quand April fut en sous-vêtements, Risk recula pour l'admirer.

— Tu es parfaite.

Il prit ses seins en coupe et les embrassa, puis fit glisser les mains jusqu'au creux de sa taille.

— Ici aussi, dit-il.

La peau d'April était brulante sous ses paumes, et quand il lui caressa les hanches, elle eut l'impression de se consumer.

— Tes courbes me rendent fou, dit-il. Le sais-tu ?

April secoua la tête. Elle avait fait la paix avec son corps il y a bien longtemps, mais personne ne lui avait jamais fait ressentir cela – comme si elle était parfaite et indéniablement excitante – autant que Risk en ce moment.

Il posa les mains à plat sur ses fesses et la tira vers lui, puis s'agenouilla devant elle et lui ôta sa culotte. Baissant la tête, il la prit dans sa bouche en la maintenant fermement pour l'empêcher de bouger, et usa de sa langue pour la rendre folle. Elle gémit sous ses caresses insistantes qui déclenchaient en elle des sensations torrides et électriques semblables à de minuscules éclairs. Folle de plaisir, elle s'accrocha aux épaules de Risk et cria sous son rythme constant qui l'amenait de plus en plus haut. Lorsqu'elle finit par s'abandonner, un frisson de plaisir secoua son corps. Risk se redressa pour l'embrasser tendrement jusqu'à ce qu'elle s'apaise.

Il sortit alors un préservatif de sa poche et se débarrassa de son pantalon. Puis il s'en couvrit avant de rejoindre April. Elle l'embrassa avec passion et se délecta de ses lèvres fermes, sentant ses muscles se bander et son corps durcir. Il y avait quelque chose de différent en lui ce soir, une expression intrépide dans son regard sombre qu'elle n'avait jamais vue auparavant. Tout cela n'était pas le fruit de son imagination : c'était bien réel cette fois.

Lorsque leurs corps fusionnèrent, elle ferma les yeux et poussa un cri de plaisir, se donnant tout entière, sans retenue, l'embrassant, le caressant et l'aimant avec une force qui veniat du plus profond de son cœur.

C'était presque trop puissant, trop beau, tout simplement… trop.

Elle jouit en premier, et son corps se désagrégea dans une sensation glorieuse. Puis Risk couvrit sa bouche de la sienne et l'embrassa à nouveau avant d'entamer un va-et-vient. Il lui tint les bras au-dessus de sa tête et la recouvrit de son corps, leurs peaux pressées et en sueur.

— Oh ! trésor…, marmonna-t-il les dents serrées alors qu'il se dressait au-dessus d'elle et se laissait aller à la jouissance.

April ouvrit les yeux au petit matin, le corps apaisé. Elle ressentait une délicieuse sensation de langueur après sa nuit incroyable avec Risk. Mais quand elle se tourna pour se blottir contre lui, mais il n'était plus là. Le corps chaud et dur qu'elle avait aimé quelques heures plus tôt avait disparu, et elle fut frappée par une impression de déjà-vu.

Aussitôt debout, elle chercha un mot ou un signe de sa part. Tous ses vêtements avaient disparu également. Sa joie s'évapora immédiatement, et cette horrible sensation d'abandon l'envahit à nouveau. Elle détestait ce sentiment et l'idée qu'elle n'était pas digne d'être aimée.

Ce ne serait pas la première fois qu'il la quittait.

Maudit Risk !

— Bonjour. Je vois que la Belle au bois dormant s'est enfin réveillée, dit Risk en entrant dans la chambre, un sourire séducteur aux lèvres.

Il s'approcha d'elle et lui donna un rapide baiser sur les lèvres. Sa présence et cet unique baiser lui firent oublier toutes ses inquiétudes. Risk n'avait rien d'un prince charmant, mais il était là. Il ne l'avait pas abandonnée, et elle se sentit soulagée.

Ses cheveux étaient encore humides d'une récente douche, et il sentait son savon à la lavande.

— Bonjour. Je… je suppose que j'ai trop dormi.

— Tu le méritais. Je t'ai gardé éveillée tard.

— Oui, je m'en souviens.

Difficile d'oublier toutes les sensations de la nuit dernière.

— April, tu es vraiment parfaite, dit-il en la prenant dans ses bras.

Il la serra contre lui et embrassa sa joue tout en la berçant doucement. Dieu, qu'elle se sentait en sécurité et choyée dans ses bras. Cela l'inquiéta un peu. Elle ne lui faisait toujours pas entièrement confiance, sinon elle n'aurait pas pensé au pire ce matin en constatant son absence.

— J'espère que ça ne te dérange pas que j'aie utilisé ta douche.

— Oh ! Non, pas du tout. Désolée d'avoir dormi si tard.

— Heureusement, tu n'as pas pensé à ton réveil que j'étais parti.

Devant son silence, il ajouta :

— Ou alors si ?

— Je... euh... je n'ai pas eu le temps de réfléchir. Je me suis réveillée quand tu es entré.

Ce qui n'était qu'un demi-mensonge.

— En tout cas, si tu veux toujours partir de bonne heure, il vaudrait mieux que tu te lèves. Je vais devoir m'arrêter au bureau pour changer de vêtements.

Partir de bonne heure ? Oh ! mais oui ! Elle avait été tellement absorbée par Risk, qu'elle avait presque oublié.

— Laisse-moi d'abord nous préparer un rapide petit déjeuner et m'habiller, et ensuite nous nous mettrons en route.

— J'ai déjà préparé le petit déjeuner. Est-ce que des œufs durs, des toasts et du jus de fruits te conviendront ?

— Tu as fait tout ça ? demanda-t-elle, étonnée.

— Ça n'a rien d'une prouesse culinaire, mais oui, c'est prêt.

Elle sourit.

— Parfait. Allons donc déguster votre repas, chef Boone.

Il lui prit la main et l'entraîna vers la cuisine. Mais avant de retourner au chalet, elle devait clarifier les choses sur un reproche qu'il lui avait fait et qui la rongeait encore aujourd'hui !

Elle le regarda bien en face et s'exprima avec fermeté.

— Soyons clair, Risk, je te demande de faire la part des choses entre la nuit que nous avons passée et ton opinion sur le chalet. Ce sont deux choses séparées. Notre accord était que tu donnerais un avis honnête et objectif. C'est tout ce que je te demande.

Risk lui serra la main.

— Je te le promets.

— Je te remercie. C'était important que tu le saches. Nous avons tous deux fait des erreurs par le passé, et nous devons repartir sur de bonnes bases.

— J'aime cette idée.

- 10 -

L'aspect du chalet avait totalement changé. Le terrain avait été entretenu, et une couche de peinture fraîche en avait rajeuni l'aspect extérieur. April était fière des petites rénovations effectuées, mais c'était à Risk que cela devrait plaire. Elle jaugea sa réaction tandis qu'il descendait de la voiture et qu'il lui ouvrait la portière.

— L'endroit est différent à la lumière du jour, dit-il en parcourant la propriété d'un regard circulaire.

— Oui. Il y a pas mal à faire, bien sûr, mais regarde bien et vois le potentiel.

Elle l'entraîna à l'arrière et lui montra la vue sur le Canyon Lake. Le temps était frais mais beau, et la lumière du soleil caressait au loin les eaux bleues. La salle à manger donnait sur une terrasse, face au lac, sur laquelle des tables avaient été installées. L'endroit était parfait que ce soit pour le petit déjeuner, pour le déjeuner ou pour le dîner au coucher du soleil pendant les mois d'été.

— Canyon Lake est idéal pour la navigation de plaisance et la pêche. La zone juste en face de nous est réservée à la baignade et possède un énorme toboggan. Il est en mauvais état, mais ça ne devrait pas coûter cher de le remplacer.

Risk ne disait rien mais prenait note de tout. En revenant, il passa un peu de temps à inspecter les écuries avant de s'arrêter devant le hangar à bois et de regarder les arbres à proximité.

— C'est l'une de ces saletés qui m'a frappé.

— Je sais. Je n'aurais jamais dû te laisser aller chercher le bois.

— Tu n'avais pas le choix. Je n'allais tout de même pas nous laisser mourir de froid. Rentrons.

April retint son souffle, nerveuse à l'idée de lui faire visiter l'intérieur. En entrant, Risk jeta un long regard autour de lui, s'attardant sur les objets qu'elle avait apportés de chez elle. Les meubles avaient été déplacés, et il y avait des photos sur les murs.

— Je reconnais ta touche personnelle, April. Tu as rendu le chalet accueillant, mais moderne. Un peu comme chez toi.

— Tu as remarqué ?

— Oui. Je n'avais pas encore vu cet endroit à la lumière du soleil.

— C'est gai, n'est-ce pas ? J'ai fait réparer les poutres.

Risk leva les yeux et hocha la tête. Puis il arpenta la pièce, testant la rampe de l'escalier, étudiant les photos sur le mur, puis la cheminée en pierre qui était le point central de la pièce.

Quand il se dirigea vers la cuisine, April se contracta.

— Nous avons effectué quelques rénovations mineures ici aussi.

— Tu as fait peindre les placards. Ça rend bien. Dans quel état sont les appareils électroménagers ?

— Tous sont en état de marche.

— Les carreaux sont ébréchés.

— Le nouveau propriétaire voudra peut-être choisir un nouveau plan de travail.

Il acquiesça distraitement.

— Qu'y a-t-il d'autre à voir ?

— La salle à manger et la suite parentale, en bas, puis l'étage.

Risk fut impressionné par la vue de la salle à manger donnant sur Canyon Lake. Des vases emplis de fleurs étaient posés sur les tables ainsi que de la vaisselle et des couverts.

— On peut presque imaginer les invités en train de dîner devant la vue sur le lac.

Encore une fois, Risk hocha simplement la tête.

Lorsqu'ils entrèrent dans la suite parentale, Risk l'étudia en détail, notant le champagne et les flûtes de cristal qu'elle avait fait disposer par Clovie sur la commode. C'était trop personnel, trop intime, et elle regretta aussitôt cette touche supplémentaire.

— Ta vision, murmura Risk.

— C'est juste une suggestion sur la façon de… ou plutôt… C'est une chambre spéciale, dit-elle finalement.

Il la fixa en souriant.

— Je le pense aussi.

Puis, il lui prit la main et la tira vers lui.

— Montre moi le reste.

Ils passèrent à l'étage.

— Comment va le toit ? demanda-t-il.

— Nous avons effectué des petites réparations, mais il faudra éventuellement le changer. Je ne peux pas faire grand-chose à ce sujet.

Elle lui montra les chambres une par une, incapable de contenir sa fierté.

— J'ai vraiment adoré découvrir comment mettre en valeur ces pièces.

— C'est toi qui as fait tout ça ? demanda-t-il.

— Eh bien, je ne les ai pas peintes personnellement, ni vidées des objets endommagés. J'ai confié ces tâches aux ouvriers, mais j'ai cherché à les embellir tout en conservant leur aspect unique. Et j'ai commandé une nouvelle literie.

— C'est incroyable, April.

— Tu aimes vraiment ?

Il acquiesça avant de répondre plus précisément :

— Tu as dit que tu étais capable de tout transformer, et tu l'as fait.

— Merci, dit-elle, le cœur gonflé par cet éloge.

— Y a-t-il autre chose que tu veuilles me montrer ?

— Non, je pense que nous avons tout vu.

— Donc, l'aspect business de la journée est terminé ?

— Oui… je suppose.

— Bien, parce que j'ai rêvé de faire ça toute la journée.

Il la prit dans ses bras, les mains autour de sa taille et posa les lèvres sur les sienne. Elle sentit son ardeur alors même qu'il semblait lutter pour rester tendre et léger. Mais avec Risk, il ne paraissait pas y avoir de juste milieu. Il était trop passionné pour se contenir, et de savoir qu'elle lui plaisait autant, elle sentit une grande excitation monter en elle.

Elle enroula les bras autour de son cou et s'abandonna à son baiser, l'invitant à aller plus loin en entrouvrant les lèvres. Il en profita aussitôt et s'enfonça dans sa bouche, faisant monter la température et gémir April. Elle avait l'impression de se perdre en lui et se mit en garde intérieurement pour ralentir et ne pas tomber amoureuse. Mais elle avait peur qu'il ne soit trop tard.

Quand il mit fin au baiser, elle se sentit à la fois surprise et soulagée. Il recula, fronçant les sourcils, et regarda sa montre.

— Malheureusement, nous avons un long trajet pour retourner en ville, et j'ai rendez-vous à 16 heures. Si nous ne nous arrêtons pas maintenant, nous ne partirons jamais d'ici à temps.

— Tu veux dire que je serai coincée ici avec toi toute la journée ? suggéra-t-elle en battant des cils.

— Oui, dit-il, en se frottant la mâchoire et en la regardant. À bien y penser, laisse tomber le rendez-vous. Où en étions-nous ?

Elle recula immédiatement.

— Pas si vite, Roméo. J'ai du travail qui m'attend aussi.

— Et un dîner plus tard, alors ?

— Parfait.

Le lendemain matin, April était assise à son bureau, parcourant tranquillement les livres de comptes, déçue de ne pas avoir vu Risk la nuit dernière. Il lui avait envoyé un texto s'excusant parce que sa réunion durerait plus longtemps que prévu.

Elle craignait qu'il n'ait pas été vraiment emballé par le chalet. Elle avait fait son possible pour rendre l'endroit attrayant, mais il était resté assez silencieux, louant son travail sans jamais se prononcer sur l'achat. Une petite voix intérieure lui soufflait qu'il lui donnait de faux espoirs, mais elle refusait de la croire.

Dix minutes plus tard, quand Shannon Wilkes entra dans l'agence en arborant un grand sourire satisfait, elle n'était plus sûre de rien.

— Bonjour, April. J'espère que ma visite ne vous dérange pas.

April tendit le cou pour voir si des journalistes étaient présents.

— Êtes-vous accompagnée par votre cortège ?

— Mon Dieu ! j'espère que non. J'ai de bonnes nouvelles à partager avec vous.

La meilleure nouvelle serait de la voir quitter la ville.

— Je suis impatiente de les entendre.

— Je suis allée rendre visite aux Russo et je leur ai fait une autre offre pour la maison.

— Vous avez fait quoi ? s'exclama April qui se retint de sauter de son siège.

— J'ai offert davantage d'argent à Tony Russo, et il a dit qu'il ne pouvait se permettre de refuser. Bref, il semble que nous allons être voisines.

— Shannon, vous ne pouvez pas faire ça.

— Pourquoi pas ? Ce n'est pas comme si vous étiez chargée de la vente. Il a accepté mon offre, et bien sûr je vous laisse faire la transaction. Ça sera une commission facile pour vous.

— Ce n'est pas ainsi que l'on procède habituellement.

— Oui, mais le tout c'est que ça fonctionne, n'est-ce pas ? répliqua Shannon en repoussant ses longs cheveux auburn sur le côté et en lui adressant un sourire mielleux.

Elle avait un sacré culot tout de même : faire ainsi irruption dans sa vie et comploter pour voler son fiancé – même s'il ne l'était pas réellement.

— Je vais devoir y réfléchir, Shannon.

— Ne réfléchissez pas trop longtemps. Vous avez besoin de cette vente. Hier soir, en discutant avec Risk, je n'ai pas eu l'impression qu'il comptait acheter le chalet. Je pense qu'il…

— Vous lui avez parlé hier soir ?

Alors qu'il était trop occupé pour l'appeler ou dîner avec elle ? Il s'était confié à Shannon au sujet du chalet, mais n'avait même pas eu la politesse d'en parler d'abord avec elle ?

— Oui. Je suis en négociation pour un nouveau projet, et j'avais besoin des conseils de Risk.

— Que sait Risk du cinéma ? demanda April avec une nonchalance feinte, mais l'estomac noué.

— Pas grand-chose, mais il me connaît. C'est lui qui

m'a conseillé de ralentir et de prendre du temps pour moi. C'est devenu un bon ami depuis le décès de ma mère.

Elle se serait presque sentie désolée pour Shannon. Presque.

— Shannon, l'interrompit April en regardant sa montre, j'ai bien peur d'avoir rendez-vous avec un client potentiel. Nous pourrions peut-être en parler plus tard.

Beaucoup plus tard.

Celle-ci lui adressa un sourire suffisant.

— Bien sûr. J'y vais, mais ne tardez pas trop. J'ai hâte de devenir une nouvelle habitante de Boone Springs.

April se força à sourire et regarda la superstar quitter l'agence telle une princesse.

Quant à April, elle se sentait tout sauf ça.

Dix minutes plus tard, April se tenait à la réception de Boone Inc.

— Je suis April Adams. Je suis ici pour voir mon fiancé, Risk Boone, annonça-t-elle à la réceptionniste.

La femme se montra immédiatement attentive.

— Bien sûr, mademoiselle Adams. Laissez-moi vérifier s'il est disponible, dit-elle en décrochant le téléphone.

— Je suis toujours disponible pour ma fiancée, déclara Risk en sortant d'une salle de conférences avec un grand sourire. April, ma chérie !

Il se pencha pour l'embrasser, et elle lui tendit la joue. Surpris, il lui lança un rapide regard avant de s'exécuter.

— Monsieur Boone, j'allais juste vérifier si la réunion était terminée.

— Merci, Dorothy. Nous venons de terminer, et j'ai remarqué cette ravissante jeune femme qui m'attendait.

Il lui fit à nouveau un sourire, mais April se sentit incapable de le lui retourner. Risk fronça alors les sourcils et parut perplexe devant cet accueil froid. *Parfait*, se dit-elle. Elle ne comptait plus se voiler la face. Il était temps qu'elle se défende.

— Y a-t-il un endroit où nous pourrions discuter ?

— Bien sûr, dit-il, posant une main dans son dos. Dorothy, pas d'appels, s'il vous plaît.

— Bien sûr, monsieur Boone.

Il la guida vers son bureau ; une vaste pièce au rez-de-chaussée équipée d'un minibar, d'un immense bureau et d'un canapé en daim. Il y avait sur les murs des photos des frères Boone jeunes, de ses ancêtres, diverses récompenses et des logos d'entreprises. Un buste en bronze de son arrière-arrière-grand-père, Tobias Boone, dont elle avait déjà vu la photo, trônait sur un support dans le coin de la pièce.

Ce bureau austère ne correspondait pas à Risk, du moins c'était l'impression qu'elle en eut.

— Quelle belle surprise ! dit-il en la prenant dans ses bras.

Quand il posa un léger baiser sur les lèvres, elle s'éloigna immédiatement.

— April, que se passe-t-il ? demanda-t-il en fronçant les sourcils.

— Moi aussi j'ai eu une belle surprise ce matin. Shannon est passée à l'agence. Tu lui as dit que tu n'allais pas acheter le chalet ?

— Quoi ?

— Tu m'as bien entendue, dit-elle en levant le menton. As-tu dit à Shannon que tu n'avais pas l'intention d'acheter la propriété ?

Il la regarda, stupéfait, sans chercher à masquer son irritation.

— Sûrement pas. Je ne lui confierais jamais une chose pareille. Je lui ai simplement dit que j'étais très occupé avec la journée des Fondateurs et que je ne pouvais pas prendre de décision sans en discuter au préalable avec mes frères. Ce ne sont pas ses affaires, et c'est ce que je lui ai dit, aussi gentiment que possible.

L'humeur d'April s'apaisa quelques peu.

— Alors, tu n'as pas encore pris de décision ?

Il posa sur elle un regard empli de douceur.

— Non, mais le moment venu tu seras la première informée. Il va falloir que tu me fasses confiance, April.

C'était bien le problème : elle ignorait si elle était capable de lui faire confiance. Même en sachant que Shannon se plaisait à déformer la vérité, April avait préféré la croire elle, plutôt que d'accorder le bénéfice du doute à Risk. Mais comment savoir ? Car malgré ses infirmations, Risk pouvait très bien avoir encore des sentiments pour son ex-fiancée. Il y a peu, elle aurait dit que l'ancien couple s'accordait à merveille, mais à présent elle était déchirée et se sentait perdue.

— Sache que tu m'as terriblement manqué hier soir, dit Risk en plongeant dans son regard.

Le cœur d'April fondit à cette déclaration. Il lui avait manqué lui aussi.

Mais les mots refusèrent de sortir.

Le lendemain après-midi, April, Clovie et Jenna se tenaient sur le terrain de football du lycée de Boone Springs, où des centaines de familles s'étaient rassemblées à l'occasion de la journée des Fondateurs. De nombreuses attractions avaient été mises en place dans tous les coins, du lancer de balles de ping-pong, aux fléchettes.

Risk, Mason et Luke se relayaient sur une estrade et invitaient les participants à profiter de la journée.

Diverses sortes de viandes – bœuf haché, poulet et côtes de porc – offertes par les commerçants grillaient sur les barbecues. Les gens faisaient la queue pour de la crème glacée et des cupcakes provenant de chez Katie Kupcakes. Il régnait un sentiment de communauté et de fierté partout où l'on regardait.

April observait Risk et ses frères qui interagissaient avec les enfants à la course de relais, et de temps en temps Risk croisait son regard. Elle n'avait plus aucun doute sur ses propres sentiments, mais devait prendre du recul. La mascarade prendrait fin ce soir après le gala, et jusqu'ici Risk n'avait parlé ni de continuer ni de mettre fin à leur relation.

— Viens, April. Allons nous gaver de graisses saturées avant que ton fiancé vienne t'emmener, dit Clovie.

— Il n'en fera rien. Il sait que je veux passer du temps avec mes amies aujourd'hui.

— C'est vrai qu'une soirée torride t'attend ce soir.

— Oui, et j'ai hâte de te voir sur ton trente et un, déclara Jenna. Quand Risk te verra dans cette magnifique robe, il en oubliera complètement Shannon.

— Chut ! dit April en regardant autour d'elle. On ne sait jamais qui écoute.

Clovie leva les yeux au ciel.

— Au moins, Shannon n'est pas là. Ce genre d'événement ne doit pas être à son goût.

— Je ne pense pas non plus.

Ce qui était loin de déranger April. C'était déjà ça de moins à gérer, avec tous les journalistes venus pour écrire au sujet du centenaire de la ville et de l'héritage des Boone.

— Qu'est-ce que ce sera, les filles ? demanda Jenna. Glaces, cupcakes ou pommes au caramel ?

— Crème glacée, répondit April aussitôt suivie par Clovie.

Alors qu'elles traversaient le terrain en direction du stand des crèmes glacées, Risk les rejoignit et marcha avec elles.

— Comment allez-vous, mesdames ?

Il s'adressait au groupe, mais April le sentit concentré sur elle. Visiblement décontracté et arborant un sourire ravageur, son charme irrésistible lui noua aussitôt l'estomac. Il portait un jean et un T-shirt blanc qui lui moulait le torse et les biceps. Ses cheveux étaient ébouriffés après avoir couru avec les enfants, et des mèches sombres lui retombaient devant les yeux. Il était beau à couper le souffle, viril et sexy.

— Nous profitons de la journée, dit Clovie.

— Nous allons chercher de la crème glacée et puis peut-être un petit gâteau, ajouta Jenna. Tu sais, ces fameux aliments si sains.

Risk s'esclaffa, laissant apparaître des dents blanches qui contrastaient avec sa peau hâlée. Même Jenna, qui émettait des réserves sur lui, en fut émue, à en juger par son grand sourire.

— C'est tout l'intérêt de cette journée, dit-il avant de se tourner vers April. Est-ce que je peux te voler quelques instants ?

Ses amis acquiescèrent.

— On se retrouve tout à l'heure ? Je te prends ton parfum préféré, proposa Clovie.

April resta en arrière tandis que ses amies faisaient la queue pour la crème glacée.

— Salut, dit-il en enfonçant les mains dans ses poches arrière.

Il ressemblait plus que jamais au Risk du temps du rodéo en cet instant, débraillé et décontracté.

— Salut.

Ils se sourirent mutuellement, et le cœur d'April se mit à battre à mille à l'heure.

— Je… je voulais juste te prévenir que je passerai te prendre à 19 heures.

— Très bien. Es-tu excité ? C'est un grand jour pour votre famille.

— En fait, j'ai surtout hâte d'être avec toi, dit-il en souriant.

Elle se sentit presque achevée par la sincérité de sa voix.

— Moi aussi.

— Vraiment ?

Il se pencha et déposa un délicieux baiser sur sa bouche, un baiser dont elle ne se déroba pas et qu'elle attendait avec impatience. Il lui avait manqué. Pour la première fois depuis le début de cette histoire, montrer son affection en public ne la dérangea pas, et elle s'abandonna à son baiser. Quand il la laissa et s'éloigna, elle le regarda disparaître dans la foule.

— Waouh ! dit Clovie en lui tendant un cornet de crème glacée aux éclats de brownie. Tu es vraiment amoureuse.

— Totalement, renchérit Jenna. Comment te blâmer ? Il fait rêver.

April soupira et prit une bouchée de sa glace.

Son parfum préféré était loin d'égaler la saveur de Risk, mais au moins la crème glacée au brownie ne la décevrait jamais. Elle ne devait en aucun cas l'oublier.

Ce soir-là April, vêtue d'une longue robe bleu saphir simple et élégante qui mettait en valeur ses courbes, pénétra au bras de Risk dans la salle de bal du Baron. Elle était un peu gênée que le décolleté de son dos descende si bas, mais Jenna l'avait convaincue que c'était la robe parfaite pour elle et que la couleur faisait vraiment ressortir ses yeux bleus. Elle avait également tenté de dompter ses boucles et de leur donner un look plus sophistiqué.

Risk avec sa barbe de quelques jours et vêtu d'un

smoking noir donnait un nouveau sens aux mots « dangereusement beau ».

Luke, Mason, Drea, Lottie et Drew, qui étaient déjà assis à la longue table d'honneur, les accueillirent avec des sourires et des accolades, et la chaleur qu'elle vit dans leurs regards la bouleversa. Ils la traitaient comme si elle faisait vraiment partie de la famille. Son estomac se contracta quand elle pensa à ce qui allait se passer le lendemain. C'était sa dernière sortie officielle en tant que fiancée de Risk.

Elle posa sa pochette à paillettes et observa la salle de bal remplie des cent cinquante personnes les plus éminentes de Boone Springs : propriétaires terriens, éleveurs, banquiers, hommes et femmes d'affaires… tous étaient réunis ici parce que Tobias Boone avait eu une vision, qui avait abouti à la création de cette ville qui avait depuis grandi et prospéré. À présent, la famille Boone était non seulement riche, mais également une source d'inspiration pour les habitants de la ville.

— Monsieur Boone, pouvons-nous faire quelques photos de vous et votre fiancée ? demanda un journaliste.

Mon Dieu ! n'en avaient-ils pas déjà assez ? April avait été plus photographiée au cours de ces dix derniers jours que durant sa vie entière.

— Bien sûr, dit Risk.

Quand il passa le bras autour de sa taille, elle sentit son dos la brûler à l'endroit où sa main s'était posée.

April plaqua un sourire sur son visage et posa pour la photo. Certaines personnes dans la pièce sortirent leurs téléphones portables et se mirent également à les mitrailler.

L'orchestre entama alors des airs gais et légers.

— Je pense que ça suffira pour le moment, déclara Risk aux journalistes. Il est temps que cette jolie dame m'accorde une danse.

Alors qu'il la conduisait sur la piste de danse, il se pencha à son oreille.

— Tu tiens le coup ?

— Autant que possible.

Il lui sourit et la fit tourner dans ses bras.

— Ce sera bientôt fini.

Ne sachant comment interpréter cette phrase, April se laissa guider en silence sur la piste, savourant la sensation des mains fermes et possessives de Risk posées sur son dos.

— T'ai-je dit à quel point je te trouve belle dans cette robe ?

— Seulement trois fois.

— La nuit n'est pas encore finie.

Il sourit et la serra contre lui avant de poser un petit baiser sur son front. Risk savait être charmant, drôle et agréable, et ce soir il était les trois à la fois.

Trente minutes plus tard, quand le dîner fut servi et tous les invités installés, une agitation se fit entendre à la porte de la salle de bal. April ne voyait pas ce qui se passait, mais elle entendit Lottie soupirer bruyamment.

— Oh non !

Puis une mer de paparazzis se sépara en deux, et Shannon Wilkes fit une grande entrée. April la vit alors nettement.

Elle était magnifique.

Sa robe noire moulante lui dénudait les épaules et comportait des fentes horizontales sur les côtés, dévoilant sa peau crémeuse et son incroyable silhouette. Ses cheveux auburn étaient coiffés en un chignon à la fois chic et fabuleux, et un délicat diadème brillait de mille feux sur sa tête. Elle adressa un sourire éclatant à la salle tout en se dirigeant vers son siège situé à l'avant de la pièce. Cinq hommes se levèrent aussitôt, se disputant l'honneur de tenir sa chaise.

April tourna la tête pour saisir la réaction de Risk. Il regardait Shannon en prenant une grande gorgée de vin, et quand la star le vit, elle lui adressa un sourire timide et un petit geste de la main.

Risk lui fit un signe de tête, puis sirota son vin. April en ressentit un curieux malaise.

— Pourquoi l'as-tu invitée, marmonna tante Lottie.

Risk se passa une main sur la joue.

— Ce n'est pas si grave, tante Lottie.

Pour qui ? voulut demander April.

Sa famille ne souhaitait certainement pas la présence de Shannon ici, et il devait bien se rendre compte à quel point cela serait gênant pour elle de se retrouver avec l'ex de son fiancé à une soirée si importante. Elle craignait que Shannon soit le talon d'Achille de Risk : il ne savait pas dire non à cette femme.

— Je ne pouvais pas ne pas l'inviter, dit-il à April.

— Je… Je suppose que non.

De plus elle n'était même pas sa vraie fiancée, alors qu'importait ?

— Et comme tu l'as dit, tout sera fini ce soir, ajouta-t-elle doucement.

Risk tourna la tête vers elle, et ils se regardèrent. Elle répétait simplement les mots qu'il avait prononcés plus tôt.

— April.

Il lui prit la main, et sa douce caresse lui berça le cœur.

— Nous en parlerons plus tard, dit-il. Pour le moment, j'aimerais simplement que nous profitions de la soirée.

Son regard était sincère, et sa voix implorante. Que pouvait-elle faire ? Cette soirée était donnée en l'honneur des Bonne, et ils étaient sous le feu des projecteurs en ce moment.

— Je suis d'accord pour profiter de la soirée.

— Moi aussi, dit-il en lui serrant la main.

Après le dîner, Risk monta sur l'estrade pour souhaiter

la bienvenue à tous et les remercier d'avoir honoré Tobias Boone, ainsi que ceux venus après lui. Il fit l'éloge de ses ancêtres, en parlant un peu de chacun, puis se concentra sur les convives présents qui œuvraient pour la ville. Ce fut un discours dynamique et souvent émouvant qui suscita applaudissements, rires et larmes.

— Et maintenant, je voudrais inviter ma famille à me rejoindre pour porter un toast.

Luke prit le bras de tante Lottie et l'escorta jusqu'à l'estrade. April comptait rester à sa place, mais Drea s'approcha d'elle.

— Ça veut dire toi aussi.

April croisa le regard de la jeune femme, lui communiquant silencieusement sa réticence, mais Drea ne l'entendait pas de cette oreille.

— Les fiancées des Boone sont également invitées. Si j'y vais, alors toi aussi, dit-elle en souriant.

April n'eut donc pas le choix. Risk la rejoignit à mi-chemin et lui prit la main. Ils levèrent leurs flûtes de champagne.

— À nos ancêtres, à nos amis et à nos voisins, et en particulier à ceux que nous aimons, déclara Risk. À un autre centenaire de prospérité pour Boone Springs.

Il fit tinter son verre contre celui d'April, et leurs yeux se croisèrent. Il semblait fier et heureux, et ce bonheur déteignit sur elle. Elle ignorait ce qui se passait dans sa tête et où cela les mènerait, mais il avait raison : ils devaient profiter de la soirée. Alors quand l'orchestre commença à jouer, elle se blottit dans ses bras et savoura la sensation d'être guidée par lui sur la piste de danse.

— C'était un beau discours, Risk.

Elle avait été touchée par sa sincérité, sa gratitude envers les habitants de la ville et son grand sens de la famille.

— Ce n'était pas un peu trop guimauve ?

— Non, ça venait du fond du cœur.

— Merci.

Elle posa la tête contre son épaule et se laissa aller, leurs corps parfaitement accordés. Elle aimait danser ainsi avec lui, comme s'il n'y avait personne d'autre dans la pièce. Ces derniers jours, elle avait ressenti un changement dans leur relation, un profond désir mutuel. Mais ce n'était pas tout : ils semblaient vraiment s'apprécier, et connaissant toutes les gammes d'émotions qu'ils avaient vécues – de la haine à la fureur et au chagrin d'amour —, ce n'était pas rien.

Trois danses plus tard, elle était au septième ciel. Risk lui donnait de petits baisers alors qu'ils se mouvaient au rythme de la musique. Puis il soupira, et le regret ternit ses yeux sombres.

— Je vais devoir me mêler aux invités, dit-il à contrecœur. Veux-tu te joindre à moi ?

Elle détestait l'idée de quitter ses bras et de devoir le partager avec qui que ce soit, mais il avait un travail à accomplir ce soir, et elle le comprenait.

— Je dois d'abord aller aux toilettes. Je reviens dans quelques minutes.

— À tout de suite alors.

Il continua de lui tenir la main sans la quitter du regard, laissant leurs doigts glisser alors qu'elle s'éloignait. C'était poignant et sincère.

Soudain les photographes furent là, faisant irruption dans ce moment si spécial. Risk ne cilla pas et ne sembla pas surpris par les appareils photo. Savait-il qu'ils étaient là, attendant le moment propice ? Était-ce pour cela qu'il s'était montré si prévenant ?

April descendit le couloir et croisa Lottie et Drew, tous deux visiblement contrariés.

— April, venez nous donner votre avis, dit Drew en lui faisant signe d'approcher.

La jeune femme s'avança avec hésitation.

— Pouvez-vous expliquer à Lottie que courir après ce chien était stupide de sa part ? Elle aurait pu être tuée et elle vous a mise en danger.

April regarda le visage empourpré de Lottie.

— Veuillez m'en excuser, April.

— Je vais bien Lottie. Ne vous en faites pas pour ça.

Elle préférait ne pas se mêler de leur querelle d'amoureux, mais Drew bloquait le passage, et Lottie paraissait bouleversée.

— Je n'ai rien dit le soir de ton anniversaire, mais je ne peux plus me taire. Quand donc te décideras-tu à te comporter comme une personne de ton âge, Lottie ?

— Et quand donc cesseras-tu d'agir comme un homme plus vieux que ton âge ? Je t'assure, Drew, parfois tu n'es vraiment pas drôle.

— Je ne suis pas drôle parce que je ne veux pas que tu te fasses écraser dans la rue ? Où avais-tu donc la tête ?

— Ne me parle pas comme ça.

Les veines de Drew se mirent à gonfler.

— Bon sang, Lottie, je m'énerve simplement à cause des choses stupides que tu fais.

— Alors maintenant, je suis stupide ! s'exclama Lottie, les larmes aux yeux.

Drew regarda April, complètement perdu, et leva les bras au ciel.

— J'abandonne.

Sur ce, il se retourna et s'éloigna, les laissant seules dans le couloir.

— Tête de mule, marmonna Lottie avant de fondre en larmes.

April lui passa les bras autour des épaules et la conduisit aux toilettes.

— S'il agit de cette façon c'est parce qu'il se soucie de vous, dit-elle en prenant des mouchoirs.

Elle installa Lottie sur la banquette et lui tendit un mouchoir puis s'assit à côté d'elle. Heureusement, elles avaient la pièce pour elles seules.

Lottie essuya ses larmes et se ressaisit.

— Je suis désolée, d'habitude je ne m'effondre pas comme ça, mais cet homme me rend folle. Il essaye constamment de me changer.

— Je sais que c'est l'impression que ça donne, mais rappelez-vous qu'il est veuf. Il a perdu sa femme, et je pense qu'il a peur de vous perdre aussi. C'est peut-être la raison de son comportement.

— Nous nous sommes toujours chamaillés, d'aussi loin que je m'en souvienne.

— C'est ce que j'ai entendu dire. Je ne pense pas qu'il cherchait à vous blesser et je sais, à la façon dont il vous regarde, qu'il ne vous trouve pas du tout stupide.

Le regard de Lottie se réchauffa légèrement, mais son visage prit une expression douce-amère.

— C'est trop dur… Il est parfois plus difficile d'être avec quelqu'un que l'on aime que de ne pas être avec.

April saisit la sagesse de ces paroles, mais elle détesta voir Lottie et Drew passer à côté de la chance de s'aimer.

- 11 -

Les frères Bonne passèrent de table en table, serrant les mains et bavardant avec les invités. Risk avait même brièvement discuté avec Shannon. Après sa grande entrée dans la salle de bal, tout semblait revenu à la normale. Les paparazzis avaient été priés de se retirer, et l'équipe de sécurité veillait à ce qu'ils ne reviennent plus.

Alors qu'il coupait à travers la piste de danse pour se rendre à la table d'honneur, Risk scruta la salle à la recherche d'April. Où était-elle passée ? On aurait dit qu'elle était partie.

La musique recommença après une courte pause, et quelqu'un lui prit le bras par-derrière. Il sourit.

— April, où…

Mais en se retrouvant face aux grands yeux verts de Shannon, il se tut.

— Risk, j'adorerais une danse avec toi avant de quitter la fête.

Le voyant hésitant, elle ajouta :

— Je suis sûre qu'April ne verra pas d'inconvénient à une petite danse.

Sa voix était implorante, et son regard plein d'espoir. Comment refuser sans passer pour goujat ?

— Non, bien sûr.

Risk s'efforça de la garder à distance durant le slow, mais lorsqu'il leva les yeux et vit les appareils photo des téléphones portables clignoter, il sut que cette danse avait été une mauvaise idée.

— Ça me rappelle le bon vieux temps, dit Shannon, les yeux brillants. Tu te souviens quand nous sommes allés à la Barbade et que nous avons dansé presque toute la nuit sur la plage ?

— Oui je m'en souviens.

— Nous avons passé de bons moments, dit-elle en se rapprochant un peu plus.

Oui, mais c'était avant que leur relation commence à se déliter. Shannon avait parfois une mémoire sélective, mais Risk n'avait pas oublié la douleur et la souffrance de leur rupture.

— C'était il y a très longtemps.

— Il n'y a pas si longtemps, Risk.

Puis sa main se crispa sur son estomac, et elle grimaça.

— Oh non ! Ça recommence.

Ils s'arrêtèrent au milieu de la piste de danse bondée.

— Qu'est-ce qui recommence ?

— Mon estomac me fait mal ces derniers temps. Avec la mort de maman et tout le reste, je n'ai pas…

Elle serra les lèvres et pâlit.

— Risk, je ne me sens pas bien.

— Est-ce que tu veux t'asseoir ?

Elle secoua la tête et ferma les yeux.

— Non. Je ferais mieux de monter dans ma chambre.

— Je vais appeler un médecin.

La sentant vaciller, il lui prit le bras pour l'aider à se stabiliser.

— Non, je pense que je devrais m'allonger. Je vais monter dans ma suite. Merci quand même, et passe une bonne soirée, dit-elle avec un petit sourire forcé, la main toujours posée sur son ventre.

En se retournant, elle heurta une femme sur la piste et manqua de tomber, mais Risk la rattrapa à temps. La femme en question, qui était la directrice du lycée de Boone Springs, s'excusa aussitôt.

— Je suis vraiment désolée. Je ne vous avais pas vue, mademoiselle Wilkes.

— Ce n'était pas votre faute, ne vous sentez pas désolée. Je suis… Oh ! J'ai la tête qui tourne.

— Je vais te raccompagner à ta chambre, Shannon, dit Risk en la tenant fermement.

— Ce n'est pas nécessaire. Tu ne vas quand même pas quitter la fête.

— Oh ! mais je pense qu'il a raison, dit la directrice, aussitôt approuvée par son partenaire de danse.

— Tu n'es pas en état de monter seule, Shannon.

Elle le regarda et hocha la tête.

— D'accord, tu as peut-être raison.

Risk lui prit le bras et la conduisit lentement hors de la salle de bal. Arrivés devant le grand escalier, il hésita :

— Marches ou ascenseur ?

L'ascenseur était situé plus loin, à l'arrière du hall.

— Je pense que je pourrai prendre les marches si tu restes à côté de moi, dit-elle en s'appuyant contre lui.

Ils montèrent lentement à l'étage, et une fois devant sa porte, Risk mit les mains dans les poches.

— Bon, eh bien je te souhaite une bonne nuit, Shannon. J'espère que tu iras mieux, sinon appelle un médecin.

— Oh ! Risk. Entre une minute. Il y a quelque chose dont j'aimerais te parler.

Il hésita et jeta un coup d'œil dans le couloir.

— C'est important, ajouta-t-elle.

— Seulement une minute alors, dit-il après un profond soupir. Il faut vraiment que j'y retourne.

Auprès d'April… avec qui il voulait passer plus de temps ce soir. Il voulait… tant de choses avec elle.

Il entra, et Shannon ferma la porte derrière eux.

— Tu ne veux pas t'allonger ? demanda-t-il.

— Euh… oui, un peu plus tard. Viens t'asseoir près de moi.

Elle prit place sur le canapé et lui fit signe de la rejoindre. Risk choisit plutôt une chaise et la regarda attentivement. À quoi jouait-elle ?

— Comment te sens tu ?

— Mieux maintenant que tu es ici.

Elle sourit, et ses joues se colorèrent.

— Shannon, ou veux-tu en venir ?

— Je suis sur le point d'acheter une maison à Boone Springs. J'ai passé un accord avec Tony Russo qui a accepté de me vendre sa maison… notre petite ferme.

Risk se leva, les oreilles brûlantes.

— Shannon, que diable…

— Écoute, Risk. Maman m'avait maintes et maintes fois répété que j'étais une idiote de t'avoir laissé partir. J'ai mis du temps, mais je m'en rends compte à présent. Nous sommes faits l'un pour l'autre.

Elle se leva sans effort du canapé et s'avança vers lui.

— Tu me manques, Risk.

— Est-ce vraiment de cela qu'il s'agit ?

— Ça saute aux yeux qu'April ne te convient pas. Je vois bien qu'il y a quelque chose entre vous, et qui m'échappe, mais je sais qu'elle ne te rendra pas heureuse. Je sais que quand un homme est vraiment amoureux, il le crie sur tous les toits, mais quand tu es venu rendre visite à maman avant sa mort, puis après, tu n'as pas dit un mot sur elle et sur vos fiançailles. Je me suis donc dit que…

— Shannon, tu n'es pas vraiment malade, n'est-ce pas ?

Elle secoua doucement la tête et se mordilla la lèvre avec un air innocent, un air qu'il aurait trouvé adorable avant.

— Eh bien, tu es meilleure actrice que je ne le pensais. Et sache qu'April est une femme incroyable. C'est ma fiancée, et nous allons parfaitement bien ensemble. Je l'aime… énormément.

À l'instant où il prononça ces mots, il réalisa qu'il les pensait. Il aimait April et avait hâte de transformer ces fausses fiançailles en vraies. Les sentiments qu'il éprouvait pour elle étaient si puissants qu'il se sentait dépassé, et même s'il détestait la façon dont Shannon l'avait attiré ici, il n'arrivait pas à ressentir de la colère, car il savait à présent ce qu'il voulait.

— Tu ne peux pas l'aimer comme tu m'as aimée.

— Shannon, dit-il doucement. C'est terminé depuis longtemps entre nous. Accepte-le et va de l'avant avec ta merveilleuse et fabuleuse vie. Je suis sincère.

— Mais, Risk, tu…

— Bonne nuit, Shannon.

Il quitta alors sa chambre, impatient de retrouver la femme qu'il aimait.

April se trouvait avec Lottie à l'arrière de la salle de bal. Elles avaient eu une bonne conversation dans les toilettes, mais Lottie avait besoin de quelques minutes supplémentaires avant de pouvoir se mêler à la foule. April choisit donc de rester avec elle.

En attendant, elle passa la salle en revue, à la recherche de Risk. Il lui manquait, et elle avait hâte de le retrouver. Mais en le voyant sur la piste de danse, elle en eut le souffle coupé, et son cœur manqua un battement. Risk tenait Shannon dans ses bras et dansait un slow avec elle. Ils formaient un couple magnifique : Shannon en vraie princesse, diadème compris, et Risk ressemblant à un prince canaille. En tout cas, il n'avait pas mis longtemps à la remplacer sur la piste de danse. La jeune femme détourna le regard, le pouls battant à toute vitesse et l'estomac noué. Cette terrible sensation d'abandon lui était familière – toujours ce même sentiment de ne pas suffire et cette peur d'être abandonnée. Elle ne voulait plus ressentir cela. C'était terminé.

Quand elle trouva enfin le courage de regarder à nouveau dans leur direction, Risk et Shannon sortaient bras dessus, bras dessous par la grande porte.

— Excusez-moi un instant, Lottie.

Elle sortit à grands pas, juste à temps pour voir Risk monter les marches du grand escalier en compagnie de Shannon, la tête posée sur ses larges épaules. Le corps entier d'April se mit à trembler quand elle les vit atteindre l'étage et emprunter le couloir menant aux suites.

Elle en avait assez vu : Risk avait une liaison avec Shannon. Elle était toujours dans sa vie.

Elle finit par réaliser que Lottie s'était approchée d'elle.

— Ce n'est peut-être pas aussi grave qu'il y paraît.

— Ça l'est, Lottie.

Les larmes se mirent à couler, ce qui la mit encore plus en colère et la blessa davantage. Elle ne voulait pas pleurer pour Risk. Jamais plus.

— Il est temps pour moi de mettre fin à cette mascarade.

Sa bravade n'avait d'autre but que de dissimuler la douleur qui commençait à se frayer un chemin en elle. Quelle idiote elle avait été ! Mais mieux valait être une idiote qu'un salaud.

Et c'était ce que Risk Boone était pour elle en ce moment.

Une heure plus tard, Risk frappait à sa porte pour la troisième fois. Elle savait que c'était lui, car il l'appelait et faisait suffisamment de bruit pour réveiller un mort.

— April. Ouvre ! Je dois te parler.

Elle avait posé un gant de toilette frais sur son visage, pour apaiser ses yeux brûlants de larmes… Elle s'était pourtant promis de ne pas pleurer, mais à peine rentrée et déshabillée elle avait senti les larmes couler comme si un robinet venait d'être ouvert.

— S'il te plaît, va-t'en, Risk.

— Non. Je ne m'en irai pas avant que tu m'aies écouté. Je ne plaisante pas, April. Je suis assez têtu pour attendre toute la nuit.

Elle lui ouvrit donc la porte à contrecœur. Risk sembla d'abord surpris, puis soulagé.

— Merci.

— Dis ce que tu as à dire, Risk.

— Tu ne veux pas me laisser pas entrer ?

— Non.

Elle resserra son peignoir et croisa les bras autour de son corps. Il soupira profondément.

— Très bien. Tante Lottie m'a dit que tu étais très en colère.

— Évidemment.

— Pourquoi ?

— Laisse tomber, Risk. Je ne répondrai pas à tes questions.

— S'il s'agit de Shannon, je peux tout t'expliquer, dit-il en se frottant la mâchoire.

Elle leva les yeux au ciel.

— Ce n'est pas de Shannon dont il s'agit. C'est à propos de moi, et de ce que je veux dans la vie. Et de la façon dont je mérite d'être traitée.

— D'accord, j'avoue avoir commis des erreurs, et j'en suis désolé.

— Ça n'a plus d'importance, Risk. C'est fini. J'ai rempli ma part du marché. Tu peux faire ce que tu veux maintenant et avec qui tu veux. La mascarade est terminée. Dieu merci !

Il la regarda longuement.

— Tu ne le penses pas, April. Ce que nous avons…

— Nous n'avons rien.

Elle leva la main gauche et lui montra son doigt nu.

— J'ai déjà rendu la bague à Jenna. Tu vois, il n'y a plus rien.

— Tu ne veux même pas m'écouter ? dit-il les dents serrées.

— Tu sais, ta tante a dit quelque chose de profond ce soir, qui m'a frappée. Elle a dit qu'il est parfois plus difficile d'être avec quelqu'un que l'on aime, que de ne pas être avec. Parfois, c'est trop dur, et c'est très vrai dans notre cas. Passe à autre chose Risk et laisse-moi partir.

— C'est vraiment ce que tu veux ? demanda-t-il la mâchoire serrée.

Elle hocha la tête, incapable de prononcer un mot. Risk ferma brièvement les yeux.

— D'accord.

Il avait les yeux brillants de larmes, et elle en fut touchée, mais elle tint bon. Ils n'étaient pas destinés l'un à l'autre. Ils avaient trop de fois essayé et échoué.

— Au revoir, Risk.

— Au revoir, April, dit-il doucement.

Elle referma la porte sur lui et fut aussitôt assaillie par un nouveau flot de larmes.

Risk était à son bureau, occupé à examiner le bilan des dernières acquisitions Boone. Il y était depuis deux heures, mais les chiffres ne semblaient pas vouloir s'additionner. Ce travail n'était pas pour lui et ne l'avait jamais été. Il était temps de l'accepter. Il n'était pas fait pour un métier de bureau comme ses frères, qui s'investissaient corps et âme dans l'entreprise. Lui n'avait jamais eu ce genre de vocation.

Il finit par abandonner et s'éloigner de son bureau. De toute façon, il était incapable de travailler aujourd'hui.

Cela faisait trois jours qu'il n'avait pas parlé à April, trois jours sans entendre sa voix, sans voir son doux sourire et sans regarder ses yeux d'un bleu limpide.

April ne répondait ni à ses appels ni à ses SMS. Elle le repoussait, et cela le rendait fou. Il n'arrivait plus à se concentrer sur son travail et avait du mal à dormir.

Plongé dans ses pensées, il n'entendit pas Mason entrer.

— Tu as une sale mine, frérot.

— Je sais, dit-il à court de réponse.

— C'est April ?

Il acquiesça.

— Elle ne veut pas me parler. Je ne sais pas quoi faire.

— Tu l'aimes ?

— Plus que tout au monde.

— Lui as-tu dis ?

Il secoua la tête.

— Elle ne m'en a pas donné l'occasion, et je doute qu'elle me croie à présent. Je ne pense pas qu'elle ait une grande confiance en moi.

— Je pense au contraire que si… ou du moins qu'elle aimerait. Selon tante Lottie, April n'a pas meilleure mine que toi ces jours-ci.

— Vraiment ?

Mason acquiesça.

Même s'il était peiné de savoir April malheureuse, ce petit lambeau d'espoir le fit sourire.

— Tu ne vas pas quand même pas la laisser filer, n'est-ce pas ? dit son frère en posant une main sur son épaule.

— Ce n'est pas ce que veux, crois-moi. Je suis complètement perdu sans elle. Mais je ne peux pas faire irruption chez elle et lui demander de m'aimer en retour.

— Non, mais tu peux peut-être trouver un moyen pour qu'elle vienne à toi. C'est ce que j'ai fait avec Drea, souviens toi. Elle voulait quitter la ville, et il m'a fallu trouver rapidement une idée. Je ne pouvais supporter l'idée de la perdre.

— Tu as été aidé par Drew.

— Il l'a conduite chez moi. Elle n'était pas contente, crois-moi. J'ai dû l'enlever pour qu'elle m'écoute. Il a fallu que je me montre convaincant, mais ça en valait la peine.

Risk se gratta la tête.

— Je ne sais pas. Comment suis-je censé la faire venir ? Elle ne répond pas à mes appels.

— Sors des sentiers battus, Risk. Tu es un gars intelligent… tu trouveras.

April arriva en hâte à l'agence à 10 h 30, le corps endolori, les idées floues.

— Clovie, je suis vraiment désolée d'être en retard. Merci de tenir l'agence. Tu es la meilleure.

Son amie lui adressa un sourire sympathique.

— Ce n'est rien. Tu as encore passé une nuit blanche ?

— Oui. Je pense que j'ai fini par somnoler vers 5 heures du matin.

— Ton horloge interne a perdu la tête.

— C'est comme si je subissais un décalage horaire.

— Je dirais plutôt un décalage Risk.

April poussa un soupir.

— Je ne veux pas parler de lui, Clovie.

Chaque fois qu'elle pensait à Risk, son estomac et sa tête lui faisaient mal. Il avait eu la gentillesse de la laisser partir cette nuit-là, mais depuis il n'avait cessé de l'appeler et de lui envoyer des SMS. Il avait fini par arrêter, la veille, après avoir contacté Clovie pour lui dire qu'il n'était pas intéressé par le chalet, car l'endroit ne convenait pas à l'entreprise familiale. Il avait ensuite voulu parler à April en personne, mais elle ne s'en était pas sentie capable.

Leur accord était donc mort.

Risk avait-il fini par renoncer à elle ? Elle aurait dû être soulagée qu'il ait cessé d'appeler et de la faire douter de sa décision, car une grande part d'elle était toujours dévastée par la façon dont les choses s'étaient terminées entre eux.

— Bien, ne parlons pas de Risk, déclara Clovie. Mais j'ai de bonnes nouvelles pour toi. Je viens de raccrocher avec un couple, M. et Mme Rivers, qui sont très intéressés par le chalet. Ils sont du comté de Willow, et en ont entendu parler aux informations et en visitant notre site web. Ils aimeraient visiter la propriété. J'ai vérifié ton agenda et pris rendez-vous pour demain matin à 11 heures. Ça te va ?

— Si ça me va ? C'est la meilleure nouvelle depuis des jours. S'ils sont sérieux, je peux appeler M. Hall et lui demander une prolongation.

— Je savais que ça te ferait plaisir. Bon, ce n'est pas encore fait, mais les clients semblaient enthousiastes. Et je sais à quel point nous avons besoin de cette vente.

— C'est formidable ! Nous devrions peut-être y aller en avance et tout vérifier.

— Nous ? Tu… tu veux que j'y aille avec toi ? demanda Clovie en se massant le front.

— Oui, j'aimerais bien que tu viennes.

En vérité elle allait avoir besoin d'un soutien moral, car elle appréhendait de revoir ce chalet après tout ce qu'elle et Risk y avaient vécu. Mais Clovie sembla soudain ne pas se sentir bien.

— Qu'est-ce qui ne va pas, Clovie ?

— Je suis… euh… ce n'est rien. J'ai juste un peu mal à la tête et à la gorge.

— Oh non ! Je suis désolée. J'ai sûrement fini par te

donner mal à la tête avec mes sautes d'humeur et mes jérémiades.

— C'est à ça que servent les amis, April. Nous voulons ce qu'il y a de mieux pour eux. Ça ne me dérange absolument pas de t'écouter si cela peut t'aider.

— Merci. Ton soutien compte beaucoup pour moi.

Le lendemain matin, April prit la route menant à Canyon Lake. La pauvre Clovie avait appelé pour dire qu'elle avait un énorme rhume et qu'elle ne se sentait pas bien. Il était donc hors de question qu'elle l'accompagne. La compagnie de son amie lui manquait, mais elle était une grande fille après tout et elle saurait se débrouiller.

Arriver au chalet avec quinze minutes d'avance lui laisserait le temps de jeter un dernier coup d'œil avant l'arrivée des clients potentiels. Cette vente était certes très importante, mais cela ne l'empêcherait pas de se souvenir de tout ce qui s'y était passé, joie comme chagrin. Aujourd'hui le soleil brillait, et le ciel était limpide. C'était une journée idéale pour mener cette visite.

Elle prit une profonde inspiration et descendit de sa voiture. Des pots en céramique remplis de lys roses – ses fleurs préférées – décoraient le porche et égayaient l'entrée de la maison. D'où cela venait-il ? Était-ce les nouveaux clients ? Un cadeau des paysagistes ?

La porte s'ouvrit, et elle fit un bon en arrière, choquée qu'il y ait quelqu'un à l'intérieur. Elle n'avait pourtant pas vu de voiture. Son cœur se mit à tambouriner. La porte s'ouvrit plus largement, et elle se retrouva face à un homme au regard sombre et profond, et à la barbe rugueuse qui lui conférait un aspect encore plus dangereux. Pourtant il lui sourit.

— Risk, qu'est-ce que tu fais ici ?

Il grimaça à son ton, mais elle n'en eut cure ; il l'avait presque fait mourir de peur.

— April, murmura-t-il en la détaillant de la tête aux pieds. Comme tu m'as manqué !

Elle ne devait pas se laisser persuader par le ton de sa voix et son regard tendre.

— Risk, je ne sais pas pourquoi tu es ici, mais il faut que tu partes. J'attends des clients d'une minute à l'autre.

Elle lança un regard distrait à la route, puis vit Risk arquer un sourcil et planter sur elle un regard sombre et pénétrant.

— Je suis sérieuse, Risk, tu dois partir.

Il continua à la fixer sans rien dire.

— Oh ! fit-elle, soudain emplie d'appréhension.

Évidemment ! M. et Mme River, comme pour River Boone, le vrai prénom de Risk. Quel sale tour il lui avait joué ! Et dire qu'elle avait marché.

— Il n'y a pas de clients, c'est ça ?

Il la regarda à nouveau avec tendresse et secoua lentement la tête.

— Clovie ? demanda-t-elle.

Elle n'arrivait pas à croire que son amie se soit jouée d'elle de cette manière. À qui allait donc sa fidélité ?

— Attends que je retourne au bureau. Je vais la tuer.

— Ce n'est pas sa faute. C'est moi qui l'ai convaincue. Elle ne veut que ton bien.

— Dans ce cas, tu veux que je t'incendie à sa place ?

— Ce sera toujours mieux que le silence que tu m'infliges.

— Tu l'as bien mérité.

Malgré le stratagème peu orthodoxe qu'il avait employé, le revoir la troubla. Beau à couper le souffle et vêtu d'un jean foncé, d'une chemise western noire et de bottes, il paraissait dans son élément ici. C'était vraiment un homme de terrain, et non quelqu'un à rester enfermé dans un bureau. En remarquant ses cernes, April se demanda s'il avait des difficultés à dormir lui aussi.

Elle sentit sa résolution flancher, et soupira tout en se mettant en garde contre tout sentiment chaleureux envers lui. Elle ne pouvait pas recommencer et laisser ses sentiments lui faire changer d'avis. Combien de fois Risk allait-il la brûler ?

— Je m'en vais, dit-elle en se retournant pour rejoindre sa voiture.

— Je croyais pourtant que tu avais besoin de cette vente.

Elle se figea et se retourna.

— J'ai eu ton message, Risk. Tu ne comptes pas acheter le chalet, alors assez joué.

Il descendit les marches et s'approcha d'elle.

— Et si je te disais que ce n'est pas tout à fait vrai ? demanda-t-il le regard brillant.

— Je ne comprends pas.

— Moi non plus je ne comprenais pas… jusqu'à quelques jours avant. Il manquait quelque chose à ma vie, mais je n'arrivais pas à mettre le doigt dessus, et il a fallu que je te perde pour voir avec clarté ce qui me sautait aux yeux.

— Et qu'est-ce que c'était ? demanda-t-elle doucement, hypnotisée par la lueur d'espoir dans son regard.

— Ce chalet est fait pour moi. J'ai toujours aimé les défis et accomplir des choses qui m'excitent. Je n'achète pas le chalet pour le compte de l'entreprise mais pour moi. Ça sera mon affaire privée. Je veux gérer cet endroit, l'ouvrir à la pêche, au canotage et à l'équitation. Je veux en faire une destination pour voyageurs aventureux. Je connais les chevaux, je peux donc faire des randonnées et enseigner l'équitation. Je vais y investir mon propre argent.

— C'est vraiment ce que tu veux ? dit-elle en se mordillant la lèvre.

— Oui. Mais je veux encore plus. Je te veux toi, April. Je ne peux pas imaginer ma vie sans toi.

Il lui prit la main et la captiva par la chaleur de son regard avant d'ajouter :

— Toi aussi tu es ce qui a manqué à ma vie, ma chérie.

— Parce que je suis un défi ?

Il éclata de rire.

— Parce que je t'aime de toute mon âme. Je n'avais encore jamais aimé avec une telle force et je n'ai jamais été aussi sûr de moi. Nous sommes faits l'un pour l'autre.

April en fut désorientée. Elle s'était préparée à rester loin de Risk tout en soignant son cœur brisé, et en s'efforçant de passer à autre chose, mais était-ce vraiment ce qu'elle voulait ?

Ce qu'elle voulait depuis toujours, c'était l'homme qui se tenait devant elle. Pas la célébrité, ni le riche propriétaire terrien, mais l'homme qui se trouvait derrière tout ça. L'homme doux et gentil qu'elle le savait être, au fond.

— Et Shannon ?

— Je lui ai dit de rentrer chez elle et que rien ne l'attendait à Boone Springs. C'est terminé depuis longtemps entre nous, April. C'est ce que je lui ai dit à la soirée de gala. Elle n'achètera pas la ferme. Je suis allé voir Tony Russo et j'ai appris que s'il voulait la lui vendre, c'était uniquement parce qu'il a perdu son emploi.

— Je ne le savais pas. Je n'en savais rien, Risk.

— Je lui ai proposé un emploi. Sa famille s'en sortira.

— C'est si gentil de ta part, dit April les yeux emplis de larmes.

— Excuse-moi, tu viens bien de dire que je suis gentil ?

— Parfaitement, dit-elle en levant la main pour caresser sa joue. Je t'aime aussi, Risk.

Il embrassa sa paume.

— Je t'aime, April. Tu es la femme parfaite pour moi, et je jure de ne jamais te quitter.

Il lui prit la main et l'entraîna à l'intérieur du chalet où se trouvaient les plus beaux lys qu'elle ait jamais vus. Il y en avait dans tous les coins, sur toutes les tables et même sur les marches qui menaient à l'étage.

— C'est magnifique, Risk. Tu t'es souvenu de mes fleurs préférées.

— Évidemment. J'ai une excellente mémoire dès qu'il s'agit de toi, dit-il avant de lui adresser un sourire espiègle et d'ajouter : Et notre soirée de révisions au début de nos fausses fiançailles m'a bien aidé.

Elle éclata de rire et le laissa la conduire vers la suite parentale. Des braises brûlaient dans la cheminée, et sur le lit était posé un plateau avec un seau à champagne et deux flûtes en cristal. Les larmes lui montèrent aux yeux, bouleversée de se trouver dans cette chambre si spéciale pour elle, et qu'il lui ai déclaré son amour.

— Ne pleure pas, mon amour.

Il la prit dans ses bras musclés où elle se sentait tellement en sécurité, et la berça.

Puis il recula et mit un genou à terre. Choquée, April mit ses mains devant sa bouche et fixa la boîte de velours noir que Risk ouvrait. À l'intérieur se trouvait un solitaire monté sur une bague sertie de petits diamants.

— April, tu portais une bague de fiançailles, mais tout était faux. Et plus je passais de temps avec toi, plus nos fausses fiançailles me paraissaient réelles. J'ai d'abord pris peur, parce que j'étais farouchement décidé à ne plus jamais m'engager. Mais j'ai eu un déclic et j'ai réalisé que ma fausse fiancée était l'amour de ma vie. Peut-être que nous avons fait les choses à l'envers, mais il n'y a rien à l'envers dans ce que je ressens pour toi. Je suis fou de toi et je promets de t'aimer pour toujours et à jamais. Me feras-tu l'honneur de devenir ma femme ?

Les jambes vacillantes, April tomba à genoux près de lui.

— Oui, Risk. Je serai ta femme, ta partenaire et tout le reste.

Elle prit son visage en coupe et l'embrassa, lui donnant tout son cœur, sans se retenir, sans plus craindre d'être blessée, car elle lui faisait confiance désormais.

C'était merveilleusement libérateur d'admettre enfin ses sentiments, sachant qu'ils étaient partagés.

Risk lui prit la main et passa à son doigt le superbe solitaire qui scellait leur amour. Le cœur d'April s'envola.

— Merci, April.

— De quoi, mon amour ?

— De m'avoir aidé à trouver ma véritable place dans la vie.

— Tu veux parler du chalet ?

Il secoua la tête et l'embrassa.

— Je t'aime.

Vous avez aimé *La tempête des sentiments ?*
Découvrez la suite et fin de la série
« Trois ranchers à aimer »
dès le mois prochain, dans votre collection Passions.

JOANNE ROCK

Une rencontre dans la neige

Traduction française de
AURE BOUCHARD

PASSIONS

HARLEQUIN

Titre original :
RULE BREAKER

- 1 -

Si Weston Rivera avait été un homme raisonnable, peut-être aurait-il bloqué le numéro de cette femme…

Refermant un peu plus les doigts autour de son téléphone, il passa de son bureau au salon. Évidemment, il ne pouvait pas ignorer le message de cette enquêtrice. Oh oui ! elle était attirante. Terriblement attirante. Mais il devait s'en tenir éloigné.

Le soleil se couchait déjà, mais à travers l'immense baie vitrée il distinguait encore le contour flou des sommets des Bitterroot Mountains. Les pics à la crête irrégulière se coiffaient peu à peu de nuages annonciateurs de la tempête.

Marmonnant un juron, il regarda de nouveau le message sur son écran.

> Quelques conseils pour l'exploration de la piste du couloir nord-est ? Je viens de planter la tente, mais espère atteindre le sommet demain matin.

Est-ce qu'il avait des *conseils* ?

En tant qu'alpiniste chevronné et sauveteur de haute montagne bénévole, oui, il avait un certain nombre de conseils à donner à April Stephens, l'enquêtrice spécialisée en comptabilité qui séjournait au ranch de Mesa Falls au grand dam de ses propriétaires, dont il faisait partie. Cette ravissante jeune femme n'aurait jamais dû s'attaquer à une piste de catégorie 4 seule, en plein hiver, vu les nuages qui s'amoncelaient au-dessus des montagnes.

Dommage qu'elle ne lui ait pas posé cette question *avant* d'entreprendre son ascension.

Lui qui croyait être parvenu à l'esquiver pour de bon… La dernière fois qu'elle l'avait coincé au bureau du ranch, il lui avait clairement fait comprendre qu'il n'avait aucun commentaire à faire concernant son enquête sur les finances d'Alonzo Salazar, client régulier du ranch dont il était propriétaire avec son frère et leurs quatre associés. Salazar avait été un ami et un mentor pour chacun d'eux depuis leur adolescence. Et il avait été là pour eux, lors du tragique accident qui s'était soldé par la mort d'un de leurs camarades de classe. Il se refusait à spéculer sur ce qu'Alonzo faisait de son argent. La loyauté avant tout.

Pourtant, il n'avait pas bloqué le numéro de l'enquêtrice après leur entrevue, ce qui avait ouvert la voie au texto d'aujourd'hui.

Essayait-elle de l'appâter ? De trouver un moyen de relancer leur conversation pour dégoter des informations pour son enquête ? Ou bien envisageait-elle vraiment cette ascension ? Il avait entendu un guide de montagne dire qu'elle s'était procuré à son arrivée du matériel d'alpinisme, donc il n'était guère surpris qu'elle s'aventure ainsi en altitude. Mais une excursion d'une journée était déjà assez difficile en hiver, même sur les pics les plus faciles.

Ravalant un nouveau juron, il s'affala sur le sofa en cuir près de la cheminée. Une bûche crépita contre le foyer fermé. Qu'était-il censé faire ? De toute évidence, il ne pouvait lui suggérer de redescendre seule dans la nuit. Or, avec le temps qui se dégradait de minute en minute, la laisser passer la nuit là-haut était tout aussi dangereux. Il s'agissait là de minimiser les risques, même si lui-même n'hésitait jamais à s'exposer au danger. Cet instinct protecteur – pour les autres – lui venait sans doute de la tragédie qui avait scellé son destin avec celui d'Alonzo Salazar, il y a plus de dix ans.

Où vous trouvez-vous ?

Il pianota sur l'écran avec plus de vigueur que nécessaire, devinant déjà sur quoi cette conversation allait déboucher.

Elle répondit avec un lien. Des coordonnées GPS. Comme tout bon randonneur, elle lui indiquait sa position exacte.

Spontanément, il se détendit. Avec ce genre de réflexe, elle avait sûrement une solide expérience d'alpiniste, et savait l'importance de connaître sa position à tout instant. Or, à mesure qu'il zoomait sur la carte pour voir où elle avait établi son camp, la tension dans sa poitrine revint peu à peu.

Bientôt, il ne respirait plus.

Car April Stephens ne campait pas dans une des zones sûres comme Gem Lake ou Baker's Lake. Non, elle se trouvait en lisière du couloir nord-est. Un véritable boulevard à avalanches.

Elle avait beau être une alpiniste expérimentée, connaître les risques… Elle logeait à Mesa Falls. Et il se sentait responsable. À présent qu'elle lui avait spécifiquement demandé son avis sur cette escapade imprudente, il n'avait pas le choix : il se devait de l'aider.

Restez là où vous êtes. Laissez votre téléphone allumé.
N'allumez aucun feu. J'arrive tout de suite.

Sans doute n'apprécierait-elle pas de le voir débarquer ainsi. Mais cela lui était égal. Glissant son téléphone dans sa poche, il monta l'escalier à toute allure jusqu'à sa chambre, afin de s'équiper pour une ascension dont il espérait qu'elle ne se transformerait pas en mission de sauvetage. Rien que d'y penser, son sang se glaça…

Il vivait déjà avec un accident dramatique sur la conscience. Il ne se remettrait pas d'en vivre un second.

— J'arrive tout de suite ?

April relut à haute voix le message qu'elle avait reçu près d'une heure plus tôt.

Emmitouflée dans son sac de couchage déroulé sur une couverture isolante qu'elle avait louée dans un magasin d'alpinisme local, elle peinait toujours à se remettre du froid de son ascension. Elle éteignit son écran pour économiser la batterie du téléphone. Le frisson le long de son dos n'avait rien à voir avec le fait que Weston Rivera, qui avait esquivé ses tentatives de lui parler, était en chemin pour la rejoindre. Le souvenir de ses yeux noisette la troubla, même si la dernière fois qu'elle lui avait fait face, il avait menacé d'appeler la sécurité pour la raccompagner hors de son bureau.

Pourquoi ce riche et puissant propriétaire de ranch venait-il la rejoindre à une heure pareille ? Alors que la nuit était tombée ? Et dans un endroit si loin de tout ?

Le vent qui sifflait sur Trapper Peak menaçait de déchirer sa tente. Avait-elle choisi le bon modèle pour cette excursion ? Plus léger, il lui avait permis d'emporter le matériel nécessaire pour une ascension hivernale ; sauf qu'elle n'avait pas anticipé de telles rafales. Elle s'était pourtant documentée sur les Bitterroot Mountains, et avait consulté la météo avant de commencer sa randonnée. Sauf qu'en fin d'après-midi, alors qu'elle approchait de son point d'étape, le temps avait tourné de façon aussi rapide que spectaculaire.

C'est en partie pour cette raison qu'elle avait fait appel à Weston Rivera, dont la réputation d'alpiniste n'était plus à faire dans les environs de Mesa Falls. Bien sûr, son intention ne se résumait pas à lui demander conseil au sujet des Bitterroot Mountains : elle comptait sur leur intérêt commun pour l'alpinisme pour éventuellement entamer un dialogue. Lui offrir une nouvelle opportunité de lui livrer des réponses concernant le mystère qu'elle était censée éclaircir.

Mais elle ne s'était certainement pas attendue qu'il laisse tout tomber pour venir la rejoindre. La pensait-il en danger ? Du coup, elle se mit à douter : n'aurait-elle pas surestimé ses capacités à entreprendre cette ascension toute seule ?

La culpabilité s'empara d'elle, presque aussi mordante que le vent glacial. Elle aurait dû lui faire comprendre qu'elle avait une expérience raisonnable de la haute montagne. Elle avait même déjà escaladé ce pic, mais pas via cette voie… Bref, elle ne se lançait jamais dans ce genre d'aventure sans en avoir évalué tous les aspects au préalable. Une qualité qui lui permettait d'ailleurs d'exceller dans son travail d'enquêtrice financière.

Dès qu'elle avait reçu son message, elle lui avait renvoyé plusieurs points d'interrogation. Puis lui avait assuré qu'elle allait bien… Mais elle n'avait plus eu de nouvelles de lui, ce qui laissait entendre qu'il était peut-être vraiment en train de gravir la montagne en pleine nuit.

Dézippant la tente de quelques centimètres, elle scruta l'obscurité. Elle avait gardé sa parka pour dormir, mais avait enlevé ses bottes et ses gants pour la nuit. Elle sentit plus qu'elle ne vit la neige tourbillonnante qui sévissait au-dehors, les petits flocons lui fouettant les joues dans un souffle glacial. Une rafale de vent siffla à ses oreilles, soulevant le toit de la tente intérieure et fouettant la toile extérieure si fort qu'elle craignit qu'elle ne se déchire.

Une vague de panique s'empara d'elle. Adolescente,

elle s'était tournée vers l'alpinisme pour échapper à sa vie étouffante aux côtés de sa mère, qui en était alors aux premiers stades de sa maladie mentale, dont l'une des manifestations était un trouble obsessionnel compulsif de l'accumulation. Avec l'altitude et les hautes cimes, elle venait chercher l'air frais et la liberté, un lieu sans barrières menaçantes susceptibles de lui tomber dessus à tout moment. Aujourd'hui, adulte, elle avait beau vivre dans une magnifique maison dont elle était propriétaire, elle ressentait le besoin de grimper chaque fois que le stress lié à la maladie de sa mère s'intensifiait. Elle s'efforçait tout de même de l'aider, en lui rendant régulièrement visite dans la maison de son enfance, pour s'assurer qu'elle consultait toujours son thérapeute et qu'elle n'avait pas congédié l'aide ménagère qui venait plusieurs fois par mois. La maison de sa mère était toujours en désordre – doux euphémisme – mais au moins son logement demeurait habitable.

Elle avait beau avoir fait tout son possible pour rendre la maladie de sa mère gérable au quotidien, elle n'en demeurait pas moins consciente de la gravité de la situation, et du risque de rechute à tout instant. Grâce à la randonnée, elle parvenait à se changer les idées.

Soudain, en voyant la neige recouvrir à toute vitesse la fermeture Éclair inférieure de la tente, au risque de la bloquer, elle sentit son cœur s'accélérer. Son visage se réchauffait malgré le froid, la peur l'envahissait, et des petits points de lumière se mirent à briller devant ses yeux.

Des points de lumière ?

Fronçant les sourcils, elle fixa la lueur qui semblait flotter dans le blizzard. Mais oui, cette tache lumineuse semblait… se rapprocher d'elle ?

— April ?

Le vent porta cette voix rauque, profonde, jusqu'à elle, alors qu'une silhouette apparaissait devant elle.

Weston !

Équipé d'une lampe frontale, il remontait la piste.

— Je suis là ! répondit-elle d'une voix étranglée qui se perdit dans le blizzard.

Elle trouva à tâtons sa lampe de poche juste à l'intérieur de la tente et l'alluma pour qu'il puisse la localiser.

Alors qu'il entrait dans le faisceau de sa torche, elle comprit à quel point les conditions avaient empiré. Il était couvert de neige, des bottes jusqu'à son casque et sa cagoule. En mesurant les risques qu'il avait pris pour la rejoindre, elle fut saisie d'une nouvelle vague de panique.

Il s'accroupit près de l'entrée de la tente, bloquant le vent avec ses larges épaules. Jusqu'à se retrouver nez à nez avec elle. Remontant ses lunettes, il éteignit sa lampe frontale, puis la scruta de ses yeux noisette. Il affichait un air aussi grave que lors de leur précédente rencontre, la fois où il avait menacé d'appeler la sécurité si elle ne quittait pas son bureau. Sauf que ce soir il avait l'air préoccupé.

Inquiet, même.

— Nous devons partir d'ici, April. Tout en douceur, mais sans tarder, déclara-t-il sans ciller.

Confuse, elle secoua la tête.

— Je ne comprends pas…

— Vous vous trouvez dans un couloir d'avalanche bien connu, reprit-il en prononçant ces mots presque gentiment, comme s'ils n'évoquaient pas du tout le risque imminent d'un accident mortel. Et les conditions ne feront que se détériorer avec cette tempête.

Elle comprit alors ce qui était en train de se passer. Il s'adressait à elle en tant que secouriste habitué à traiter avec des personnes en grand danger. Soudain une boule d'angoisse se forma au creux de son ventre.

— Pourquoi est-ce que…

Ses mots s'évanouirent avant de franchir ses lèvres. Elle prit une profonde inspiration.

— Pourquoi ne m'avoir rien dit dans votre SMS ? Je suis restée installée là alors que…

Elle balaya la tente du regard, calculant combien de temps il lui faudrait pour récupérer son équipement. Une autre rafale déchira cette fois le revêtement extérieur de la tente. Enfin, elle était presque sûre d'avoir entendu la toile se déchirer.

— Regardez-moi, April.

Il parlait patiemment, son ton était toujours aimable malgré la terrible erreur qu'elle avait commise en venant ici. En risquant sa vie et celle de Weston.

— Vous étiez plus en sécurité en restant sur place que vous ne l'auriez été en vous déplaçant sans connaître cette piste. Moi, je connais cet endroit comme ma poche, et je vais vous conduire dans une zone plus sûre.

Ses mots et sa présence la réconfortèrent. Elle avait pratiqué d'innombrables randonnées de haute montagne dans des conditions estivales, mais nettement moins en hiver. Un de ses moniteurs à Denver lui avait suggéré de suivre une formation sur les avalanches, mais elle n'avait pas encore un tel niveau. Elle n'avait pas imaginé en avoir besoin pour ce sommet, si tôt dans l'hiver. Oh ! comme elle s'en voulait de son irresponsabilité…

Il n'imaginait pas à quel point elle détestait se trouver dans une telle position, pour avoir négligé un danger aussi manifeste.

— OK. Merci.

Ravalant sa peur, elle s'efforça de croire qu'il était aussi confiant qu'il en avait l'air.

— Je vais rassembler mon équipement.

Weston mit April hors de danger assez rapidement.

Le nœud d'inquiétude dans sa poitrine s'atténuait à chaque pas qui les éloignait du ravin au bord duquel elle avait planté sa tente pour la nuit. Les avalanches étaient une menace réelle dans ce secteur. Il n'avait participé à aucune mission de sauvetage dans ces conditions, mais il y en avait eu une, dix ans plus tôt, que certains membres de son équipe avaient vécue. De plus, il avait vu deux avalanches impressionnantes de ses propres yeux sur ces pics.

Et la météo de ce soir était idéale pour de telles coulées. Il était tellement soulagé d'avoir trouvé April et de l'avoir mise en sécurité. Saine et sauve.

Mais les démons de son passé semblaient décidés à le ronger encore et encore, dès qu'il fermerait les yeux ce soir.

— Où allons-nous ? lui demanda-t-elle à travers le blizzard, la voix étouffée par son écharpe.

Ils descendirent côte à côte la piste, à pas lents pour ne pas riper sur d'éventuels rochers affleurant sous la neige. Il lui avait proposé sa deuxième lampe frontale, mais elle avait la sienne et s'en servait à présent. Elle s'était mieux préparée qu'il ne l'avait cru.

Mais elle avait eu peur. Il avait facilement décelé son angoisse dans ses gestes, avec son regard fuyant et ses paupières aux mouvements saccadés. Des signes qu'il aurait repérés même sans avoir été formé à s'occuper de survivants en état de choc. Il avait fait de son mieux pour la rassurer une fois qu'ils étaient sortis de la zone la plus dangereuse, mais il voyait bien qu'elle était effrayée. Surtout, il avait été sacrément soulagé de constater qu'il ne s'était pas agi d'un coup monté de sa part. Elle ne l'avait pas attiré dans la montagne juste pour l'interroger sur ses relations avec Alonzo Salazar, le sujet de son enquête financière.

Seule une excellente actrice aurait pu simuler la peur dont il avait été témoin tout à l'heure. L'éclair de panique dans son regard bleu… Le tremblement dans sa voix. Même si à présent qu'elle avait revêtu ses lunettes, il avait moins d'indices sur son état d'esprit.

— Il y a des endroits sûrs pour installer son campement par ici.

Ils ne s'étaient pas trop éloignés de sa zone d'origine, car il ne voulait pas risquer une chute dans le noir dans ces conditions climatiques difficiles, mais ils étaient sortis du ravin et suivaient une crête qu'il connaissait bien.

— Ne devrions-nous pas descendre vers la vallée ? reprit-elle en se penchant plus près de lui.

S'il avait été seul, c'est ce qu'il aurait fait. Il serait retourné au pick-up qu'il avait garé au départ de la piste. Mais il ne prendrait pas ce risque avec elle. Bien sûr, elle semblait avoir de bonnes bases en alpinisme, mais par temps calme. Or il était tard, elle devait être fatiguée de son ascension de la journée, et surtout stressée. Au final, il devait privilégier leur sécurité à tous les deux.

— Il est plus sûr de camper quelque part où je sais qu'on sera protégé en attendant la fin de la tempête, dit-il en indiquant une corniche rocheuse formant un abri contre le vent devant eux.

La zone était beaucoup moins enneigée.

— J'ai apporté une grande tente avec le plus haut niveau de protection contre le froid.

En passant sous l'abri de la corniche, il se débarrassa de son sac à dos et le dézippa pour en sortir son matériel. Or, une fois qu'il eut enlevé ses gants, il se rendit compte qu'elle ne l'avait pas suivi. À quelques pas derrière lui, elle semblait perdue dans la lumière de sa lampe frontale, la neige lui atteignant presque les genoux.

Elle lui avait peut-être parlé, mais ses paroles s'étaient perdues dans le vent. Il lui fit signe de s'approcher :

— Je ne vous entends pas.

Elle le rejoignit péniblement, puis ôta ses lunettes et sa lampe frontale avec elles. Il put maintenant distinguer clairement ses yeux bleus.

— Vous comptez rester ? demanda-t-elle dans le vent glacial. Avec moi ?

Était-ce parce qu'elle ne semblait plus avoir peur ? Ou peut-être parce qu'il savait qu'ils étaient hors de danger ici ? Mais quelque chose dans la façon dont elle lui posa la question lui rappela à quel point il trouvait cette femme attirante. Et comme il était soulagé qu'elle soit en sécurité.

April Stephens l'avait troublé dès la première fois qu'il l'avait vue. Puis il avait découvert à quel point elle était douée dans son travail, mettant au jour certains secrets de son mentor. Et ce soir, il avait découvert en elle cette facette sportive, aventureuse… Plutôt étonnant venant d'une femme qui aurait pu faire les couvertures de magazines de mode, au lieu de venir se perdre dans un ranch du Montana – pour ne pas dire seule au sommet d'une montagne.

Avec ses pommettes hautes et ses lèvres délicates, elle était le genre de femme à faire tourner les têtes des hommes. Mais mieux que cela, elle affichait une détermination qu'il admirait, même s'il s'était trouvé du côté des « méchants » quand ils s'étaient rencontrés.

— Je n'ai pas fait tout ce chemin dans la nuit pour repartir et vous laisser seule, April, déclara-t-il avec fougue. À présent que je suis là, je reste !

Non pas qu'il comptât séduire une femme dont il se sentait responsable pour ce soir. Mais comment nier l'attirance qu'il éprouvait chaque fois qu'il se trouvait près d'elle ?

— C'est… gentil de votre part, bredouilla-t-elle d'une voix fluette mais revigorée. Cela dit, j'ai ma propre tente.

Elle se délestait déjà de son sac à dos, le laissant tomber dans la neige tandis qu'il prenait son piolet, qui lui servait aussi de marteau, pour enfoncer les piquets de tente.

— La vôtre est déchirée, lui rappela-t-il.

Il avait entendu la toile craquer dans les rafales, le long du ravin, avant de l'aider à la démonter.

— En plus, la mienne est suffisamment grande pour abriter deux personnes, ajouta-t-il.

En réalité, sa tente était une merveille de technologie. Les vents de l'Everest n'en seraient pas venus à bout. Il lui fallut moins de deux minutes pour l'installer, car il connaissait bien son équipement et était rompu au montage d'abris en urgence et en conditions extrêmes. Après avoir jeté son sac de couchage et son matelas isolant à l'intérieur, il se tourna vers elle et l'invita à entrer.

Visiblement hésitante, elle serrait son sac à dos contre elle, le vent fouettant les mèches de cheveux qu'elle n'avait pas pris le temps de rentrer dans son bonnet. Les lèvres pincées, elle le dévisagea d'un air perplexe.

À cet instant, l'adrénaline typique de toute mission de sauvetage s'empara de lui. Or, cette fois, elle prit la forme… d'un doux et vif *désir*.

Elle devait être aveuglée par la neige qui tourbillonnait autour d'eux, car elle ne parut pas remarquer son trouble. Prenant une profonde inspiration, elle se glissa enfin à l'intérieur de la tente, lui offrant une vue plongeante sur ses courbes féminines qu'il devina à travers ses épais vêtements.

Enfouissant le désir brutal qu'elle lui inspirait, il serra les dents en la regardant attentivement ôter ses bottes et les laisser dans le minivestibule. Inclinant le visage vers la neige, pour refroidir ses joues qui s'échauffaient, il finit par la suivre à l'intérieur.

Pas de doute, cette nuit s'annonçait longue. Très longue.

- 2 -

Aux dernières nouvelles, elle n'était pas en odeur de sainteté aux yeux de Weston Rivera, se dit April en se lovant au fond de son sac de couchage sous la tente spacieuse qu'il avait montée en un clin d'œil. Elle était donc idiote de s'imaginer qu'elle ressentait une quelconque alchimie entre eux.

Surtout dans ce froid glacial, au sommet d'une montagne, après qu'il avait risqué sa vie en pleine tempête pour la sauver. En réalité, elle devait plutôt l'agacer. Sans doute cette sensation de chaleur et le frisson qu'elle éprouvait en le regardant ôter son blouson couvert de neige n'était qu'une illusion. Même dans la lueur bleuâtre de la lanterne qu'il avait posée au sol, il était rudement beau.

Ses cheveux blond foncé tombaient sur le col de sa chemise en flanelle grise sous sa parka. Une fine barbe claire recouvrait son visage. Avec ses épaules puissantes et ses yeux noisette dans lesquels une femme pouvait se perdre, il avait un charme viril fou.

Peut-être était-elle la seule à ressentir toute cette chaleur… Et elle avait probablement imaginé le désir qu'elle lisait dans ses yeux : sans doute l'effet des émotions suscitées par ses mauvaises décisions de ce soir. D'ailleurs, elle lui devait des excuses.

Elle s'apprêtait à parler quand sa cuisse dure et musclée frôla la sienne en glissant hors de son surpantalon aux bandes réfléchissantes jaune fluo. Il portait un pantalon au-dessous, bien sûr, mais il y avait quelque chose de terriblement intime dans le fait de le voir se déshabiller ainsi tout près d'elle. Même dans une tente deux places, l'espace était restreint : leurs sacs de couchage étaient déroulés, côte à côte. Elle frissonna à son contact.

— Vous n'allez pas avoir froid ? demanda-t-elle d'une voix faussement dégagée pour masquer l'effet qu'il lui faisait.

Elle avait gardé la plupart de ses habits, laissant sécher ses lunettes de glacier, ses bottes et ses moufles imperméables dans le minivestibule. Elle avait gardé sur elle les gants en polaire et le bonnet de laine qu'elle portait sous sa capuche de ski.

Ainsi que la doublure polaire intérieure de sa parka et celle de son pantalon de ski, car elle frissonnait de froid depuis qu'ils avaient levé le camp au bord du ravin. D'ailleurs, elle se demandait si cette sensation de froid était physique, ou juste un écho de la frayeur qu'elle avait eue en découvrant qu'elle avait planté sa tente dans un couloir d'avalanche.

— Non, répondit-il en se penchant en arrière, de sorte qu'il était quasiment allongé à côté d'elle.

Mais d'abord, il déplia sa veste au-dessus du sac de couchage, puis disposa son surpantalon sur ses jambes.

— Je m'en sers comme couvertures supplémentaires, expliqua-t-il. Je préfère ne pas les garder sur moi, car j'ai beaucoup de matériel dans mes poches.

Une fois installé, il souleva la lanterne et la tint au-dessus d'elle en s'appuyant sur un coude.

— Je peux éteindre la lumière pour la nuit ? demanda-t-il après un long soupir.

Elle sentit sa gorge s'assécher. De savoir qu'il avait tant fait pour l'aider et la mettre en sécurité, elle sentit un élan de gratitude s'emparer d'elle. Mais cette reconnaissance était liée à des sentiments bien plus complexes. Il y avait cet antagonisme entre eux. Et cette attirance… Sans parler du regret qu'elle éprouvait de l'avoir placé dans une telle position.

— Oui, répondit-elle d'une voix rauque. Je suis prête.

Elle le regarda. L'image de ses grands bras, de son large torse et de la tendre inquiétude dans ses yeux resterait gravée en elle longtemps après que la tente serait plongée dans l'obscurité.

À présent, ses oreilles se mirent à l'affût des sons qui l'entouraient, alors qu'il se glissait dans son sac de couchage. Un genou frôla le sien, et la chaleur de son corps puissant la réchauffa d'une façon qui n'avait rien de strictement thermique. Dehors, le vent hurlait, mais la toile de la tente lui semblait imperméable, et aussi tendue que ses propres nerfs.

— Merci d'être venu me rejoindre ce soir.

Ces mots lui parurent plus faciles à prononcer dans le noir, alors qu'elle ne pouvait voir son visage. Car cet homme la troublait profondément depuis le début, et elle était incapable de le cerner vraiment.

— Je m'en veux d'avoir gâché votre soirée avec cette sortie imprévue en altitude, mais je vous suis reconnaissante.

De son côté de la tente, il cessa de bouger. Peut-être avait-il seulement trouvé une position confortable.

— Je me suis lancé dans le sauvetage en montagne pour aider les gens en difficulté. Mais dans l'idéal, je préfère prévenir un accident avant qu'il se produise.

Elle sentit son souffle tout près de son oreille. Si bien qu'elle réalisa qu'il devait être tourné sur le côté.

Vers elle.

Elle déglutit péniblement. Et s'efforça de se concentrer sur ses paroles, et non sur cette promiscuité, en s'enfouissant plus profondément dans son sac de couchage. Allongée sur le dos, elle devait garder ses distances avec lui alors qu'elle se sentait vulnérable et, oui, un peu effrayée à l'idée de ce que la météo leur réserverait le lendemain. La tempête de neige s'était transformée en blizzard si rapidement qu'elle avait fini par douter de ses connaissances de la haute montagne.

— Pourtant vous êtes monté jusqu'ici, dans le noir, pour vous assurer de ma sécurité… C'était plus que je n'en demandais. Je ne voulais pas vous faire courir de risques par de telles conditions météorologiques.

Seigneur, quelle idiote… Elle aurait dû suivre la météo avec plus d'attention. Mais à sa décharge, la tempête était arrivée beaucoup plus vite que les prévisions ne l'avaient annoncé.

Le timbre profond de sa voix résonnait en elle.

— Il valait mieux que je fasse l'ascension pour vous aider en personne. Ne connaissant pas votre niveau en alpinisme, je n'ai pas voulu vous envoyer un message qui aurait pu vous inquiéter, et vous conduire à errer sur un terrain dangereux.

Il se répétait, mais cela ne la consolait pas de savoir qu'il avait risqué sa vie pour elle. Il aurait pu être blessé en essayant de l'aider. Un tourbillon d'éventualités lui envahit l'esprit. Elle savait que certains événements apparemment anodins pouvaient avoir des conséquences majeures. Elle ne se souvenait que trop bien de la chaîne d'événements qui avaient conduit sa mère à son état actuel.

— J'ai un équipement GPS. J'aurais pu suivre vos instructions si vous m'aviez guidée, insista-t-elle.

Il n'était pas dans son caractère de causer des ennuis à autrui. Elle tenait à son autonomie, après avoir passé des années à attendre de sa mère une attention qu'elle avait été incapable de lui offrir. Elle n'avait jamais pu compter que sur elle-même. Surtout, ce qui la dérangeait le plus, c'était qu'elle avait contacté Weston ce soir en espérant renouer le dialogue avec lui, dans l'optique de poursuivre son enquête.

Ce qui n'avait pour effet que d'accentuer son malaise.

— Avec l'arrivée de la tempête, je savais que les conditions risquaient de s'aggraver d'un instant à l'autre, et d'impacter dangereusement la voie la plus sûre pour s'éloigner du ravin. Il m'était plus simple de constater l'enneigement et le vent par moi-même que de vous donner des instructions depuis mon salon, déclara-t-il très naturellement.

Elle avait beau ne pas être entièrement convaincue, elle se mordit la langue, car, au final, elle lui était reconnaissante. Elle n'avait pas eu conscience de s'être mise en danger.

— Merci. Je me sens encore plus gênée de vous avoir fait venir, vu la façon dont nous nous sommes quittés la dernière fois. Je sais que vous n'avez pas une haute opinion de moi.

Dans le silence qui suivit, elle n'entendit que le vent et la mélodie veloutée des flocons de neige qui s'accumulaient sur le toit de la tente.

— C'est votre métier qui est à l'origine de notre désaccord. Et, jusqu'à ce soir, je n'ai pas eu la chance de vous côtoyer en dehors de votre enquête.

Avait-il soigneusement choisi ces mots ? Elle ne put réprimer un rire, à cause de sa culpabilité et de la vulnérabilité de sa position.

— Je ne pense pas que cette soirée vous fera changer d'avis à mon sujet, à présent que je suis l'hôte encombrante du ranch que vous avez dû sauver d'une tempête de neige.

— On va s'en sortir, vous savez, la rassura-t-il avec douceur.

À travers son sac de couchage, elle sentit sa main

couvrir son avant-bras, d'un geste qui, sans doute, se voulait réconfortant.

Tout en elle se figea. Soudain, le souvenir de leur première rencontre dans les écuries avec les chevaux lui revint. Elle l'avait observé à son insu, avant de le coincer pour l'interroger. Il avait agi en magicien face à un étalon nerveux, calmant les mouvements agités de l'animal par son calme charismatique : le cheval avait fini par poser le museau sur son épaule en laissant échapper un doux hennissement.

Dès cet instant-là, il l'avait captivée. Tout comme elle l'était maintenant.

— Vous ne redoutez pas la quantité de neige qu'on va devoir affronter pour la descente ?

— Non. Et vous ne devriez pas vous en faire pour cela.

Sa main resta posée sur son avant-bras.

Elle eut l'impression de sentir son sang battre plus fort, pile à l'endroit où il la touchait. Quelle sensation bizarre. Tellement… intrigante.

Une onde de chaleur s'empara d'elle, douce et agréable. Et – oh ! – tellement dangereuse… Elle ne pouvait pas se permettre de se laisser séduire par cet homme. Car elle avait encore une mission à accomplir pour son travail.

— Dans ce cas, je vais essayer de ne pas penser à la tempête.

Ce dont elle avait besoin, c'était d'une distraction. Un moyen d'oublier toute cette neige. Et surtout cet homme, aussi sexy que désarmant, allongé à côté d'elle dans le noir.

— On pourrait parler de mon enquête, à la place. Tant qu'on est tous les deux coincés ici…

Malgré ces paroles, il ne retira pas sa main. Étrange. Elle s'était attendue que sa proposition instaure de nouveau une – salutaire – distance entre eux.

— On pourrait, répondit-il très naturellement. Mais

puisque vous partagez mon toit ce soir, et que j'ai parcouru tout ce chemin pour sauver votre joli minois, je pense que mes informations vont vous coûter cher.

— Ah bon ?

Elle tourna la tête vers lui pour tenter de distinguer son visage. De cerner son état d'esprit. Mais l'obscurité ne lui permettait de distinguer que le contour de ses larges épaules.

— Certainement, reprit-il d'une voix suave en lui effleurant le bras avant de remonter jusqu'à son épaule.

Aussitôt, elle sentit son cœur s'emballer.

— Que suggérez-vous ? demanda-t-elle d'une voix plus éraillée qu'elle ne l'aurait souhaité.

— Je pense qu'un baiser par question serait équitable, lui déclara-t-il tranquillement.

Pour la distance salutaire, on repasserait. Une incroyable chaleur, aussi vive qu'inattendue au vu de la tempête qui faisait rage au-dehors, s'empara d'elle.

— Je crois que la dernière fois qu'un garçon a essayé de me forcer à l'embrasser, j'étais encore au collège, rétorqua-t-elle bizarrement.

— Je n'avais aucune intention de vous forcer à quoi que ce soit ! s'exclama-t-il. Mais êtes-vous sûre de pouvoir en dire autant de votre côté ? Parce que je ne serais peut-être pas aussi fier de vous avoir récupérée sur ce glacier si vous espériez seulement me poser de nouveau des questions au sujet d'Alonzo.

Et voilà, c'était bien fait pour elle. Une nouvelle bouffée de culpabilité l'envahit.

— Un partout, la balle au centre, murmura-t-elle en se retournant dans son sac de couchage pour lui faire face. Même si je ne suis pas sûre que le fait que vous cherchiez à me décourager de vous parler de mon enquête plaide pour vos talents en matière de baisers.

Un frisson la parcourut de part en part.

— Avez-vous assez chaud ? demanda-t-il en faisant glisser sa parka vers son sac de couchage. Tenez, ça vous réchauffera.

— Merci.

Mais si elle s'agitait, c'était plus pour se débarrasser de son embarras que pour se réchauffer. Elle devait rester sur ses gardes avec cet homme.

— Oh ! j'ai une confiance totale en mes capacités à embrasser une femme. Mais je pressens que vous êtes de celles qui ne mélangent pas le travail et le plaisir.

Dans le noir, ce dernier mot prit une consonance étrangement érotique. Il fit une pause, avant d'ajouter :

— Voulez-vous de l'aide pour votre sac ?

Weston s'était dit que parler ouvertement de l'attirance qui existait entre eux détournerait April de ses sombres pensées – elle s'était inquiétée de l'évolution de la météo et culpabilisait de l'avoir fait sortir en pleine tempête. Or, il avait échoué à faire diversion, et à présent elle semblait avoir froid.

— J'essaye de trouver le cordon pour pouvoir refermer la capuche autour de mon visage, admit-elle en frissonnant.

Inquiet, il alluma sa lampe de poche.

— Laissez-moi faire, insista-t-il en dirigeant la torche vers le bas pour ne pas l'aveugler.

Visiblement en se débattant avec son sac de couchage pour trouver le cordon, elle avait tordu son tapis de sol sur le côté. Il était maintenant coincé entre eux, et ne lui serait d'aucune aide pour rester au chaud.

Se maudissant de s'être laissé influencer par son attirance pour elle, il retrouva ses réflexes professionnels. La protéger demeurait une priorité.

— Je vais faire vite, d'accord ?

Il se refusait à la brusquer, mais ne voulait pas non plus s'attarder au-dehors de son propre sac de couchage, étant donné que la température sous la tente ne devait pas dépasser 15° C.

Elle répondit par un signe de tête hésitant, le scrutant de ses grands yeux bleus.

Il se mit à genoux, puis se pencha sur elle pour récupérer son manteau. Ensuite, il tira le bord du tapis de sol pour le remettre en place, en s'efforçant de ne pas remarquer ses courbes féminines plaquées contre sa poitrine le temps d'un délicieux moment. Une fois le tapis calé, il chercha à tâtons la fermeture Éclair près de son épaule jusqu'à trouver le cordon de serrage, qu'il tira. La capuche du sac de couchage se referma autour de son joli visage, ne laissant apparaître que ses yeux, son nez et sa bouche charnue.

Finalement, juste à l'instant où le froid commençait vraiment à mordre à travers ses vêtements, il déposa sa veste sur elle et réintégra rapidement son propre sac de couchage.

— Vous devez être gelé, dit-elle sans le quitter du regard.

Cette caresse flatteuse de ses yeux était la seule chose qui le protégeait désormais de la morsure du froid.

— La température a en effet baissé, admit-il. Je vais attendre une minute avant d'éteindre la lumière.

Il tenait à sentir ses bras se réchauffer avant tout.

— Vous devriez reprendre votre parka, reprit-elle en levant un peu la tête pour le regarder.

— J'ai une meilleure idée. Si nous la partageons, nous aurons tous les deux plus chaud.

— D'accord, acquiesça-t-elle.

— Juste le temps de chasser le froid, lui assura-t-il, déjà réchauffé à la seule idée de la retenir contre lui.

— Bien sûr, soupira-t-elle. Je ne crains pas que

quelque chose… *de plus* se produise alors que nous sommes sur le point de geler.

Ces mots eurent subitement l'effet d'une coulée de lave dans ses veines, mais ce n'était pas le moment de le lui avouer. Libérant un bras de son sac de couchage, il le glissa sous sa veste et l'enroula autour d'elle. Puis il l'attira à lui, dos contre son torse, ses fesses rebondies contre son ventre.

Elle poussa un petit cri surpris, mais se blottit contre lui, à travers les couches de duvet qui se trouvaient entre eux. Pendant un instant, il la tint simplement ainsi, le nez enfoui dans le dos de sa capuche, le bras frôlant le dessous de ses seins. Comme ce contact lui était doux !

Pas seulement grâce à la chaleur de son corps. Elle lui paraissait si souple entre ses bras, elle lui allait comme un gant. Elle avait réveillé son instinct de protection, de même que d'autres instincts auxquels il valait mieux ne pas penser…

— Ça va mieux ? murmura-t-il contre sa nuque à travers le sac de couchage.

Il sentit un frisson la traverser, mais pressentait qu'il ne s'agissait pas tout à fait d'un frisson de froid.

— Beaucoup mieux, chuchota-t-elle.

Avec la neige qui tombait doucement contre la toile et cette belle femme lovée contre lui, il en oublierait presque qu'ils se trouvaient pris dans une tempête potentiellement dangereuse. Depuis combien de temps n'avait-il pas dormi toute une nuit avec une femme dans les bras ? En temps normal, il évitait ce genre de relations. Il n'aurait jamais imaginé que cette enquêtrice financière le conduirait à enfreindre ce principe tacite. Car il avait renoncé à toute relation sentimentale après que son frère et lui étaient tombés amoureux de la même femme quand ils étaient étudiants. Brianna l'avait anéanti sur le moment, mais son frère, lui, ne s'en était jamais remis.

— Comment va votre nez ? demanda-t-il après un moment, conscient que les engelures pouvaient apparaître rapidement. Je pense que c'est la seule zone dont vous devez vous soucier à présent.

— Hum ! répondit-elle d'une voix somnolente en se blottissant un peu plus contre lui.

Ses hanches ondulèrent contre lui, ravivant de plus belle le désir dévastateur qu'il croyait contenu. Serrant les dents, il s'écarta doucement d'elle pour éteindre la lampe de poche. Puis, il se hâta de la reprendre dans ses bras.

Le lendemain, il devrait affronter les répercussions de son sauvetage de ce soir. Il ne pourrait plus ignorer April Stephens après cela, ni menacer d'appeler la sécurité si elle lui posait trop de questions.

Mais le matin arriverait bien assez vite, alors inutile d'anticiper les ennuis dès maintenant. Pour quelques heures au moins, il profiterait des rêves inavouables que lui inspirait la présence de cette femme si sensuelle abandonnée dans ses bras comme si le sort l'y avait prédestinée.

- 3 -

Un rayon de soleil chatouillait les paupières closes d'April. Elle émergea peu à peu de son sommeil. Son corps était tout détendu. Délicieusement détendu. Et elle avait bien chaud.

Mais… Pourquoi cette sensation de chaleur ? Ses jambes étaient comme engourdies sous un poids, quelque chose de lourd sur le côté. Elle ouvrit les yeux. Un *homme* ?

Les souvenirs de la soirée précédente lui revinrent brusquement à l'esprit. Le risque d'avalanche. La marche dans le noir, à travers la neige profonde pour improviser un campement… Weston. Elle s'était… endormie dans ses bras !

Un endroit qu'elle avait dû apprécier, vu la façon dont elle était désormais blottie contre lui. Comment son sac de couchage s'était-il suffisamment ouvert pour permettre une telle proximité ? Leurs cuisses s'entremêlaient. Le nez enfoui contre son torse, elle sentait son cœur battre fort.

Soudain, il s'étira et elle comprit qu'il était réveillé depuis tout ce temps. Elle retint son souffle.

— Bonjour, murmura-t-il d'une voix rugueuse, encore ensommeillée.

Son ton était poli et raisonnable, bien qu'elle y perçût un léger soupçon d'amusement.

— Bonjour, bredouilla-t-elle, confuse de constater que son sac de couchage était tordu autour de son genou tandis que son corps s'était réfugié sous la chaleur de sa lourde parka.

Elle aperçut les jambes puissantes et les hanches étroites de Weston, avant qu'il remonte son propre sac de couchage sur lui, comme une couverture.

— Nous sommes toujours de ce monde, déclara-t-il. Sains, saufs, et au chaud : prêts pour la journée qui s'annonce. C'est une bonne nouvelle après les conditions météo qu'on a connues hier soir.

Elle remarqua alors qu'une congère s'était formée d'un côté de la tente. Cela avait sans doute contribué à les isoler du froid, en plus de la chaleur de leurs corps, qu'ils avaient accumulée en se lovant l'un contre l'autre.

— J'ignore comment mon sac de couchage s'est ouvert.

Mal à l'aise, elle ne put s'empêcher de soulever la question, car elle était gênée de penser qu'elle avait « abusé » du corps de Weston durant la nuit.

Car si elle acceptait l'idée qu'ils se soient serrés l'un contre l'autre à travers leurs deux sacs de couchage pour s'endormir, elle se sentait toutefois pétrifiée à l'idée de s'être réveillée avec la jambe entre ses cuisses.

En levant les yeux vers son visage, elle constata de nouveau avec stupéfaction le peu d'espace qui les séparait. Si au moins il avait fait nuit, elle n'aurait pas eu à soutenir son regard pénétrant…

— Tu as probablement fait ça pendant ton sommeil, murmura-t-il en lui offrant une excuse plus qu'indulgente pour expliquer sa position compromettante de ce matin. Moi, je me suis réveillé quelques heures après la tempête et je me suis rendu compte que j'étais brûlant, alors j'ai ouvert mon sac de couchage et je m'en suis servi comme d'une couverture.

Il l'avait tutoyée, et c'était naturel, après la nuit qu'ils venaient de passer.

— Hum ! marmonna-t-elle en n'en revenant pas de la chaleur qu'elle avait ressentie lors de cette nuit, la plus froide qu'elle avait jamais passée à l'extérieur.

Bref, moins ils en reparleraient, mieux elle se porterait.

Au contraire, son corps frémissait partout où ils avaient été en contact. Elle ne se souvenait pas de la dernière fois où elle s'était sentie aussi vivante. C'était comme si cet homme avait éveillé en elle des émotions qu'elle n'avait jamais connues auparavant. Pourquoi fallait-il qu'il soit aussi un témoin clé pour son enquête ? Qu'aurait-il pu se passer entre eux si elle n'avait pas eu cette éthique professionnelle qui la contraignait ?

Enfin, de toute façon il avait hâte qu'elle et ses questions débarrassent le plancher de Mesa Falls, elle le savait bien. Or, elle ne pourrait partir avant d'avoir résolu son enquête, et elle ferait bien de se souvenir de cette barrière entre eux, elle qui cette nuit avait été si prompte à l'abattre. Manifestement, elle désirait cet homme, même si en son for intérieur elle savait parfaitement que c'était une très mauvaise idée. Elle avait besoin de son travail. Sa rigueur et sa respectabilité l'avaient sauvée plus d'une fois. Et franchement, elle n'envisageait aucunement de mettre en jeu sa réputation professionnelle pour un homme.

— Comment te sens-tu ce matin, April ? demanda-t-il en la tirant de sa rêverie. Es-tu prête à t'essayer à la descente vers le ranch, maintenant que la neige a arrêté de tomber ?

Les rayons du soleil lui parurent plus lumineux que jamais… Tout comme les chances de rétablir des frontières avec cet homme fascinant qui se tenait à côté d'elle.

Un soupir de soulagement s'échappa de ses lèvres. Elle pouvait d'ores et déjà se concentrer sur une liste de choses à faire aujourd'hui pour s'empêcher de penser à lui.

— Ça marche. Je peux lever le camp en cinq minutes.

Sa promesse d'être prête en cinq minutes se révéla optimiste. Elle n'avait pas imaginé à quel point la profondeur de la neige entraverait ses efforts. Pas plus qu'elle n'avait prévu les appels téléphoniques de sa mère.

Elle avait ignoré les deux premiers, alors qu'elle enfilait ses bottes et chargeait son sac à dos. Mais la troisième fois que son téléphone sonna, ils venaient d'amorcer la descente et, inquiète, elle prit l'appel.

Weston avait insisté pour marcher en éclaireur devant elle afin de vérifier la stabilité de la neige. Ses foulées assurées avaient beau lui frayer un chemin, la poudreuse fraîche et profonde était épuisante à traverser.

— Maman ? répondit-elle en espérant faire court pour se concentrer sur cette marche périlleuse. Est-ce que tout va bien ? Je suis en montagne, là, donc ce n'est pas le meilleur moment pour…

— Je tenais juste à t'informer que j'ai viré l'entreprise de nettoyage, annonça sa mère d'une voix chevrotante.

Seigneur, pas maintenant… Son anxiété monta d'un cran, mais elle s'efforça de ne rien en montrer. Les aides ménagères coûtaient cher, car elles étaient spécialisées dans l'aide aux personnes souffrantes. C'était elle qui les avait engagées, pas sa mère. Elle s'étonnait donc qu'elle ait pu les renvoyer aussi facilement.

— Je suis désolée de te savoir contrariée, maman, dit-elle en soupirant. Je peux parler à Emily et peut-être arranger la situation.

— C'est trop tard ! rétorqua sa mère en haussant le ton. J'ai essayé de t'appeler avant d'en arriver là, mais tu étais trop occupée pour m'aider.

Elle déglutit péniblement. Elle adorait sa mère, mais tout ce stress lui était devenu insupportable. Les choses étaient déjà assez compliquées quand elle se trouvait dans la même ville qu'elle, mais là, à des kilomètres de Denver, elle se sentait impuissante.

— Je suis désolée, maman, reprit-elle à voix basse, en espérant que Weston ne l'entende pas. Si je n'étais pas dans le Montana en ce moment, à marcher dans la neige dans des conditions dangereuses, je viendrais tout de suite pour…

— Ce n'est pas un problème, l'interrompit sèchement sa mère. Je voulais juste que tu saches que tu n'auras plus besoin de me harceler à propos de cette société de nettoyage. Emily voulait que je jette un de mes tout nouveaux rouleaux de tissu. As-tu déjà vu un tel gâchis ?

Murmurant quelques mots de compassion, elle parvint à se dégager de la conversation quelques instants plus tard, mais son inquiétude demeura. La sécurité de sa mère nécessitait plus de temps et d'argent chaque année, et elle serait heureuse de consentir de tels sacrifices si cela l'aidait vraiment. Or, sa mère résistait de plus en plus souvent à ses mains tendues.

Weston se retourna, souleva ses lunettes et l'interrogea du regard.

— Tout va bien ?

Elle perçut la préoccupation dans sa voix. Et à cet instant précis, une pensée vint la troubler. Que serait-ce d'avoir un homme comme lui dans sa vie ? Un homme qui s'intéressait à elle et à ses soucis quotidiens, et à qui elle pourrait confier son fardeau ?

Oh ! c'était n'importe quoi. Elle devait être folle, insensée, ou tout simplement épuisée, pour penser des choses pareilles. Ce riche et influent propriétaire de ranch vivait dans un monde à part du sien et, de plus, était un témoin clé dans son enquête. Qu'allait-elle s'imaginer ?

— Tout va bien, prétendit-elle en s'efforçant de réinstaurer quelques limites mentales et émotionnelles avec l'homme qui l'avait serrée dans ses bras lors de cette nuit mémorable. Juste un appel de ma mère.

Il ralentit le pas pour lui permettre de revenir à son

niveau. Il la scrutait de son regard noisette, qui avait le don de faire voler en éclats ces fameuses limites dont elle avait si besoin. Mais peut-être lut-il ses réticences dans ses yeux, car il changea de sujet à mesure qu'elle se rapprochait de lui.

— As-tu assez chaud ? Est-ce que je marche trop vite ?

Elle lui fut reconnaissante de sa délicatesse, de ne plus évoquer sa mère, et saisit l'occasion pour parler alpinisme, son activité préférée pour s'évader du quotidien : elle lui posa alors des questions de terrain. Comment il analysait la neige, comment il arrivait à deviner quel type de surface se trouvait au-dessous, les détails à guetter pour évaluer les risques d'avalanche…

Bref, n'importe quel sujet plutôt que lui parler de sa mère. Si seulement elle parvenait avec autant de facilité à ne plus penser à son attirance pour lui…

Inutile d'être un expert en langage corporel pour décrypter les signaux qu'envoyait April. Weston avait vu la circonspection sur son visage après son appel téléphonique, alors il lui avait offert une porte de sortie, et elle s'en était emparée comme d'une bouée de sauvetage. Au début, il avait cru qu'elle cherchait juste à faire diversion avec ses questions, mais sa curiosité pour les Bitterroot Mountains et son activité de sauveteur lui avait révélé ses connaissances d'alpiniste chevronnée. Il se surprit à apprécier leur longue marche jusqu'à son pick-up, qui leur prit beaucoup plus de temps qu'en temps normal vu la profondeur de la neige. De plus, il la savait exténuée par la nuit précédente. Il ne voulait pas qu'elle épuise ses dernières réserves d'énergie.

D'autant qu'il était heureux de renforcer leurs liens après leur réveil maladroit, ce matin, dans les bras l'un de l'autre. Il ne savait pas qui avait le premier enlacé l'autre, mais il n'oublierait jamais la sensation de douceur et de chaleur qu'il avait ressentie. Elle ignorait que pendant la nuit il s'était réveillé et avait trouvé sa main refermée autour de son sein… Dieu merci, elle ne s'en était pas rendu compte, et il avait changé doucement de position. Ce souvenir, la rondeur de son sein dans sa paume, le tourmentait depuis.

À présent, alors qu'ils faisaient une pause pour boire et partager une barre protéinée, il se surprit à vouloir en savoir plus sur elle. Sur ce qui avait causé cette ombre dans ses yeux après l'appel de sa mère. Il s'y connaissait en matière de relations familiales douloureuses. Et même s'il n'avait pas l'habitude de s'épancher sur sa vie personnelle, il ne pouvait s'empêcher de penser qu'un partage d'expérience en toute amitié était toujours utile.

Ils se remirent en route. Le chemin s'élargit, et le dénivelé diminua, rendant la marche plus facile. Elle restait près de lui, les joues roses à cause de l'exercice, mais elle suivait le rythme sans difficulté. Il avait effectué cette descente des centaines de fois lui-même, ce qui lui permettait de rester concentré sur April. Les conditions étaient bonnes ici, malgré la poudreuse fraîche dont le blanc immaculé scintillait tout autour d'eux, éblouissant avec ce soleil intense.

— Je ne te poserai aucune question sur ta famille, déclara-t-il, espérant la mettre à l'aise. Mais je peux te dire que vivre éloigné de la mienne a amélioré mes relations avec elle.

Ce qui n'était pas une référence, vu qu'il parlait peu aux siens. Mais c'était déjà mieux que les échanges blessants qu'ils avaient trop souvent eus à l'époque où il vivait dans le ranch familial.

— Tu as de la chance d'avoir eu ce choix, répondit-elle avec conviction, la respiration saccadée par l'air froid.

— J'en suis conscient. On me rappelle souvent la

chance que j'ai d'avoir un frère qui n'a jamais fait un faux pas dans sa vie à la tête du ranch familial, précisa-t-il sans amertume. Mais je trouvais frustrant de ne pas répondre aux attentes de mes parents.

— Tu es le mouton noir ? demanda-t-elle, visiblement surprise.

Si cela pouvait l'aider, il était prêt à déterrer de vieilles rancœurs.

— C'est un euphémisme, marmonna-t-il. Mais ça m'a aidé de mettre une certaine distance physique entre nous. Tu as des frères et sœurs ?

— Non. Je suis fille unique, déclara-t-elle avant de faire une petite pause. Et je ne peux pas laisser ma mère seule trop longtemps. Elle est atteinte d'un trouble obsessionnel compulsif, entre autres choses : je m'inquiète pour sa sécurité quand je ne suis pas avec elle.

— Ça doit être stressant. Est-ce qu'elle suit un traitement ?

— Pas aussi sérieusement que je le voudrais, dit-elle en arrivant à suivre ses pas rythmés. J'ai l'impression que son médecin ne fait pas tout ce qu'il faut pour l'aider à surmonter ses problèmes spécifiques.

Il la vit glisser les pouces sous les bretelles de son sac à dos pour redistribuer le poids sur ses épaules.

— Ton père est-il là pour t'aider ?

La conversation prenait une tournure aussi raide que le flanc de montagne qu'ils longeaient, il le voyait bien. Car s'il s'intéressait à elle, il ne voulait pas pour autant être indiscret.

— Non. Ils ont divorcé quand j'étais adolescente, quand la vie à la maison est devenue chaotique à cause des crises d'achats compulsifs de maman, expliqua-t-elle en haussant les épaules alors qu'ils s'enfonçaient dans un bosquet. Maman n'a que moi en réalité…

— Ça fait beaucoup à gérer pour toi toute seule.

Cette femme portait un lourd fardeau. Pas étonnant qu'elle soit devenue une alpiniste intrépide.

— Il existe de plus en plus de traitements pour ces pathologies. Même si je trouve son médecin peu aidant, au moins nous avons accès à de plus en plus de programmes spécialisés à mesure que la conscience sociale de ces maladies se développe, expliqua-t-elle au moment où ils arrivaient en vue de son pick-up garé à l'entrée du chemin, et presque complètement recouvert de neige.

— C'est ton 4x4 ?

— Oui, confirma-t-il en souriant, soulagé d'être arrivé à destination même s'il regrettait de n'avoir pu en apprendre davantage sur elle. Nous y sommes presque !

Une fois à côté du véhicule, ils se mirent tous deux à le débarrasser de la neige à la main. Elle n'était pas en reste : apparemment, elle en avait fini des confidences. Pourtant, même s'il comprenait son désir de ne plus parler de sa famille, il ne put se retenir de lui poser une dernière question.

— Qu'est-ce qui t'a donné envie d'exercer ton métier ? Enquêtrice financière, ça m'a l'air assez spécialisé comme activité.

Dès qu'il put ouvrir une portière du pick-up, il en retira une petite pelle à neige et creusa autour des roues, juste assez pour leur permettre de démarrer.

— J'ai un diplôme en comptabilité, mais j'ai travaillé pour un détective privé pendant mes études, pour gagner un peu d'argent, expliqua-t-elle en époussetant ses gants collés de neige. J'ai participé à des filatures, surveillé des escrocs, pris des photos… Du travail de terrain, en somme. Travailler dans cette agence m'a aidé à trouver ma vocation.

Il se redressa puis s'attaqua au dernier pneu.

— Aujourd'hui, tu surveilles l'argent, plus que les gens.

— Certains tenteront toujours d'ériger un écran de

fumée pour ce qui concerne leur argent, mais au final les chiffres ne mentent jamais.

Il médita ses paroles tout en chargeant leurs affaires dans le véhicule. Il avait perçu une note de fierté dans sa voix. Il était évident qu'elle tirait une grande satisfaction de sa réussite dans ce métier. D'où sa certitude qu'elle reviendrait à la charge concernant son enquête sur les finances d'Alonzo.

— Prête à retourner à la civilisation ? demanda-t-il en lui ouvrant la portière côté passager.

— Et comment ! s'exclama-t-elle en enlevant son bonnet et ses lunettes de protection.

Il se perdit un instant dans les profondeurs azurées de ses yeux. Le souvenir de son réveil à côté d'elle lui revint aussitôt à l'esprit. Il éprouvait toujours ce trouble étrange en sa présence, même si son métier ne manquait pas de compliquer les choses. Il ne l'oubliait pas.

— Et au ranch, tu séjournes toujours dans le pavillon principal ?

Il connaissait la réponse. Mais il était curieux de savoir ce qu'elle répondrait quant à ses projets à venir. Même s'il n'appréciait guère cette enquête financière, celle-ci était financée par Devon Salazar, le fils d'Alonzo. Donc il n'était guère enclin à demander à April de quitter le ranch trop tôt. L'idéal serait qu'elle abandonne ses investigations de son propre chef, sans que personne à Mesa Falls ait à croiser le fer avec les héritiers de Salazar.

— En effet, dit-elle en montant dans le pick-up. Je reste à Mesa Falls tant que je n'ai pas bouclé mon enquête.

Grinçant des dents, il ferma la portière, puis vint se glisser sur le siège du conducteur. Il démarra le moteur en s'efforçant d'y voir plus clair dans les idées qui lui encombraient soudain l'esprit.

Il allait vraiment devoir suivre la progression de

l'enquête puisqu'il avait un intérêt direct à ce que les secrets de son ancien mentor ne soient pas rendus publics. Si elle perçait à jour la face cachée d'Alonzo – et il commençait à croire qu'elle ne renoncerait pas à sa tâche —, il se devrait d'être présent pour limiter les dégâts. Ou de présenter les faits sous un jour plus favorable.

Rien que d'y penser, il sentit ses épaules se crisper à nouveau.

Il réfléchit à la prochaine étape alors qu'il roulait vers la vallée. Une fois au ranch, il passa devant sa maison avant d'atteindre le pavillon principal, où il s'arrêta. Au moment où il coupa le contact, il sut qu'il ne pourrait revenir à son ancienne façon de traiter avec cette femme. Impossible de continuer à l'ignorer : cette mésaventure sur la montagne les avait tous les deux liés. C'était indéniable. D'ailleurs, il imaginait déjà ce que ce serait de se réveiller à nouveau à côté d'elle… Dans un lit beaucoup plus douillet.

Sa décision était prise. Poussé par la perspective de la revoir, il lui ouvrit sa portière et récupéra son sac à dos avant de venir l'aider à descendre. La neige était moins compacte ici : la tempête avait sans doute été moins forte dans la vallée que sur les sommets.

— Je ne te remercierais jamais assez d'être venu à mon secours hier soir, Weston, déclara-t-elle en acceptant la main qu'il lui tendait pour l'aider à descendre du véhicule.

— Bien sûr que tu le peux : en dînant avec moi ce soir.

À cet instant, il décela une lueur d'intérêt féminin dans ses yeux. Son intuition était donc bonne.

Elle était *gênée* !

Cette lueur avait cependant été fugace, et elle se mordit la lèvre en prenant son sac.

— Je ne crois pas que ce soit une bonne idée, car mon enquête va nous conduire à un nouveau désaccord.

Elle serra son sac tout contre elle.

Éprouvait-elle le besoin d'instaurer une barrière entre eux ? Pourtant, il n'avait en aucune façon cherché à l'intimider.

— Je comprends.

Pas question de lui mettre la pression. Elle venait de passer deux journées épuisantes, et était d'autant plus stressée que sa mère était malade et avait besoin d'elle.

— Mais tu sais où me trouver, et je promets de ne plus te menacer d'appeler la sécurité si tu désires me parler.

Un sourire furtif apparut sur ses lèvres.

— Même si je pose des questions indiscrètes ?

— Je pense qu'après la nuit dernière nous sommes passés à un autre stade de notre relation, murmura-t-il simplement. Tu dois faire ton travail, et je le respecte.

Ce qui ne signifiait pas pour autant que cela lui plaisait.

— Et ça ne t'empêche pas de me proposer un dîner ?

Sentant la victoire à portée de main, il fut surpris par le plaisir qui l'envahit à l'idée de passer une soirée avec elle.

— En effet, confirma-t-il en se délectant à l'avance de pouvoir contempler son visage à la lueur des bougies, après la nuit angoissante qu'ils avaient vécue. Nous méritons de porter un toast à notre succès face à cette tempête de neige.

Rien que de repenser à ce qui aurait pu leur arriver, il sentait son sang se glacer.

— Dans ce cas, j'accepte de dîner avec toi, Weston.

Elle sourit franchement à ses mots, et il découvrit alors une facette d'elle qu'il ne connaissait pas encore. Elle ne cherchait pas ouvertement à le séduire, mais cette espèce d'embarras qu'elle dissimulait péniblement était adorable.

Oh ! comme il était soudain impatient d'être à ce soir…

- 4 -

À force de passer en revue les pistes qu'elle avait listées dans l'un des salons partagés du ranch cet après-midi-là, April aurait dû se sentir épuisée, surtout après cette nuit passée dans la montagne et la descente qui l'avait suivie. Au lieu de cela, elle ressentait une énergie renouvelée. Plus que jamais, elle était résolue à résoudre son enquête, en sirotant son eau de Seltz fraîche avec un zeste de citron vert tout en faisant défiler ses notes sur sa tablette. La demeure était calme à cette heure-ci, la plupart des hôtes s'adonnant à des activités de plein air, dans la lumière du jour déclinant. Une chanson d'amour country résonnait dans les haut-parleurs tandis que le feu crépitait dans l'âtre en pierre, près de sa table. Depuis plus d'une heure, elle s'efforçait aussi de ne pas trop penser à son rendez-vous de ce soir-là avec Weston.

Mission impossible. Et cela expliquait sans doute son impression d'énergie débordante. Comment ne pas repenser à cette nuit passée au côté de cet homme aussi généreux que troublant ? Et à la perspective de dîner en tête à tête avec lui ? Elle voulait croire qu'elle avait accepté ce rendez-vous dans l'optique de progresser sans son enquête, et peut-être d'en apprendre plus au sujet d'Alonzo Salazar, à qui Weston semblait vouer une loyauté sans pareille.

Or, elle savait que son attirance pour lui avait pesé lourd dans sa décision d'accepter l'invitation. Si cela avait été purement physique, peut-être aurait-elle pu ignorer le désir qu'elle éprouvait pour lui… Mais il avait risqué sa vie en pleine tempête pour s'assurer qu'elle soit en sécurité. Comment rester insensible à cela ?

Le chassant tant bien que mal de ses pensées, elle se concentra sur ses différentes pistes. Posant son verre d'eau sur un sous-verre en liège, elle parcourut un forum en ligne consacré à Hollywood. Il y avait une discussion active sur les récentes révélations de l'actrice Tabitha Barnes : Alonzo Salazar était, sous le pseudonyme d'A. J. Sorensen, l'auteur du livre *Les Mariés de Hollywood*. Un ouvrage qui avait détruit la famille de Tabitha. Pour obtenir un maximum d'impact dans la presse, elle avait fait cette annonce lors d'un gala réunissant des célébrités qui s'était déroulé au ranch de Mesa Falls : la soirée de lancement de l'extension du ranch, qui était passé de lieu d'accueil de séminaires d'entreprises à une destination de luxe ouverte au grand public. April se trouvait alors déjà sur place pour le début de son enquête sur les finances d'Alonzo Salazar, et le fait d'apprendre que la cible de ses recherches était l'auteur du roman avait sensiblement changé la trajectoire de ses investigations. Car si le fils d'Alonzo Salazar, Devon, avait à l'origine engagé son cabinet pour découvrir où la fortune de son père avait disparu, l'affaire s'était nettement compliquée après les révélations de Tabitha Barnes.

— Madame Stephens ?

Elle leva la tête au son de cette voix féminine.

Une jeune femme aux cheveux auburn, vêtue d'un pantalon kaki et du pull blanc à l'effigie du ranch, apparut près d'elle. Sur son badge d'employée, on lisait Nicole.

— Oui ? murmura-t-elle, surprise qu'un membre du personnel puisse connaître son nom.

Soudain, elle songea à sa mère et paniqua. Quelque chose de grave était-il arrivé à Denver ?

— Excusez-moi de vous déranger, reprit la jeune femme à voix basse en regardant derrière son épaule, comme pour s'assurer que personne ne les entendrait. J'ai contacté votre bureau à plusieurs reprises pour tenter de vous communiquer des informations… Au sujet de votre enquête.

Comment une employée du ranch était-elle au courant de son enquête ? Éteignant l'écran de sa tablette, elle invita Nicole à s'asseoir en désignant le siège face à elle.

— Je n'ai jamais reçu vos messages.

Comment se faisait-il que son bureau ne les lui ait pas transmis ?

À moins que cette jeune femme ne mente.

— Mais je vous en prie, je vous écoute, ajouta-t-elle.

Elle ne négligerait aucune piste à ce stade. Alonzo Salazar avait utilisé un service de procuration par le biais d'un cabinet d'avocats qui lui avait permis d'acquérir un certain anonymat, financièrement parlant. Ce service bancaire aurait dû prendre fin avec sa mort, mais il était possible qu'il l'ait financé à l'avance, puisque le cabinet d'avocats n'avait pas encore rompu le silence au sujet de l'utilisation des fonds provenant des ventes de son livre.

Nicole paraissait hésiter.

— Le personnel n'est pas censé s'asseoir avec la clientèle, mais je peux peut-être rester un instant, murmura-t-elle en regardant toujours autour d'elles dans le salon, encore désert.

— Pourquoi ne pas commencer par vous présenter ?

Elle était habituée à ce que certaines personnes ne délivrent leurs informations qu'au compte-gouttes. Les gens craignaient souvent d'être mis en cause quand certaines sommes d'argent étaient utilisées de façon douteuse.

— Nicole… Smith.

Vu sa petite hésitation avant de donner son nom de

famille, April en déduisit qu'il était très probablement faux.

— Je ne travaille ici que depuis le début de cette année, reprit Nicole en tripotant l'étiquette de son pull. Je suis venue au ranch après avoir vu le grand gala aux infos.

— Mesa Falls est vraiment devenu célèbre après un tel événement, dit April avec un sourire chaleureux censé encourager les confidences. Je n'ai pas croisé de célébrités ici cette semaine, malheureusement.

Nicole hocha brièvement la tête.

— J'ai été très intéressée par ce que Tabitha Barnes a dit quant à la véritable identité de l'auteur des *Mariés de Hollywood*, ajouta-t-elle à la hâte.

— Et comment avez-vous découvert que cela m'intéresse, moi aussi ?

— J'ai tenté d'entrer en contact avec Devon Salazar une fois que j'ai appris l'identité d'Alonzo… Et après quelques coups de fil, c'est lui qui m'a suggéré de vous contacter.

Intéressant. Cela montrait que cette jeune femme était à la fois persévérante et, peut-être, qu'elle avait des renseignements valables à partager.

— Avez-vous fait ces démarches avant ou après avoir été engagée au ranch ?

Le regard de Nicole croisa le sien. Et le soutint.

— À peu près au même moment. C'était facile de se faire embaucher ici avec tous ces nouveaux postes à pourvoir après le gala d'ouverture.

Bien. Quelque chose lui disait qu'elle se rapprochait là des réponses qu'elle cherchait. Manifestement, Nicole connaissait quelques détails du mystérieux passé d'Alonzo.

— Vous avez toute mon attention. Quelles informations comptiez-vous partager avec moi ?

Nicole se redressa, se pencha vers elle, puis chuchota :

— Il se peut que je sache où est passé l'argent d'Alonzo, confia-t-elle, ses longs cheveux roux effleurant la table.

Le pouls d'April s'accéléra.

Enfin !

Elle laissa Nicole reprendre la parole à son rythme.

— Je crois qu'il finance l'éducation de mon neveu de treize ans.

Nicole Cruz avait pris un risque calculé en partageant un secret de famille avec une inconnue.

Mais elle manquait de ressources, et avait besoin d'aide au plus vite pour poursuivre sa quête de la vérité. À l'heure actuelle, il lui semblait qu'April Stephens, l'enquêtrice financière, était son meilleur espoir de résoudre le mystère de la paternité du fils de sa sœur.

Quand Lana avait succombé à un anévrisme six mois plus tôt, elle avait emporté ses secrets dans sa tombe. Y compris l'identité du père de Matthew. Même si un mystérieux bienfaiteur avait contribué au financement de son école privée – un pensionnat renommé offrant le meilleur encadrement pour un préadolescent autiste aussi brillant que prometteur —, cela ne couvrait pas tous les frais associés aux soins dont Matthew avait besoin. Non pas qu'elle ait regretté les sacrifices qu'elle avait consentis pour lui. Pas un seul instant. Rien ne pourrait remplacer les joies que lui apportait le fait d'avoir Matthew dans sa vie. Mais à présent que Lana n'était plus là, Nicole n'était pas encline à laisser le père de son neveu échapper à ses responsabilités comme sa sœur l'avait fait. Matthew méritait le soutien de son père, au moins financièrement.

Or, quelle était sa seule piste concernant ce père ?

Alonzo Salazar.

— Quelle preuve avez-vous pour soutenir cette

hypothèse ? demanda April Stephens, très élégante et calme dans son blazer bleu marine surmontant un pull en cachemire bleu pâle.

Avec ses boucles blondes parfaites qui tombaient sur ses épaules et son maquillage discret et très chic, l'enquêtrice financière se démarquait des autres invités du ranch dans leurs coûteuses bottes de cow-boy et leurs stetsons flambant neufs. Tout en elle transpirait l'intelligence et l'efficacité. En conclusion, elle semblait être le genre de femme qui ne se laissait pas abattre.

À moins qu'elle ne prenne ses désirs pour des réalités. Elle avait besoin d'une bouée de sauvetage si elle voulait résoudre la question de la paternité de Matthew avant les vacances de printemps. Car une fois que Mattie serait revenu à leur maison de San José le mois suivant, elle devrait retourner à Calornia. Son travail au ranch prendrait alors fin, et avec lui sa meilleure chance de se rapprocher de la vérité. Pour l'instant, elle essayait de partager suffisamment de détails avec April Stephens pour l'inciter à fouiller cette piste, même si elle n'était pas encore prête à lui confier son véritable nom. Ni celui de Lana, d'ailleurs.

— Ma sœur, la mère de Matthew, n'a jamais donné le nom du père de son fils avant sa mort l'automne dernier. Mais vers la fin, elle m'a dit de ne pas m'inquiéter pour Matthew, car son éducation serait financée. Quand je lui ai demandé des détails, parce qu'elle était…

Sa voix s'étrangla soudain. Le souvenir des derniers moments de sa sœur lui causait une peine si vive qu'elle en avait le souffle coupé.

Clignant des yeux, elle s'efforça de surmonter son chagrin, mais celui-ci ne fit que s'accentuer. Bien malgré elle, des larmes se mirent à couler le long de ses joues.

— Je vais vous chercher un verre d'eau, dit April Stephens en se levant d'un bond pour rejoindre le bar.

Nicole lui fut reconnaissante de ce sursis. Elle s'empara discrètement de la serviette en lin d'un couvert inutilisé pour se tamponner les yeux. Au retour d'April Stephens, elle avait retrouvé ses esprits.

— Excusez-moi, bredouilla-t-elle entre deux gorgées d'eau. Et merci…

— Je vous en prie, Nicole. Je suis vraiment navrée pour votre sœur.

Elle était passée par toutes les phases du deuil depuis la mort de Lana… Mais seul le temps finirait par apaiser sa douleur. Car perdre sa sœur, c'était comme perdre un de ses propres membres. Mais elle s'était toujours interdit de pleurer sur son sort, malgré l'injustice de tout cela. Peut-être parce qu'elle craignait qu'une fois qu'elle aurait commencé à pleurer, elle ne s'arrête plus. Quoi qu'il en soit, elle ne pouvait se permettre de s'accorder ce temps aujourd'hui. Car elle était enfin assise face à quelqu'un susceptible de l'aider à assurer un avenir meilleur et plus stable à Matthew.

— Merci, hoqueta-t-elle en posant le verre de cristal sur le côté, avant de croiser le regard bleu clair d'April Stephens. Peu avant sa mort, ma sœur m'a avoué qu'A. J. Sorensen veillait sur son fils. Sur le moment, j'ai cru qu'elle délirait ou que je ne l'avais pas bien comprise.

En vérité, sa sœur avait simplement tapoté sur la couverture du livre *Les Mariés de Hollywood* qui se trouvait sur la table de nuit de sa chambre d'hôpital.

— Qu'est-ce qui vous a fait changer d'avis ?

Soudain, Nicole aperçut son superviseur qui, passant une tête dans le bar, la foudroya d'un regard désapprobateur. Elle devait reprendre son service. Sa pause de son poste au service clientèle avait pris fin cinq minutes plus tôt. Et techniquement, elle n'était pas censée s'entretenir ainsi avec une cliente. Donc elle conclut la conversation à la hâte.

— Quand Tabitha Barnes a annoncé qu'A. J. Sorensen était en vérité Alonzo Salazar, les pièces du puzzle se sont mises en place, puisque nous le connaissions un peu… Écoutez, dit-elle en se levant, je ne peux pas parler maintenant, mais demain c'est mon jour de congé. On pourra se retrouver.

Fronçant les sourcils, April Stephens la prit par la main.

— Suggérez-vous qu'Alonzo Salazar soit le père de votre neveu ?

— J'en doute sérieusement, répondit-elle sincèrement, en lui donnant un bout de papier sur lequel était griffonné son numéro de téléphone. Lana avait seulement vingt et un ans à l'époque, et Alonzo Salazar était beaucoup plus âgé.

Nicole n'avait jamais eu le moindre indice suggérant que Matthew avait été conçu dans de telles circonstances. Lana avait toujours semblé apprécier Alonzo Salazar, qu'elle voyait de temps à autre, mais elle n'avait jamais traité cet homme comme une femme traite le père de son enfant.

April Stephens remua sur son siège, prête à la suivre.

— Nicole, encore une chose…

— Demain, d'accord ?

Elle espérait ne pas avoir commis d'erreur en se confiant à April Stephens. Après tout, cette femme était employée par Devon, le fils d'Alonzo Salazar. Et si elle décidait qu'il était dans l'intérêt de la famille Salazar de couper les vivres à Mattie ?

— Je ne peux pas me permettre de perdre ce travail…

Car elle avait déjà trop perdu.

Chaque fois qu'April prenait son téléphone pour annuler son rendez-vous avec Weston, elle finissait par le reposer.

Voilà comment elle se retrouva finalement habillée d'une robe, prête à passer la soirée avec lui, malgré l'anxiété qu'elle éprouvait à propos de son enquête. Car évidemment, cette soirée passée en sa compagnie n'était pas censée être *pour son seul plaisir.* Elle avait accepté ce dîner avec lui dans l'espoir d'apprendre des informations utiles à l'avancée de son enquête. Bref, elle était en train de réfléchir aux pistes dont elle disposait pour l'instant, quand on frappa à la porte de sa suite, à 19 heures pile.

La gorge nouée, elle demeura un instant immobile au milieu du salon, le temps de rassembler ses esprits. Elle n'avait pas trop réfléchi à sa tenue, optant pour la seule robe de soirée qu'elle avait apportée dans ses valises : de couleur prune, unie, à manches longues et soyeuses, avec un corsage assez provocant qui s'ouvrait sur la naissance de sa poitrine. Bon sang, pourquoi n'avait-elle pas passé plus de temps à soigner ses vêtements, sa coiffure, son maquillage ?

Ressaisis-toi !

Elle ne pouvait se permettre de baisser la garde. Surtout si Weston protégeait un homme à la personnalité aussi mystérieuse qu'Alonzo Salazar : avait-il vraiment eu un enfant sans le reconnaître ? Frustrée de ne pouvoir résoudre ce mystère, elle se dirigea vers la porte pour ouvrir.

Sauf qu'elle ne s'était pas préparée à découvrir Weston en tenue de soirée. Il était vêtu en noir de la tête aux pieds, son veston et sa chemise en soie assortis à ses bottes. Seule l'absence de cravate et le bouton dégrafé du haut de sa chemise apportaient une note décontractée à l'ensemble.

— Tu es magnifique ! dit-il en entrant dans sa suite en la saluant d'un baiser furtif sur la joue.

Oh ! elle aurait aimé considérer ce geste comme

une simple politesse de sa part si sa peau ne l'avait pas picotée longtemps après leur contact. Et si cette pointe d'après-rasage n'avait pas taquiné son nez.

— Merci, murmura-t-elle en prenant son manteau posé dans un fauteuil.

Mais il mit la main sur la sienne pour la devancer.

— Si tu me le permets…

Il prit alors son manteau de laine noir qu'il posa autour de ses épaules, relevant doucement ses cheveux pour l'aider à l'enfiler. Puis ses mains s'attardèrent brièvement sur ses épaules.

Une douce sensation s'empara d'elle. Comment allait-elle survivre à cette soirée ? Pouvait-elle s'attarder sur le souvenir de ce réveil sensuel dans ses bras, ce matin-là, et céder à la tentation, sans mettre sa mission en danger ?

Non. Impossible. Elle devait se concentrer sur son travail. Pas question de laisser Weston tranquille s'il protégeait Alonzo Salazar.

En attendant, elle se contenta de le suivre simplement dans l'ascenseur et dans le hall du pavillon principal. Captivée par son charme, elle le laissa l'entraîner dans la froide nuit du Montana. Ils traversèrent un sentier soigneusement déneigé vers l'une des plus vieilles bâtisses du ranch. La petite grange avait été rénovée avec un grande terrasse en pierre qui en faisait le tour et qui menait à un étang gelé. Plusieurs couples profitaient de l'aire de patinage, éclairée par trois puissants projecteurs qui éclairaient la surface brillante de la glace. De la musique country résonnait dans l'air, donnant aux lieux une ambiance festive.

Elle avait participé à plusieurs événements, le temps de son séjour à Mesa Falls, mais n'était jamais entrée à l'intérieur du bâtiment où il la conduisait maintenant.

Une délicieuse odeur d'épices douces lui chatouilla les narines dès qu'il en ouvrit la porte latérale.

Un grand feu crépitait dans la cheminée en brique devant laquelle une table était dressée pour deux. On entendait encore les guitares au bord de l'étang.

— Notre table est prête, déclara-t-il en enlevant le manteau de ses épaules, effleurant sa peau à travers les rubans des manches de sa robe.

Le frisson qui la traversa alors de part en part n'avait rien à voir avec le froid. Mais cela lui rappela de manière fortuite qu'elle allait devoir le confronter à ses questions. Il lui avait affirmé qu'il ne chercherait plus à les éluder.

Alors, une fois qu'il l'eut aidée à s'installer à table et qu'il fut assis face à elle, elle en vint rapidement aux faits.

— J'ai eu une avancée significative dans mon enquête, Weston.

Elle croisa son regard noisette dans la lumière tamisée de la bougie posée sur leur table. Pourquoi diable ce dîner ne pouvait-il pas simplement être un moment de détente, de plaisir ? Voire de romantisme ?

Chassant ses pensées, elle se recentra sur l'essentiel.

— J'ai une nouvelle piste : j'ai peut-être découvert où est passé l'argent d'Alonzo Salazar.

- 5 -

Weston ressentit une pointe de déception. Oh non ! Il n'avait aucune envie de parler affaires ce soir. April était tellement magnifique dans cette robe de soie violette, sa silhouette élancée drapée de crêpe laissant entrevoir sa peau laiteuse…

Mais pour l'heure, il devait contenir son désir pour se concentrer sur ses paroles.

— Tu veux bien m'en dire plus ? lui demanda-t-il.

Il n'avait pas la moindre idée de ce que son mentor avait fait de son argent et, franchement, il considérait que cela ne le regardait pas. Mais après le coup d'éclat de Tabitha Barnes lors du gala d'inauguration du ranch, révélant qu'Alonzo avait signé ce roman qui balançait tout Hollywood, il avait eu un mauvais pressentiment quant aux secrets d'Alonzo Salazar. Car cet homme en savait tellement sur tous les propriétaires du ranch… Ces secrets risquaient-ils de lui revenir à la figure aujourd'hui ?

Il se devait de protéger le ranch et, avec lui, ses associés. Chacun avait trop à perdre si leur passé venait à être révélé. Il allait donc devoir se montrer prudent avec April et ne pas se laisser distraire par l'attirance qui couvait entre eux. Son regard se posa brièvement sur son décolleté, sa peau pâle luisant dans la lueur du feu.

— J'ai parlé à une jeune femme qui pense qu'il finance la scolarité de son neveu de treize ans.

Ces mots brisèrent net son élan de désir.

— Un enfant qui vient de perdre sa mère, et dont le père est inconnu.

Treize ans ?

Il n'avait pas besoin qu'on lui rappelle la période du drame qu'il avait vécu à l'époque. Et dans lequel Alonzo avait joué un rôle central. Un frisson de mauvais augure lui parcourut le dos.

— Tu crois qu'Alonzo aurait eu un fils qu'il n'a jamais reconnu ?

— Je ne sais pas. Il travaillait à l'école Dowdon, il y a quatorze ans, à l'époque où cet enfant aurait été conçu.

L'école qu'il avait fréquentée avec les cinq autres propriétaires de Mesa Falls. April était forcément au courant de ce lien. Alonzo avait été leur professeur principal.

Son pressentiment se fit plus froid, plus incisif

— Qui est la mère ?

Et quel âge avait-elle à l'époque ? Les pensées se bousculaient à son esprit. L'école Dowdon n'était pas mixte. Les garçons croisaient très peu les filles, sauf lors de sorties avec chaperons, comme les bals ou les randonnées rassemblant les autres écoles. Une goutte de sueur froide perla sur son front. L'un de ses amis aurait-il eu un enfant sans le savoir ?

Ou même… Oh non ! Lui-même ? Il avait pourtant toujours pris ses précautions, même si ces années avaient été les plus dissolues de sa vie.

— J'enquête toujours sur ce point, admit April en haussant un sourcil. Je suppose que la femme à qui j'ai parlé m'a donné un faux nom : Nicole Smith. Elle m'a dit que le garçon se prénomme Matthew, mais ne m'a pas donné le nom de sa sœur. La mère de Matthew.

— Nicole Smith ? Connais pas.

Elle ouvrit son petit sac à main en satin assorti à sa robe et qu'elle avait posé sur la chaise à côté d'elle pour en sortir son téléphone. Elle fit glisser l'appareil sur la table.

— Voici à quoi elle ressemble aujourd'hui, dit-elle en lui montrant une photo d'identité granuleuse d'une employée du ranch. Je n'ai pas trouvé de photo remontant à son adolescence, encore moins de sa sœur.

— Tu suggères qu'elle pourrait être la mère elle-même ? demanda-t-il en étudiant à nouveau le portrait.

— C'est possible. Elle dit que sa sœur avait vingt et un ans lorsqu'elle a eu l'enfant, alors qu'elle-même n'en aurait eu que quinze si on suppose que son âge soit correct sur son contrat d'embauche.

— Vingt et un ans ? répéta-t-il songeur. Alonzo avait la quarantaine à l'époque…

Comme il le craignait, il était donc beaucoup plus probable que le père soit quelqu'un du même âge que la fille.

Elle rangea son téléphone dans son sac. Il fit signe au serveur qui apportait le vin qu'il avait commandé de les laisser seuls. Il remplit lui-même leurs verres afin qu'ils puissent poursuivre leur discussion en privé.

Face à ces avancées au sujet d'Alonzo, le temps était peut-être venu de rompre son long silence quant à ce cauchemar qu'il avait vécu, l'été d'il y a quatorze ans. Il ne pouvait pas garder le silence et laisser la réputation de son ancien mentor s'envoler en fumée. L'estomac noué, il prit une profonde inspiration et chercha le regard bleu d'April, de l'autre côté de la table.

— Je me rends compte tout d'abord qu'Alonzo a pris une décision discutable en écrivant ce livre. Cela ne fait pas de lui une personne foncièrement mauvaise, ajouta-t-il entre deux gorgées du pinot noir qu'il avait sélectionné pour accompagner leurs médaillons de renne.

Cela dit, il serait difficile de profiter de ce repas ou de

son irrésistible cavalière s'il ne parvenait pas à conclure cette discussion rapidement.

— Il n'a pas non plus été un conjoint fidèle pour aucune des femmes de sa vie, nota-t-elle sèchement avant de déguster le vin à son tour. Il ne croyait pas au mariage, et a tenu à rester libre toute sa vie malgré le fait qu'il ait eu Marcus et Devon avec deux femmes vivant aux deux extrémités du pays.

— C'est vrai. Mais peut-être que la raison pour laquelle il ne tenait pas à se marier était qu'il se connaissait assez pour avoir conscience qu'il ferait un très mauvais mari.

Il avait passé beaucoup de temps auprès de lui, les années précédant sa mort, car Alonzo aimait la solitude paisible du ranch.

— Mais tu n'as pas encore parlé à ma tante Fallon, qui est sortie avec lui à la fin de sa vie, et elle pourrait avoir un point de vue différent à t'offrir.

Leur serveur revint, déposant discrètement un plateau de dégustation des spécialités du chef sur la table. La cheminée les réchauffait d'un côté de la table, tandis que la vue sur l'étang-patinoire illuminé égayait la baie vitrée de l'autre côté. Son regard restait cependant captivé par cette femme magnifique. Non seulement parce qu'elle était séduisante, mais aussi… parce que sa simple présence l'envoûtait.

Il avait envie d'en savoir plus sur elle, et se serait bien passé de ressasser ce passé qu'il préférait oublier. Que penserait-elle de lui si elle découvrait le rôle qu'il avait joué, lors de cet été si lointain ?

Elle attendit que le serveur pivote sur ses talons.

— J'aimerais beaucoup discuter avec ta tante. J'ai fait le voyage jusqu'à Kalispell pour lui parler avant les vacances, mais elle n'était pas chez elle.

— Tu t'imagines peut-être que je l'ai prévenue de ta visite, mais je te promets que je n'ai rien fait de tel, lui assura-t-il. Quoi qu'il en soit, je ne crois pas qu'Alonzo ait eu un enfant avec une femme de la moitié de son âge durant les années qu'il a passé à Dowdon. Les tests ADN en attesteront.

La petite moue d'April gonfla un peu plus ses lèvres charnues… Oh ! comme il avait envie d'y goûter… Il parvint à se contenir en lui servant quelques amuse-bouche.

— J'imagine que tu as raison. On pourrait facilement dédouaner Alonzo si un de ses fils faisait un test ADN, dit-elle en découpant sa nourriture en portions précises. Donc, à supposer qu'il ne soit pas le père de ce Matthew, pourquoi penses-tu qu'il payerait son éducation après avoir pris la peine de brouiller l'origine de cet argent ?

— Peut-être qu'il se sentait responsable envers l'un des parents de l'enfant. Il est bien plus probable que le père de ce gamin était un étudiant de Dowdon.

— Un de tes camarades de classe ? demanda-t-elle en suspendant sa fourchette devant ses lèvres. Un de tes associés du ranch ?

— Non, dit-il fermement.

Après réflexion, et avoir passé en revue ses vieux souvenirs auprès de ses amis, il en avait la certitude. Ce n'était pas le groupe de gars les plus fiables qu'il ait jamais connus, mais il leur faisait confiance. C'était des types bien.

— Si Alonzo avait su qu'un des propriétaires de Mesa Falls avait eu un enfant dans ces conditions, il n'aurait eu de cesse de le pousser à assumer ses responsabilités. Il ne se serait jamais contenté de financer secrètement l'éducation de l'enfant lui-même.

— Pourquoi pas ? insista-t-elle en se penchant au-dessus de la table. Je veux dire : comment peux-tu être aussi sûr d'une chose pareille ?

Il pesa ses mots, sachant qu'il prenait un risque en lui relatant l'histoire qui lui permettrait de mieux cerner

Alonzo. Car si elle se détournait de lui, ce serait pour se focaliser sur les propriétaires du ranch, qui portaient tous un fardeau de culpabilité lié à ce maudit été d'il y a quatorze ans. Mais étant témoin de son travail d'enquête, il respectait ses méthodes. Il préférait tenter sa chance avec elle, plutôt qu'avec les tabloïds qui avaient envahi le ranch depuis les révélations de Tabitha Barnes.

— Parce qu'Alonzo Salazar a été un bon mentor pour moi, durant la période la plus sombre de ma vie.

April savait que les paroles de Weston étaient sincères. Elle le lisait dans son regard sérieux. Allait-il enfin lui confier la vérité ? D'une certaine façon, elle regrettait d'avoir à s'immiscer dans sa vie personnelle pour son enquête, car elle avait appris à l'apprécier.

— Il était ton professeur principal à l'école, mais si j'ai bien compris, tu as manifestement maintenu des liens avec lui longtemps après avoir eu ton diplôme.

Hochant la tête, il se redressa sur sa chaise. Il avait à peine touché à sa nourriture, même si tout était excellent. Elle prit une autre bouchée de viande, soucieuse de faire honneur à ce véritable festin. Le vin était aussi exquis que la nourriture… et que l'homme séduisant face à elle.

— Comme nous tous, admit-il en paraissant choisir ses mots avec soin. Et pour que tu comprennes bien pourquoi, je vais te confier une histoire que tu devras garder confidentielle.

Elle sentit qu'elle était sur le point de faire une découverte majeure, peut-être plus importante encore que celle de cet après-midi-là avec Nicole Smith. Une fois que les pièces d'un puzzle commençaient à se mettre en place, l'image finale se dévoilait toujours avec une rapidité étonnante.

— Tu as ma parole, affirma-t-elle, consciente qu'il

y avait des compromis à faire pour obtenir des renseignements.

Ils se trouvaient seuls dans la grange rénovée. Le chef et les serveurs étaient en cuisine, les laissant terminer leur entrée. Non pas qu'elle puisse se résoudre à continuer de manger : elle était trop suspendue à ce qu'il avait à lui révéler.

Il finit par hocher la tête, visiblement satisfait de sa réponse. Après un long soupir, il reprit la parole :

— Il y a quatorze ans, alors que j'étais en deuxième année à Dowdon, je suis allé faire du cheval avec un groupe de copains dans la zone sauvage de Ventana, près de l'école en Californie du Sud, commença-t-il avant de vider son verre de vin. Nous étions sept. Tous les propriétaires du ranch de Mesa Falls d'aujourd'hui, plus un autre étudiant. Seuls six d'entre nous sont revenus de cette escapade…

Un frisson la traversa de part en part. Pas seulement à cause de ce qu'il suggérait, mais aussi à cause de son regard soudain sombre. Elle avait effectué de brèves recherches sur sa période à l'école, et n'avait rien trouvé de concluant. Serait-elle passée à côté d'un événement dramatique ?

— Ça avait assez bien commencé, poursuivit-il. On formait une équipe turbulente, et on avait besoin de décompresser. Cette balade était juste ce qu'il nous fallait. Enfin, jusqu'à ce qu'on décide de ne pas rentrer à l'école.

Elle remua sur son siège, son pied effleurant accidentellement le sien alors qu'elle croisait les jambes. Ce contact déclencha en elle une bouffée de chaleur, malgré la distance qu'elle s'efforçait de conserver entre eux.

— Plus jamais ? Ou juste ce jour-là ?

— Juste pour le week-end. Un des gars avait passé une mauvaise semaine, et il nous a convaincus de passer la nuit dehors au lieu de ramener les chevaux. On n'était pas tous d'accord, mais on savait que Zach traversait une mauvaise passe, alors on s'est dit que si ça lui faisait du bien de sortir avec ses potes…

— L'école a dû s'inquiéter de ne pas vous voir revenir…

Elle ressentit le besoin de le réconforter, car elle avait compris que la fin de cette histoire était douloureuse. Il était clair qu'il n'avait pas envie de revisiter cette période de sa vie, s'il avait gardé un tel secret aussi longtemps.

— Probablement. Mais on était des gamins de seize ans : on était plus guidés par notre testostérone que par notre cerveau, murmura-t-il en posant les doigts sur la table près des siens.

Ce fut alors plus fort qu'elle : elle posa la paume sur le dos de sa main.

— Au coucher du soleil, continua-t-il, on s'éclatait à se lancer les uns les autres des défis d'acrobaties risquées : on se disait qu'on s'amusait comme des fous. Et puis, il a plu ce soir-là, et je me suis dit que ça allait calmer tout le monde.

— Ce n'est pas ce qui s'est passé ?

— Si, on a bien dormi cette nuit-là. Mais le lendemain matin, certains ont décidé de sauter de la falaise dans la rivière, même si le niveau d'eau était beaucoup trop haut. On a perdu le meilleur et le plus brillant d'entre nous quand notre camarade de classe, Zachary Eldridge, a plongé dans l'Arroyo Seco, pour ne plus jamais refaire surface…

Son cœur s'arrêta de battre tandis qu'elle imaginait les répercussions de la perte d'un ami à cet âge. Et dans des circonstances aussi traumatisantes.

— Je suis vraiment navrée, Weston, murmura-t-elle en serrant sa main dans la sienne.

— Nous l'étions tous, soupira-t-il longuement alors que son regard se posait sur leurs doigts entrelacés. On l'a cherché pendant des heures. Malgré le danger… Mais si je te confie cette histoire, c'est pour t'aider à comprendre le rôle d'Alonzo dans la suite des événements. Il se trouvait avec l'équipe de sauveteurs qui nous a retrouvés, et il était aux premières loges pour constater dans quel état on était. Il est resté à nos côtés pendant les interrogatoires de la direction de l'école et de la police locale, puisque l'académie ne voulait pas que la nouvelle soit rendue publique.

— Sérieusement ? Comment une école peut-elle étouffer une nouvelle pareille ?

Cela dit, les dirigeants avaient dû y parvenir, vu qu'elle ne se souvenait pas avoir dégoté quoi que ce soit évoquant la mort tragique d'un élève au cours de ses recherches.

— Le père d'un des gars était un gros bonnet de la politique qui avait accordé des faveurs à Dowdon. Je crois que l'école redoutait plus que tout les réactions d'un important donateur.

Elle sentit une nouvelle colère monter en elle. Comment l'argent pouvait-il être plus important que la vie d'un étudiant ? Que les vies brisées de ces jeunes hommes, devant affronter seuls les conséquences dramatiques de la mort d'un camarade ? Ces ados auraient mérité le soutien d'un professionnel, le réconfort de leur famille… Pas cette injonction de se taire.

— Donc tu considères que la réaction d'Alonzo Salazar à cette époque fait foi de son honnêteté ? bredouilla-t-elle en s'efforçant de voir la situation du point de vue de Weston.

Pourtant, de son point de vue à elle, tout adulte lié à cette école aurait dû insister pour faire éclater la vérité.

Cela dit, il y avait peut-être eu d'autres facteurs en jeu que ce père avec ses puissantes relations… L'intérêt du public pour la mort de ce garçon aurait pu rendre les conséquences de l'accident encore plus traumatisantes pour les amis de Zach. Il était déjà assez difficile de faire un deuil en temps normal. Cela aurait sans doute été plus compliqué encore si l'opinion publique s'en était mêlée.

Une serveuse sortit rapidement de la cuisine avec deux assiettes fumantes, qu'elle déposa sur la table devant eux.

Après avoir pressé la main de Weston une dernière fois, elle considéra le plat principal, constitué de médaillons de renne en fines tranches arrosés d'une sauce au vin rouge, d'un coulis de mûre, le tout parsemé de brins de persil.

— Alonzo n'a pas seulement été notre défenseur au cours des semaines qui ont suivi l'accident, poursuivit-il une fois qu'ils se retrouvèrent seuls. Il est devenu un ami digne de confiance. Une figure paternelle pour certains d'entre nous. Pour moi aussi, je suppose, puisque j'ai toujours eu de mauvaises relations avec mon père.

Elle se souvint aussi que ses liens avec son frère étaient tendus, et se surprit à vouloir en savoir plus à ce sujet. Or, elle n'était pas là ce soir-là pour satisfaire son attirance personnelle pour Weston, aussi tentant que cela puisse être. Elle avait une mission à remplir. Et dès que cela serait fait, elle devrait rentrer chez elle pour veiller à la santé de sa mère.

Elle fit donc l'effort de récapituler les faits. Alonzo Salazar aurait financé l'éducation d'un garçon de treize ans. Weston ne pensait pas qu'Alonzo avait pu avoir une liaison avec une femme beaucoup plus jeune que lui à l'époque. Mais peut-être Alonzo soutenait-il l'enfant d'une personne dont il se sentait proche. Or, si ce n'était pas un des propriétaires de Mesa Falls, qui donc ?

— Et si ce Matthew était le fils de Zachary ?

— Non. C'est impossible.

— Mais si Alonzo était si proche de vous six, il a dû se sentir lié à la mort de Zach. Peut-être a-t-il voulu aider un fils qu'il aurait laissé derrière lui…

Weston secouait déjà la tête.

— Zach était gay. Il avait fait son *coming out* bien avant cette escapade. Il assumait tout ça… Enfin, il semblait être en paix avec lui-même. Autant que l'on peut être en paix avec sa sexualité à cet âge.

À ce stade, elle ne savait que penser. Elle avait tellement appris aujourd'hui qu'un nouveau lot de questions émergeait, sans réponses. Et entre-temps, elle avait poussé Weston à lui confier une expérience difficile de son passé. Or, ce n'était pas cette viande succulente qui l'apaiserait : elle n'avait pas voulu s'immiscer dans de si douloureux souvenirs.

— Alors, le père n'était peut-être pas étudiant à Dowdon. La sœur de Nicole aurait pu le croiser d'une autre façon.

Alonzo Salazar avait probablement des amis en dehors de l'école. Bref, elle en saurait plus une fois qu'elle aurait eu la chance de s'entretenir plus longuement avec Nicole.

— Mais en attendant, nous devons supposer que le père de Matthew était une personne qu'Alonzo Salazar voulait protéger.

— Ou alors, il ne connaissait pas du tout le père. Il connaissait juste la mère, et se sentait un devoir de protection envers elle pour une raison quelconque, murmura-t-il en scrutant l'étang de glace à l'extérieur de la grange.

Son regard s'attarda sur le dernier couple qui patinait encore dans le froid. Les jeunes gens s'enlaçaient, en riant.

Puis ils s'embrassèrent.

Lentement. Langoureusement.

C'était un moment intime, et les tourtereaux ne se rendaient probablement pas compte que quelqu'un pouvait les observer. Elle détourna les yeux, puis s'aperçut qu'il s'était tourné vers elle.

Ses joues s'échauffèrent soudain. Un mélange confus d'émotions se répandit en elle. Son désir pour lui se raviva malgré elle. Il lui avait réclamé un baiser la veille. Pour la taquiner et la distraire, sans doute. Mais à ce moment-là, elle avait une impression d'occasion manquée.

Elle aurait aimé l'embrasser.

— Je ferai d'autres recherches demain, déclara-t-elle sentant ses joues rosir. Merci d'avoir partagé ton histoire avec moi, Weston. Je sais que ça ne doit pas être facile de revivre ça, mais j'apprécie la nouvelle perspective que ça m'offre au sujet d'Alonzo Salazar.

Et maintenant, elle devait mettre de l'ordre dans ses pensées avant d'envoyer à Weston de nouveaux signaux contradictoires. Heureusement qu'elle pouvait se concentrer sur son repas.

Il resta silencieux un moment tandis qu'ils mangeaient. Mais ensuite, il la surprit en effleurant son épaule de sa paume chaude, à travers la fine manche en crêpe de sa robe.

— Je ne peux m'empêcher de me demander si tu passerais encore une soirée comme celle-ci avec moi, chuchota-t-il, si je n'avais pas d'autres infos pour ton enquête.

Son pouls s'accéléra à son contact.

Les souvenirs de son réveil contre lui revinrent en force.

— Je ne devrais probablement pas, admit-elle.

Elle avait déjà trop joué avec la limite entre relation personnelle et professionnelle. Et ce genre de zone grise la mettait toujours mal à l'aise. Or, ce qui se passait entre eux tombait dans la catégorie de l'ambigu.

— Ah ? Et pourquoi pas ?

Son cœur s'emballa, tandis qu'elle plongeait son regard dans le sien, aux yeux presque verts dans la lueur du feu.

Il lui faisait un effet fou ! Et qui s'intensifiait à mesure qu'elle passait du temps avec lui.

— Ce n'est pas professionnel d'entretenir… Enfin de

trop se rapprocher d'une personne qui figure en bonne place dans une enquête dont on a la charge…

— Je suis bien en dehors du champ de ton enquête.

À l'écouter, une relation entre eux semblait logique alors qu'elle savait que ce serait une erreur.

Pourtant, une onde de chaleur irradia dans son ventre. Il se pencha un peu plus au-dessus de la table, comme pour l'embrasser.

— Il est important que je reste impartiale, réussit-elle à murmurer.

— Concernant ton travail, sans doute, susurra-t-il en lui caressant la joue du bout des doigts, avant de lui relever le menton. Mais pas avec moi.

Pendant un long instant, elle savoura la possibilité alléchante de céder à son attirance.

— Tu suggères que l'on continue à se voir ?

Elle avait besoin d'être très claire à ce sujet. Pas de zones grises. Mais ne se servirait-il pas de cette alchimie entre eux… pour se tenir informé des avancées de son enquête ?

À cette idée, elle sentit son anxiété grimper en flèche.

— Laisse-moi au moins te présenter ma tante Fallon, murmura-t-il en laissant la main sur sa joue. Tu es déjà allée à Kalispell pour rien, à Noël, alors qu'elle était absente. Je peux la prévenir de notre visite et te conduire à elle.

Cette femme avait été une confidente d'Alonzo Salazar dans les dernières années de sa vie. Que pouvait-elle attendre d'un tel entretien ? En tout cas, il lui était difficile de nier son envie de passer plus de temps avec Weston, même si elle risquait de ne pas être tout à fait objective.

— Tu ferais le voyage avec moi ?

Le trajet vers le nord avait été ardu la dernière fois, une tempête de neige ayant rendu les routes dangereuses.

— Oui. Je possède un chalet près de chez elle pour

quand je vais la voir. On pourra discuter avec elle, puis je te préparerait un dîner chez moi.

Cette proposition impliquait bien plus qu'un simple dîner. Et elle mourait d'envie de l'embrasser à cet instant précis.

— Bien sûr, tu serais entièrement libre de décider ou non de passer la nuit sur place.

— Et si je préfère avoir ma propre chambre ?

Était-elle en train de réfléchir vraiment à son invitation ? Pas seulement à son entretien avec Fallon Reed, mais aussi à l'éventualité de passer la nuit avec Weston Rivera. Elle en avait le vertige.

— C'est toi qui donnes le ton, April. Mais je refuse de faire comme si je ne ressentais rien pour toi.

La conviction dans son regard et dans ses paroles lui plaisait plus encore que son simple magnétisme physique. Et cela en disait long. Elle pourrait peut-être prendre un risque pour une fois, sachant qu'elle quitterait bientôt le Montana. Oui, elle pourrait accepter ce baiser... Cette occasion de ressentir quelque chose de plus fort que le sens du devoir qui l'accompagnait dans sa vie de tous les jours.

Posant une paume sur le revers de son veston, elle se pencha un peu plus, prête à réclamer ce qu'elle désirait.

— Tant mieux, parce que je ne suis pas le genre de femme à badiner.

- 6 -

Le baiser d'April désarma Weston.

Il ne s'y attendait pas là, maintenant, au cours de ce dîner… Mais quand ses lèvres effleurèrent les siennes, il ne fut que trop heureux de goûter à leur saveur suave, encore plus délicate que le repas trois étoiles qui leur avait été servi. Il accueillit donc ce baiser langoureux en oubliant le monde autour d'eux. La douce pression de sa bouche charnue et féminine embrasa le désir qui couvait en lui depuis qu'il s'était réveillé sous la tente avec une main refermée autour de son sein… Le souvenir brûlant de son corps lové contre le sien ne fit qu'accentuer sa fébrilité.

Difficile de garder son sang-froid, malgré la proximité des serveurs.

— April, murmura-t-il en s'écartant d'elle malgré le désir qui le consumait. J'espère que ça signifie que tu es d'accord pour une escapade à Kalispell…

Il se souvint alors de sa mise en garde – « Je ne suis pas le genre de femme à badiner » – et se demanda comment il pouvait, en toute bonne foi, laisser les choses aller plus loin entre eux sans lui avouer *tout* ce qu'il savait au sujet du passé. Comment pouvait-il lui dissimuler la vérité quant au rôle qu'il avait joué dans la mort de Zach ?

Car il avait échoué à sauver son ami. Et le seul fait d'y repenser lui glaçait encore le sang.

— C'est oui, confirma-t-elle en ayant l'air aussi bouleversée que lui par ce baiser.

Son regard azuré devint fuyant alors qu'elle buvait un grand verre d'eau.

— Je te remercie de m'accompagner jusqu'à Kalispell, et de me présenter ta tante.

Il apprécia la façon dont elle recentrait soudain les débats. Il valait mieux ne pas aller plus loin avec elle tant qu'il n'avait pas encore décidé s'il était prêt à lui confier l'intégralité de son histoire. D'ailleurs, il ne détenait pas à lui tout seul la légitimité de tout raconter.

Ce soir, il devrait contacter les autres propriétaires de Mesa Falls. Pour les avertir que la situation concernant Alonzo Salazar évoluait, et menaçait le secret qui les liait tous.

Il aurait préféré passer cette soirée à savourer sa victoire de s'être rapproché d'April. Au lieu de cela, le conflit entre son passé et le désir qu'il éprouvait pour elle lui gâcha le reste du repas, lui rappelant que sa première obligation était celle qu'il avait envers ses amis, qui étaient aussi ses associés.

Cette nuit-là, April peinait à penser à autre chose qu'à ce merveilleux baiser. Elle se retournait sans cesse entre les draps en coton égyptien de sa suite de luxe, dans la plus vaste maison d'invités du ranch, repensant à ce moment dévastateur où les lèvres de Weston Rivera avaient rencontré les siennes. À cet instant, tous ses sens s'étaient embrasés.

Incapable de trouver le sommeil, elle jeta ses couvertures sur le côté puis se leva pour traverser la chambre, guidée par le rayon de lune qui brillait à travers la fenêtre derrière le canapé. Elle s'approcha pour fermer les rideaux, mais s'arrêta devant la vision des montagnes dont les hauts sommets brillaient d'un blanc éclatant. Un spectacle magique, même pour elle qui habitait à Denver. Elle avait beau vivre là-bas à proximité des Rocheuses, elle n'en profitait plus vraiment : sa vie sur place se limitait désormais à son travail en ville, et aux soins qu'elle prodiguait à sa mère.

Pas étonnant qu'elle ait provoqué ce baiser malvenu… Son séjour dans le Montana prendrait bientôt fin. Elle pourrait au moins s'accorder un peu de plaisir, avant de retourner à sa petite vie étriquée remplie d'obligations. La seule fois où elle avait tenté de se rebeller, lorsqu'elle était adolescente, avait plongé sa mère dans la dépression, puis sur le chemin des troubles obsessionnels, élargissant le fossé qui s'était creusé entre ses parents, avec pour résultat de rayer son père pour de bon de sa vie. Elle n'allait donc pas abandonner sa mère maintenant, même si la tentation de rêver à une idylle avec Weston était grande. Au moins, elle avait réussi à réengager la société de nettoyage après avoir discuté au téléphone avec un responsable. Cela lui avait seulement coûté une augmentation de leurs honoraires.

Pour l'instant cependant, sa mission ici n'était pas terminée. Autrement dit, elle disposait d'une étroite fenêtre pour s'accorder un peu de bon temps.

Son téléphone vibra soudain, annonçant une notification. Se détournant des montagnes et des souvenirs, elle ferma rapidement les rideaux, puis retourna dans son lit pour prendre l'appareil qui était en train de charger sur la table de nuit. En se glissant sous les couvertures, elle découvrit un message de Nicole Smith. Elle lui avait envoyé un texto peu avant de se coucher, lui demandant de lui fournir toute preuve matérielle de ses allégations, et lui proposant une nouvelle rencontre pour parler tranquillement.

Pas possible de se voir demain. Mon superviseur m'a affectée à un remplacement de dernière minute pour aller représenter le ranch lors d'un salon agricole de trois jours à Los Angeles. Je vous recontacterai à mon retour. Si j'arrive à récupérer les relevés bancaires de ma sœur faisant apparaître les versements pour Matthew, je vous les ferai parvenir.

Un sentiment de frustration s'empara d'elle. Trois jours ? Elle envisagea un instant de contacter son patron pour lui réclamer des frais de déplacement afin de suivre et rencontrer Nicole à Los Angeles. Mais tant qu'elle n'avait pas la preuve formelle que l'argent d'Alonzo Salazar servait à régler une pension alimentaire, cela ne serait pas correct envers son client. Elle avait mieux à faire pour l'instant : sa meilleure chance de faire progresser l'enquête, c'était d'accepter l'invitation de Weston à rencontrer sa tante.

Une visite à Kalispell était donc *la* chose à faire pour être efficace. Et le fait qu'elle passerait plus de temps avec Weston Rivera – peut-être même une nuit dans sa maison de montagne – n'avait rien à voir avec sa décision.

Pourtant, elle ne pouvait nier que cette seule idée faisait battre son cœur plus fort.

Assis au côté d'April dans sa Land-Rover, le lendemain, Weston se dirigea vers le nord sur la route 35, le long du lac Flathead, en direction de Kalispell. Il avait appelé sa tante la veille au soir, et cette dernière lui avait suggéré de venir lui rendre visite sans tarder, puisqu'elle prévoyait de partir en voyage au Costa Rica à la fin du mois.

Ainsi, quand April lui avait envoyé un message ce matin-là, indiquant que son planning était libre pendant quelques jours, il ne fut que trop heureux de pouvoir se rendre chez Fallon dès aujourd'hui. Il avait pris contact avec son service de conciergerie afin de préparer le chalet au cas où ils passeraient la nuit à Kalispell, même s'il se doutait bien qu'April voudrait retourner à Mesa Falls une fois qu'elle aurait appris les derniers détails au sujet de la mort de Zach. Elle avait été choquée de découvrir au cours du dîner de la veille que la mort de Zach avait été étouffée par les médias locaux. Mais alors, que penserait-elle une fois qu'elle aurait appris le rôle qu'il avait joué dans cette tragédie ?

Les quatorze années passées n'avaient guère suffi pour qu'il puisse se pardonner. Il ne s'attendait certainement pas qu'elle ressente de la compassion pour lui, alors qu'elle ne disposerait que de quelques heures pour digérer ce qu'il allait lui annoncer. Mais il se sentait prêt à cette révélation de tous les détails depuis qu'il avait, la veille, adressé un mail aux autres propriétaires du ranch. Il les avait tous avertis que l'étau se resserrait autour des secrets d'Alonzo et que le cabinet d'enquête de Devon Salazar ne renoncerait pas à ses investigations tant qu'ils n'auraient pas trouvé les réponses aux questions soulevées. Mais il ne leur avait rien dit au sujet de l'enfant mystérieusement lié à Alonzo. Sans preuve concrète de sa paternité, il se refusait à remuer le couteau dans la plaie inutilement.

Seul son associé Gage Striker avait répondu à son mail, en l'invitant à partager avec l'enquêtrice tous les éléments qu'il jugerait raisonnables. C'était tout. Une réponse d'une phrase qui lui avait ainsi donné le feu vert pour briser les barrières qu'ils avaient tous mises en place depuis cet été-là, et tenues durant toute leur vie d'adultes. Il avait pleine confiance en Gage, mais il détestait aussi être le seul à se trouver encore sur place dans le Montana si les médias décidaient que cette vieille histoire valait la peine d'être exhumée.

À présent qu'ils approchaient de Kalispell, le moment était venu de parler à April. Il se tourna vers elle et l'observa furtivement, assise sur le siège passager de la Land-Rover, dans son pantalon noir avec de petits boutons dorés sur les hanches. Elle avait ôté son manteau de laine une heure après le début du voyage, le pliant et le rangeant sur la banquette arrière à côté du sien. Les sièges en cuir chauffants maintenaient l'habitacle au chaud malgré la température glaciale qui sévissait à l'extérieur.

Remontant ses lunettes de soleil sur son front, elle croisa son regard. Ses boucles blondes retombaient sur ses épaules.

— Merci de faire le voyage avec moi aujourd'hui, murmura-t-elle alors en replaçant quelques mèches rebelles derrière son oreille. J'ai eu l'impression que notre dîner a pris une tournure maladroite une fois que je t'ai embrassé, et je me suis dit que tu pourrais peut-être te raviser.

Malgré les pensées qui le hantaient depuis le début du trajet, il admira sa franchise. Certaines femmes auraient pu tourner autour du pot avant d'admettre de tels doutes.

— Il n'y a rien eu de maladroit. Du moins, pas à cause de ce baiser.

Il resserra les mains autour du volant chauffant : sans le savoir, elle venait de lui offrir une ouverture pour cette conversation qu'il n'était pas pressé d'avoir avec elle.

— Donc tu admets qu'il y a eu une certaine gêne ?

Elle semblait surtout curieuse ; il lui en fut reconnaissant.

— Seulement parce que j'ai pris conscience que j'aspirais à plus qu'un simple baiser.

Il aborda un virage sinueux en ralentissant alors que plusieurs cerfs traversaient la chaussée déserte devant eux.

Trois d'entre eux fixèrent la Land-Rover avant de repartir en trottinant dans les bois du côté est de la route.

— Je ne vois pas en quoi c'est un problème, déclara-t-elle en secouant la tête d'un air perplexe. Si tu crains que je puisse avoir des attentes envers toi une fois mon enquête clôturée, Weston, tu ne pourrais pas plus te tromper…

— Je ne pensais pas à ça, dit-il en appuyant sur l'accélérateur d'un geste nerveux.

Cette femme aussi belle qu'intelligente semblait envisager ouvertement une liaison sans promesses ni attaches, et au lieu de s'en réjouir et de saisir cette opportunité il éprouva le besoin de faire le vide. De parler de ces choses auxquelles il avait espéré ne plus jamais avoir à repenser.

— Mais j'ai pensé que ce n'était pas correct envers toi d'aller plus loin, de céder à notre attirance alors que je n'ai pas été complètement honnête hier. J'ai volontairement omis certains détails cruciaux de l'histoire de Zach.

Retirant ses lunettes de soleil, elle les replia avec soin et les posa dans une niche de la console, comme pour gagner un peu de temps avant de répondre.

— Dans mon métier, je suis souvent confrontée à des énigmes qui progressent lentement au début, puis se dénouent presque d'un seul coup, expliqua-t-elle en se tournant vers lui. Donc je ne suis pas surprise qu'en l'occurrence les pièces du puzzle soient disséminées…

Il serra les dents malgré lui : il détestait lui apparaître méfiant.

— Ce n'était pas tout à fait à moi de tout te raconter. Je tenais à contacter les gens qui pourraient être affectés par le dénouement de cette affaire si leur passé venait à être révélé.

— C'est normal, dit-elle en hochant la tête alors qu'ils pénétraient dans un village si petit qu'il se résumait à quelques bâtiments nichés dans la neige. Y a-t-il autre chose que je devrais savoir ?

Il ralentit pour laisser traverser un piéton âgé. L'homme enfonça son bonnet sur sa tête avec une main gantée de cuir alors qu'il luttait contre les rafales provenant du lac gelé.

À présent, il n'y avait pas moyen d'éviter le sujet. Il allait devoir affronter le vent aussi sûrement que le vieillard, et se frayer un chemin à travers.

— La raison pour laquelle on ne s'est pas opposés à la décision de l'école de ne pas ébruiter la mort de Zach auprès de la presse… C'est parce que nous n'étions pas sûrs que son plongeon de la falaise soit vraiment un accident…

Même toutes ces années plus tard, cette idée le piquait à vif telle une blessure fraîchement rouverte.

— Ce jour-là, il a forcément vu que le niveau de l'eau avait trop monté après l'orage. Peut-être a-t-il voulu mettre fin à ses jours…

L'émotion le submergea presque autant que les eaux, au moment où il s'était jeté dans l'Arroyo Seco pour tenter de sauver Zach. Soudain, il peinait à respirer dans le lourd silence qui s'était abattu sur l'habitacle. Pas étonnant, vu qu'il n'avait confié cette histoire à personne depuis le psychologue que l'école lui avait imposé de consulter juste après l'accident. Le thérapeute n'était pas parvenu à exorciser ses cauchemars, mais au moins il avait acquis quelques techniques pour s'extraire du sombre labyrinthe de la culpabilité.

— Je suis vraiment navrée, Weston.

Ses douces paroles flottèrent à son esprit avant qu'il réalise qu'elle avait posé la main sur son épaule.

— Je peux comprendre que cette ambiguïté ait compliqué la décision de sa famille de divulguer plus d'informations.

— La famille de Zach n'avait de famille que le nom, répliqua-t-il alors qu'il traversait une autre zone sinueuse de la route de crête. Il a intégré Dowdon grâce à une bourse d'études, car c'était un garçon brillant et talentueux. Les seules personnes qui le soutenaient, c'étaient nous… ses amis. Sauf que nous l'avons laissé tomber…

Il accéléra en laissant derrière eux un autre village, la Land-Rover avançant facilement dans la neige fraîche. La main réconfortante d'April se retira lorsque le véhicule fit une petite embardée vers la droite dans un virage serré.

— Vous ne l'avez pas laissé tomber, lui assura-t-elle d'un ton ferme et catégorique. Vous l'avez tous suivi quand il a voulu prolonger votre escapade : vous avez essayé d'être de bons amis.

Hélas ! son point de vue était erroné, car elle ignorait certains détails. Et pourtant, il était intéressant, car elle portait sur les événements un regard extérieur.

Elle n'avait pas plongé dans l'eau glacée pour rechercher un ami dont le corps avait coulé depuis longtemps.

— Ce n'est pas ainsi qu'on a ressenti les choses, reprit-il en étouffant encore sous la culpabilité de ne pas avoir réussi à sauver son ami. J'ai sauté après Zach, mais je ne l'ai pas retrouvé. Je ne supportais pas de me dire que j'aurais pu le sauver, si j'avais eu quelques notions de sauvetage. Alors j'ai pris des cours. Même après avoir fini mes études, je passais plus de temps à faire des exercices d'entraînement qu'à travailler dans le ranch de mon père.

À la plus grande frustration de sa famille, d'ailleurs.

— Parce que… tu as plongé, toi aussi ? balbutia-t-elle. Je croyais que l'eau était trop haute à cause d'un récent orage.

Le niveau de l'eau avait grimpé de près de deux mètres par rapport à la veille. Sans parler des courants, et des débris et de la boue accumulés du fond de la rivière.

— On ne pouvait pas rester sans rien faire.

Depuis sa plus tendre enfance, il avait toujours été le casse-cou, quand on le comparait à son frère.

— Dans notre groupe, c'était toujours moi qui prenais

des risques. Alors quand tous les regards se sont tournés vers moi, je n'y ai pas réfléchi à deux fois.

— Mais c'est affreux ! Je ne peux qu'imaginer ce que tu as traversé…

À ces mots, elle regarda par la vitre alors qu'ils passaient devant un panneau indiquant la direction de Kalispell.

— Le plus dur, ça a été de me sortir de l'eau.

Engourdi par le froid, il avait la peau déchiquetée par les branchages et les roches balayés par les courants. Pourtant, il refusait de quitter la rivière sans avoir retrouvé Zach. Il ne s'en serait pas sorti s'il n'avait pas trouvé refuge sur un rocher, épuisé. Ses amis avaient presque dû se battre avec lui pour le traîner hors de l'eau.

— Parce que cela signait mon échec. Ça m'obligeait à admettre que notre ami était parti pour toujours. Et que j'avais échoué à le sauver.

April perçut toute la souffrance dans la voix de Weston. Pourtant, il s'efforçait manifestement de rester le plus factuel possible quant à la description des événements. Mais elle reconnut très vite la douleur profonde derrière ses paroles, douleur qu'elle avait si souvent ressentie elle-même, par rapport au rôle qu'elle avait joué dans le déclin de sa mère. Elle décelait facilement la culpabilité – le plus souvent injustifiée – que pouvaient ressentir les gens, et pourtant il lui était impossible d'admettre que cette même culpabilité était injustifiée quand il s'agissait d'elle-même.

— Si un de tes autres amis avait plongé pour chercher Zach dans l'eau, tu lui en aurais voulu de revenir sans Zach ? demanda-t-elle avec prudence, en espérant lui offrir tout le réconfort qu'il méritait.

— Bien sûr que non, répondit-il sans hésiter. Et certains d'entre eux sont allés à l'eau avant qu'on doive abandonner les recherches, mais ils sont restés au niveau des rochers pour ne pas perdre pied dans le courant.

Alors que, lui, était parti seul, à la nage. Il devait se sentir mal quand il repensait à ce qu'il avait vécu. La peur, à la fois pour lui et pour son ami.

Il ralentit alors qu'ils atteignaient la périphérie de Kalispell, puis il bifurqua vers l'ouest. Quand sa main revint sur la boîte de vitesses entre eux, elle glissa la paume sur la sienne.

— Ce n'était pas votre faute si vous ne l'avez pas trouvé : vous n'étiez que des gamins, lui rappela-t-elle à voix basse alors que le véhicule s'engageait sur une route de montagne.

Il s'apprêtait à protester – ou du moins, elle en eut l'impression. Alors elle poursuivit sans attendre :

— Je me permets de te le rappeler, car je sais comme il peut être facile de s'accuser de certaines choses quand on est intelligent, compétent et habitué à maîtriser les choses. Je culpabilise beaucoup pour la maladie de ma mère. Et peu importe combien de personnes – même les médecins – me disent que ce n'est pas ma faute. Je sais que je porte ce fardeau…

Fronçant les sourcils, il négocia un virage verglacé à faible allure, alors que la route devenait plus accidentée.

— C'est différent, répondit-il d'un ton catégorique.

Elle effleura sa main une dernière fois avant de se retirer.

— Sans doute, mais seulement parce que j'ai la chance que d'autres personnes de ma ville natale connaissent toute l'histoire. Alors que toi, tu n'as eu personne pour te dire que c'est injustifié de t'accabler de toutes ces responsabilités, affirma-t-elle en le voyant crisper la mâchoire. Tu sais, ça ne te plaira peut-être pas que je te dise ça, mais en découvrant ta situation avec un regard extérieur je l'appréhende très différemment de toi. La mort de ton ami n'était pas ta faute.

Pendant un long moment, le silence régna dans l'habitacle, à peine interrompu par le bourdonnement du chauffage et le crépitement de la glace sous les pneus.

Lorsqu'il quitta la route pour s'engager sur une allée privée où la neige était plus épaisse, elle distingua au loin une énorme maison en rondins de bois.

Était-ce celle de Weston, ou celle de sa tante ?

Mais elle n'eut pas le temps de lui poser la question : bientôt, il se gara et se tourna vers elle. À présent qu'il n'était plus concentré sur sa conduite, elle ressentit une intimité soudaine entre eux, à laquelle elle ne s'était pas préparée. Avec ses grands yeux noisette, il semblait lire en elle comme dans un livre ouvert.

— Le trouble dont souffre ta mère est une maladie mentale, April. Comment peux-tu penser que tu es responsable de l'apparition de cette maladie ?

— Le stress de la vie courante peut être un déclencheur de ce genre de syndrome.

Et elle avait causé la situation stressante qui avait tout déclenché.

— Donc, reprit-elle, ce qui apparaît au début comme des achats de réconfort – accumuler des objets pour se rassurer – se transforme peu à peu en un besoin incontrôlable d'acheter de façon compulsive.

— Et tu considères que c'est toi qui as déclenché ce stress dans sa vie ? demanda-t-il d'une voix chaleureuse en haussant un sourcil, manifestement incrédule.

— Je sais que c'est le cas.

Mais elle n'avait aucune envie de lui raconter toute l'histoire.

— Moi, je t'ai révélé mes pires secrets lors de ce trajet, déclara-t-il avec un sourire mi-amusé, mi-sérieux. Est-ce que je vais être le seul à me mettre ainsi à nu ?

Bonne question.

Serrant les dents, elle réfléchit à la façon la plus simple possible de tout lui raconter. Surtout, elle ne voulait pas avoir l'air de s'apitoyer sur un épisode qui s'était déroulé des années plus tôt.

— Mes parents avaient des problèmes quand j'étais ado. Mon père était très absent, et je lui en voulais beaucoup.

À ces mots, il lui prit la main.

— C'était normal de lui en vouloir. Tout enfant mérite d'avoir son père dans sa vie.

— Je le comprends aujourd'hui. Mais à l'époque ? J'ai agi pour attirer l'attention sur moi d'une manière à la fois prévisible et puérile. J'ai fait scandale dans mon lycée – où maman travaillait comme enseignante – en me faisant surprendre dans une position compromettante avec un élève plus âgé lors d'une soirée qu'elle chaperonnait.

Présenté ainsi, l'événement ne paraissait pas si grave, alors qu'elle ne méritait pas une telle indulgence. Elle avait attiré le garçon dans un recoin, sachant pertinemment qu'ils ne pourraient que se faire prendre. Elle n'avait alors pas pensé à lui et à sa réputation, mais seulement à ses propres intérêts à elle…

— Je l'ai fait venir dans le placard à manteaux du bal, et j'ai laissé la situation déraper. Je pensais que ma mère nous trouverait et que ça lui ferait une raison d'appeler mon père. Ce serait une façon de les rapprocher, de partager leur inquiétude à mon sujet. Au lieu de cela, c'est le proviseur qui nous a trouvés.

Elle avait été irréfléchie. Stupide.

Aujourd'hui encore, cela la rendait malade de repenser à l'embarras qu'elle avait provoqué, à elle-même comme à sa famille, en adoptant un comportement qui avait nui à la carrière de sa mère. Après cela, elle avait entamé une thérapie familiale avec sa mère, et cela l'avait énormément aidée. Malheureusement, on ne pouvait en dire autant de sa mère.

— Cela semble aussi douloureux pour toi que cela a dû l'être pour elle, remarqua-t-il d'un ton bienveillant. Mais le stress dont souffrait ta mère était forcément antérieur à cet événement.

Son thérapeute lui avait fait une remarque similaire. Non pas que cela la dédouanât de ses responsabilités.

— C'est vrai, admit-elle avec un hochement de tête, soulagée de constater qu'il ne la jugeait pas. J'ai « juste » aggravé sa situation en lui compliquant la vie au travail. Mes bêtises ont privé ma mère de ses soutiens les plus fiables : ses amis enseignants, et la communauté scolaire. Les mauvaises langues s'en sont donné à cœur joie. L'enquête administrative quant aux compétences de ma mère à chaperonner les élèves l'a décrédibilisée aux yeux de ses collègues comme de ses élèves, au point qu'elle a fini par remettre sa démission.

Après cela, tout s'était effondré. Pour de bon. Cette anxiété avait poussé sa mère au point de rupture.

— Elle a *pris la décision* de tout arrêter, nota-t-il en entremêlant les doigts aux siens. Donc je vais te rappeler ce que tu m'as dit. Tu n'étais qu'une enfant, toi aussi. Tout n'était pas ta faute.

Elle frissonna à ces mots malgré la chaleur qu'elle ressentait au contact de sa main.

— Intellectuellement, j'en suis consciente. Mais j'ai accumulé tellement de pensées négatives au fil des ans… Mon cerveau adore jouer à « Et si… », expliqua-t-elle en fixant leurs doigts entremêlés.

Une nouvelle sensation de chaleur s'insinuait en elle malgré cette conversation, qu'elle aurait préféré ne pas avoir. Elle appréciait son attention, le réconfort de sa présence.

— J'ai connu ça, moi aussi, finit-il par ajouter avec un hochement de tête compréhensif.

— Maman aurait pu se remettre d'un divorce, si c'était la seule chose qu'elle avait eue à affronter. Mais une fois sans raison de se lever tous les jours pour aller travailler, elle s'est réfugiée dans le shopping, remplissant notre maison d'objets en tout genre qui ne lui ont jamais rendu son bonheur.

Elle refusait que cette conversation devienne plus sombre qu'elle ne l'était déjà. Surtout maintenant qu'ils semblaient arrivés à destination.

— Mais j'ai fait la paix avec ma culpabilité – justifiée ou non – en jouant un rôle actif pour aider maman à se soigner.

— Merci de m'avoir confié tout ça, murmura-t-il en portant sa main à ses lèvres pour l'embrasser. Je sais que ce n'est pas facile de vider son sac. La culpabilité, c'est comme une bête implacable, et elle ne joue pas franc jeu.

Le plaisir de sentir sa bouche contre sa peau apaisa les émotions déroutantes qui l'envahissaient, réduisant son attention aux seuls endroits où les lèvres de Weston s'attardaient.

Son pouls s'accéléra, et elle se souvint de ce qu'elle avait ressenti en l'embrassant la veille… De cet instant où leurs bouches s'étaient rencontrées, et qui s'était gravé dans son cerveau avec une telle vigueur qu'elle l'avait revécu encore et encore dans ses rêves.

— Je suis tout à fait encline à penser à d'autres choses, avoua-t-elle, assez essoufflée pour trahir l'effet que lui faisait cet homme tout en s'efforçant de retrouver son calme en prévision de sa rencontre avec Fallon Reed. C'est la maison de ta tante, que l'on voit, là-bas ?

Ils étaient garés dans l'allée enneigée, le grand chalet en rondins de bois apparaissant à travers la fine couche de poudreuse fraîche qui s'accumulait sur le pare-brise.

— Non. Je me suis dit que tu voudrais déposer nos affaires et te dégourdir les jambes avant qu'on rende visite à ma tante, dit-il en accrochant ses yeux noisette aux siens alors qu'une onde de chaleur courait sous sa peau. Ce chalet, c'est le mien.

- 7 -

Après cette intense conversation au cours du trajet vers Kalispell, Weston s'était dit que cela leur ferait du bien à tous les deux de se retirer au calme, séparément, pendant une heure ou deux, avant d'aller rendre visite à sa tante.

Or, il n'avait pas prévu que les choses prendraient une tournure aussi sensuelle quand ils s'étaient retrouvés dans la Land-Rover enneigée, à se faire toutes ces confidences. Le temps qu'il déverrouille la porte d'entrée de son chalet en rondins et invite April à entrer, le désir qui couvait entre eux était devenu quasi palpable.

— C'est magnifique ! murmura-t-elle en observant la décoration à la fois rustique et minimaliste alors qu'il la menait vers la suite des invités. Et la vue est à couper le souffle.

Elle s'arrêta près d'une fenêtre donnant sur la vallée de Flathead et la chaîne de montagnes de Swan Range. Il déposa alors sa valise dans la suite et l'invita à entrer.

— Tu as aussi une belle vue depuis ta chambre, déclara-t-il en parcourant la pièce du regard, s'assurant que son gardien avait tout préparé.

Des serviettes fraîches attendaient sur la console de la salle de bains attenante, et un vase de tulipes jaunes trônait sur la table de nuit. Un assortiment de thés se trouvait par ailleurs sur le bar.

— Tu devrais avoir tout ce dont tu as besoin.

Se détournant de la vue panoramique, elle le rejoignit, posa son sac à main dans le fauteuil en cuir, puis pivota sur elle-même pour regarder autour d'elle.

Mais, lui, il ne voyait rien d'autre qu'elle. Son pantalon noir et ses bottes étaient d'une élégance raffinée, et ses boucles blondes balayaient ses épaules alors qu'elle se retournait. Mais il ne se céderait pas encore à son attirance pour elle, même si son désir de goûter à nouveau à ses lèvres suaves était intact.

À un moment donné, elle lui avait laissé entendre qu'elle pourrait être ouverte à une liaison sans lendemain, et qu'il n'aurait pas à s'inquiéter d'éventuelles attentes qu'elle pourrait avoir une fois son enquête dans le Montana close. Mais cela, c'était *avant* qu'il lui ait confié toute l'histoire du rôle qu'il avait joué dans la mort de Zach. Ils s'étaient tous les deux mis à nus, plus qu'ils ne l'avaient prévu, et cela avait tout compliqué.

— Si c'était ma maison, je ne la quitterais jamais, dit-elle en promenant une main le long du mur de rondins blanchis à la chaux, avant de se pencher pour humer les tulipes, un sourire aux lèvres. Tu viens souvent ici ?

— Un peu moins souvent depuis deux ans, depuis que j'ai commencé à superviser Mesa Falls.

Il ferait bien de tourner les talons, à présent qu'il lui avait montré sa suite, mais ses bottes semblaient clouées au sol.

Bon sang, il sentait encore la douceur de sa peau contre ses lèvres depuis qu'il lui avait embrassé le dos de la main. Il avait encore son parfum fleuri et épicé dans les narines.

Peut-être lisait-elle dans ses pensées, car le silence s'était installé entre eux, de plus en plus pesant. Elle croisa les bras, ouvrit la bouche pour parler, mais se ravisa.

Finalement, elle finit par déclarer :

— Je ferais bien de me préparer…

— Bien sûr. Moi aussi, bredouilla-t-il en hochant la tête.

Il rebroussa chemin, même si c'était la dernière chose dont il avait envie. Il voulait la prendre dans ses bras, accrocher ses lèvres aux siennes, l'embrasser tout son soûl.

— Et nous pouvons rentrer au ranch ce soir si tu veux. C'est toi qui décides.

— Je sais. Et je t'en remercie, dit-elle en décrispant les épaules avec un sourire ironique. Ce qui m'inquiète surtout pour l'instant, c'est que si je ne me prépare pas à aller chez ta tante tout de suite, nous ne pourrons pas du tout rentrer à la maison ce soir.

Ses paroles, aussi inattendues que bienvenues, firent jaillir en lui un puissant désir. L'idée qu'elle pensait à la même chose, que cette attirance était tout aussi incroyablement enivrante pour elle, menaçait de faire flancher ses dernières velléités de retenue. Et pourtant, il ne devait pas oublier qu'elle était là pour le travail, avant tout. Un travail qu'elle ne sacrifierait pas pour son plaisir personnel. Et forcément, il ne l'en trouvait que plus admirable encore.

Mais peu importe combien de fois la vie lui avait appris à être discipliné et concentré, quelque part en son for intérieur, il se demandait ce que cela pourrait être de ne pas trop réfléchir à ce qui se passait entre eux. De suivre cette chaleur, ce désir, sans se soucier des conséquences…

— Dis-moi quand tu seras prête, murmura-t-il en parvenant enfin à faire un pas vers le couloir. Et je serai ravi de te montrer comme les choses pourraient être bien entre nous.

Tournant les talons, il sortit et ferma la porte derrière lui.

Une heure plus tard, April s'efforçait d'oublier son attirance pour Weston en acceptant la tasse de thé en porcelaine aux motifs de papillons que lui offrait sa tante, Fallon Reed. Assise dans le salon du chalet qui surplombait la ville de Kalispell, il ne lui était guère facile d'oublier qu'elle avait l'intention de passer la nuit avec lui.

Elle ne voyait que lui. Ils n'avaient pas eu d'autre choix que de s'asseoir côte à côte, puisque le seul autre siège libre dans le petit salon était le fauteuil relax de Fallon avec son pull posé sur le dossier et sa grille de mots croisés en cours sur le siège. Avec ses cheveux gris coiffés en brosse et ses grosses boucles d'oreilles en forme de tournesol, leur hôtesse apparaissait comme une femme de contrastes. Son legging et son long pull en cachemire étaient très tendance. Un service en porcelaine trônait sur l'étagère à côté d'une collection de salières et de poivrières rustiques à l'effigie des animaux des bois. Des cartes postales de destinations lointaines ornaient un panneau d'affichage en liège près de l'entrée principale.

Le feu crépitait au ras de l'âtre en brique peinte, mais elle n'était toujours pas réchauffée après leur petite marche dans la neige pour rejoindre l'entrée du chalet.

— Êtes-vous certains de ne pas vouloir rester dîner ? demanda Fallon en se servant une tasse. Je n'ai pas grand-chose ici, mais on peut aller en ville ou…

— Nous avons déjà des projets, mais merci, répondit Weston en se levant de la banquette pour attiser le feu et ajouter une autre bûche de la panière à côté.

Les flammes s'intensifièrent, irradiant la pièce d'une chaleur bienvenue.

— En tout cas, c'est gentil de ta part de nous recevoir si vite, reprit-il simplement.

Avec sa tasse en main, Fallon s'installa dans son fauteuil de relaxation.

— Tu es toujours le bienvenu ici, Weston. C'est toujours un plaisir de passer un peu de temps avec toi.

— Je vais aller te chercher quelques bûches, dit-il en se redressant devant le foyer, avant de se diriger vers une porte qu'April n'avait pas remarquée auparavant. Pendant ce temps, April pourra te parler de son enquête.

Après avoir bu son thé, elle s'empressa de poser sa tasse sur le plateau en bois qui attendait sur le coffre qui faisait office de table basse. Elle ne s'attendait pas à être mise sous le feu des projecteurs si vite.

— Bien sûr, bredouilla-t-elle. Je ne sais pas ce que Weston vous a dit…

— Il m'a raconté que votre cabinet a été missionné pour enquêter sur les finances d'Alonzo Salazar, déclara Fallon en croisant les jambes et enroulant ses doigts manucurés autour de sa tasse. Je ne sais pas si je peux vous aider, car Alonzo et moi étions bons amis, mais nous ne parlions pas d'argent entre nous.

— J'essaye aussi de retracer ses déplacements.

Depuis le temps qu'elle exerçait son métier, elle avait appris à poser des questions indirectes lors de ce genre d'entretien. Les gens étaient souvent persuadés de ne détenir aucune information intéressante, alors même qu'ils disposaient de pièces cruciales du puzzle sans le savoir.

— Savez-vous où il se rendait quand il n'était pas avec vous ou dans sa maison de la côte Ouest ?

— Sur ce point, je peux vous répondre, dit Fallon en désignant la porte d'entrée. Au moins la moitié de ces cartes postales proviennent de voyages qu'Alonzo et moi avons faits ensemble. C'est lui qui m'a mise sur la voie des actions humanitaires que je mène désormais.

Surprise, elle se tourna vers le cadre en liège.

— Puis-je jeter un coup d'œil ?

— Je vous en prie, répondit Fallon en se levant pour aller ouvrir la porte arrière à Weston, qui rentra couvert de neige et les bras chargés de bûches.

April les observa. Tous deux semblaient bien s'entendre, Fallon le réprimandant de s'être donné tout ce mal, et lui insistant sur le fait qu'il n'avait pas encore fini. Il existait manifestement un lien fort, chaleureux entre eux, cette aisance que l'on perçoit chez des gens qui ont passé beaucoup de temps ensemble. Cela la surprit un peu, car les relations de Weston avec sa famille proche lui avaient paru assez tendues. Arrachant son regard de ses larges épaules alors qu'il s'avançait dans le salon, elle étudia les cartes postales qui ornaient le tableau d'affichage du hall d'entrée.

Des images des grands espaces mexicains et argentins côtoyaient des photos de villes d'Afrique du Sud et de Pologne. Elle en retourna quelques-unes, et constata que toutes étaient datées. Une carte des Philippines indiquait : « Maison Torres, janvier 2015 », et au-dessous, quelqu'un avait griffonné une adresse à Luzon. Au dos d'une autre carte d'Égypte, on pouvait lire : « Maison Antoun, août 2016 », avec l'adresse d'un lieu nommé Al Minia.

Pendant que Weston empilait le bois de chauffage, elle prit en photo le panneau et plusieurs cartes postales.

— Avez-vous trouvé tout ce dont vous aviez besoin, ma chère ? demanda Fallon depuis la cheminée, d'où elle déplaçait un jeu de cartes pour faire de la place à d'autres bûches.

— Vous parliez de projets humanitaires, reprit-elle en découvrant une photo de Fallon, plus jeune, au bras d'Alonzo Salazar, tous deux souriant devant une petite maison et flanqués d'un jeune homme et de sa femme très enceinte. Quel genre de projets ?

— Alonzo a donné beaucoup de son temps afin de construire des maisons pour des familles dans le besoin, expliqua Fallon en la rejoignant devant le panneau alors que Weston retournait dehors pour rapporter d'autres bûches. Parfois, il travaillait sur des projets plus importants comme le développement de systèmes d'eau potable dans des petits villages, mais il était si doué pour la construction de maisons en impliquant les familles bénéficiaires qu'il a fini par travailler surtout dans ce domaine.

De nouveau, l'image qu'elle se faisait d'Alonzo Salazar évolua. Avait-il donné de son temps, mais aussi de son argent ? Les archives comptables qu'elle avait consultées ne laissaient pas entrevoir de dons à ce genre d'œuvres caritatives, mais peut-être avait-il orienté une part des recettes de son livre dans cette direction. S'il avait sincèrement regretté d'avoir rédigé *Les Mariés de Hollywood* et d'avoir causé à la famille dont il s'était inspiré autant de peine, peut-être que le fait de contribuer à une œuvre de charité atténuait sa culpabilité.

— Comment vous êtes-vous rencontrés ?

Elle était soudain saisie d'une anxiété qu'elle ne connaissait normalement pas à ce stade-là dans ses enquêtes : ces gens étaient devenus réels pour elle, et contre toute attente Weston avait pris une grande importance à ses yeux.

— Quand Weston a commencé à passer plus de temps à Mesa Falls, je m'y suis rendue pour constater par moi-même à quoi ressemblait le ranch. Alonzo y séjournait aussi cette semaine-là, et on a fini par se découvrir un intérêt commun pour les voyages, expliqua Fallon en souriant et en caressant la photo du bout des doigts. Il avait déjà accompli tant de choses : contribuer à rendre le monde meilleur. À partager. Quand il m'a proposé de l'accompagner lors de son voyage suivant pour construire des maisons au Mexique, j'ai d'abord éclaté de rire. Mais il était on ne peut plus sérieux.

— Et vous y êtes allée ?

Elle se retourna pour étudier plus attentivement son

hôtesse, cherchant sur son visage quelque ressemblance avec Weston. Elle n'en trouva aucune.

— Pas pour ce voyage-là. Mais il m'a envoyé des cartes postales, et on a commencé à échanger quelques mails. À la fin de cette année-là, je l'ai rejoint pour un long voyage aux Philippines et je suis devenue accro à l'action caritative, précisa Fallon en se tournant vers la porte arrière, où Weston ne revenait pas. Je ne sais pas ce que vous savez sur la famille de Weston, mais les Rivera ne sont pas des gens généreux. Weston et moi, on s'entend bien parce que l'on n'est pas comme eux. Mais sa mère – ma sœur – a toujours eu besoin de crier sur les toits qu'elle était riche, qu'elle avait du succès, et qu'elle avait épousé un homme comme elle. Weston est le mouton noir au sein de ce clan mais, croyez-moi, c'est une bonne chose.

La porte arrière s'ouvrit de nouveau, et un souffle d'air froid accompagna Weston dans le chalet. Il avait tenu à rendre ce service à sa tante sans qu'elle lui demande quoi que ce soit. Une telle délicatesse plaisait tellement à April…

Il les dévisagea toutes les deux, puis secoua la tête.

— Tu ne la barbes pas avec des histoires sur ma famille ? marmonna-t-il en fermant la porte derrière lui du bout du pied, avant de secouer ses bottes enneigées sur le paillasson.

— Je lui ai juste décrit les bases, répliqua Fallon sur un ton qui n'avait rien de contrit, avant de s'empresser de le rejoindre pour l'aider à décharger quelques bûches. Je me dis qu'April doit savoir à qui elle a affaire.

Il secoua la tête tout en rangeant une nouvelle pile de bois.

— J'habite loin d'eux, donc je suis à l'abri, tu t'en souviens ?

Ils se chamaillaient tous les deux de façon amicale.

Elle les enviait. Elle se sentait si attirée par lui qu'elle dut regarder d'autres cartes postales, afin de penser à autre chose. Elle prit quelques dernières photos. Elle pourrait retrouver des documents à propos de ces voyages à présent qu'elle disposait de dates, et savait où chercher. Cette visite avait été bénéfique pour son enquête, même si elle avait accentué sa confusion quant à sa relation avec Weston.

Qu'est-ce qui avait causé cette scission au sein de la famille Rivera ? Quant à son frère, également copropriétaire de Mesa Falls, elle le supposait dans le camp de Weston. Elle n'était pas certaine de savoir comment poser une telle question, d'autant plus qu'ils avaient déjà évoqué de nombreux moments douloureux de leur passé aujourd'hui. Elle pressentait qu'il n'était pas plus désireux qu'elle de patauger à nouveau dans ce genre d'eaux.

Lorsqu'ils quittèrent la maison de Fallon, il posa la main sur son coude, et son désir pour lui s'intensifia de nouveau. Elle avait envie de se pencher vers lui, de se rapprocher encore… Dès qu'ils se retrouveraient de nouveau seuls, elle savait qu'il lui demanderait ce qu'elle voulait faire. Ils pourraient dîner, et ensuite retourner à Mesa Falls. Ou alors passer la nuit dans son chalet…

Il lui avait clairement fait comprendre que la décision lui appartenait. Que même si elle voulait passer la nuit à Kalispell, elle aurait sa propre chambre…

Mais avait-elle envie de dormir seule ?

En le voyant s'occuper de sa tante, elle avait éprouvé un désir nouveau pour lui, quelque chose qui dépassait de loin cette attirance physique omniprésente. C'était un homme généreux, Fallon avait été très claire à ce sujet. Conscient d'avoir échoué à sauver son ami, il s'était porté volontaire pour secourir d'autres personnes.

Et au-delà de tout cela, il l'avait sauvée, elle, en pleine

montagne, alors que rien ne l'y obligeait. Alors qu'il avait tout fait pour l'éviter depuis qu'elle était arrivée au ranch.

À présent, elle considérait cet acte sous un nouveau jour. Elle qui avait l'habitude de porter les fardeaux de sa famille, de faire don de soi, c'était un sentiment nouveau, vertigineux que d'avoir quelqu'un prêt à se mettre en danger *pour elle*.

Alors non, elle n'avait pas envie de rester seule ce soir. Pas alors que l'occasion rêvée de goûter aux caresses de Weston Rivera se présentait à elle.

Sur la route menant du chalet de Fallon à sa garçonnière, Weston observait son adorable mais silencieuse passagère. Ébloui par la lumière déclinante du soleil couchant, il se devait d'admettre qu'elle n'était pas une femme facile à cerner. Son métier d'enquêtrice lui avait-il appris à observer les gens à leur insu ?

En tout cas, il était indéniable qu'elle lui semblait sur la réserve ce soir. Et songeuse.

— Tu n'as pas dit un mot depuis que l'on a quitté le chalet de Fallon, nota-t-il après s'être arrêté sur la longue allée qui menait à son chalet. Tu hésites à passer la soirée à Kalispell ? On peut reprendre la route si tu préfères…

Il avait eu envie de l'embrasser toute la journée, et plus encore depuis qu'il lui avait confié son traumatisme passé et qu'elle n'avait pas semblé le juger pour ses échecs. L'indulgence dont elle avait fait preuve à son égard n'avait fait qu'attiser son envie de mieux la connaître, et de goûter à ses charmes.

— Aucune hésitation, lui assura-t-elle alors qu'il garait la Land-Rover dans le double garage. Je réfléchissais aux prochaines étapes de mon enquête, afin de ne plus avoir à penser au travail pour le reste de la soirée.

Ces seuls mots embrasèrent chaque cellule de son corps, ravivant une flamme qu'il s'était refusé à attiser jusqu'à ce qu'il soit certain de la façon dont April avait envie que cette soirée se termine.

— Voilà qui me semble prometteur, murmura-t-il en coupant le contact avant de sortir pour lui ouvrir la portière.

Elle lui prit la main, et il l'aida à descendre. Leurs corps se frôlèrent alors que le plafonnier du garage projetait leurs ombres inégales au sol. À cet instant, il décela une lueur – d'impatience ? – dans son regard bleu.

— Et si on s'interdisait toute conversation liée au travail pendant le dîner ? suggéra-t-elle en restant tout près de lui. On oublie les Salazar et leurs finances…

— Excellente idée, dit-il en prenant sa main dans la sienne. Tant que nous y sommes, on pourrait aussi ne plus parler de nos passés respectifs. Et juste profiter du moment présent.

Un sourire s'esquissa sur les lèvres d'April.

— Ça sonne mieux. Bien que je ne sois pas tout à fait sûre de savoir vivre le moment présent si je ne suis pas en train de randonner en montagne.

À cet instant, il comprit brusquement pourquoi elle aimait tant l'alpinisme. Pourquoi elle lui avait paru différente en montagne : moins réservée, plus libre, en quelque sorte. Quand elle partait en randonnée, elle laissait ses soucis derrière elle.

Cela, il pouvait le comprendre. Lui-même avait parcouru de nombreux kilomètres en altitude pour échapper à ses propres démons.

— Je sais comment réparer ça, lui assura-t-il, en l'entraînant avec lui vers l'entrée du chalet. Je connais un moyen infaillible de te garder ancrée dans le présent.

Elle le suivit sur le perron, et ils franchirent la porte menant au sas d'entrée. À l'intérieur, une lampe s'alluma automatiquement pour éclairer les carreaux de travertin gris et les patères en fer forgé sur les murs, un mince miroir reflétant leurs visages.

— Ah bon ? dit-elle en lui lâchant la main pour retirer son manteau.

Mais il la devança, et le lui ôta des épaules. Il l'accrocha au mur à côté de sa veste en laine de mouton.

— J'ai essayé la méditation, mais je ne suis pas très douée en la matière.

Il eut un petit rire, retournant près d'elle même s'il savait qu'il devait commencer à préparer le dîner. Ils avaient eu une longue journée, et il tenait à être un hôte digne de ce nom.

Or, il avait contenu son désir pour elle des heures durant, et chaque instant passé près d'elle accentuait sa torture.

— La méditation ne suffira pas, lui assura-t-il en secouant la tête et en s'approchant d'elle, admirant son port élégant dans son tailleur-pantalon noir avec ses longues boucles qui s'étaient rebellées à mesure que la journée avançait.

— Ah bon ?

Elle le suivit du regard, comme si elle n'arrivait pas à comprendre ce qui allait suivre.

— Non, susurra-t-il, incapable d'attendre plus longtemps.

Glissant les mains sous son épaisse chevelure, il déploya les doigts le long de ses épaules puis de son dos. Inspirant profondément, il perçut un soupçon de son parfum, subtilement épicé et floral.

— Si tu as envie de vivre le moment présent pleinement, ici et maintenant, alors il faut rendre ce moment mémorable. Il faut que chaque petit détail vaille la peine.

Glissant un pied entre les siens, il se laissa envahir par la chaleur de son corps, sans même avoir à se coller à elle. Oh ! quel brûlant, délectable aperçu de ce qui les attendait maintenant…

Elle écarquilla les yeux, ses lèvres s'arrondirent en une petite moue silencieuse, reconnaissante ou surprise… Il sentit son souffle chaud contre sa bouche. Ses lèvres s'offraient à lui, d'un rose naturel aussi gourmand qu'appétissant.

Il avait tellement attendu ce moment. Mais avant tout, il posa un doigt sur son menton.

— Le secret pour faire durer un moment, April, susurra-t-il, la voix et le corps tendus par le désir, c'est de s'embrasser.

- 8 -

April était incapable de dire qui avait fait le premier pas. C'était comme si une étincelle les avait tous les deux embrasés. En un éclair, leurs lèvres se rencontrèrent. Et fusionnèrent.

Ce baiser ne ressemblait en rien à celui qu'elle lui avait donné au cours du dîner, quand elle avait pris son courage à deux mains pour goûter à quelques instants de plaisir. Cette fois, Weston prenait pleine possession de sa bouche, attisant la passion brute qui couvait en elle. Exactement comme dans ses plus folles envies.

Remontant les mains sur ses larges épaules, elle se pressa tout contre lui, s'agrippant à son corps robuste, alors que le plaisir violent de leur baiser faisait vaciller ses jambes. Oh ! quelle délicieuse sensation… Accrochée à lui, elle savait qu'il ne la lâcherait pas même s'il semblait aussi bouleversé qu'elle à cet instant précis.

Elle sentit ses mains lui caresser les cheveux, avant de dévaler le long de son dos. Se cambrant sous ses caresses, elle scellait son corps au sien, accentuant encore son douloureux désir. Il lui avait suffi de ce seul baiser, pour se sentir fondre sous ses encombrants vêtements.

D'ailleurs, quand il s'écarta pour reprendre son souffle, elle était dans un état second.

— April, je ne veux pas brûler les étapes, ni…

— Ce n'est pas le cas.

Elle ne l'avait même pas laissé finir sa phrase. Se mordant la lèvre, elle s'efforça de reculer d'un pas.

— Je veux dire… Je ne me sens pas contrainte.

Il haussa un sourcil, la dévisageant de son regard sombre avant d'abaisser la voix.

— Tu en es sûre ?

Sa voix rocailleuse la fit frissonner. Elle aurait pu ronronner de plaisir à l'idée de ce qui allait suivre.

— De mon point de vue, murmura-t-elle en soutenant son regard, nous avons même trop attendu…

— On dirait que tu me lances un défi, chuchota-t-il en la déshabillant des yeux alors que son cœur battait la chamade.

Attendait-il qu'elle le contredise ? Elle n'en avait aucune intention.

L'instant d'après, il glissa les mains autour de ses hanches, la soulevant contre lui, avant de la plaquer contre la porte qu'ils venaient juste de franchir. Une barrière venait de tomber entre eux. Elle découvrait maintenant un homme fougueux derrière ses gestes savamment maîtrisés. Et elle trouvait cela aussi excitant que son corps fébrile plaqué contre elle.

Il plongea la langue dans sa bouche, et elle enroula les jambes autour de ses hanches. Sentant son érection, elle se tortilla d'impatience. Sans un mot, il prit son visage entre ses mains, puis l'embrassa à pleine bouche.

Oh ! comme elle aimait ses lèvres… Et ces sensations qu'elles provoquaient en elle, dans chaque cellule de son corps.

Un frisson lui remonta le dos. Elle resserra les cuisses autour de lui, alors qu'il se cambrait contre elle. Une onde de désir s'empara d'elle, et elle détacha les lèvres des siennes :

— On est trop habillés.

— On est sur la même longueur d'onde ce soir, déclara-t-il, avant de se redresser pour l'enlacer de plus belle.

Les bras autour de son cou, elle se laissa porter… Probablement l'emmenait-il dans sa chambre, puisqu'il se dirigeait à l'opposé de la suite qu'il lui avait destinée. Ils traversèrent un couloir où la lumière tamisée accentuait les ombres sur ses pommettes hautes et sa mâchoire aiguisée. Elle déposa un baiser sur sa barbe naissante, se délectant de l'odeur de son après-rasage boisé alors qu'il pénétrait dans sa chambre spacieuse, dont les murs en rondins blanchis à la chaux encadraient un lit à baldaquins gris pâle. Seul un petit projecteur éclairait un tableau représentant un flanc de montagne boisé et couvert de neige.

Il donna un coup de pied pour fermer la porte derrière eux. Elle chercha son regard, mais il semblait obnubilé par le lit.

Brûlant d'impatience, elle se laissa déposer sur le matelas. Il s'allongea à son côté, et elle défit aussitôt les boutons de sa chemise. Ivre de désir, elle mourait d'envie de sentir enfin sa peau contre la sienne.

D'un geste impatient, elle fit glisser sa chemise autour de ses épaules, tout en remerciant la seule lampe de la pièce de lui offrir un aperçu de ce corps si viril… Les muscles de son torse se tendirent alors qu'il s'affairait au-dessus d'elle, pour la libérer à son tour de sa chemise.

Puis, il posa la main sur sa peau. D'abord entre ses seins. Puis sur le haut de son ventre. Sur son nombril. Là, il s'arrêta, comme pour réfléchir. Mais quand il leva les yeux pour chercher les siens, elle comprit qu'il avait envie d'elle autant qu'elle de lui.

Retrouvant son souffle, elle s'ancra dans le moment présent. Il se redressa alors, se glissa hors du lit, puis s'agenouilla près du matelas, lui ouvrant les cuisses délicatement.

Oh !

Elle ne survivrait jamais à une telle séance de déshabillage, se dit-elle alors qu'il défaisait lentement les boutons de son pantalon, qu'il fit glisser sur ses hanches. Puis il s'inclina au-dessus de sa culotte… Elle sentit son souffle chaud à travers la dentelle et la soie. Son plaisir s'intensifia en même temps que son rythme cardiaque.

Sans plus attendre, il posa les lèvres sur elle, lui embrasant la peau avant que sa langue vienne taquiner l'ourlet de ses sous-vêtements.

Pantelante, elle ne pensait plus à présent qu'aux endroits que sa langue chaude explorait. Le temps qu'il lui ôte sa culotte pour de bon avec le reste de ses vêtements, elle tremblait comme une feuille. La tendre éraflure de sa barbe naissante contre l'intérieur de sa cuisse affolait les battements de son cœur. Et lorsqu'il lui prodigua le plus intime des baisers, l'explorant et la savourant avec une minutie qui brisa ses dernières inhibitions, elle se laissa traverser par le plus pur des plaisirs, qui vibra en elle en vagues successives.

Serrant ses hanches dans ses bras, il la cajola ainsi jusqu'aux derniers soubresauts de plaisir de son corps. Alors, essoufflée et rassasiée, elle soutint son regard tandis qu'il se redressait. Comme il n'avait même pas fini de se déshabiller, elle rapprocha un oreiller tout en le regardant prendre un préservatif et se débarrasser de ses dernier vêtements.

Le seul fait de voir ses muscles virils se contracter encore sous sa peau fit de nouveau monter en elle un puissant désir. La lumière tamisée soulignait ses abdominaux, ses pectoraux… Dès qu'il s'approcha d'elle, elle posa un doigt sur son biceps tendu alors qu'il s'allongeait au-dessus d'elle sur le lit.

Sans la quitter des yeux, il s'installa entre ses jambes. La chaleur de son sexe dur comme le roc frôla sa cuisse juste assez longtemps pour lui rappeler à quel point elle avait encore envie de lui… Se cambrant pour l'embrasser, elle l'attira doucement en elle. Lentement.

Incroyablement.

Il resta immobile un long moment, comme pour lui laisser un peu de temps. Elle enroula alors les bras autour de lui, s'agrippant à lui comme si le sort du monde en dépendait. Il n'y avait soudain plus qu'eux. Eux deux.

Quand il se mit à aller, à venir, elle sentit ses lèvres s'étirer en un sourire de pur bonheur, réalisant avec quelle facilité elle l'avait accueilli en elle. S'accrochant plus fermement à ses épaules, elle s'efforça de ne plus réfléchir. De se concentrer sur son plaisir. Voilà, surtout, ne pas réfléchir.

Bras et jambes entremêlés, ils s'étreignirent ainsi, fougueusement. Elle l'embrassa à pleine bouche, plongeant les doigts dans ses cheveux, puis sur sa nuque, pour caresser ses mèches soyeuses.

Puis, quand il l'installa à califourchon sur lui, elle déposa une pluie de baisers le long de son torse, se délectant de ses muscles bandés. Mourant d'envie de lui offrir le même plaisir qu'il lui avait procuré, elle lui captura les mains et les plaça au-dessus de sa tête. Contemplant ses épaules musclées, son visage intrigué alors qu'il se demandait sans doute ce qu'elle faisait, elle comprit alors ce qui lui plaisait le plus.

De lentes ondulations de ses hanches, elle fit monter un peu plus la température. Très vite, elle sentit un nouvel orgasme poindre en elle, mais avant qu'elle puisse les y conduire tous les deux, il la retourna brusquement sur le dos. Leurs yeux se croisèrent, et elle retint son souffle.

Il resta au-dessus d'elle pendant un long moment, et quand leurs corps s'unirent de nouveau complètement, un violent orgasme la submergea. Il la rejoignit l'instant d'après, accentuant encore les sensations divines qui s'emparaient d'elle.

Bientôt, ils s'affalèrent l'un sur l'autre, pantelants, transpirants.

Une paix langoureuse l'envahit peu à peu alors que son cœur retrouvait doucement un rythme normal. Leur respiration se synchronisa, et elle s'enfonça plus profondément dans l'oreiller, comblée. Il remonta une couverture sur elle, puis l'embrassa sur l'épaule.

— Je vais te faire à dîner, lui dit-il à voix basse. J'ai l'impression de faillir à mes devoirs d'hôte, en ne t'ayant pas offert à manger plus tôt…

— Au contraire, tu as été un hôte extrêmement attentif, murmura-t-elle un sourire aux lèvres, malgré le pincement au cœur de le voir s'éloigner d'elle si vite. Il ne me viendrait pas à l'idée de me plaindre de la façon dont tu t'es occupé de moi ce soir…

Elle aurait dû se sentir soulagée qu'il lui laisse un peu de temps pour intégrer ce qui venait de se passer entre eux. Mais le regret qu'elle ressentait de ne pas pouvoir se blottir dans ses bras lui suggéra qu'elle se laissait déjà envahir par les émotions. Tirant la couverture sous son menton, elle roula sur le dos pour mieux le regarder récupérer son jean.

Pour le coup, il ne perdait pas de temps.

— Disons que je ne peux pas te séduire à nouveau avant de t'avoir nourrie, reprit-il en sortant un T-shirt propre d'un tiroir de la commode.

À ces mots, il s'éclipsa, pieds nus, vers la cuisine. Une lumière s'alluma à l'extérieur de la chambre. Elle l'écouta ouvrir les placards et les tiroirs, puis la vaisselle et les casseroles s'entrechoquèrent contre le bar en granit.

Il y avait de quoi se sentir flattée qu'il tienne à s'occuper d'elle de cette façon, et elle l'était. Ils n'avaient pas mangé depuis des heures, et son estomac criait famine.

Mais alors même qu'elle se glissait hors du lit pour regagner sa suite et se changer, le doute l'envahit. En couchant avec lui, avait-elle commis une erreur dont elle peinerait à se remettre ? Cet homme était lié à son enquête, et elle se devait d'informer officiellement son patron de sa relation avec lui. Car il s'agissait là d'une ligne rouge qu'elle n'avait jamais franchie.

Mais ce qui l'inquiétait le plus, c'était la tendresse qu'elle ressentait à présent. Pas seulement dans son corps, même si ses lèvres étaient encore enflées par ses baisers enfiévrés et que, à certains endroits, elle sentait la douce brûlure de ses caresses. Elle éprouvait soudain une vulnérabilité qui la rendait méfiante. Une sensibilité qu'elle ne devrait pas ressentir après cette seule et unique étreinte qu'ils avaient partagée.

Après avoir refermé la porte de sa suite derrière elle, elle entra sous la douche de sa salle de bains, priant pour que l'eau chaude l'aide à recouvrer ses esprits. Car quoi qu'il se passe dans le Montana avec Weston cette semaine, elle avait une vie qui l'attendait à Denver. Une vie compliquée, très différente de celle qu'elle avait entrevue en venant enquêter à Mesa Falls.

Il lui serait déjà assez difficile de s'éloigner de ce monde très glamour dans lequel évoluait Weston. Alors pas question de se compliquer la vie en s'attachant à cet homme. Car leur éventuelle idylle ne survivrait jamais au monde réel.

C'était bien plus qu'une aventure purement sexuelle.

Cette pensée revenait sans cesse à l'esprit de Weston, mais il s'efforçait de l'ignorer, se refusant à réfléchir à ce qui venait de se passer avec April. Au lieu de cela, il savourait les odeurs de cuisine, la douceur des tortillas de maïs maison qui le ramenaient à son enfance dans les montagnes de la sierra Nevada. Les tortillas, qu'il roulait comme le faisait son *abuela* Rosa, dont la seule odeur de maïs suffisait à le transporter dans le temps, dans la cuisine de sa grand-mère.

Ce n'était que récemment qu'il s'était découvert un intérêt pour la cuisine, intérêt que son père reléguerait sûrement au rang de perte de temps inutile dans la vie d'un propriétaire de ranch. Tant pis. Car il y avait quelque chose dans cette expérience sensorielle de découper et d'émincer, de poêler ou de mijoter, qui l'aidait toujours à calmer les pensées qui se bousculaient à son esprit. Comme à présent, à la suite de ces incroyables ébats avec April : il avait besoin d'une échappatoire pour garder les pieds sur terre. S'empêcher de trop réfléchir à tout ce qui se passait entre lui et cette séduisante enquêtrice financière.

Couvrant les *enchiladas* dans la poêle, il dressa la table dans le coin petit déjeuner. Il appréciait la proximité de la grande cheminée en pierre qui ouvrait d'un côté sur le salon et de l'autre sur la cuisine. Le subtil frémissement de la tuyauterie lui indiqua que l'eau était coupée dans la salle de bains de la suite des invités. Et ses pensées retournèrent à April. Recentrant l'assiette de grès blanc sur son set de table, il essaya de ne pas l'imaginer sortant nue de la douche… En vain, bien sûr.

Bon sang, elle était tellement belle… Il ne s'était jamais autant laissé aller avec une femme, et cela le perturbait. Il devait rester concentré sur les intérêts du ranch contre l'enfer qui promettait de s'abattre sur lui et ses associés une fois qu'elle aurait clôturé son enquête. Chacun avait investi toutes ses économies dans la propriété. Tous les six, ils avaient un rêve en l'achetant, et ils en avaient fait un ranch rentable. Ce lieu n'était pas une façon nostalgique d'entretenir la mémoire de Zach, bien que cela ait été en partie l'objectif, au début.

C'était un moyen de faire le bien. Une façon de vivre avec la culpabilité, en œuvrant pour le monde alors que Zach, lui, n'avait jamais pu devenir l'homme qu'il était censé devenir. Le ranch de Mesa Falls était un modèle d'élevage écologique et de gestion des terres. On y utilisait des techniques de pâturage responsables qui avaient permis d'enrichir l'écosystème et de rendre l'environnement plus sain. Ils avaient injecté des capitaux pour agir de façon vertueuse, et investissaient maintenant dans des campagnes de marketing pour inspirer et éduquer le public.

Non pas qu'ils soient tous les six intrinsèquement altruistes. Mais le souvenir de Zach était devenu leur conscience sociale. Et il ferait tout ce qui serait nécessaire pour préserver cela.

En pensant à ses associés, il se souvint que Gage lui avait envoyé un SMS quand il était chez Fallon tout à l'heure. Il était tellement préoccupé par April qu'il n'avait pas consulté le message. Sortant son téléphone de sa poche arrière, il fit défiler ses notifications à l'écran, jusqu'à trouver son texto.

Une journaliste people m'a laissé 2 messages me demandant de lui parler de ma relation avec Alonzo en tant que professeur/ami. Je n'ai pas répondu, mais elle laisse entendre qu'elle compte se rendre à Mesa Falls. Appelle-moi.

Et zut !

Il tapota sur l'icône du téléphone pour appeler Gage. Son ami décrocha à la première sonnerie.

— On a un problème, Rivera, lança-t-il sans préambule alors qu'une télévision énumérait les nouvelles du jour en bruit de fond. Il faut qu'on se voie.

— À cause de cette journaliste ? demanda-t-il tout en tendant l'oreille du côté de la suite des invités.

Pour l'instant, la porte d'April restait fermée.

— Elle a appelé Desmond et ton frère aussi, poursuivit Gage, en faisant référence à Desmond Pierce, propriétaire de casino qui détenait une participation dans Mesa Falls. Et toi, elle ne t'a pas contacté ?

— Comment est-ce qu'elle s'appelle ?

Une hésitation, presque imperceptible.

— Elena, maugréa Gage. Pourquoi diable ne m'as-tu pas répondu plus tôt d'ailleurs ? Faut qu'on s'occupe de tout ça.

Mais où avait-il déjà entendu le nom de cette journaliste ? « Elena » lui semblait familier…

— Je suis au courant, rétorqua-t-il simplement, en remuant la sauce avant de replacer le couvercle sur la poêle. Je te rappelle que je suis en train de gérer notre autre crise de relations publiques avec l'enquêtrice financière.

Un sentiment de culpabilité s'empara de lui, alors que son regard se tournait vers la porte de la chambre d'amis.

Toujours fermée.

— Tant mieux, dit Gage en faisant s'entrechoquer ce qui devait être des glaçons dans un verre. Comment ça se passe ? Est-ce qu'elle a découvert quelque chose ?

— On est allés à Kalispell pour interroger tante Fallon.

Gage laissa passer quelques secondes avant de répondre.

— On ?

Il se mordit la lèvre.

— Oui, bon sang ! On ne peut pas laisser les choix passés d'Alonzo nous prendre au dépourvu. Alors fais-moi une faveur et gère cette journaliste pour moi, pendant que je garde un œil sur la situation ici.

— C'est justement le souci, riposta Gage. Elena est sur le point de devenir ton problème aussi. Je suis sur le profil Instagram d'Elena Rollins, où elle se montre à l'aéroport de Los Angeles avec un billet pour Missoula dans la main et la promesse à ses fans qu'elle « part sur la trace d'un scoop ».

Les muscles de ses épaules se nouèrent si fort qu'il dut se masser de sa main libre.

— Alors quelqu'un d'autre doit venir au ranch pour faire diversion, murmura-t-il en faisant les cent pas dans le salon. Je n'arriverai pas à circonscrire tout seul tous les incendies alors qu'on est menacés de toutes parts depuis que Tabitha Barnes a décidé de démasquer Alonzo devant les caméras.

— Je convoque une réunion. Sur place.

Les paroles de Gage le surprirent. Les associés du ranch se réunissaient rarement, préférant lui confier la direction des opérations… Peut-être parce qu'ils préféraient oublier le passé qu'ils avaient aussi en commun.

— Quand veux-tu que l'on se réunisse ?

Il aurait dû éprouver du soulagement, il le savait, à ce que les autres propriétaires se mettent enfin d'accord au sujet des désordres causés par Alonzo. Mais d'une certaine façon il s'agaçait de cette intrusion dans le court laps de temps qui lui restait à passer avec April, avant qu'elle clôture son enquête.

— Samedi prochain. J'ai un nouveau directeur des relations publiques sur qui je peux compter pour organiser un événement dans un délai si court. Quelque chose pour détourner l'attention du public des faiseurs de scandales ou, au moins, faire en sorte que ce voyage serve une bonne cause.

Gage lui assura qu'il lui donnerait bientôt plus de détails, et ils raccrochèrent juste au moment où la porte de la chambre d'amis s'ouvrit. Il rangea son téléphone dans sa poche et retourna à la cuisine.

— Ce que tu es train de cuisiner sent merveilleusement bon ! s'exclama April.

Sa voix dissipa une partie des tensions dans ses épaules,

mais sa conversation avec Gage lui avait rappelé tout l'enjeu pour les propriétaires de Mesa Falls, si le scandale autour d'Alonzo devait entacher leur travail au ranch.

Il devait se tenir au courant des avancées de son enquête.

Elle traversa la cuisine dans son T-shirt blanc à manches longues et son pantalon de pyjama à carreaux bleus, s'arrêtant près de la cuisinière. Ses longs cheveux étaient encore humides et attachés en un vague chignon. Elle huma les tortillas odorantes devant la cuisinière.

Elle était encore plus belle sans maquillage. Ses joues étaient encore roses sous l'effet de la douche. Oh ! comme il mourait d'envie de poser les mains autour de ses courbes et de l'enlacer… Mais il se devait de garder son sang-froid. Pour l'instant, du moins.

— J'espère que ça te plaira, murmura-t-il en plaçant une carafe d'eau en argent sur la table avant de retourner soulever le couvercle de la poêle pour lui montrer ce qu'il y avait à l'intérieur. Voici un plat qui me rappelle ma jeunesse. D'inspiration mexicaine et latine !

En voyant la vapeur s'élever devant eux, il repensa à la douche qu'elle venait de prendre, seule. Quelle opportunité il venait de manquer, bon sang…

— Je n'ai jamais essayé de cuisiner quoi que ce soit qui ressemble à de la nourriture mexicaine, mais j'en suis une grande amatrice quand je sors, dit-elle en récupérant une spatule sur le comptoir. J'ai hâte de goûter à tes *enchiladas* ! Veux-tu que je t'aide à faire le service ?

Il rit en lui prenant la spatule, se réjouissant de l'ambiance plus légère qui régnait à présent entre eux.

— N'hésite pas à choisir un vin si tu en as envie, et je nous servirai, reprit-il en indiquant la porte de la petite cave à vin sous le placard. Je suis soulagé d'entendre que tu as de l'appétit.

— Soulagé ? répéta-t-elle en contournant la cave à vin pour se diriger vers la table dans le coin petit déjeuner.

Elle s'arrêta près du foyer en pierre pour se réchauffer les mains.

— Je me suis vraiment interrogé quant à mes priorités dans la vie quand je t'ai entendue te doucher seule alors que j'avais choisi de cuisiner, déclara-t-il d'une voix qui trahissait son désir. Mais je suis ravi de pouvoir te nourrir !

Après avoir glissé les *enchiladas* sur un lit d'épinards et de légumes verts, il apporta les assiettes à table.

Il sentit son regard sur lui bien avant de relever les yeux et, en se glissant sur la banquette à côté d'elle, du genou il frôla le sien. L'odeur de ses cheveux, douce et épicée, lui chatouilla les narines, comme le parfum plus subtil et unique de sa peau. Il ne put s'empêcher de poser une main sur sa cuisse, sur la flanelle douce de son pantalon.

— Pour ce que ça vaut, déclara-t-elle alors d'une voix suave, je ne suis pas opposée à prendre plusieurs douches dans une journée.

Son désir pour elle flamba, mais il parvint à se maîtriser. Inclinant le visage vers le sien, il se limita à un baiser.

— Dans ce cas, murmura-t-il contre ses lèvres, tu ferais mieux de manger pour reprendre des forces.

Puis, s'écartant d'elle, il la regarda goûter à sa première bouchée.

Elle ferma les yeux un instant, puis son petit gémissement de plaisir le fit frissonner de la plus exquise des façons.

— C'est délicieux, murmura-t-elle.

— Content que ça te plaise, dit-il en se concentrant sur le contenu de son assiette pour s'empêcher de l'embrasser à nouveau.

Il devait juste oublier la situation qui s'était créée

autour d'Alonzo et savourer l'instant présent, passer du temps avec elle, leur donner l'opportunité de laisser libre cours à leur passion.

L'une des raisons pour lesquelles il s'était rapproché d'elle au départ, c'était pour garder un œil sur son enquête. Histoire de savoir si elle avait déterré quelque chose de potentiellement dommageable au sujet d'Alonzo, et qui serait susceptible de nuire aux associés de Mesa Falls. Bien sûr, cette nécessité restait d'actualité. Elle était même plus importante que jamais, car April se rapprochait des réponses.

En attendant, il la laissa profiter de son dîner tout en réfléchissant à la façon d'aborder le sujet avec tact. Il remplit leurs verres d'eau, et les flammes de la cheminée se reflétèrent sur la carafe en argent.

— Tu ne m'as pas dit grand-chose au sujet de notre visite chez Fallon, dit-il en se remémorant le désir si fort qui couvait entre eux en arrivant au chalet, et qui avait noyé tout le reste. T'a-t-elle appris beaucoup de choses à propos d'Alonzo ?

Elle sourit.

— Ça valait le détour : j'ai découvert toutes les cartes postales qu'il lui a envoyées. J'avais entendu dire par de multiples sources qu'il voyageait fréquemment, mais même ses fils ignoraient où il se rendait. S'il effectuait des missions humanitaires comme Fallon le suggère, alors je ne sais pas pourquoi il en aurait fait un secret…

— Donc tu penses que ce n'est pas le cas ? Tu crois qu'il a menti à Fallon au sujet de ces constructions de maisons dans les villes pauvres du monde entier ? reprit-il sur la défensive. Ma tante l'a accompagné plusieurs fois en voyage, tu sais.

— Je ne suggère pas qu'il mentait, répondit-elle en levant les yeux de son assiette, ayant sans doute perçu la méfiance de sa voix. Il sera très facile d'en savoir plus sur ses voyages maintenant que j'ai une idée d'où chercher. Je me demande simplement si ses séjours à l'étranger ne dissimulaient pas d'autres raisons. Il ne fait aucun doute que ses descriptions de l'Argentine dans *Les Mariés de Hollywood* ont été inspirées d'un de ces voyages.

Il n'avait pas beaucoup réfléchi à ce livre depuis la révélation que le pseudo A. J. Sorensen dissimulait en fait son ancien mentor. Mais il était évident que cette histoire suscitait l'intérêt du public si cette journaliste people était en route pour le Montana. Des reporters parviendraient-ils à dénicher des informations auxquelles April n'avait pas eu accès ? Car les tabloïds ne s'embarrasseraient sans doute pas de la même éthique qu'April. Pourtant, il pressentait qu'elle finirait par découvrir la vérité. Car elle était implacable dans sa quête pour reconstituer le puzzle. Il en était à la fois fier et méfiant, étant donné qu'il ne pouvait se permettre de laisser les détails de son passé qu'il lui avait confiés être révélés au grand jour. Cette escapade à cheval entre ados avait bouleversé la vie de chacun des propriétaires du ranch. Et ce n'était pas son rôle de partager leurs secrets.

Or, pour l'heure, April constituait le mystère le plus intéressant, à ses yeux. La curiosité qu'elle éveillait en lui était aussi forte sur le plan professionnel que personnel.

— Alors maintenant, tu vas enquêter sur ce qu'il faisait lors de ces voyages ? demanda-t-il.

— En effet, confirma-t-elle en plantant sa fourchette dans un morceau de fromage. Mais j'ai du personnel à Denver qui peut s'occuper de ce travail de recherche. Je leur ai transmis les dates, les lieux, et ils vont s'en servir pour essayer de dénicher quelque chose. Mais en attendant de leurs nouvelles…

— Tu as déjà contacté ton bureau de Denver ? l'interrompit-il, épaté d'une telle rapidité.

Peut-être garderait-elle une longueur d'avance sur les tabloïds, au final…

— Mon client consacre des ressources considérables à la recherche de réponses que j'ai déjà mis trop de temps à essayer de trouver, expliqua-t-elle en plissant légèrement le front.

Il perçut sa frustration, mais lui fut reconnaissant de ne pas lui rappeler qu'il l'avait des semaines durant ralentie dans son enquête sur Alonzo.

— Et j'ai envoyé toutes les infos que j'ai recueillies sur mon téléphone pendant que tu rentrais les bûches de Fallon, poursuivit-elle d'une voix neutre.

Il comprit alors qu'en réalité elle ne cessait jamais de travailler, et que sa loyauté première ne lui revenait pas à lui. Elle n'hésiterait donc pas à transmettre le résultat de ses investigations d'aujourd'hui à son client, Devon, le fils d'Alonzo. Il aurait dû lui poser la question plus tôt.

Certes, il l'avait vue au téléphone, mais sans imaginer qu'elle avait recueilli tant d'infos lors de sa brève conversation avec sa tante.

— C'est bien, dit-il après un long silence.

— Je vais voir ce que je peux trouver d'autre au sujet de Nicole Smith et de son mystérieux neveu. Je n'ai trouvé aucun dossier à ce nom, mais je peux continuer à chercher différemment avant de lui parler à nouveau, murmura-t-elle avant de boire une gorgée d'eau sans le quitter du regard.

— De quelle façon ?

À peine eut-il posé cette question qu'il comprit qu'elle n'allait probablement pas lui répondre.

— Enfin, si tu as le droit de me le dire. Mais si c'est trop sensible par rapport à l'enquête, je comprendrais que…

— Ce n'est pas un secret, l'interrompit-elle, en reposant son verre sur la table. La majeure partie de mon travail consiste à faire des recherches dans des bases de données accessibles au public. Dans ce cas précis, ma prochaine étape consiste à éplucher les archives des maternités proches de Dowdon, datant d'il y a treize ans. En y recensant toutes les naissances de bébés prénommés Matthew, au cas où le prénom que Nicole m'a donné serait le bon…

— Logique, murmura-t-il en essayant de trouver les pires scénarios pouvant expliquer le comportement d'Alonzo.

Si l'hypothèse selon laquelle il avait financé l'éducation d'un enfant était vraie, pourquoi en aurait-il fait un secret ?

Plus important encore à ses yeux, comment ces raisons risquaient-elles d'affecter Mesa Falls ? Déjà, le gala de Noël avait été terni par les révélations fracassantes de Tabitha Barnes. Car une fois qu'elle avait lancé sa bombe concernant le fait qu'Alonzo était l'auteur des *Mariés de Hollywood*, les réseaux sociaux n'avaient plus fait que relayer des ragots au sujet du ranch, au lieu d'évoquer ses initiatives d'élevage écologique.

L'argent qu'ils avaient investi dans leur campagne de communication n'avait fait qu'amplifier la curiosité du public à propos du mystère Alonzo Salazar, alimentant ainsi les ragots.

En temps normal, il ne se serait jamais intéressé à ce genre de ragots. Mais aujourd'hui, il n'avait pas le choix.

— Je sais que tu t'inquiètes des retombées de cette affaire sur le ranch, déclara-t-elle comme si elle avait lu dans ses pensées. Mais je n'ai toujours pas compris en quoi le ranch pourrait être touché.

Sans le quitter des yeux, elle posa sa fourchette qui fit tinter la porcelaine. Elle se mordit la lèvre, puis reprit :

— Es-tu sûr de ne rien vouloir me dire au sujet d'Alonzo Salazar, ou de ta relation avec lui, avant que la vérité éclate au grand jour ?

- 9 -

La mâchoire carrée de Weston se crispa, tout comme ses épaules. April comprit qu'elle l'avait vexé, et regretta de lui avoir posé une telle question. Dans le silence qui suivit, les flammes continuèrent à danser dans le du foyer.

— Je suis désolée, finit-elle par déclarer.

Elle tenait à s'expliquer, à arrondir les angles avec cet homme qui lui avait cuisiné un dîner délicieux... et qui s'était révélé l'amant le plus généreux qu'elle avait jamais connu. Il méritait mieux.

— Ce n'est pas ce que j'ai voulu dire. Je suis probablement fatiguée par ces longues journées passées sur cette enquête, et je me suis mal exprimée.

— Dans ce cas, qu'as-tu donc voulu dire ? demanda-t-il d'un ton sensiblement plus froid.

— J'ai juste l'impression qu'il me manque une vue d'ensemble de la situation, puisque je ne comprends toujours pas le rôle d'Alonzo Salazar dans la vie des propriétaires du ranch, une fois que vous avez quitté l'école... Bon, il a été votre mentor pendant votre adolescence, ça, j'ai compris. Mais qu'est-ce qui l'a attiré dans le Montana, des années plus tard ? J'ai l'impression qu'un élément de la relation qui vous lie tous m'échappe. Il y a ton frère, par exemple.

Il se renfrogna et secoua la tête, comme si cette seule évocation lui avait donné envie de mettre fin à la discussion.

— Qu'est-ce que ma famille aurait à voir avec tout ça ?

— Miles Rivera est l'un des associés du ranch.

Elle avait effectué ses recherches sur l'organisation du ranch de Mesa Falls quand elle avait cherché des indices sur les fréquents séjours d'Alonzo Salazar dans cette région.

— D'après ce que m'a dit Fallon, reprit-elle avec prudence, ton frère et toi ne devez pas avoir grand-chose en commun en dehors du ranch.

Il soupira profondément puis s'écarta de la table, fermant les yeux un instant.

— Miles et moi avons onze mois d'écart d'âge. On s'est donc retrouvés dans la même classe à l'école, et il a survécu à cette escapade en enfer avec nos camarades. Il y a un lien bien plus fort entre nous que notre lien de sang, dit-il en posant la main sur la banquette, serrant le poing.

Elle attendit, en se disant qu'il s'avérait plus difficile à cerner que l'enquête qui l'avait menée à lui.

— Et franchement, je considère que ce n'est pas à moi de discuter des autres propriétaires du ranch avec toi, reprit-il en se levant pour commencer à débarrasser leurs assiettes. Mais si tu veux en savoir plus sur eux, mon frère y compris, je peux t'organiser une rencontre.

Elle se leva pour l'aider à débarrasser.

Il posa une pile de plats sur le comptoir tandis qu'elle commençait à remplir le lave-vaisselle.

— Vraiment ? Je veux dire, je te serais très reconnaissante de me les présenter.

Sa proposition la surprenait, vu qu'il l'avait si longtemps tenue à l'écart de ses affaires. Mais elle n'allait pas louper une telle opportunité. À la fois pour avancer sur l'enquête, mais aussi pour mieux connaître Weston sur le plan personnel.

Il croisa son regard, et ses épaules se détendirent un peu.

— Mais il y aura une contrepartie.

— C'est-à-dire ? bredouilla-t-elle alors que sa peau s'échauffait sous son regard.

Car leur nuit en tête à tête était loin d'être terminée. Peu importe à quel point cette conversation devenait sensible, ils pourraient toujours la terminer par une étreinte torride.

Si seulement tous les obstacles de sa vie pouvaient ainsi passer au second plan…

Il emballa les restes et glissa l'assiette dans le frigo bien rempli. Puis, se retournant vers elle, il lui prit la main et l'éloigna du comptoir en granit.

— Pas de ménage pour toi… Tu es mon invitée.

— Mais tu as préparé tout le repas, protesta-t-elle, malgré la sensation de ses doigts chauds qui se promenaient sous l'ourlet de son T-shirt, au-dessus de ses hanches.

— On ne compte pas les points, lui assura-t-il en poursuivant ses caresses qui ne tardèrent pas à la faire frémir d'impatience. Et tu mérites de te détendre plus.

Ses paroles la touchèrent profondément. Impossible de continuer à penser. Elle s'efforça malgré tout de rediriger la conversation sur un terrain plus neutre, sentant la faille dans ses défenses s'agrandir.

— Dans ce cas, merci, dit-elle la bouche sèche. Mais tu ne m'as pas encore dit où est le piège. Comment puis-je rencontrer tes associés du ranch ?

Il inclina la tête vers elle, sa chaleur s'infiltrant sous sa peau… Sa vision se brouilla… Elle avait de nouveau envie de lui. Elle avait *besoin* de lui.

Comment s'était-il débrouillé pour avoir autant de pouvoir sur elle, alors qu'ils se connaissaient depuis si peu de temps ?

— Gage et moi, on s'est parlé pendant que tu étais sous la douche, déclara-t-il. Apparemment, plusieurs tabloïds s'intéressent à Alonzo, donc nous avons une réunion d'associés ce week-end. Tous ceux qui le pourront viendront à Mesa Falls dès que possible.

Cette nouvelle la stupéfia. Elle se redressa pour le regarder dans les yeux, un frisson chassant la douce chaleur de l'instant précédent.

— La révélation de la vie secrète d'Alonzo Salazar représente une telle menace que six des hommes les plus riches du pays vont tout laisser pour s'envoler vers le Montana sans délai ?

Elle qui soupçonnait depuis le début que Weston lui cachait quelque chose d'important à propos de son ancien mentor… Son intuition semblait se confirmer.

— Ce n'est pas que cela constitue une menace, dit-il en lui lâchant la taille. Mais nous avons un intérêt commun à protéger la réputation d'une personne qui nous a guidés. Et qui est importante pour nous.

— Ne devriez-vous pas laisser cela à mon client, le fils d'Alonzo Salazar ? demanda-t-elle envahie par la frustration.

Cette relation qu'elle entretenait avec lui n'avait-elle pas complètement obscurci son jugement ?

— Si on pouvait faire confiance à Devon ou Marcus Salazar pour protéger les intérêts de leur père, oui. Mais tu dois admettre que ton client n'a jamais montré grand intérêt pour son père avant sa mort, remarqua-t-il en s'éloignant d'elle pour aller contempler les flammes devant la cheminée en pierre. N'est-il pas révélateur que Devon ait dû engager des enquêteurs pour dégoter des infos sur son propre père ? D'autant que je sais qu'Alonzo a invité ses deux fils au ranch plusieurs fois dans les années précédant sa mort. Aucun d'eux n'est jamais venu. Ensuite, il était trop tard.

Elle était au courant que la dernière volonté d'Alonzo Salazar avait été que ses fils visitent le ranch après sa mort. C'est alors que Devon avait engagé sa société pour mener des enquêtes, après avoir obtenu des documents que son père avait laissés pour eux auprès des associés du ranch. Elle n'en savait pas beaucoup, mais de son point de vue il semblait que Devon faisait tout ce qu'il pouvait pour élucider le mystère de la vie de son père.

Un mystère que Weston semblait déterminé à conserver.

Pourtant, elle ne pouvait se permettre de décliner son invitation à rentrer pour de bon dans son monde. En rencontrant ses frères d'armes, qui s'étaient jusque-là révélés injoignables.

— Je comprends pourquoi tu peines à faire confiance à Devon, murmura-t-elle en le rejoignant devant le foyer, dont la lueur des flammes dansait sur son visage. Et je te remercie pour l'invitation de ce week-end.

Il leva les yeux, son regard noisette impénétrable, puis enfonça les mains dans les poches de son jean. Sa ceinture basse laissait entrevoir des abdominaux tendus juste sous l'ourlet de son T-shirt, lui rappelant qu'il ne portait rien au- dessous.

Tant bien que mal, elle refoula son désir pour lui, se concentrant sur leur conversation.

— On n'a pas arrêté de lieu de rencontre, expliqua-t-il en se redressant, avant de la prendre dans ses bras. Mais je te tiendrai au courant une fois que l'on aura décidé.

Devrait-elle se méfier de leur relation à présent qu'elle le soupçonnait d'en savoir plus sur Alonzo Salazar que ce qu'il partageait avec elle ? La logique voudrait que oui. Mais son attirance pour cet homme était trop puissante. Et elle avait besoin de son aide si elle voulait découvrir où l'argent d'Alonzo Salazar était vraiment passé. Piètre excuse pour laisser ses hormones prendre les décisions à sa place, mais elle n'avait guère le choix.

— OK. Merci, dit-elle en hochant la tête, en le laissant l'enlacer. Et pour ce que ça vaut, je suis désolée que les tabloïds s'en soient mêlés. Je sais que ça doit être frustrant.

Leurs corps semblaient avoir été conçus pour se compléter. L'odeur virile de sa peau l'appelait à travers son T-shirt. Elle posa la paume sur son torse musclé, calant le front contre sa mâchoire.

— Gage m'a dit qu'une journaliste promettait un scoop à ses *followers*, et avait publié la photo d'un billet d'avion pour le Montana, reprit-il en secouant la tête, tout en la serrant un peu plus contre lui.

— Tu veux rentrer en voiture ce soir ? demanda-t-elle en levant la tête pour chercher son regard. Tu as besoin d'être au ranch pour limiter les dégâts potentiels ?

Il lui releva le menton avant de lui embrasser la joue du bout des lèvres.

— Merci, mais il n'est pas question que je parte d'ici tout de suite, susurra-t-il en déposant un autre baiser au creux de son cou, puis juste sous son oreille.

Un frisson remonta le long de son dos.

— Je ne veux pas que tu regrettes d'être resté ici avec moi si quelque chose se passait mal au ranch.

Il s'interrompit pour la dévisager, l'air grave.

— Tout d'abord, il est impossible qu'une journaliste people soit meilleure que toi pour résoudre cette énigme. Il n'y a aucun risque qu'elle débarque et découvre soudainement la vérité du jour au lendemain.

Sa confiance dans ses capacités professionnelles la toucha, malgré les doutes qui l'assaillaient.

— Mais…

Avant qu'elle puisse exprimer ses préoccupations, il déposa un baiser sur les lèvres. Un baiser lent et profond qui dispersa toutes ses pensées, lui rappelant à quel point cet homme était capable de lui faire ressentir des choses incroyables. Lorsqu'il s'écarta d'elle, son cœur battait à tout rompre, sa peau tremblait d'impatience.

— De plus, continua-t-il d'une voix grave au creux de son oreille, il y a un lit dans la pièce d'à côté, et j'ai plus envie que jamais de t'y emmener.

Tant pis pour sa promesse à Gage de « gérer la situation ».

Mais il ne savait pas s'il aurait de nouveau l'occasion d'être seul à seul avec elle. D'autant qu'une catastrophe risquait de s'abattre sur Mesa Falls à tout moment.

Comment résister à cette femme ce soir, alors qu'il la désirait avec une férocité qu'il n'avait jamais ressentie pour aucune autre ?

Elle hocha doucement la tête.

— J'aime ta façon de voir les choses, chuchota-t-elle.

À ces mots, il sentit son corps s'embraser. Et même s'ils venaient de faire l'amour, il ressentait la même urgence que lors de leurs premiers ébats. Plus forte, même. Parce qu'à présent il savait ce qui les attendait. Comment oublier la façon dont elle avait susurré son nom quand elle s'était enfin abandonnée à lui ?

— Mets les bras autour de mon cou, lui ordonna-t-il d'une voix fébrile, brûlant d'envie de se perdre de nouveau dans sa douceur.

Elle obtempéra, et il la porta à travers le salon jusqu'au lit de la suite principale. Il avait envie de l'allonger au milieu de la couette pour ôter ses vêtements de son corps de déesse, embrasser chaque centimètre carré de sa peau… Mais elle posa une main sur son torse avant qu'il puisse la poser.

— J'ai envie de te déshabiller cette fois, murmura-t-elle en descendant les doigts le long de son T-shirt. Tu permets ?

S'il lui permettait ? Et comment !

— Ça me va, chuchota-t-il en la posant en silence sur le tapis gris et blanc.

Son regard bleu passa de ses épaules à ses hanches, comme pour le jauger. À en croire la façon dont elle plissait le front, elle réfléchissait à son point de départ. Il sentait déjà son corps bouillonner de désir et d'impatience.

Quand elle remonta le regard au niveau du sien, un sourire sexy s'afficha au coin de sa bouche.

— Il est possible que j'aie fantasmé de faire ça lors la nuit que nous avons passée à Trapper Peak…

Sans plus attendre, elle glissa les doigts sous son T-shirt, lui caressant la peau d'un geste hésitant. Ivre de désir, il se prépara à exaucer son fantasme.

— Cela ne m'aurait pas dérangé, avoua-t-il alors.

Car même un blizzard n'aurait pas pu refroidir une telle ardeur.

Elle remonta le T-shirt de Weston le long son dos, et il l'aida à s'en débarrasser. Puis elle ôta son propre haut, qu'elle fit atterrir sur son T-shirt jeté en vrac.

Il posa alors les yeux sur ses seins rebondis, engoncés dans la dentelle blanche de son soutien-gorge. Il était subjugué. Elle était incroyablement belle dans la lueur tamisée de la lampe qui éclairait un tableau près du lit. Elle avait le regard rivé sur ses doigts, alors qu'elle explorait sa peau dénudée juste au-dessus de son jean… À mesure qu'elle se rapprochait de son entrejambe, il sentit l'excitation monter en lui.

Elle se pencha pour déposer un baiser à la base de sa gorge, les seins tendus dans son soutien-gorge. Elle respirait soudain plus vite, plus fort. Et pourtant, il lui laissa donner le tempo, même à présent qu'il mourait d'envie qu'elle l'accueille de nouveau en elle… Quand elle ouvrit sa fermeture Éclair, d'un geste si précautionneux, il sentit son self-control l'abandonner peu à peu.

Se dégageant de son jean, il lui laissa assez de temps

pour trouver un préservatif, son sang battant si fort à ses tempes qu'il avait l'impression d'être dans un état second. Et quand il la vit ôter son pantalon de pyjama, dévoilant un petit bout de dentelle blanche formant un V entre ses cuisses, il s'efforça de ne pas fondre sur elle comme un sauvage… Même s'il avait affreusement envie d'elle.

Là, tout de suite…

Déchirant le sachet du préservatif, il enfila sa protection avant même d'atteindre le lit. En se laissant tomber sur le bord du matelas, il l'attira contre lui. Elle s'installa à califourchon sur lui, ses seins pulpeux frôlant son torse et lui faisant réaliser qu'il ne lui avait pas encore arraché son soutien-gorge. Décidément, cette femme lui faisait perdre ses moyens : avec elle, tout était si différent de ce qu'il avait connu jusque-là…

Il était sur le point de lui arracher ses derniers sous-vêtements quand elle referma une main autour de son sexe durci. Sans un mot, elle le caressa sur toute sa longueur. Comment arriver à réfléchir en de telles circonstances ? Il parvenait à peine à respirer.

Au lieu de cela, il l'écouta haleter. Ses lèvres se promenèrent sur sa gorge, puis sa langue, tandis qu'elle s'installait sur lui, repoussant ses sous-vêtements en dentelle sur le côté.

Il ne perdit plus une seconde : d'un coup de reins, il s'invita en elle. Oh ! Comme… c'était… bon.

Une déferlante de sensations s'abattit sur lui. L'anéantit. D'un bras, il ancra sa taille fine sur lui, la guidant au rythme qu'il avait pris. Lentement, il alla, il vint, s'efforçant de ne rien précipiter, de rester à l'écoute de ce qui lui plaisait le plus à elle.

Quand elle se mit à gémir, il accéléra la cadence, refermant les mains autour de ses seins. Elle planta les ongles dans ses épaules, ondulant des hanches sur lui, comme pour l'encourager. Très vite, il sentit ses petits muscles se resserrer contre lui : un puissant orgasme s'empara d'elle. À son tour, il se laissa submerger. Le souffle coupé, il sentit chaque cellule de son corps irradiée d'un plaisir intense, ultime, presque douloureux.

Pantelant, il la serra dans ses bras, comblé. Cela se passait de mots. Il tira la couverture sur leurs corps en sueur, puis caressa ses cheveux soyeux et en désordre. Elle se lova contre lui comme si sa place avait toujours été là, reprenant peu à peu son souffle contre son torse.

Il savait que cela ne pouvait pas durer. Cette nuit de rêve passée avec elle. Ce lien qu'il y avait entre eux.

Mais pour l'heure, cela n'avait guère d'importance. Plus rien ne comptait, sinon cette femme superbe, là, entre ses bras. Il n'y avait plus d'enquête, plus de réunion d'urgence entre les riches associés de Mesa Falls… Elle était là, dans ce lit, parce qu'elle ressentait cette même attirance, irrépressible, que lui.

Cela aurait pu ressembler à un miracle.

Mais ce n'en était pas un, car cette relation était vouée à une fin irrémédiable. Une fois la réunion avec les associés terminée, quand elle aurait toutes les réponses qu'elle cherchait, elle retournerait à Denver. Et à son travail d'enquêtrice financière, qui consistait à remettre de l'ordre dans le monde parfois désordonné des chiffres et de la comptabilité.

Quant à lui, il cultiverait les promesses de son passé, honorant l'ami qu'il n'avait pas pu sauver en s'assurant que de bonnes œuvres soient faites en son nom. Il protégerait le reste de ses amis, qui avaient chacun leurs propres raisons de ne pas souhaiter que leur passé soit mis en lumière. Et d'une façon ou d'une autre, il tiendrait à distance les amateurs de scandales du monde entier.

Il espérait seulement que son inévitable séparation d'avec April se passerait en douceur. Car si son besoin de réponses menaçait les derniers secrets qu'il se devait de garder, l'harmonie parfaite qu'il ressentait à cet instant précis ne prendrait pas fin aussi simplement.

C'était toute leur relation qui imploserait. Et peu importe à quel point il était ému de voir cette femme éblouissante s'endormir à côté de lui, il ne pouvait pas se permettre d'être celui qui se brûlerait les ailes.

- 10 -

Après cette nuit de rêve passée dans les bras de Weston, le retour au ranch de Mesa Falls ressemblait à une punition céleste.

Enfermée dans son logement du pavillon principal, April épluchait les mails qui s'accumulaient en lien avec son enquête. Elle n'avait retrouvé aucun Matthew Smith né dans un hôpital près de Dowdon, mais avait reçu une liste d'autres garçons prénommés Matthew nés dans un rayon de cinquante kilomètres cette année-là. Elle avait aussi dégoté de nouveaux relevés de voyage concernant Alonzo Salazar, et toutes sortes de pistes à passer au peigne fin : ce qui l'avait obligée à décliner l'invitation à dîner de Weston pour ce soir-là.

Elle savait qu'il avait beaucoup de travail de son côté ce jour-là puisqu'une journaliste people allait surveiller le ranch à la recherche d'un scoop. Malgré cet intérêt croissant des réseaux sociaux pour Mesa Falls, Weston avait trouvé du temps à lui consacrer, en l'invitant chez lui pour le dîner.

Pourtant, elle s'était imposé de rester dans sa chambre. Seule.

Une décision qu'elle commençait à regretter à présent que l'heure de se coucher approchait, après s'être contentée d'une barre protéinée pour le dîner. Une décision qu'elle regrettait déjà bien avant, en fait, car elle avait bien plus envie de revoir Weston que de manger. Or, elle ne pouvait laisser son désir pour lui l'emporter sur son éthique professionnelle. Elle n'était pas en vacances, après tout. Voilà des heures qu'elle était collée à son téléphone, à tenter de donner du sens aux innombrables résultats que lui avait transmis le personnel de son bureau à Denver. Tout cela aurait été plus gratifiant si sa seule motivation avait été de clore son enquête. Mais maintenant qu'elle avait des sentiments pour Weston ?

Elle n'avait certainement plus la même envie de quitter le Montana pour revenir aux problèmes de sa mère. Et quand elle serait partie, sa propre vie lui semblerait encore plus solitaire qu'avant sa rencontre avec l'homme le plus fascinant qu'elle avait jamais connu. Elle regarda fixement les données sur son écran – un listing de voyages d'Alonzo Salazar avec les dates et prix des billets d'avion. Inutile. Ses pensées revenaient sans cesse à Weston. N'était-ce pas une erreur de s'être rendue à Kalispell avec lui, en premier lieu ? Car elle avait espéré que ce désir entre eux s'éteindrait peut-être si elle le laissait s'exprimer une fois pour toutes, de la plus torride des façons.

Au contraire, le temps qu'ils avaient passé ensemble n'avait fait qu'approfondir le lien entre eux. Il était bien plus à ses yeux qu'un homme séduisant. Elle avait pu constater ses attentions affectueuses envers sa tante. Elle avait découvert quel amant généreux il était. Et comment oublier l'aide qu'il avait apportée à son travail en l'amenant à la rencontre de Fallon Reed ? En plus de tout ce qu'elle savait déjà de lui – qu'il était prêt à partir, en pleine nuit, sur les sommets enneigés du Montana pour la sauver —, elle savait également que toute résistance serait désormais inutile. Atteindrait-elle le point de non-retour une fois qu'elle aurait assisté à la réunion des associés avec lui le week-end suivant ?

En tant que sa *cavalière.*

Attrapant la gourde d'eau qu'elle gardait sur sa table de nuit, elle essaya de se concentrer sur son travail, car ressasser toutes ces choses au sujet de Weston n'avait pour effet que de lui donner le cafard. Son regard passa du carnet de voyage sur son écran à un message de Nicole Smith. Elle cliqua tout de suite dessus.

> Je me suis fait virer hier avant de prendre l'avion du retour pour Mesa Falls avec mes collègues. On m'a dit que mes affaires me seraient expédiées et que l'on ne me laisserait pas accéder au ranch si je revenais. Vous savez quelque chose à ce sujet ?

Elle se redressa d'un coup et relut le texte. Deux fois.

Nicole insinuait-elle qu'elle était à l'origine de son licenciement ? Pire encore, aurait-elle pu par inadvertance en être la cause en parlant à Weston de la présence de Nicole à Mesa Falls ? Aurait-il renvoyé Nicole pour protéger ses autres associés du ranch ?

La méfiance et l'inquiétude s'emparèrent d'elle. N'avait-elle pas eu tort de lui confier toutes les informations qu'elle possédait au sujet de son enquête ?

Se mordant la lèvre, elle se demanda comment réagir, sachant que Nicole était cruciale pour son enquête, malgré le fait qu'elle ne lui avait fourni aucune preuve concrète des fonds versés à son neveu. Elle lui avait transmis quelques relevés bancaires qui montraient des dépôts réguliers, mais tant que l'on ne pouvait identifier d'où venait cet argent, cette information était sans valeur…

> Je n'étais pas au courant. J'espère que les circonstances ne nous empêcheront pas de nous parler par téléphone, à votre convenance. Nous en apprendrons plus ensemble que séparément.

Se glissant hors du lit où elle s'était réfugiée avec son ordinateur portable, elle rejoignit la fenêtre qui surplombait le terrain enneigé. Au loin, elle distinguait le petit étang avec ses patineurs et le pavillon où elle avait embrassé

Weston pour la première fois pendant le dîner. Entre le pavillon et l'étang, plusieurs allées faiblement éclairées donnaient un éclat particulier à la neige fraîche, qui brillait d'un blanc éclatant dans la pénombre.

Elle adorait le côté propret du ranch des invités. Il n'y avait ni fantaisie ni décoration excessive. Juste la beauté des paysages et des bâtiments bien structurés. Des éclairages pour que le lieu reste accueillant, même la nuit. Quelque part plus loin, Weston vivait dans sa maison construite à flanc de montagne, surplombant la rivière, la Bitterroot. Elle en avait entendu parler, mais ne l'avait jamais vue de ses propres yeux. Elle se demandait s'il s'y trouvait là, à ce moment-là… S'il pensait à elle… Si elle lui manquait.

Mais n'était-elle pas idiote de ressentir toutes ces choses pour lui, alors que leur relation n'avait pas d'avenir ?

Surtout, comment arriverait-elle à l'éviter jusqu'à la réunion des associés ? Et même si elle y parvenait, cela suffirait-il à l'empêcher de tomber amoureuse de lui ?

Ne faisait-elle pas que retarder l'inévitable ?

Son téléphone vibra de nouveau, et son cœur fit un bond dans sa poitrine. Weston ? Non… C'était encore Nicole.

Il n'y avait pas de message dans le corps du texte. Juste une pièce jointe.

Elle cliqua dessus et découvrit un relevé bancaire détaillant les noms du payeur et du bénéficiaire. Le nom de ce dernier avait soigneusement été rayé, probablement par Nicole, afin de garder l'identité de sa sœur secrète un peu plus longtemps. Cependant, le nom du payeur était lisible. Une société à responsabilité limitée nommée ClearSkies.

Elle n'eut même pas besoin de revoir ses notes pour se souvenir que ClearSkies était une société écran utilisée par le service qu'Alonzo Salazar avait employé pour gérer les revenus de son livre. Ce service permettait à Salazar de faire des affaires sans que son nom apparaisse. Il avait payé ses impôts par l'intermédiaire d'avocats et couvert ses frais de voyage en utilisant des chèques de ClearSkies.

Le lien entre Alonzo Salazar et le neveu de Nicole Smith était désormais clair. Elle en avait la preuve sous les yeux. Cette preuve et la façon dont Nicole venait d'être licenciée de son poste suggéraient qu'une personne en position de pouvoir à Mesa Falls ne voulait pas que ce lien soit révélé. Le neveu de Nicole constituait-il l'un des secrets gardés par les associés du ranch ?

Elle bouillonnait de frustration à cette idée.

Elle ignorait si c'était Weston qui avait personnellement licencié Nicole, mais elle soupçonnait qu'il n'était pas étranger à cette affaire, car elle lui avait parlé des espoirs qu'elle fondait sur Nicole pour avancer dans ses recherches. S'il avait partagé cette information avec ses associés, elle avait peut-être par inadvertance fait capoter sa propre enquête…

L'adrénaline prit alors le dessus sur l'épuisement qui s'était abattu sur elle. Elle enfila une paire de bottes et revêtit son manteau le plus chaud. Elle allait rejoindre Weston ce soir-là, pour tirer tout cela au clair, d'une façon ou d'une autre.

Car quels que soient les sentiments qu'il avait fait naître en elle, son enquête devait rester sa priorité. S'il avait partagé les confidences qu'elle lui avait faites, elle allait lui rappeler qu'elle pourrait en faire de même avec les siennes.

Elena Rollins était venue jusqu'ici pour donner un bon coup de pied dans la fourmilière, et revenir avec des noms.

En bonne habitante de Californie du Sud, elle n'avait pas de vêtements appropriés pour le Montana. Appauvrie après un douloureux divorce, elle n'avait même pas réussi à sauver sa garde-robe.

La nouvelle petite amie de son ex-mari avait emménagé chez eux pendant qu'elle était en déplacement professionnel. Durant son absence, sa « remplaçante » avait mis la main sur toutes les affaires qu'elle avait laissées dans leur résidence de Los Angeles. À son retour, la place était prise. Et elle avait donc dû repartir de zéro.

Ses talons hauts glissaient sur la glace tout comme les roulettes cassées de sa valise. C'est donc en claudiquant dans un grincement de talons et de roulettes, qu'elle approcha du bâtiment principal pour s'enregistrer dans un hôtel qu'elle n'avait pas les moyens de se payer.

Oh ! elle n'en voulait pas à son ex, ni à sa nouvelle petite amie. Pas trop. D'une certaine manière, elle avait toujours su que son mariage avec ce beau présentateur d'une émission de cuisine avait constitué une sorte de consolation après que l'amour de sa vie lui avait brisé le cœur. C'était sa faute à elle. Elle aurait dû prendre le temps de guérir de sa rupture avec Gage Striker, l'un des propriétaires du ranch de Mesa Falls. C'était il y a longtemps, mais si elle avait pris le temps de se remettre de cette déception sentimentale, jamais elle n'aurait épousé son ex.

Alors peut-être que le moment était venu de faire face à son passé. Ce scoop qu'elle avait l'intention de publier allait causer des ennuis à Gage, et elle ne pouvait nier y prendre un certain plaisir. Elena était prête à se ruiner pour avoir l'opportunité de s'offrir une petite vengeance par rapport à Gage, qui lui avait causé tant d'autres problèmes…

Après l'année qu'elle avait passée, qui pourrait lui reprocher d'entretenir des pensées si peu charitables ?

Elle avait passé une trop grande partie de sa vie à servir de paillasson. Et maintenant ? Elle avait décidé d'être celle qui piétinait les autres.

Le regard embué d'épuisement à cause des retards accumulés sur son vol, elle manqua de percuter une blonde sublime vêtue d'un trench-coat tendance et de bottes en cuir.

— Excusez-moi, bredouilla-t-elle.

La jeune femme lui sourit avant de se précipiter vers la rangée de pick-up garés près du pavillon. Après s'être glissée dans le véhicule le plus proche, la blonde fit ronfler le moteur et alluma les phares, avant de s'éloigner en faisant crisser les pneus dans la neige.

Une vraie dure à cuire…

Poussant la double porte du lodge, elle se promit d'aller tester un de ces gros véhicules dès qu'elle aurait eu le temps de récupérer un peu de sommeil. Son article devrait attendre un jour de plus, le temps qu'elle prenne ses marques dans le Montana et, avec un peu de chance, qu'elle trouve des tenues adaptées au climat. Elle était très suivie sur les réseaux sociaux sociaux, et elle ne pouvait pas se permettre de perdre des *followers* pour cause de tenues négligées et de posts mal à propos. Ses relations et son entourage l'avaient aidée à décrocher ce travail temporaire de journaliste people, car elle avait besoin d'argent, mais elle espérait un jour retourner à sa vraie vocation d'influenceuse beauté.

En outre, elle se devait de tenir la chronique de son escapade au jour le jour, heure par heure. Elle tenait à ce que les propriétaires du ranch de Mesa Falls sachent qu'elle venait pour eux. Ou, plus précisément, elle voulait que Gage Striker sache qu'elle venait *pour lui*, puisqu'en la quittant il l'avait envoyée tout droit vers ce mariage désastreux.

Elle avait aussi sa part de responsabilités, certes. Mais

Gage n'était pas exempt de reproches. Alors en révélant ce scoop et les secrets de Mesa Falls, elle pourrait non seulement payer ses factures, mais aussi s'offrir une douce vengeance.

Agrippé au mur d'escalade de sa salle de sport personnelle, Weston essayait de se débarrasser de la frustration qui couvait en lui depuis qu'April avait refusé son invitation à dîner.

Bon… Toute cette frustration avait déjà commencé à s'accumuler auparavant, lorsqu'elle avait évité ses appels dans la journée, en lui répondant par SMS qu'elle était débordée de travail. Essuyant la sueur qui perlait sur son front, il se concentra sur la prise au-dessus de sa tête. Certes, il était hypocrite de sa part de lui en vouloir de l'avoir tenu à distance alors qu'il savait que leur relation n'avait pas d'avenir. N'avait-il pas déjà réfléchi à une façon de lui faire ses adieux à l'amiable, le moment venu ?

À vrai dire, il n'était pas doué pour ce genre de relation sans lendemain. Par le passé, les femmes avaient eu tendance à traverser sa vie sans s'y attarder. Or, April était loin d'être ce genre de femme. Il avait trop d'affection, trop de respect pour elle. Si son cerveau lui dictait de ne pas aller plus loin avec elle, il mourait d'envie de profiter d'elle jusqu'à la fin de son séjour dans le Montana. Pour lui, leur histoire n'était pas encore terminée.

Même si elle semblait penser le contraire.

— Excusez-moi ? M. Rivera ?

La voix d'homme qui s'éleva jusqu'à lui le surprit.

Il baissa brièvement les yeux pour apercevoir Cédric, son assistant personnel récemment embauché, qui semblait franchement mal à l'aise. Ce type était très intelligent, tout juste sorti de l'université, et s'habillait comme une icône de la mode. Ce jeune loup ne possédait pas la confiance qui allait avec ses tenues vestimentaires, mais il n'avait pas cillé à l'idée de l'aider à gérer un empire financier depuis un ranch isolé dans le Montana, et cela lui avait plu.

Sauf qu'en l'occurrence il interrompait une séance d'escalade difficile.

— Je suis comme qui dirait occupé, répondit-il alors que les muscles de son bras droit tremblaient sous l'effort.

Il se retourna vers le mur, s'efforçant de garder sa concentration. Un claquement de talons sur le carrelage lui fit presque regarder en arrière, mais il ne lui revenait pas de résoudre les problèmes de Cédric à sa place. Son employé devrait apprendre à se débrouiller.

— Euh, Weston ?

Il aurait reconnu la voix suave d'April entre mille…

— Il faut qu'on parle, reprit-elle.

Un rapide coup d'œil par-dessus son épaule lui permit de la découvrir, mains sur les hanches, affichant un air décidé. Et malgré sa posture aventureuse et les deux étages qui les séparaient, la lueur fougueuse qui brillait au fond de ses yeux ne laissait pas l'ombre d'un doute.

Pas étonnant que Cédric lui ait semblé mal à l'aise. April avait l'air on ne peut plus grave. Ce qui n'augurait rien de bon pour lui.

— Bien sûr, répondit-il à voix basse, se sentant en difficulté. Cédric, pouvez-vous vérifier si notre invitée a besoin de quelque chose avant de nous laisser ?

Bon, cette fois la séance d'escalade était compromise.

Il entendit April et Cédric échanger quelques mots avant que son assistant disparaisse aussi silencieusement qu'il était arrivé, le laissant seul dans la salle avec elle. Le sous-sol de la maison était construit à flanc de montagne et donnait sur la vallée de la Bitterroot. Il avait passé beaucoup de temps à Mesa Falls au cours des deux dernières années, mais assez peu dans sa maison à proprement parler. Quand il ne travaillait pas au ranch, il participait aux opérations de sauvetage en montagne. Bref, il n'avait jamais été d'un tempérament casanier.

— Je peux t'aider à redescendre ? demanda-t-elle alors qu'il contournait une prise qui l'aurait ralenti dans sa descente.

— Non. Je préfère ne pas sauter tant que je suis trop loin du sol.

— Je ne m'attendais pas que tu sautes, répliqua-t-elle. Dans un centre d'alpinisme près de chez moi, nous avons des cordes pour redescendre après chaque escalade, mais tu n'as même pas de harnais de sécurité…

— C'est une salle de sport personnelle, et je ne grimpe pas pour le plaisir, dit-il en posant le pied sur une prise inférieure.

Mais sa main ripa et… il se laissa tomber.

Il atterrit à pieds joints à quelques mètres d'elle, près du punching-ball qu'il gardait dans un coin du gymnase.

— Je pratique l'escalade afin de garder une bonne forme physique pour les sauvetages en montagne, c'est un bon entraînement, précisa-t-il en allant chercher une serviette sur le banc de musculation.

Il s'épongea le front, les muscles crispés.

En fait, il s'était défoulé pendant plus d'une heure pour tenter d'oublier que cette même femme refusait de le voir ce soir-là. Elle était magnifique dans son long trench-coat et ses bottes en cuir, et ses cheveux ondulés un peu moins rebelles que lorsqu'ils avaient passé la nuit ensemble.

Oh ! bon sang ! comme il avait envie de finir cette journée avec elle, dans son lit, une fois encore…

Elle se mordit la lèvre avec ce regard qu'il avait appris à déchiffrer depuis le peu de temps qu'ils se connaissaient. Elle n'était pas le genre de femme à parler pour ne rien dire, elle pesait ses mots avant de parler.

Il attendit, même s'il avait le sentiment qu'il n'allait pas aimer ce qu'elle était venue lui dire. Il aurait préféré de loin l'embrasser plutôt que de l'écouter. Hélas ! cela n'aurait fait que retarder l'inéluctable.

— Je n'avais pas réalisé qu'il était si tard quand j'ai décidé de venir ici.

— Je suis étonné que tu aies su où me trouver, répliqua-t-il.

Sa maison se situait à l'écart du pavillon principal, assez loin la partie de la propriété réservée aux invités, nichée à flanc de montagne et à l'opposé de la partie élevage du ranch.

— Je suis passée au bureau du directeur pour demander à Cooper Adler de me guider.

Cooper avait été le directeur du ranch de Mesa Falls avant que Weston et ses amis achètent la propriété.

— J'avais besoin de te parler en personne. De jauger ta réaction par moi-même.

— À propos de quoi ?

Méfiant, il se prépara à toute nouvelle information qu'elle aurait pu découvrir au cours de son enquête.

— J'ai eu des nouvelles de Nicole, expliqua-t-elle en le dévisageant longuement, jusqu'à plisser légèrement les yeux. Elle s'est rendue à Los Angeles pendant trois jours pour un salon agricole.

— Oui, tu m'en avais parlé. Tu avais hâte de la revoir dès son retour. As-tu découvert sa véritable identité ? Ou celle de sa sœur ?

— Pas encore, répondit-elle sans jamais le quitter des yeux. Je viens d'apprendre que Nicole a été licenciée de son poste au ranch, alors même qu'elle était encore sur le tarmac de Los Angeles. On lui a fait comprendre qu'elle ne serait plus jamais autorisée à revenir à Mesa Falls.

Elle était bouleversée par cette situation, il le comprenait bien. Mais pourquoi tenait-elle à voir sa réaction à cette nouvelle ?

— Licenciée ? répéta-t-il. Tu penses qu'elle a été injustement remerciée ? Je peux me renseigner sur ses compétences si…

Au moment même où il parlait, les morceaux du puzzle se remirent en place. Quelque chose dans la façon dont elle inclinait la tête d'un air sceptique lui indiqua enfin ce qu'elle pensait.

— Tu… Tu crois que j'ai quelque chose à voir avec ce licenciement ? balbutia-t-il en enroulant sa serviette autour de son cou.

— Est-ce le cas ? lui demanda-t-elle sans détour.

Voici donc le véritable motif de sa visite… Une vague de déception s'empara de lui.

— Bien sûr que non. Je n'en savais rien, protesta-t-il. J'essaye juste de t'aider à trouver les réponses dont tu as besoin, April. Nicole te le confirmera.

Il vit ses épaules se relâcher, lui faisant comprendre qu'elle avait vraiment cru qu'il avait pu orchestrer un coup sournois comme celui-là. D'un autre côté, son soulagement évident de s'être trompée à ce sujet lui disait qu'il n'était peut-être pas le seul à commencer à se laisser déborder par ses sentiments.

— Merci de ta franchise. Mais mon instinct d'enquêtrice me dit qu'une personne qui occupe une position de pouvoir à Mesa Falls s'inquiète beaucoup de m'avoir vue parler à Nicole. Maintenant, plus que jamais, je pense qu'il est important que je rencontre tes associés.

Il regrettait qu'elle ne soit venue ici que pour l'affronter. Et pour s'assurer qu'elle aurait toujours la possibilité de rencontrer ses associés.

— Je viens d'apprendre que nous organisons un dîner de gala chez Gage samedi soir. En assez petit comité. Juste quelques célébrités engagées dans des causes environnementales et qui n'ont pas pu assister au gala avant Noël.

La mission principale de Mesa Falls étant de sensibiliser le public aux pratiques d'élevage durables, chaque occasion d'effectuer du lobbying en faveur des engagements du ranch était bonne à prendre.

— Dans ce cas, merci… J'ai hâte d'y être, murmura-t-elle en reculant d'un pas, comme si elle était près de prendre la fuite, maintenant qu'elle avait eu tout ce qu'elle était venue chercher.

Il referma les doigts autour de sa serviette pour ne pas se jeter sur elle. Il voulait la serrer contre lui. Goûter une nouvelle fois à ses délices.

Mais les murs qu'elle érigeait entre eux lui paraissaient de plus en plus infranchissables.

— Je te verrai avant ce dîner ? demanda-t-il avec ardeur.

Si elle ne voulait plus de lui, autant qu'elle soit claire.

— Pas si je n'arrive pas à boucler mon enquête, répondit-elle en hésitant à franchir la porte pour sortir de la salle, hésitant manifestement à rester ou à partir sur-le-champ. Mon patron subit beaucoup de pression de la part de notre client. Il attendait des réponses bien avant aujourd'hui.

Il savait qu'elle disait là la vérité. Mais il était également certain qu'elle était ravie de se retrancher derrière son travail pour éluder ce qui se passait vraiment entre eux. Il tenta de répondre à sa question d'une autre manière.

— Dans ce cas, April, dis-moi. Est-ce que je t'aurais revue avant ce dîner si tu n'avais pas eu cette mission ? demanda-t-il en s'interdisant de la poursuivre.

Il se refusait à l'influencer en posant les mains sur elle, même s'il en mourait d'envie…

Elle déglutit péniblement. Et prit une grande inspiration.

— Je ne pense pas qu'il serait sage de continuer à…

à se voir alors que l'on sait tous les deux que la fin de mon séjour ici est imminente.

Il eut envie de lui demander pourquoi. Parce qu'elle tenait à lui et redoutait de lui dire au revoir ? Parce que son enquête débordait sur sa vie à lui ? Il y avait peut-être une centaine d'autres raisons, mais il refusait de les entendre. Il voulait seulement avoir une chance d'être avec elle, une dernière fois.

Car il n'était pas prêt à lui dire adieu.

— Alors je vais me considérer chanceux que tu aies accepté d'être ma cavalière pour cette soirée. Garde juste à l'esprit que si samedi est la dernière occasion que j'ai de passer du temps avec toi, je mettrai tout en œuvre pour en faire une occasion spéciale. Et te faire changer d'avis.

- 11 -

En cette fin de matinée de samedi, April respirait le vent des Bitterroot Mountains, regrettant que la météo peu clémente ne lui permette pas d'effectuer une dernière randonnée avant de quitter définitivement le Montana.

Avant même le lever du soleil, elle avait empilé son matériel dans son sac à dos et réservé un pick-up du ranch pour rejoindre l'un des points de départ de la piste menant à Trapper Peak. Or, tandis qu'elle chargeait le véhicule, un employé du ranch l'avait dissuadée de s'engager en montagne à cause des prévisions météo, insistant sur le fait qu'une tempête était prévue pour la mi-journée. Elle n'avait pas voulu risquer de se retrouver à nouveau coincée là-haut et d'avoir recours à Weston pour la tirer d'un mauvais pas.

Encore une fois.

Elle avait donc laissé son sac au lodge et avait opté pour une longue marche le long de la Bitterroot, d'où elle pouvait au moins admirer la vue. Devant elle s'étendaient les grands espaces entrecoupés de pentes douces et de quelques bois, tandis que les sommets escarpés à la roche grise s'élevaient à l'ouest. Malgré les prévisions météorologiques, le ciel au-dessus des pics lui semblait assez dégagé. Peut-être que le lendemain, elle pourrait envisager une dernière ascension. Les bottes crissant dans la neige, elle savourait ce dernier moment au grand air, si différent de la sensation de confinement qu'elle éprouvait à Denver, auprès de sa mère. D'autant que cette sensation de claustrophobie risquait de s'aggraver après avoir passé tout ce temps avec Weston.

Cet homme lui avait fait découvrir une autre facette d'elle-même. Il lui avait offert un aperçu de la vie qu'elle aurait pu avoir si elle avait fait des choix différents. De ce qu'elle aurait pu être si elle n'avait pas commis les bêtises d'adolescente qui avaient déclenché la pathologie de sa mère. Weston, lui, évoluait dans un monde riche en possibilités, qui lui semblait très exotique, à elle qui vivait dans l'angoisse permanente que sa mère ne devienne un véritable danger public.

Pourtant, les paroles de Weston avaient résonné à son esprit toute la semaine, et encore à présent qu'elle lançait un caillou dans la partie de la rivière qui n'était pas gelée.

« Je mettrai tout en œuvre pour en faire une occasion spéciale. Et te faire changer d'avis. »

Elle n'était pas sûre de savoir pourquoi il voulait changer son opinion au sujet d'une relation dont ils savaient tous deux qu'elle n'avait pas d'avenir. Mais elle ne pouvait le laisser l'influencer par ce qu'il avait prévu pour ce soir, de quoi qu'il s'agisse. Pour leur bien à tous les deux. Car cet homme ne serait pas heureux avec elle, sur le long terme.

Un gros oiseau s'approcha d'elle, dont l'ombre massive la fit sursauter. Levant les yeux, elle aperçut son ventre blanc, son plumage gris foncé et ses larges ailes tachetées : sans doute un gerfaut, un rare spécimen hivernal dans cette région. Weston lui avait expliqué comment l'élevage écologique de Mesa Falls dynamisait l'écosystème tout autour : elle en observait là une belle preuve vivante.

À coup sûr, le Montana lui manquerait… Tout comme Weston. Mais ses collègues lui avaient déjà réservé un billet pour Denver, le lendemain en fin d'après-midi. Du point de vue de son patron, son enquête était terminée à présent qu'elle avait retracé la majeure partie des dépenses d'Alonzo Salazar, grâce au relevé bancaire de Nicole Smith – dont le véritable nom était en fait Nicole Cruz, une information assez facile à trouver une fois qu'elle avait recoupé les autres détails. Matthew Cruz, son neveu, se trouvait dans un pensionnat de la côte Est, dont les frais de scolarité élevés étaient entièrement payés par ClearSkies.

Et pourtant, il restait encore des zones d'ombre. Que s'était-il passé quatorze ans plus tôt, qui avait conduit Alonzo Salazar à écrire un livre dans le but de financer l'éducation de cet enfant ? Mais son travail d'enquêtrice se bornait uniquement à découvrir où était passé son argent…

Entre le carnet de voyage qu'elle avait reconstitué grâce à Fallon Reed et aux indications de Nicole Cruz, elle avait résolu 90 % du mystère. Le reste, aux yeux de son cabinet, n'était qu'accessoire.

Elle retourna vers le lodge, soucieuse de s'accorder du temps pour se préparer pour le dîner de ce soir-là. En théorie, elle pouvait encore faire marche arrière à présent qu'elle n'avait plus besoin de rencontrer les associés de Weston dans le cadre de son travail. Or, elle s'était déjà montrée assez lâche avec lui. En outre, à vrai dire, elle avait *besoin* de cette dernière soirée avec lui, ne serait-ce que pour mettre un point final à leur relation.

Et puis, elle se ferait un peu plaisir en assistant à un dîner qui promettait d'être chic et mondain. Elle avait même pris rendez-vous avec une employée d'une boutique locale, qui avait accepté de lui apporter des robes à essayer dans sa suite cet après-midi-là. Accélérant le pas sur le chemin du retour, elle était impatiente de choisir cette robe de cocktail qu'elle n'aurait sans doute l'occasion de porter qu'une seule fois.

Le temps d'une soirée, elle allait jouer les cendrillons.

Mais dès son arrivée au lodge, elle aperçut une camionnette de livraison avec le logo *Hailey's Closet*, en lettres élégantes. Le véhicule avait sa porte latérale ouverte, et elle aperçut une penderie à roulettes sur laquelle étaient accrochés des sacs à vêtements suspendus. Trois femmes semblaient avoir une discussion animée sur le trottoir.

Étaient-ce les vendeuses venues pour son essayage ? Vérifiant sa montre, elle constata qu'il était à peine midi, alors que son rendez-vous était prévu pour 13 h 30. Mais juste au cas où, elle s'approcha du trio, reconnaissant notamment Lorelle, du service clientèle, qui l'avait aidée à réserver sa seule séance shopping du séjour.

— Excusez-moi ? lança-t-elle en se dirigeant vers les jeunes femmes alors que la seule qu'elle connaissait fronçait les sourcils devant son carnet de notes. Salut, Lorelle, y a-t-il un souci avec mon essayage de cet après-midi ? S'il y a besoin de modifier l'heure du rendez-vous…

— Vous êtes April Stephens ? demanda une autre jeune femme en cessant de mâcher son chewing-gum. Ça ne vous dérangerait pas de décaler ? Il y a une erreur d'horaire, et je ne peux rester que…

— Il s'agit de *votre* erreur, pas de la nôtre ! s'exclama Lorelle. J'ai dit clairement à votre directrice de magasin que j'avais besoin de deux rendez-vous…

La troisième femme, une petite bombe à l'immense chevelure brune, s'interposa.

— Moi, je ne sacrifie pas mon créneau horaire. Ma soirée, c'est aujourd'hui !

April se tourna vers la beauté aux lourds sourcils sombres et à la voix sensuelle. Elle se rappelait l'avoir croisée en sortant du pavillon des invités la veille au soir, jurant comme une charretière à cause de sa valise dont une roue était cassée.

— Moi aussi, j'ai un dîner ce soir, annonça-t-elle, peu encline à renoncer à sa seule occasion de trouver une robe spéciale pour sa dernière soirée avec Weston. Il serait déjà difficile de lui dire au revoir. Et elle ferait de son mieux pour que la dernière image qu'il garde d'elle soit mémorable…

Lorelle et la conductrice de la camionnette recommencèrent à se chamailler, tandis que l'autre cliente du ranch la dévisageait de ses grands yeux bruns.

— Vous parlez du dîner de Gage Striker ? s'enquit-elle en fronçant les sourcils.

Elle avait un visage en forme de cœur, aux traits délicats et harmonieux. En vérité, cette femme était si jolie qu'April avait du mal à se concentrer sur ses paroles. Mais elle finit par se souvenir de ce que Weston lui avait dit à propos de la réunion de ce soir-là : il s'agirait d'un événement mondain, mais discret. Avec quelques « célébrités engagées en faveur de causes environnementales. »

Cette magnifique brune devait être célèbre. Son visage était tellement photogénique, voire télégénique…

— En effet, répondit-elle avec un sourire chaleureux. Je m'appelle April Stephens. Peut-être pourrions-nous partager ce créneau d'essayage ? En supposant que cette dame ait nos deux tailles disponibles sur sa penderie.

La jolie brune hocha aussitôt la tête, puis se tourna vers les deux autres femmes.

— Excusez-nous. Tory ? Lorelle ? Mme Stephens et moi sommes convenues de partager le rendez-vous. Tory, avez-vous des modèles dans nos deux tailles sur cette penderie ?

Lorelle fronça les sourcils tandis que Tory hurla un « Oui madame ! », ravie, et finissait de décharger la penderie sur roulettes.

— Moi, c'est Elena, au fait, déclara alors la mystérieuse célébrité tandis qu'un employé arrivait au pas de course pour aider la livreuse à porter les vêtements. April, pourrions-nous utiliser votre chambre pour l'essayage ? La mienne est dans un affreux désordre…

— Je vais vous ouvrir une suite, proposa Lorelle. Tory n'a qu'une heure de disponible, alors suivez-moi, et merci de faire preuve d'autant de souplesse, ajouta-t-elle en jetant un regard noir sur la conductrice, qui flirtait avec l'employé de l'autre côté de la penderie.

Soulagée par ce compromis, elle suivit le petit groupe qui franchit les immenses portes vitrées de l'entrée, avant de rejoindre une cabine d'ascenseur. Son téléphone vibra alors qu'ils montaient vers le troisième étage.

Elle sortit son portable de la poche de sa veste, juste assez pour découvrir l'identité de son correspondant : Maman Renvoyant l'appel vers sa boîte vocale, la gorge nouée par l'appréhension, elle pria pour que la crise qui touchait sa mère puisse attendre jusqu'à son retour à Denver le lendemain soir.

Pour l'instant, elle voulait se concentrer, savourer chaque instant de sa dernière soirée avec Weston. Car son cœur saignait déjà quand elle pensait à leurs futurs adieux.

Peut-être que la chance d'Elena tournait enfin !

Car voilà qu'elle se retrouvait dans un ascenseur avec une invitée au dîner de Gage Striker ce soir-là… L'opportunité de découvrir des informations compromettantes par le biais d'April Stephens était trop juteuse pour la laisser filer… Oui, passer du temps avec une invitée officielle d'une soirée mondaine de ce genre lui permettrait d'obtenir les détails dont elle avait besoin pour parvenir à ses fins.

Elle s'était rendue au ranch de Mesa Falls pour couvrir l'histoire d'Alonzo Salazar et la vendre aux tabloïds, tout en sachant que son ex-amant de longue date était en quelque sorte impliqué puisqu'il faisait partie des associés de ce vaste et luxueux établissement.

Jusqu'à présent, lors de ses enquêtes discrètes auprès du personnel et avec ses recherches sur Internet, elle n'avait appris que très peu de choses, à part le fait que Gage Striker organisait un dîner chez lui ce soir. Tous les associés du ranch devaient y assister. Elle avait alors tout mis en œuvre pour être ajoutée à la liste des invités. Histoire d'y faire une entrée aussi théâtrale que dévastatrice…

Avec, bien sûr, l'idée de tout filmer et diffuser sur les réseaux sociaux.

Et voici qu'à présent April Stephens lui offrait la clé pour exécuter son plan !

Elle réfléchit à son approche pendant que Lorelle s'affairait dans la suite, guidant Tory pour la mise en place des vêtements, et les dirigeant, April et elle, vers des chambres séparées du salon principal. La coordinatrice du service clientèle faisait vraiment de son mieux pour rectifier le problème du double rendez-vous, même si en réalité cette erreur constituait une aubaine pour elle. En plus, il ne faisait aucun doute qu'elle obtiendrait une réduction sur des vêtements qu'elle n'aurait pas pu s'offrir au départ…

Elle se devait de découvrir les raisons pour lesquelles tous les propriétaires du ranch débarquaient en avion pour se réunir en urgence. S'inquiétaient-ils du scandale Alonzo Salazar ? Quoi qu'il en soit, c'était son jour de chance.

Weston consulta sa montre alors qu'un autre de ses associés arrivait – en retard – pour la réunion qu'il avait convoquée avant le dîner de ce soir-là.

En pénétrant dans la salle de conférences, vêtu d'un smoking froissé qui épousait sa carrure d'athlète, Gage Striker s'afficha sans cravate, mais avec boutons de manchette. Originaire de Nouvelle-Zélande, Gage était venu aux États-Unis pour étudier à Dowdon et n'était jamais rentré au pays. Aujourd'hui, il officiait comme *business angel* pour de nombreuses entreprises, même si de tout leur groupe d'amis, on disait souvent qu'il était le moins angélique…

Il s'affala dans un des fauteuils en cuir disposés en deux rangées devant un grand écran. Les murs de la salle à l'éclairage tamisé étaient capitonnés avec un lambris isolant phonique. La première rangée de sièges était amovible pour faire face à la rangée arrière, ce qui facilitait les échanges. Weston avait commandé de la nourriture pour la réunion : boissons et sandwichs s'alignaient sur la table le long d'un mur au cas où certains convives n'auraient pas eu le temps de déjeuner.

— Tu t'es enfin décidé à venir nous voir ? lança son frère, Miles, depuis le fauteuil à côté de lui.

Miles, bien sûr, était à l'heure pour la réunion. Il avait partagé un vol avec Desmond Pierce depuis la côte Ouest.

Gage proféra quelques jurons avant de répondre :

— Je suis retourné dans ma famille en avion pour un mariage, et je me suis dit qu'il valait mieux que j'y reste le plus longtemps possible, puisque je n'avais pas mis les pieds chez les Striker depuis près de trois ans. Mais vous savez comment sont ces vols : des séances aussi longues qu'infernales qui vous font perdre la notion du temps. J'ai dormi jusqu'à l'atterrissage.

Le ranch disposait d'une petite piste d'atterrissage près de la rivière, ce qui permettait d'accueillir des avions privés quasiment devant la porte d'entrée.

— Ravi de te revoir, Gage. Nous allons pouvoir commencer, déclara Weston, soucieux de s'atteler aux affaires afin de pouvoir au plus vite se concentrer sur la soirée avec April.

Il avait prévu de lui faire livrer des fleurs à intervalles réguliers tout au long de l'après-midi, ce qui ne constituerait qu'un avant-goût de ce qui l'attendait plus tard. Il avait énormément réfléchi à la façon de la convaincre de ne pas mettre un terme définitif à leur relation.

— Jonah est coincé par la météo et ne pourra pas arriver avant le dîner. Quant à Alec, il a eu une urgence familiale.

Jonah Norlander et Alec Jacobsen étaient les seuls associés absents de la réunion. Jonah, P-DG d'une entreprise de technologie, venait d'avoir un bébé, son absence n'était donc pas totalement inattendue. Et la famille du développeur de jeux, Alec, avait toujours été la plus dysfonctionnelle de la bande, ce qui n'était pas peu dire, compte tenu des familles dont chacun était issu. Il avait hésité à parler davantage des Rivera avec April, car elle semblait avoir déjà assez de soucis avec sa mère. Le fait de lui confier ses propres problèmes lui aurait peut-être apporté une sorte de consolation par rapport au stress de la maladie de sa mère. Mais il avait déjà été assez difficile pour lui de lui parler de Zach lors de leur voyage à Kalispell. Alors il n'avait aucune envie de lui raconter les frasques de sa famille dans le peu de temps qui leur restait à passer ensemble.

Il ne savait pas à ce moment-là que ce serait peut-être sa seule chance.

— Comment ça se passe avec l'enquêtrice financière ? demanda Gage en clignant des yeux tout en se redressant dans son siège. Comment avancent ses investigations ?

Elle avait tenu Weston à l'écart depuis le soir où elle avait débarqué à l'improviste dans sa salle de gym privée.

— Je le saurai quand je la verrai ce soir, répondit-il.

Mais la dernière fois que l'on s'est parlé, elle croyait que j'avais fait virer une employée. Nicole Smith.

Il scruta le visage de ses amis pour déceler si l'un d'entre eux montrait des signes de culpabilité. Mais il était impossible de dévisager les trois hommes en même temps. En tout cas, Gage demeura de marbre.

— Pourquoi ? demanda Miles. Pourquoi pense-t-elle une chose pareille ?

Il avait gardé la nouvelle pour lui tout ce temps. Sans autre preuve qu'Alonzo finançait l'éducation d'un enfant avec les bénéfices de son livre, il refusait de pointer qui que ce soit du doigt. La veille, il avait interrogé la responsable de Nicole au sujet du licenciement, qui lui avait assuré que cette décision avait été basée sur ses performances d'employée. Peut-être April avait-t-elle juste imaginé que quelqu'un avait sournoisement tenté de gêner son enquête.

— Cette jeune femme a dit à April qu'elle avait des informations concernant son enquête, mais avant qu'elle puisse les lui transmettre, elle a été renvoyée, expliqua-t-il en haussant les épaules. Le fait est qu'April Stephens ne se confie pas facilement au sujet de ses avancées.

C'était une professionnelle, douée dans son travail, et il ne l'en admirait que plus.

— Je ne pense pas qu'elle divulguera publiquement des informations sensibles, mais je sais que tout ce qu'elle découvrira sera directement transmis à Devon Salazar.

— En qui nous n'avons pas confiance, commenta Gage en s'appuyant contre le dossier de son fauteuil, tout en étendant les bras derrière sa tête. Aucun des fils d'Alonzo n'est venu à son chevet quand il avait besoin d'eux.

Alonzo avait subi sa chimiothérapie dans la solitude, séjournant par la suite au ranch pour se rétablir. Aucun de ses fils ne l'avait rejoint, malgré ses nombreuses invitations.

— Et pourtant, malgré tout ce qu'Alonzo a fait pour nous, vous devez admettre qu'il n'a pas été un bon père pour ses propres fils. Il nous l'a dit lui-même.

Il finissait par comprendre le point de vue d'April à ce sujet : la double vie d'Alonzo l'avait conduite à considérer que cet homme était indigne de confiance.

— Alors, que suggères-tu ? demanda Miles en passant une main dans ses cheveux blond foncé. Que l'on espère juste que Devon Salazar garde les secrets d'Alonzo ?

Le silence se fit dans la salle. Visiblement, chacun réfléchissait à ce qu'Alonzo avait su à leur sujet. Pas uniquement en ce qui concernait Zach, mais aussi, ensuite, à propos de leurs vies d'adultes. Weston repensa alors à l'enfant qu'Alonzo avait soutenu en secret, mais il chassa cette pensée de son esprit. Il n'avait toujours pas vu de preuve de cette allégation.

— Je m'inquiète plus des tabloïds que de Devon, finit-il par déclarer. Elena Rollins s'est enregistrée au lodge, mais à ma connaissance elle ne s'est toujours pas montrée dans la propriété.

— Qui donc ? demanda Desmond en se levant de son fauteuil pour se servir à manger au buffet. J'ai raté quelque chose ?

— Il s'agit d'une journaliste people, expliqua Gage sèchement en suivant Desmond jusqu'à un seau à glace qui contenait des bières d'importation. Il se trouve que c'est aussi mon ex-petite amie, que mon père a autrefois payée pour rompre avec moi, et s'assurer que rien ne vienne entacher ma carrière quand il croyait encore que je reprendrais l'entreprise familiale.

Politicien de haut rang issu d'une famille influente, le père de Gage avait payé une fortune pour que son fils entre à Dowdon et vive aux États-Unis, soucieux que ses frasques se déroulent le plus loin possible de leur terre natale.

Tout le monde marmonna quelques jurons hauts en couleur en apprenant que la journaliste et Gage avaient eu une histoire.

En tout cas, voilà pourquoi le prénom d'Elena avait semblé familier à Weston…

— À quel point te déteste-t-elle ? demanda Miles.

Gage lui lança un regard noir.

— La réponse est malheureusement dans la question…

Weston sentit son estomac se nouer. Non pas qu'il ait personnellement grand-chose à cacher : il s'était ouvert à April quant aux heures les plus sombres de son propre passé. Mais il craignait pour ses amis. Ses associés.

Des hommes pour lesquels il déplacerait des montagnes, après ce qu'ils avaient vécu, ensemble.

Que penserait Zach de ses amis, s'il pouvait les voir, aujourd'hui ? À l'école, ils avaient rêvé de faire des affaires ensemble. Maintenant qu'ils avaient rencontré le succès, ils avaient du mal à se retrouver et géraient l'entreprise qu'ils avaient fondée en grande partie via des mails et des vidéoconférences. Tout cela pour éviter de ressentir ce vif sentiment de deuil que le fait de se revoir suscitait toujours en eux.

— Nous avons donc besoin d'un plan pour ce soir, rappela-t-il à ses amis, ressentant vivement l'absence de celui qui ne serait plus jamais parmi eux. Et j'aimerais que quelqu'un envisage de rester quelque temps sur place pour m'aider à limiter les dégâts une fois que les paparazzis commenceront à débarquer au ranch.

Chaque copropriétaire s'était construit une maison quelque part dans la propriété à l'époque où ils avaient acheté le terrain : il n'y avait donc aucun problème d'hébergement. Pourtant, Miles secouait déjà la tête. Desmond étudiait la nourriture dans son assiette. Et

Gage s'enfonça de nouveau dans son fauteuil, froissant encore plus son smoking.

— Oh non ! mon pote, grommela-t-il. Pas moi !

Weston poussa un lourd soupir. Il n'avait qu'une seule envie : boucler rapidement la réunion pour pouvoir poursuivre sa soirée avec April.

— Depuis que Tabitha Barnes a démasqué Alonzo devant les journalistes lors du gala de Noël, on a gagné du temps en espérant que le passé ne resurgirait pas. Le dénouement est proche, mes amis. Et je ne vais pas rester seul quand ça arrivera.

Jusqu'à présent, il s'était toujours satisfait d'être l'homme de terrain pour les affaires du ranch, mais depuis sa rencontre avec April, il avait désormais envie de voyager. Pour la courtiser. Ces quelques jours passés à l'écart d'elle n'avaient eu pour effet que de lui faire comprendre à quel point ils étaient bien ensemble. Il lui fallait juste trouver un moyen de la convaincre qu'ils seraient mieux ensemble, que séparés.

— Voyons d'abord ce que cette soirée nous apporte, d'accord ? suggéra Desmond. On peut se retrouver chez Gage demain matin pour le petit déjeuner avant le départ de nos vols. Peut-être que d'ici là, Jonah sera arrivé, ou même Alec.

Les hochements de tête suscités par ses paroles indiquèrent un consensus. Ils formaient désormais un groupe bien plus calme que les turbulents étudiants qu'ils avaient été.

Miles s'éclaircit la voix et leva sa bière.

— Mais pour l'instant, merci, frangin, pour tout ce que tu as fait ici.

Son frère lui faisait-il un compliment ? Il plissa le front. Oh ! il n'y avait rien de désagréable à voir ses amis soulever leurs bouteilles et trinquer ensemble, en marmonnant : « Merci, mec, on peut compter sur toi. »

Après un moment de stupéfaction, il trinqua avec eux à son tour.

— Toujours…

Il s'agissait là d'un simple mot, et pourtant il lui brûlait la gorge. Car il s'agissait du même mot qu'ils avaient tous prononcé la nuit où ils avaient pleuré la mort de Zach, en se promettant de se soutenir mutuellement quoi qu'il advienne.

Et aucun d'eux n'avait oublié.

- 12 -

— Waouh !

La réaction de Weston confirma April dans le choix vestimentaire qu'elle avait effectué.

— Tu es ravissante !

Il la déshabilla du regard alors qu'ils se retrouvaient dans le hall du pavillon principal. Elle était descendue pour l'attendre, craignant de se laisser déborder par ses émotions s'il venait la chercher dans sa chambre, où les bouquets de fleurs exotiques ornaient à présent tous les meubles. Cette attention aussi romantique que démesurée l'avait émue, tout en lui rappelant de manière saisissante qu'ils vivaient chacun dans des mondes très différents.

Bref, il avait été plus prudent de l'attendre ici plutôt que dans l'intimité de sa chambre. Car s'ils s'étaient retrouvés seul à seul, elle n'était pas sûre qu'elle serait parvenue à ne pas se jeter dans ses bras. Car en vérité, son seul regard sur elle suffisait à embraser ses sens. Bref, tandis qu'ils se tenaient là, dans le hall d'entrée très fréquenté, les invités se mélangeaient en attendant le voiturier.

— Contente que ma tenue te plaise, répondit-elle dans un murmure, en ajustant sa robe de cocktail.

Elle avait trouvé son bonheur dans la collection printemps, malgré la neige qui couvrait les alentours du ranch. Sa robe en mousseline et soie vert pâle était parsemée de fleurs blanches avec de minuscules perles en leur centre. Son décolleté profond, poitrine et dos, lui allongeait la silhouette, tandis que l'ourlet du bas lui taquinait les mollets.

— Je me suis bien amusée à la choisir, en tout cas…

Sa séance impromptue d'essayage avec Elena avait été plus amusante qu'elle ne l'aurait cru après leur rencontre un peu fortuite. Une fois que Lorelle avait quitté la pièce, elles s'étaient relayées pour essayer tour à tour les tenues et se donner leur avis. Tory avait insisté sur le fait qu'elle n'était pas une vendeuse de la boutique mais simplement une livreuse, et qu'elle n'avait donc pas de conseils à leur donnetr. Au lieu de cela, elle avait passé son temps au téléphone avec sa patronne, s'assurant qu'Elena et April recevraient un bon rabais sur leur location de tenue à cause de la confusion dans l'horaire de leur rendez-vous.

Ce qui avait rendu la journée d'autant plus agréable, compte tenu de ses finances.

— J'espère que cette séance d'essayage n'aura été qu'un début, en comparaison avec la soirée que tu t'apprêtes à vivre, murmura-t-il en lui prenant son trench-coat.

Ses paroles lui furent aussi douces que toutes les fleurs qu'il lui avait fait livrer.

— Merci pour ces magnifiques bouquets, Weston, déclara-t-elle à voix basse.

Elle ne l'avait pas appelé pour le remercier, sachant qu'elle le reverrait en personne dès ce début de soirée. Mais après chaque livraison – cinq au total – elle s'était sentie encore plus spéciale.

— Le parfum dans ma chambre est incroyable, reprit-elle. Je vais avoir l'impression de dormir dans un jardin ce soir.

Sans la quitter des yeux, il l'aida à enfiler son manteau.

— Tout le plaisir est pour moi, lui assura-t-il en relevant soigneusement ses cheveux le long de ses épaules quand elle eut passé son vêtement.

Un long frisson lui parcourut alors le dos.

Jamais elle n'aurait imaginé qu'enfiler un manteau puisse être aussi sensuel. Un nouveau frisson de plaisir la traversa en le contemplant dans son smoking, avec ses cheveux encore humides au sortir de sa douche.

Puis ils quittèrent le lodge pour se diriger vers l'allée ornée d'un tapis rouge, et qui menait au stand des voituriers. Sa Land-Rover était déjà là, phares allumés, moteur en marche. Il l'aida à s'installer.

Lorsqu'il se glissa sur le siège conducteur à côté d'elle, elle repensa à leur voyage à Kalispell, où le trac et l'impatience n'avaient eu pour effet qu'accentuer son désir pour cet homme. Ce soir, l'électricité qui couvait entre eux, encore plus vibrante, occupait tout l'espace. Hélas ! cette fois elle avait déjà son billet retour pour Denver…

Un sujet qu'elle comptait bien éviter le plus longtemps possible.

— Je ne te l'ai pas dit l'autre soir, mais ta maison est vraiment spectaculaire, déclara-t-elle en repensant à sa demeure très design construite à flanc de montagne. C'est un peu une sorte d'exploit architectural, non ?

— Sans doute, répondit-il en souriant, le visage s'assombrissant dans les lumières du tableau de bord alors qu'ils s'engageaient sur une route traversant la propriété vers la partie privative du ranch. J'ai une vue sur des chutes d'eau depuis ma terrasse quand il fait beau, et sur une cascade de glace gelée le reste de l'année. Mais chaque printemps, c'est un peu angoissant, car j'attends de voir si la glace va fondre trop vite et venir s'écraser à travers les piliers de la terrasse.

— Ça ne m'étonne pas, s'exclama-t-elle. Tu es le genre d'homme qui aime vivre sur le fil du rasoir.

Voilà une des nombreuses choses qu'elle aimait chez lui. Il compensait son besoin à elle d'ordre, d'avoir une vie sagement organisée. Ou peut-être voyait-elle en lui le genre de vie qu'elle pourrait mener si elle n'était pas contrainte de surveiller sa mère tout le temps… Si sa seule tentative d'émancipation n'avait pas conduit à la maladie de sa mère.

Concentré sur la route, il gardait le silence. Elle le regarda de profil. L'avait-elle vexé ?

— Ce n'est pas un reproche, reprit-elle à voix basse. Si tout le monde jouait la sécurité tout le temps, cette planète serait beaucoup plus terne.

— Tu n'imagines pas à quel point je me suis contenu au fil des ans, dit-il en se tournant vers elle avant de bifurquer sur une route pentue longée par une clôture. Mais j'ai peut-être atteint un juste milieu.

Elle eut envie de lui poser plus de questions à ce sujet, et au sujet de cette famille dont il semblait se sentir étranger, mais une maison en rondins de deux étages, flanquée d'une petite grange et d'écuries, apparut devant eux. Manifestement, ils étaient arrivés chez Gage Striker. Des lampadaires éclairaient les jardins dans l'obscurité ; et l'allée en forme de fer à cheval était encombrée de SUV de luxe qui déposaient les invités en tenue de soirée. Une équipe de sécurité arpentait la zone, et deux vigiles se dressaient devant la porte d'entrée. Trois autres accueillaient les voitures qui s'approchaient de la maison, une présence discrète mais visible.

Elle crut défaillir en apercevant une célébrité près du tapis rouge de la porte d'entrée. Il s'agissait du comédien jouant dans le feuilleton de l'après-midi de sa mère, suave et tout sourire alors qu'il aidait une chanteuse pop à descendre d'une Cadillac Escalade noire.

— On dirait qu'on est arrivés, dit-elle bêtement, en essayant de se convaincre que tout se passerait bien.

Si cette magnifique propriété était la maison de vacances de Gage Striker, difficile d'imaginer à quoi devait ressembler sa résidence principale. *Peu importe.* C'était là sa dernière soirée avec Weston, alors autant en profiter.

La séance d'essayage avec Elena avait renforcé sa confiance en elle, lui faisant comprendre à quel point la maladie de sa mère l'avait poussée à s'oublier au fil du temps. Elle avait vécu si longtemps en se sentant responsable de l'état de sa mère, qu'elle avait laissé la maladie la paralyser, elle.

Pourvu que les autres invités célèbres de ce soir se révèlent aussi agréables qu'Elena.

— On y est, en effet. Et il te suffit de dire un mot si tu as envie d'être ailleurs, répondit-il en garant sa voiture dans le parc près de l'allée tout en faisant signe à un voiturier qui se précipita devant la portière. Je serais heureux d'être à ton bras pour tout ce que tu auras envie de faire ce soir, April. On peut même s'envoler pour New York ou Paris si le cœur t'en dit… Ou alors, on pourrait chercher des pics qui ne sont pas sous la neige à cette époque de l'année, et s'offrir une randonnée pour aller admirer le lever du soleil depuis un haut sommet…

Troublée, elle l'écouta lui dérouler ses propositions si audacieuses. Paris ou New York ne l'inspiraient pas plus que cela… Mais une randonnée avec lui, qui ne serait pas une opération de sauvetage, ni de tentative de lui arracher des informations… Cette idée la toucha.

— Je ne te ferais pas ce genre de demande extravagante, murmura-t-elle.

Quoique.

D'ailleurs, elle se souvint alors que c'était elle qui lui avait demandé de la présenter aux autres propriétaires de Mesa Falls. Pour autant qu'il le sache, son enquête se poursuivait. Y avait-il une chance qu'il ne veuille pas que cette rencontre ait lieu ? Le doute qui lui assaillit soudain le cœur lui fit plus mal qu'il n'aurait dû.

— Je sais que tu ne me demandes rien, reprit-il sans se douter de la tournure sombre qu'avaient pris ses pensées. Mais je voudrais savoir ce qui te ferait le plus plaisir, parce que je tiens à ce que cette soirée soit spéciale pour toi. Parfaite.

Il lui prit la main et la serra entre les siennes. Après les papillons dans son ventre, une nouvelle onde de désir s'empara d'elle au contact des doigts de Weston contre sa peau. Bon sang, elle s'était trop vite attachée à cet homme… Aucun sentiment réel et durable ne pouvait naître aussi rapidement pour un quasi-inconnu. Elle ne pouvait pas se fier à un tourbillon d'émotions qu'elle ne comprenait pas.

Prenant une profonde inspiration, elle s'efforça d'afficher un calme qu'elle ne ressentait pas tout à fait.

— Merci, Weston. Mais j'ai hâte de rencontrer tes amis et d'avoir un aperçu de qui tu es quand tu n'es pas avec moi…

Elle était sincère. Elle voulait comprendre cet homme, ne serait-ce que pour essayer de cerner pourquoi il l'avait envoûtée comme jamais elle n'avait été envoûtée auparavant. Parce qu'à présent que son enquête était terminée, elle n'était plus à la pêche aux informations à propos des copropriétaires du ranch de Mesa Falls. Ce soir, elle pouvait simplement essayer de comprendre l'homme qui se tenait à côté d'elle, et ce qui l'avait tant captivée.

— Bien sûr, murmura Weston en portant ses doigts à ses lèvres pour les embrasser. Dans ce cas, bienvenue à ce dîner, April. Je suis heureux de t'accueillir dans mon monde.

Son cœur flancha alors qu'elle soutenait son regard. Mais le charme se rompit trop vite lorsqu'il leva la main pour saluer le valet. Un agent de sécurité arriva à la vitre de Weston, faisant signe au voiturier d'attendre qu'ils aient été autorisés à se garer.

Abaissant la vitre du véhicule, il se présenta :

— Weston Rivera et April Stephens.

L'agent de sécurité – à la lumière du tableau de bord, elle vit qu'il s'agissait d'une femme – était vêtue de noir de la tête aux pieds. Elle portait un blouson matelassé et une casquette de style militaire qui laissait entrevoir une longue tresse.

— April Stephens ? répéta l'agent de sécurité en sortant un appareil électronique plus petit qu'une tablette mais plus large qu'un téléphone. Nous l'avons enregistrée comme déjà arrivée…

Elle prit son sac à main pour montrer à la femme son permis de conduire, mais Weston posa la main sur la sienne.

— Pas possible. April est mon invitée, et un de mes associés a configuré votre système de sécurité pour ce soir, afin que je puisse taper mon mot de passe en cas de souci.

Les yeux bruns de la vigile allèrent et vinrent de son écran vers le visage de Weston.

— Bien sûr, monsieur Rivera. Mes excuses.

Elle lui tendit sa tablette, lui permettant d'entrer un mot de passe qui leur donna le feu vert, car elle les laissa avancer. Le voiturier ouvrit aussitôt sa portière, et elle descendit, un peu inquiète. Quelqu'un se servait peut-être de son identité. Ou bien s'agissait-il d'une erreur des vigiles ?

Néanmoins, elle entendit l'agent de sécurité parler avec l'oreillette attachée à son épaule.

— Nous accueillons April Stephens. J'ai besoin d'un contrôle de sécurité sur une invitée précédemment entrée à ce nom-là.

Impossible d'entendre la réponse de son correspondant,

car déjà elle foulait le tapis rouge au bras de Weston, se dirigeant vers l'entrée. Il n'y avait pas de caméras ici, mais l'ambiance était aussi somptueuse que lors d'une visite d'État. Deux maîtres d'hôtel les accueillirent chaleureusement. L'homme la débarrassa de son manteau, la femme lui offrit une fleur de magnolia et lui expliqua comment trouver les toilettes pour dames, la salle de réception, dans laquelle tous les objets et la déco étaient à vendre, et le bar. Mais au lieu de suivre ces indications, elle rejoignit Weston, à qui l'on remettait une petite carte avec le programme de la soirée.

Il la conduisit du vaste hall d'entrée vers une grande pièce avec des canapés, une cheminée et un bar. Elle compta une trentaine de convives parmi lesquels le personnel de restauration passait avec des plateaux d'amuse-bouche.

Elle s'aperçut dans le miroir du couloir, mais son regard était plus attiré par l'homme à côté d'elle. Dans son costume sombre sur une chemise noire, il ne ressemblait en rien à l'éleveur bourru qui l'avait un jour menacée de la faire escorter hors de la propriété si elle continuait à poser trop de questions. Et il ne ressemblait même pas à l'alpiniste sauveteur qui avait passé la nuit avec elle à Trapper Peak. Ce soir, avec son nœud papillon en soie noire et son veston à la coupe ajustée, il avait tout du magnat à qui la vie souriait. Il pouvait se mêler aux puissants parce qu'il était l'un d'eux, un homme né dans la richesse et les privilèges, même s'il avait travaillé dur pour gagner son indépendance. Et elle se mit à penser qu'elle aussi, elle pourrait peut-être se fondre au milieu d'invités aussi prestigieux.

Il se rapprocha d'elle pour lui parler, et elle aperçut leur reflet dans le miroir.

— Nous avons convié la plupart des invités ici ce soir pour qu'ils soient impressionnés par les équipements du ranch. Plus ils investissent leur temps et leur énergie dans des projets environnementaux, plus nous les soutiendrons. Leur statut d'influenceurs peut faire progresser nos efforts plus rapidement que n'importe quelle campagne publicitaire.

Ce rappel de la grande notoriété du ranch, et du fait que ses propriétaires comptaient sur une image publique positive pour développer une conscience économique durable, la ramena inéluctablement à la maladie de sa mère. Le consumérisme pathologique de celle-ci lui semblait être l'antithèse de la démarche environnementale prônée par un ranch comme celui-ci. Même si elle était capable un jour de s'intégrer dans le monde de Weston, la dernière chose qu'elle voudrait, c'était nuire à son image.

— Donc vous les courtisez en leur permettant d'emporter un bout de ranch à chaque visite ? le taquina-t-elle, ne serait-ce que pour chasser ses pensées sombres.

Quelqu'un monta le volume de la musique dans la grande salle. La chanson avait un air rétro, mais le chanteur arborait un style moderne. Deux femmes assises côte à côte près d'une table basse se levèrent d'un bond et se mirent à se déhancher en rythme, verres de champagne à la main.

— Absolument, dit-il en glissant la main le long de son dos, d'un geste chaleureux qui la réconforta et la troubla en même temps. Es-tu prête à entrer ?

Elle avait peut-être gagné du temps. En se mordant la lèvre, elle s'apprêtait à répondre oui quand elle se souvint d'une dernière chose. Elle se pencha vers les portes de la grande salle, regardant dans le recoin le plus éloigné qui faisait office de salle à manger informelle.

— Je n'ai pas encore croisé ma nouvelle amie ici, murmura-t-elle. On s'est rencontrées lors une séance d'ess…

Un vent d'agitation tourbillonna près de la porte

d'entrée alors qu'une star des réseaux sociaux possédant sa propre marque de maquillage pénétrait dans le hall, entourée d'une quinzaine de personnes. Même les autres célébrités – la chanteuse pop, la star du feuilleton, un boys band international – dégainèrent leur téléphone pour enregistrer l'arrivée de la diva.

Elle se rapprocha de Weston, s'agrippant à son bras alors que d'autres convives quittaient la grande salle pour voir ce qui se passait dans le hall. La jeune femme – Chiara Campagna – acceptait une fleur de magnolia de la part du maître d'hôtel, tandis que le brouhaha s'amplifiait autour d'elle.

Il passa le bras autour de la taille d'April, l'attirant près de lui. Un bel homme en smoking, particulièrement grand, apparut à côté d'elle, la frôlant de ses épaules robustes alors qu'il se penchait pour murmurer à l'oreille de Weston.

— On n'avait pas prévu ça, mon pote. Il nous faut plus de vigiles, déclara l'homme avant de se tourner vers elle en souriant. Moi, c'est Gage, au fait !

— April Stephens, répondit-elle. Et je vous remercie de m'avoir invitée. Votre maison est magnifique.

— Merci, dit-il avec une petite moue. Je sais que ce n'est pas forcément le dîner dont on rêve, ma chère… Revenez donc en été, quand on pourra batifoler dans la piscine et faire des grillades. C'est plus mon truc…

Le regard sombre de Gage se dirigea de nouveau vers le hall bondé, un sillon d'inquiétude se creusant sur son front. Il avait les cheveux bruns épais et le physique d'un athlète de haut niveau.

Il ne ressemblait pas à l'image qu'elle s'était faite des amis d'école privée de Weston. Ce qui en disait long sur ses idées préconçues… Elle s'écarta du chemin d'un des serveurs qui filmait Chiara Campagna pendant que la star prenait un selfie avec deux membres du boys band. Ses gardes du corps la suivaient de très près.

Se penchant vers Gage, Weston déclara alors :

— J'ai besoin de toute l'aide possible pour convaincre April de passer plus de temps ici.

Flattée, elle se demanda s'il était sérieux. Il ne lui avait rien laissé entendre quant au fait de poursuivre leur relation après son retour à Denver. De son point de vue, cela lui semblait impossible, et pourtant… un menu espoir s'éveilla en elle, même si elle s'était promis de ne pas tomber dans ce piège-là ce soir.

Gage hocha la tête, ses yeux noirs toujours rivés à la porte d'entrée, visiblement inquiet d'une menace pour la sécurité.

— Revenez nous voir quand il n'y aura pas tout ce battage médiatique, dit-il avant de claquer des doigts et se tourner d'un coup vers elle. April ! Mais j'y suis, vous êtes l'enquêtrice financière ! Comment se passe votre enquête ?

Tout l'espoir qu'elle avait laissé naître en elle s'évanouit au souvenir de la nouvelle qu'elle n'avait pas encore partagée avec Weston. Et qu'elle avait espéré éluder encore un peu. Or, elle n'était pas prête pour autant à mentir.

— L'enquête est bouclée, déclara-t-elle, sentant Weston se crisper à côté d'elle. J'ai retracé suffisamment de mouvements financiers d'Alonzo pour satisfaire mon client, donc ma mission à Mesa Falls est officiellement terminée.

À ces mots, elle se tourna vers Weston pour chercher son regard, sachant que ce qu'elle s'apprêtait à dire aurait une importance significative pour lui. Pour eux deux. Inspirant profondément, elle se raccrocha à sa décision, se souvenant que pour lui aussi cette relation était sans avenir.

— Je rentre à Denver demain.

- 13 -

Encore sous le choc de la déclaration d'April, Weston était à court de réponse. Son vol était déjà réservé, et elle n'avait pas l'intention de prolonger son séjour au-delà de cette soirée avec lui. Comment était-il censé réagir, ici, dans ce hall à présent rempli d'invités surexcités ?

Si Gage ne lui avait pas posé la question maintenant, quand avait-elle prévu de lui annoncer son départ imminent du ranch ? En sortant du dîner ? Ou pis encore, pas du tout ?

Il se pencha vers elle, et murmura à son oreille :

— Il faut qu'on parle, April. En privé.

Elle hocha la tête, et il sentit ses cheveux soyeux lui effleurer la joue. Mais alors qu'il se tournait pour l'entraîner à l'écart des convives, il aperçut Gage se raidir. Une femme vêtue d'un bustier en soie pourpre, ses cheveux noirs relevés dans un demi-chignon qui laissait échapper quelques mèches retombant le long de sa nuque, fonça droit sur eux.

La journaliste people. L'ex de Gage.

Comment diable avait-elle réussi passer le barrage des agents de sécurité ?

C'est alors qu'il la vit ouvrir grands les bras.

— April ! s'exclama Elena Rollins en donnant une accolade aussi chaleureuse qu'amicale à April.

— Fais un sourire pour mes *followers* ! lança Elena en levant son téléphone pour se prendre en selfie avec elle.

April obéit poliment, mais il devina son malaise à son expression. Elle paraissait confuse.

— April, vous n'étiez pas au courant du métier d'Elena ? demanda Gage en arrachant le portable des doigts de la journaliste, avant de le ranger dans la poche de son veston. Cette femme est une empêcheuse de tourner en rond professionnelle.

Le choc sur le visage d'April aurait pu susciter sa compassion, s'il ne venait pas lui-même de recevoir un coup bien pire.

— Je suis vraiment désolée, bredouilla-t-elle, ses yeux bleus oscillant entre Gage et Elena, qui se faisaient à présent face dans une ambiance électrique.

— Ils ne t'entendent même pas, lui dit-il en l'entraînant à l'écart de la foule vers une pièce dans le fond. À moins, bien sûr, que ces excuses ne me soient destinées.

Il accéléra le pas alors qu'ils passaient devant la bibliothèque et le bureau de Gage. Les talons d'April claquaient derrière lui sur le parquet.

— Auquel cas je ne les accepte pas.

— Tu ne devrais pas… aider Gage à tirer tout ça au clair ? demanda-t-elle en jetant un regard par-dessus son épaule.

Mais il la guida jusqu'à un petit salon dont il se hâta de refermer la porte.

Il s'agissait de la plus petite pièce du vaste chalet : ici, personne ne viendrait les surprendre – ni les paparazzis ni les autres invités. Il n'y avait qu'April et lui. Les photos d'enfance de Gage étaient entrecoupées de livres d'histoire et de biographies sur des étagères qui ornaient un mur dont la fenêtre donnait sur le jardin.

— Non. Ça fait des semaines que je joue les intermédiaires médiatiques pour mes associés.

Un mal de tête le frappa quand il passa devant le canapé en tweed gris devant la fenêtre, mais au moins cette douleur l'aida à oublier celle qui lui enserrait la poitrine. Une douleur qui avait commencé quand April avait annoncé la fin de son séjour dans le Montana. Il savait que cela signifiait qu'elle en avait fini avec lui, et cette nouvelle lui faisait beaucoup plus mal qu'il ne l'aurait cru.

— Je leur ai expliqué que j'avais besoin d'aide pour gérer les retombées des révélations de Tabitha Barnes, reprit-il après un long silence. Qu'ils se débrouillent, pour une fois !

— Je ne savais pas qu'Elena était journaliste people, lui assura-t-elle en tripotant l'une des fleurs en mousseline de soie de sa robe, tout en restant à distance de lui près de l'horloge. Cela ne m'est jamais venu à l'esprit. Elle m'avait l'air si sympathique…

— Oh ! je n'en doute pas. Mais il se trouve qu'en exerçant son métier elle peut nous ruiner, et elle a encore un contentieux à régler avec Gage.

Il soupçonnait cette femme d'avoir tenu une place très spéciale dans la vie de Gage pour que le tout-puissant patriarche des Striker la considère comme une menace pour l'image de sa famille.

— Elle est si avenante… J'ai juste cru qu'elle faisait partie des célébrités invitées quand elle m'a dit qu'elle se rendait au dîner de ce soir, expliqua-t-elle en cherchant son regard. J'ai partagé avec elle une séance d'essayage de robes cet après-midi, et nous avons commencé à bavarder. Je ne l'avais jamais rencontrée avant aujourd'hui.

— Ça n'a pas d'importance. Gage prendra le relais sur le dossier Elena. Ce qui m'intéresse, c'est pourquoi tu ne m'as pas dit que ton affaire était close. Tu prévoyais de quitter Mesa Falls sans me le dire ?

Il la dévisagea longuement, sentant le poids de son départ contrecarrer tous les projets qu'il avait nourris pour ce soir.

— Je voulais juste profiter du temps qui nous restait, marmonna-t-elle en croisant les bras d'un air renfrogné.

— Profiter ? Tu veux dire que tu comptais les minutes jusqu'à ton départ…

Il était en train de perdre ses moyens, avec l'impression que le sol se dérobait sous ses pieds. Mais April semblait déterminée à refroidir délibérément tous ses espoirs de s'accrocher à cette relation naissante.

— Pas étonnant que tu aies refusé ma proposition de partir en montagne pour voir un lever du soleil. Tu savais que tu ne serais plus là.

— J'aurais dû te le dire plus tôt, admit-elle en soutenant son regard. Je suis désolée, Weston. Mais j'ai du mal à faire confiance à ce que je ressens, car tout ça est arrivé si vite…

Elle disait vrai. Il s'adossa contre l'embrasure de la fenêtre, gardant une distance avec elle malgré son envie de la serrer contre lui.

— C'est toi qui te précipites pour partir, lui fit-il remarquer. Si tu restais, on pourrait prendre notre temps. Explorer ce qui se passe…

— Je ne peux pas faire ça, dit-elle en agitant ses mains fines et délicates dans un geste de désespoir. J'ai une vie à Denver. Je ne me suis jamais absentée loin de chez moi aussi longtemps que pour cette enquête, et l'anxiété de ma mère empire quand je ne suis pas là…

— Alors pars la rejoindre, puis reviens ici…

De son point de vue à lui, cela semblait assez facile. Ou du moins, ça pouvait l'être, si elle tenait vraiment à lui. Si elle était vraiment aussi émue que lui par ce lien si fort qui les unissait tous les deux.

— Je conçois que l'on puisse être dévoué à sa famille, April, mais ça ne m'aide pas à comprendre pourquoi tu refuses d'envisager de poursuivre notre relation. Elle n'a pas à se terminer juste parce que tu quittes Mesa Falls.

Il la dévisagea longuement. Mais, se mordant la lèvre, son regard fuit le sien, et il eut un éclair de lucidité.

— À moins que ce ne soit ton intention depuis le début, continua-t-il, en se rapprochant d'elle. La fin de ta mission n'est-elle qu'une excuse pour mettre fin à notre liaison ?

C'était plus fort que lui, un brin d'amertume s'était glissé dans ses paroles.

— Je ne peux pas me permettre d'aller plus loin avec toi, bredouilla-t-elle en se rapprochant pourtant de lui, posant une main tremblante sur son bras.

Cette fois, un sentiment de trahison s'empara de lui.

— Depuis combien de temps sais-tu que tu n'as pas l'intention de me revoir une fois ton enquête bouclée ?

— Je n'y ai pas réfléchi en ces termes. Je savais juste que si nous passions plus de temps ensemble cette semaine...

Elle déglutit péniblement et détourna les yeux pour retenir ses larmes, avant de retrouver son regard.

— Je savais que ça ne ferait que rendre mon départ plus douloureux qu'il ne l'est déjà.

— Alors ne fais pas ça, murmura-t-il en lui prenant la main, fou de douleur à l'idée qu'il allait la perdre. April, quand as-tu pris un risque pour la dernière fois ?

Jamais il n'avait éprouvé une telle crainte de voir une femme lui échapper…

Écartant la main de la sienne, elle pinça les lèvres. Il reconnut cette lueur de chagrin dans ses jolis yeux bleus. Et se souvint de la douleur qu'elle lui avait décrite après avoir fait ses bêtises d'adolescente.

— En tant qu'adulte, précisa-t-il alors, soucieux de ne pas rouvrir chez elle les plaies du passé. Je sais qu'il peut te paraître compliqué voire risqué de poursuivre ta route avec moi, mais ça ne veut pas dire que ça n'en vaut pas la peine…

— Je ne comprends pas, bafouilla-t-elle en secouant la tête, avant de s'éloigner de lui. Qu'est-ce que tu suggères ?

Il hésita. Sa question le prenait au dépourvu.

— Je ne suis pas sûr, répondit-il avec précaution en pesant ses mots, soucieux de rester sincère, ce qui n'était guère aisé alors que ses tripes étaient envahies par l'émotion. Parce que je n'ai pas eu le temps de prendre en compte l'ensemble de la situation. Mais je sais qu'il y a quelque chose entre nous qui mérite plus de temps…

Elle l'interrompit.

— Je ne peux pas fonder mes espoirs sur de vagues éventualités qui ne feront que me briser le cœur, Weston, affirma-t-elle, le menton tremblant. J'ai lutté pour ne pas tomber amoureuse de toi parce que je sais comme il serait douloureux de perdre quelque chose d'aussi spécial que ça.

— Alors tu n'essayes même pas ?

Il n'en croyait pas ses oreilles. Se redressant, il la rejoignit près de l'horloge.

Ce maudit tic-tac lui rappelait tout ce qui ne marchait pas entre eux ; et ne faisait que décompter les secondes jusqu'à l'instant fatidique où cette femme lui échapperait.

— Je ne suis pas comme toi, Weston, dit-elle en se tenant très droite, comme si le fait d'être à nouveau en contact avec lui pouvait la briser. Je n'ai jamais été une fonceuse… J'ai besoin de peser mes décisions. De réfléchir aux conséquences…

— Tout cela demande du temps. Et tu as déjà dit que tu ne me l'accorderais pas.

Il savait alors la bataille perdue d'avance. Il se battait contre des moulins à vent. Elle ne voyait pas les choses sous le même angle que lui. Et elle avait planifié son départ du ranch tout au long de la semaine.

La vieille horloge sonna la demi-heure, la faisant

tressauter. Mais il demeura de marbre. Il prit enfin une longue inspiration et déclara :

— Manifestement, rien de ce que j'ai à dire ne te fera changer d'avis.

Comment diable avait-il pu s'amouracher d'une femme qui refusait de prendre le moindre risque ? Franchement, il avait passé trop de temps à jouer le vilain petit canard dans sa famille pour entrer dans une relation avec une femme qui le considérait de cette façon aussi.

Non pas qu'elle lui ait laissé une chance.

— Tu seras plus heureux sans moi sur le long terme, affirma-t-elle en serrant si fort sa fleur de magnolia entre ses doigts qu'un des pétales tomba en virevoltant au sol.

— S'il te plaît, ne prétends pas savoir ce qui est le mieux pour moi, marmonna-t-il sans prendre la peine de cacher le ressentiment dans sa voix.

Car l'idée de renoncer à cette femme provoquait en lui une douleur qu'il n'avait jamais ressentie auparavant.

Son regard bleu se durcit.

— Au revoir, Weston…

Lorsqu'elle s'éclipsa par la porte, il sut que sans elle sa vie ne serait plus jamais la même.

Weston n'avait aucune idée de l'heure qu'il était lorsque la porte du salon s'ouvrit. Comme la porte claquait au point de faire trembler les fenêtres, il tressauta sur le canapé. Bon sang, il s'était endormi, puisqu'il n'avait pas eu le cœur à rejoindre la réception.

Son frère s'arrêta au beau milieu de la pièce.

— Wes ? murmura Miles en allumant une petite lampe près du dossier du canapé. Mais qu'est-ce que tu fais ici ?

Clignant des paupières, il se passa une main dans les

cheveux, le regard embué, encore sous le choc d'avoir été rejeté par April.

— Je broie du noir, marmonna-t-il.

Il avait posé sa veste de smoking sur l'accoudoir du canapé et s'en était servi comme d'un oreiller. Un verre de scotch à moitié vide était posé sur la table de cocktail à côté.

Cela avait suffi pour l'aider à s'assoupir quelques minutes. À moins que cela ne fasse plusieurs heures ? Il n'en savait rien.

Miles s'empara du verre et le renifla.

— C'est du bon ?

— Juges-en par toi-même, murmura-t-il.

— Est-ce que cette contrariété aurait quelque chose à voir avec la jolie blonde au bras de laquelle tu es arrivé ? demanda Miles en vidant le verre d'une seule gorgée, avant de s'affaler à l'autre bout du canapé en posant ses pieds sur la table basse. Je l'ai vue repartir seule il y a deux heures…

Bon sang… Il avait dormi plus longtemps que ce qu'il croyait, et n'avait toujours pas trouvé quoi dire à April pour que les choses s'arrangent. Le fait que Miles soit là lui rappela à quel point il avait toujours eu du mal à s'ouvrir aux autres. Miles et lui avaient pourtant été proches, autrefois.

— J'ai tout gâché, et je ne sais même pas comment, avoua-t-il alors sur le ton de la confidence, sans être certain que se confier ainsi changerait quoi que ce soit au final.

— Tu veux que je t'aide à y voir plus clair ? proposa Miles en desserrant sa cravate qu'il jeta au sol.

La situation devait vraiment être désespérée s'il en était à demander des conseils à son frère… Tous deux avaient toujours été si différents. Miles n'avait jamais compris son caractère rebelle, son aspiration à se réaliser en donnant un vrai sens à son travail. La vie avait fait qu'ils avaient tous deux réussi, mais de manières très différentes.

Il plissa les yeux, s'efforçant de comprendre ce qu'il avait raté.

— Qu'est-ce qui se passe, Miles ? N'as-tu pas toujours été celui qui me poussait à me fondre dans le moule et à faire ce que l'on attend de moi, à me débrouiller seul ?

— Selon toi, je suis le fils modèle, c'est ça ? Je ne peux pas me tromper. Peut-être que j'ai juste besoin de faire comme si je détenais toutes les réponses…

Le regard noir de Miles qu'il aperçut dans le miroir, ne ressemblait guère à celui qu'il avait l'habitude de lui voir.

Il n'avait lui-même jamais tendu la main à son frère, mais à le voir aussi sombre il devait au moins lui proposer. Essayer.

— Miles, je…

— Laisse-moi faire, d'accord ? Le fait de me retrouver avec tous les gars… C'est comme si j'entendais Zach me parler à l'oreille. J'ai besoin de penser à autre chose, d'accord ? Alors dis-moi, pourquoi elle t'a quitté ?

À présent, il avait la réponse. Et il raconta son histoire avec April du mieux qu'il put, comprenant maintenant pourquoi elle ne lui avait pas laissé de temps pour s'y préparer, attendant ce soir-là pour lui annoncer son départ. Elle n'avait jamais eu l'intention d'accorder une chance à leur relation. Depuis le début, elle avait prévu de se servir de son travail comme d'une excuse pour y mettre un terme.

— Est-ce que tu l'aimes ?

— Est-ce que je *l'aime* ? répéta-t-il abasourdi. Mais… Je ne la connais pas depuis longtemps…

— Ça, ça ne veut rien dire, grommela Miles sans même lever la tête. Tu vois bien que tu aimes April, ou du moins que tu es en train de tomber amoureux d'elle. Ça s'entend à ta voix, quand tu parles d'elle…

Lui, amoureux d'April ? Cette seule idée le submergea. Oh ! bon sang, mais oui, il l'aimait ! Jamais il n'avait pensé à une femme jour et nuit, jamais il n'avait passé des journées entières à se demander comment la séduire… Il avait fait préparer un avion ce soir-là, au cas où elle accepterait son offre de s'envoler pour Paris ou ailleurs. Plus que tout, il voulait qu'elle soit heureuse. Alors si cela, ce n'était pas de l'amour, il n'y connaissait vraiment rien.

Puis il se souvint qu'elle avait malgré tout décidé de quitter le ranch. Alors son cœur se resserra à nouveau.

— Mais si je lui dis que…

Miles se redressa et le fixa pour la première fois depuis qu'il était entré dans la pièce.

— Avec tout le respect que je te dois, je vais prendre un risque et te dire qu'April semble avoir plus de points communs avec moi : à te croire, elle est du genre logique, prudente, réfléchie… Comme moi !

— Je ne la comparerais pas à toi, rétorqua-t-il sèchement.

Il repensa à ses cheveux soyeux. À son odeur. À ses courbes qu'il avait envie d'enlacer tout le temps. Mais il était vrai qu'elle était d'une nature plus réservée que lui.

Elle et lui, ils étaient complémentaires.

— D'accord. Mais elle n'est pas comme toi. Toi, tu sauves des gens. Tu prends des risques. Et tout le monde t'adore pour ça, nota Miles avec une forme d'amertume. Les gens comme toi peuvent tomber amoureux rapidement, et c'est très bien. Mais quelqu'un comme April risque de ne pas se sentir aussi… libre… de faire de même. Peut-être qu'elle a trop de responsabilités pour laisser quelque chose d'aussi… *romantique* lui arriver.

À mon avis, elle a besoin que tu fasses le grand saut. C'est ce que tu fais le mieux, non ?

Weston avait l'impression qu'un trou s'était ouvert sous ses pieds. Voilà qu'il se retrouvait dans un monde où Miles disait des choses sensées, et le comprenait. Un monde dans lequel son frère semblait presque l'envier… et souffrir. Il voulait savoir ce qui se passait dans sa vie, mais on ne frappe pas un animal à terre, donc il tenterait une approche une autre fois.

Pour le moment, la priorité était de parler à April, pour éventuellement l'empêcher de prendre son vol de retour. Il n'y avait pas un instant à perdre. Il ignorait s'il arriverait à la persuader, mais il devait au moins essayer, sinon il le regretterait pour le reste de sa vie. Et il savait mieux que quiconque, pour avoir perdu son meilleur ami, à quel point les regrets peuvent ronger une personne.

— Je ne sais pas comment tu as deviné tout ça, dit-il en enfilant sans tarder sa veste de smoking. Mais tu as raison, frangin. J'aime cette femme. Je l'aime vraiment.

Un sourire ironique égaya les lèvres de son frère.

— Alors va la chercher, Wes !

Il hésita devant la porte.

— Mais… Tu avais besoin de quelque chose ?

L'horloge indiquait 2 heures du matin. Comment diable avait-il dormi aussi longtemps ?

— Non, répondit Miles à voix basse, en se rabattant contre le dossier du canapé comme pour s'endormir à son tour. Merci de m'avoir laissé faire ma BA du jour !

— Merci, mon frère. Je te revaudrai ça, lui assura-t-il en éteignant la lampe, avant de fermer la porte derrière lui.

Il devait maintenant retrouver April. Et prier pour que Miles ait raison. Parce que s'il parvenait à renverser la situation, il lui devrait tout.

La seule bonne nouvelle de ces dernières vingt-quatre heures, c'était que son sac était encore rempli de son matériel d'escalade.

April avait vérifié et revérifié le bulletin météo de Trapper Peak avant de commencer sa randonnée avant l'aube : cette fois-ci pas de doute, aucune tempête ne menaçait. Les conditions en montagne étaient bonnes, même pour quelqu'un qui avait peu d'expérience en alpinisme hivernal. Elle ne se rendrait pas jusqu'au sommet. Elle se dirigeait juste vers Gem Lake, là où elle avait fait sa première randonnée dans le Montana, avant Noël.

Cette destination ne réveillerait pas en elle autant de souvenirs que l'autre sentier, celui qui l'avait conduite à passer sa première nuit dans les bras de Weston. Repenser à cela – et à la fin dévastatrice de sa relation avec lui à la réception de la veille – lui mettait les jambes en coton. La souffrance était aussi émotionnelle que physique, rendant son escalade plus difficile et plus lente. C'était pourtant elle qui avait fixé les conditions. Elle qui avait insisté sur le fait que leur relation n'avait pas d'avenir. Alors pourquoi cela lui faisait si mal à présent ?

Elle poursuivit son ascension malgré la douleur qui lui enserrait la poitrine : elle n'avait pas envisagé d'autre moyen de passer les quelques heures qui lui restaient dans le Montana avant son vol de cet après-midi-là. Elle avait besoin de faire quelque chose, sinon elle deviendrait folle de douleur et de regrets. Car elle avait du mal à réaliser qu'elle ne sentirait plus jamais les bras de Weston autour d'elle.

Ou qu'elle ne dormirait plus dans son lit.

À présent, alors que les premiers rayons du jour pointaient au-dessus de la montagne, elle fit une pause pour savourer la teinte rosée que prenaient les neiges éternelles. Elle inspira à fond l'air de la montagne, espérant apaiser le chagrin qui la minait. Si seulement cet air vif et pur pouvait lui éclaircir les idées comme cela avait été le cas dans le passé… Or, malgré les délicates nuances de lumière rose orangée, malgré la surprise d'observer un lapin qui bondissait juste à côté du sentier, elle n'arrivait pas à apaiser la tristesse qui la minait.

Avait-elle eu tort de fermer son cœur à tout espoir ?

Le corbeau qui planait au-dessus de sa tête, en croassant, semblait le penser. Avec tout ce flanc de montagne qui se réveillait sous ses yeux, n'était-il pas criminel de ne pas célébrer le début d'un jour nouveau dans la nature ? Un nouveau départ. Un doux recommencement.

Depuis quand était-elle devenue aussi lâche ?

Elle posa son sac à dos à terre, le dézippant pour récupérer sa gourde et boire un peu d'eau. Puis elle se figea. Elle était amoureuse de Weston. Elle devait redescendre vers la vallée pour lui expliquer qu'elle avait commis une erreur !

Elle but si vite que de l'eau ruissela sur son visage. En se redressant, elle cligna des yeux pour mieux distinguer ce qu'elle venait d'apercevoir : un randonneur aux larges épaules, qui remontait le sentier droit vers elle.

Dans la lueur de l'aube derrière cette silhouette familière, elle sentit son cœur se gonfler de bonheur…

Weston ! Il était venu pour elle… Même si elle l'avait repoussé, il ne l'avait pas abandonnée. Et cela en disait long sur ce qu'il ressentait, non ?

Rangeant sa gourde dans son sac, elle fonça vers lui au pas de course.

— Weston ? demanda-t-elle même si elle l'avait reconnu quasiment sur-le-champ.

Oui, elle avait reconnu sa parka sombre. Son équipement d'escalade. Ses cheveux longs sous les côtés de son bonnet.

Il leva ses lunettes de neige pour la dévisager de ses yeux si profonds.

Elle s'arrêta, le cœur battant la chamade, incapable de mettre des mots sur son émotion. Elle eut envie de lui dire qu'elle était désolée, qu'elle avait fait une erreur, mais qu'elle se sentait encore dépassée par les événements, qu'elle n'en revenait pas qu'il l'ait trouvée ici, dans cet endroit des plus improbables.

— Comment as-tu su que j'étais ici ? bredouilla-t-elle alors qu'il ralentissait pour s'arrêter tout près.

Leurs corps se frôlaient presque, leurs respirations se condensant dans l'air qui les séparait.

Elle essaya de déchiffrer l'expression de son visage, espérant qu'il lui laisserait l'occasion de s'expliquer à propos de ses hésitations, de toutes ces choses qu'elle n'avait pas réussi à lui dire la veille. Il lui avait tellement manqué cette semaine, alors qu'elle s'efforçait d'ériger des murs entre eux. Pour s'empêcher de tomber amoureuse de lui. Ce qui était tellement idiot de sa part : c'était fait depuis longtemps.

— En randonneuse chevronnée, tu avais laissé un mot au directeur du ranch et à la réception pour prévenir de ta sortie en montagne, répondit-il en retirant ses gants qu'il glissa dans la poche de sa veste.

Il faisait encore froid, mais son ascension au pas de course jusqu'à elle avait dû le réchauffer.

— Tu es allé au lodge ?

Il avait dû s'y rendre bien avant l'aube pour arriver ici si tôt. Elle le dévisagea de plus près dans la lumière du soleil matinal, remarquant sa barbe naissante. Oh ! comme elle avait soudain une furieuse envie de se lover contre son corps robuste, et d'y rester.

— Je suis parti à ta recherche peu après 2 heures du matin, quand j'ai compris que je t'aimais, déclara-t-il en refermant doucement les mains sur ses bras, sans la quitter du regard. J'avais besoin que tu le saches avant que tu t'en ailles.

— Tu… Tu m'aimes ? bafouilla-t-elle.

Il y avait tant de choses qu'elle voulait lui dire… Qu'elle s'apprêtait à redescendre vers la vallée pour lui expliquer qu'elle avait eu tort. Pour lui demander une deuxième chance…

Mais son cœur battait si fort qu'il bourdonnait à ses oreilles, et qu'elle tenait à peine sur ses jambes. Les larmes lui montèrent bientôt aux yeux.

— Je t'aime, April, répéta-t-il lentement, en posant La main sur sa nuque pour la caresser du bout des doigts. Je comprends que tu puisses penser qu'il est trop tôt pour parler d'un tel sentiment. Mais je suis sûr de ce que je ressens, et j'ai besoin que tu saches que tu es tout pour moi. Je sais que tu auras besoin de temps. Mais s'il te plaît, ne renonce pas à nous. Donne-moi une chance de te montrer à quel point on peut être bien, tous les deux. Pour toujours.

— Oh ! Weston, soupira-t-elle en penchant le visage contre le sien, s'enivrant de sa présence, de son amour, de sa confiance.

Elle lui enviait sa capacité à faire confiance à ses sentiments, alors qu'elle avait redouté qu'ils ne soient pas réciproques.

— Je suis vraiment désolée d'avoir coupé court à toute discussion hier soir. Pendant toute la semaine, j'ai tenu mes sentiments à distance, de peur qu'ils ne m'ensevelissent plus vite que n'importe quelle avalanche, si je les avouais. Mais c'était tellement idiot de ma part : ces sentiments, ils étaient là de toute façon, me tuant à petit feu de l'intérieur.

— Tu es tellement plus forte que tu ne le penses, April, murmura-t-il en déposant un baiser sur sa joue.

Oh ! ce baiser était encore plus magnifique qu'un lever

de soleil sur les neiges éternelles… Comment imaginer un nouveau départ plus inspirant encore ?

— Je pense que j'ai paniqué en cherchant une réponse à toutes mes questions avant même de pouvoir m'autoriser à ressentir que tout ça était bien réel, murmura-t-elle en enfouissant le visage contre son torse.

Elle sentait son cœur battre contre son oreille. Quelle merveilleuse sensation… Apaisante. Enivrante.

— Tu mérites d'avoir toutes les réponses. Et j'ai hâte de les trouver avec toi pour qu'on puisse les additionner toutes.

Elle leva les yeux. Il lui souriait d'un air un peu taquin.

— Je n'ai pas toujours été comme ça, aussi trouillarde, murmura-t-elle contre sa mâchoire, avant de l'embrasser.

— Tu es forte et courageuse. Juste prudente. Et c'est normal. Moi, je t'aime telle que tu es, chuchota-t-il en lui caressant le menton.

Une petite brise soulevait la neige autour d'eux, le soleil scintillant sur les flocons glacés.

— Et il se trouve que j'ai apporté la clé d'un chalet qui appartient au ranch près de Gem Lake, ajouta-t-il en sortant une carte magnétique de la poche de sa veste. Que dirais-tu de t'y rendre avec moi pour y réfléchir à nos projets des prochaines semaines ?

Comment ne pas être tentée ? Elle avait plus que tout envie de se retirer dans une cabane à flanc de montagne avec cet homme. Mais ce n'était pas possible.

Elle baissa les yeux.

— Ma mère m'attend à la maison ce soir. Je pense que je devrais rentrer auprès d'elle.

— Bien sûr, confirma-t-il, en lui caressant la joue avant de l'embrasser. Mais je ne sais pas si j'ai eu l'occasion de te dire que le ranch dispose d'une piste d'atterrissage privée qui facilite les vols privés. Et express. On peut toujours aller à la cabane et y passer la journée. Après le dîner, je m'assurerai que tu atterris à Denver pour y séjourner tout le temps qu'il te faudra.

À ces mots, son cœur chavira pour de bon. Comment ne pas être touchée de voir cet homme accepter son besoin d'être auprès de sa mère, pour l'aider à envisager une guérison un jour ?

— Merci de comprendre, Weston… Et oui, j'aimerais follement que tu m'emmènes dans ce chalet…

Pendant des jours, elle avait rêvé d'être contre lui, mais s'était privée de ce plaisir, craignant de tomber désespérément amoureuse de lui. Mais à présent, elle pouvait tomber aussi loin, aussi profondément, qu'elle le souhaitait.

Et elle était impatiente de voir ce que l'avenir leur réservait.

— Tu vas adorer la vue, lui promit-il, en passant le bras sous le sien.

— Il n'y a pas que la vue que je compte adorer !

Suspendant ses pas, elle se hissa sur la pointe des pieds pour déposer un baiser sur ses lèvres.

Un baiser langoureux et suave, qui avait un goût d'éternité.

Retrouvez en janvier 2021,
dans votre collection

PASSIONS

Un séduisant rendez-vous, de Karen Booth - N°899

Alors qu'elle séjourne à New York pour son travail d'avocate, Isabel rencontre le fascinant Jeremy et passe une merveilleuse nuit en sa compagnie. Mais le lendemain – surprise ! – elle découvre qu'il est l'avocat de la partie adverse dans l'affaire qu'elle défend. Dès lors, Isabel va devoir affronter Jeremy, tout en étant irrésistiblement attirée par lui…

Retrouvailles à Nashville, de Sheri WhiteFeather

Dash… Cela fait six ans que Tracy n'a pas revu son ex-fiancé, après une rupture douloureuse. Le beau Dash, désormais star de la country, veut lui proposer un duo qui pourrait relancer sa carrière. Tracy est outrée qu'il ose revenir après tout le mal qu'il lui a fait, même si elle doit bien avouer que son désir pour lui est toujours aussi fort…

Mariés à Las Vegas, de Charlene Sands - N°900

SÉRIE : TROIS RANCHERS À AIMER TOME 3

Mariée à Lucas Boone… Katie est dans tous ses états quand elle se remémore la soirée de la veille à Las Vegas : Lucas et elle se sont mariés et ont passé la nuit ensemble ! Elle a beau être sous le charme de Lucas, leur relation est impossible puisque ce dernier n'est autre que l'ex-fiancé de sa sœur… Katie fait alors face à un terrible dilemme : trahir sa sœur ou suivre ce que lui dicte son cœur ?

Tentée par son patron, de Joss Wood

Après avoir été fille au pair pendant des années, Joa souhaite prendre un nouveau départ à Boston. C'était compter sans Ronan Murphy, qui a absolument besoin d'elle comme nounou pour ses deux fils. Le beau brun aux yeux verts est incroyablement sexy, et la proposition est plus que tentante ! Joa s'était pourtant promis de ne plus travailler avec des pères célibataires, afin de ne pas risquer d'avoir le cœur brisé…

Une relation impossible, de Catherine Mann - N°901

Esme est en route pour le ranch de Jesse Stevens quand une tempête éclate. Par chance, ce dernier vole à son secours et la porte dans ses bras, provoquant un frisson dans tout son corps. Tandis qu'elle est venue pour régler un différend opposant Jesse à son père, Esme se prend à rêver d'une histoire avec l'irrésistible cow-boy. Une histoire qui lui paraît impossible, à elle, la citadine accro au travail et loyale envers sa famille…

Un sublime inconnu, de Susannah Erwin

Lors d'un bal masqué, Nelle rencontre un sublime inconnu. Ils se rapprochent, dansent ensemble et finissent par s'embrasser. À minuit, ils enlèvent leurs masques, et – comble de l'effroi ! – Nelle a face à elle Grayson Monk, le fils de celui qui a détruit sa famille en accusant son père de détournement d'argent ! Elle ne peut certainement pas lui faire confiance, même s'il est très difficile de tourner le dos à un rival si charmant…

Séduite par son rival, de Silver James - N°902

SÉRIE : HÉRITIERS ET SÉDUCTEURS TOME 1

Chance. Un homme terriblement attirant… Alors qu'autour d'elle tout s'écroule – n'est-elle pas revenue en Oklahoma pour se battre contre la famille Barron qui veut la dépouiller de son héritage ? – Cassidy est heureuse de trouver du réconfort auprès de lui. Le jour où elle apprend que Chance est un Barron, une terrible colère s'empare d'elle. Chance l'a attirée dans le piège de la séduction dans l'unique but de faire parvenir sa famille à ses fins…

L'héritier secret, de Silver James

SÉRIE : HÉRITIERS ET SÉDUCTEURS TOME 2

Et si elle croisait de nouveau Cord ? C'est la question qui obsède Jolie depuis son retour à Oklahoma City. Car c'est ici que Cord et elle se sont follement aimés. Victime d'un accident, Cord est amené aux urgences de l'hôpital où elle travaille, et Jolie sent son cœur se serrer. D'émotion, parce que son amour pour lui est toujours aussi fort. Mais aussi d'angoisse : que se passera-t-il si Cord découvre le secret qu'elle lui cache depuis cinq ans ?

Le rêve de Rose, d'Andrea Laurence - N°903

Que de choses ont changé en onze ans… et pourtant, quand Rose revoit Xander, elle a le sentiment d'être de nouveau la jeune femme qui rêvait de passer sa vie auprès de son amoureux. Hélas, un monde la sépare de Xander. Alors qu'il mène une brillante carrière à Washington, elle n'a jamais quitté leur ville natale. Aussi doit-elle à tout prix garder ses distances avec lui, car qu'adviendrait-il d'elle si cet homme de pouvoir apprenait son précieux secret ?

Le désir d'un Westmoreland, de Brenda Jackson

Cela fait bientôt un an que Jillian l'a quitté. Et Aidan sait maintenant qu'avoir gardé secrète leur relation, à laquelle sa famille se serait opposée, fut une erreur. Il sait maintenant qu'il veut passer le reste de sa vie avec Jillian. Et, pour le lui prouver, il va la reconquérir : une croisière et le bleu de l'océan seront ses alliés dans son entreprise de séduction. Il en est certain : il saura rallumer en elle la flamme de la passion…

Composé et édité par HarperCollins France.

Achevé d'imprimer en novembre 2020.

CPi
BLACK PRINT

Barcelone

Dépôt légal : décembre 2020.

MIXTE
Papier issu de sources responsables
FSC® C108412

Pour limiter l'empreinte environnementale de ses livres, HarperCollins France s'engage à n'utiliser que du papier fabriqué à partir de bois provenant de forêts gérées durablement et de manière responsable.

Imprimé en Espagne.